U0750293

绿地文学丛书

粉菩萨

吟泠 著

黄河出版传媒集团
阳光出版社

图书在版编目（C I P）数据

粉菩萨 / 吟泠著. -- 银川 : 阳光出版社,
2013.8
（绿地文学丛书 / 高耀山主编）
ISBN 978-7-5525-1007-2

Ⅰ. ①粉… Ⅱ. ①吟… Ⅲ. ①短篇小说－小说集－中国－当代 Ⅳ. ①I247.7

中国版本图书馆CIP数据核字(2013)第203258号

绿地文学丛书　　高耀山 主编
粉菩萨　　吟 泠 著

责任编辑 冯中鹏
封面设计 邱雁华
责任印制 郭迅生

黄河出版传媒集团
阳 光 出 版 社　出版发行

地　　址 银川市北京东路139号出版大厦 （750001）
网　　址 http://www.yrpubm.com
网上书店 http://www.hh-book.com
电子信箱 yangguang@yrpubm.com
邮购电话 0951-5044614
经　　销 全国新华书店
印刷装订 银川市开创广告印刷有限公司
印刷委托书号 （宁）0015449

开　　本 880mm×1230mm　1/32
印　　张 11.25
字　　数 250千
版　　次 2013年8月第1版
印　　次 2013年8月第1次印刷
书　　号 ISBN 978-7-5525-1007-2/I•356

定　　价 298.00元（全十册）

目　录

后　院……………………………………………………1
后　来…………………………………………………… 18
后花园…………………………………………………… 41
大地红…………………………………………………… 53
夜　市…………………………………………………… 79
漩　涡…………………………………………………… 96
粉菩萨……………………………………………………107
女儿骨……………………………………………………128
与影子同行………………………………………………153
半途而废…………………………………………………167
鲶　鱼……………………………………………………181
水　母……………………………………………………193
银川白……………………………………………………218
三丁湖……………………………………………………230
春　风……………………………………………………240
花　灯……………………………………………………263
女人街号外………………………………………………279
舌　头……………………………………………………293
梅街轶事…………………………………………………311

后 院

1

登奎一进办公室，就看见小丫办公桌上的那束玫瑰花。花朵上还骨碌碌晃着晶莹的水珠，就跟女人的泪蛋子一样，一晃，又一晃，掉进紫红色的花丛里不见了。

一看见那个风风骚骚的花篮，登奎心就烦，气也不打一处来。刘会计赶紧站起身解释说，是刚才快递公司送来的，不知道是哪一个送来的。刘会计说着将玫瑰花篮端起来，看着老板登奎。登奎一挥手，说，扔到垃圾箱去！刘会计点点头赶紧照办。经刘会计之手扔掉的花篮，已经是第七个了。

老板登奎就像点着了火药捻子，脾气一天天见涨，刘会计避都避不及。

小丫呢？眼前的花花朵朵不见了，登奎口气软和了许多。来了一个电话，又接电话，刘会计就等着他接完电话，说：跟大丫、二丫洗澡去了。

登奎的心就慢慢软和下来了。

这还差不多！

昨天早晨在阿左旗，他就告诉大丫和小丫，今晚上一定到家。她们洗澡去了，时间还早，他也得洗洗。阿左旗的春风，

能把沙子吹进人的骨头里。从厢根达来到闫地拉图，再穿越贺兰山，登奎的身子骨都要散架了。

2

大丫是登奎明媒正娶来的婆姨，眼看奔四十的人了，一副直溜溜的身板，还是跟结婚时一样，留着长到后腰眼的头发，拿一根缀满了珠花的紫色发带绕几绕，扎成一根黑幽幽的马尾巴。有多少张嘴都劝她，今年流行这个卷，明年流行那个卷，赶紧烫个离子烫，漂个栗子色，大丫就是不动心，嫌药水伤头发，嫌黄毛子难看。风潮变过来变过去，旁人才渐渐觉出，大丫腰后边那条从来没有被烫过的、黑幽幽的马尾巴，左摆一下，右摆一下，简单里面透着妖气，那才叫个经典发式。

二丫跟小丫是大丫的妹妹。姊妹三个除了年龄不一样，别的几乎都一样。一样的脸蛋，一样的肥瘦。特别是头发，都是长及后腰眼的，拿缀满了珠花的发带绕几绕，束成三根又黑又长的马尾巴。就是发带的颜色不一样。大丫究竟不是十八岁的姑娘家，只能扎个葡萄紫、秋梨黄的。二丫刚过三圈圈本命年，正是最有滋有味的时候，却偏偏要扎个黑绒的、灰白点的，素。没办法，谁叫她男人大炮惹下了祸端。大炮押着一车皮西瓜送到青海，因为运费跟青海人翻了脸，不知怎么就拿切西瓜刀失手把那个青海人给砍了，判了个死缓。已经三年了。二丫就算是半个寡妇人家了，还托着半个门框高的儿子。心里放了一个黑秤砣，红的、绿的头花是怎么也扎不到头发上的。小丫说起来比两个姐姐小，实际上也不能算小：小三十的人了，还没个婆家。只要还没有上花轿，大小还是个姑娘家。所以小丫的发带呢，鲜鲜嫩嫩、水水灵灵的，不是桃红，就是柳绿，姊妹三个站一起，小丫一看就是小丫，错不了。

姊妹三个，是沙泉镇上的一道景。那三条黑幽幽的马尾巴，是沙泉镇上的另一道景：简单、妖气。也有别的女人悄悄学过，可惜头发已经烫糟了，再也长不成瀑布样的马尾巴，也就算了。

如今登奎的心思，就放在小丫身上。事到如今，登奎也不知道该怎么收场。是个烦心的事呢。

3

十几年前，登奎的美乐家具厂就在沙泉镇红火起来了。不光在沙泉镇红火起来，北至陶乐、乌海，南到吴忠、青铜峡，都有很大一片市场。生意做到一定程度，就跟滚雪球，只要正常运转着，由不住就越滚越大。登奎从一个穿着油腻腻工作服的小老板，到衣冠楚楚的厂长，再到开着黑色奥迪的“牛登奎总”，事业一年一个样，那个顺畅，那个兴旺！

“美乐”不光在电视上给灾区捐善款、给社区的孤寡老人送点温暖，还安排了五个残疾人、五个下岗人员在厂里端起饭碗。有钱了，登奎更知道怎么做事，区上、县里颁发的这个奖状，那个证书，挂了满满一面墙，红彤彤地那个好看。那都是面子活。内里，登奎还是得到阿左旗，在南寺认下个师傅。不管有多忙，每年的法会，登奎都要去师傅那里，化布施、磕头、上高香。不这么做，登奎心里就疙疙瘩瘩的，不踏实。

登奎心里面的不踏实是有来历的。

生过槐花，大丫就没下过床，不知是月子里招了风，还是使了凉水，原本好生生的一条腿竟患上了风湿，下不了床了。

还有点中邪的样子，有时清楚，有时犯糊涂，便便宜宜现成的一个妈，反倒连个吃屎的娃娃也照管不了。那时登奎的事业正在劲头上，光是送货的车，就有两三辆。登奎两个小舅子大栓跟小栓，大栓媳妇海兰跟小栓媳妇宝珍，都在美乐拿高工资。可以说，大丫娘家二分之一的人口，都指靠着登奎过光阴呢。

一看见大丫半死不活这个阵势，有一个人就坐不住了。这个人是个过来人，也就是登奎的寡丈母娘桂梅。从大丫姊妹三个身上，也能推断出来，当年这个丈母娘，也是个人尖子。柿饼般的脸面上是有了水纹样的褶子，可那些褶子是会传情达意的。一对大眼珠子虽然浑浊了，可依然泛着灰蓝色的光，让人想到母狼的眼睛。薄薄的嘴唇泛着乌紫，跟熟透了的桑椹子一样。嘴角外边，生着一颗黄豆大小的瘊子，显见得在嘴角里边，一定藏着半截三寸不烂之舌。

桂梅就差使老疙瘩小丫去伺候姐姐。小丫十二分的不满意。十七八岁的姑娘家，正是心比天高的时候，就是跟小姊妹们到城里打工，也比伺候一个病人强。姐夫是老板，有钱雇保姆，小丫可不想给姐姐当保姆。桂梅捋着小丫黑亮亮的马尾巴，使着眼色说，傻！又说，你是姐姐脊背上背大的，姐姐为了你们几个，连三天书都没念过。唉！

桂梅又说，要不是给大栓带壮壮，我就不求你。你自己掂量掂量，没人硬派给你。

桂梅的良苦用心，十八岁的小丫当然还不明白。桂梅是个过来人，她心里有自己的小九九。当初裤脚上沾满油漆的登奎一眼就看上没多少文化的大丫，还不是凭了大丫那张脸蛋。说到底，女人家不过就是男人眼里的一道菜。眼看着登奎一枝花似的，越来越贵重、气派，大丫的身子骨却这么不争气，桂梅心里着急。男人越长年纪，越有滋味，何况登奎这样有身家的抢手货。假若哪一天坏了良心，把大丫打进冷宫，离掉，这一家五六口人的连带损失就大了。这绝不是桂梅杞人忧天。如今的男人，不管差钱不差钱的，都喜好这一口，比赛似地来。想到这里，桂梅就不敢往后面想。看见在眼前绕来绕去的小丫，就有了主意。桂梅一贯是个有主意的人。

不知乌嘴桂梅给小丫的脑袋里灌了些什么汤药，反正，十八岁的小丫就哄下那伙小姊妹，到姐姐家去了。小丫是个灵通的女子，到了那个有钱人家里，自己会慢慢长悟性的。有些话，桂梅还不方便明明白白地说给小丫听。

自打小丫进了屋门，登奎就觉得，如今家里像是有两个大丫了。一个，躺在床上。另一个，里里外外走动着。两个人都是那么好看，不过登奎看小丫时，眼光是特别一点的。这些年登奎东南西北到处走，也要过几次小姐。登奎一眼就能看出来，小丫是个规矩的姑娘，就是来照顾姐姐跟槐花的，没有别的。

尽管大丫背过小丫，可小丫从心里还是不喜欢姐姐。没念过几天书的人，真是说不上来的没意思。有时候还神神道道的，指东说西。反正，小丫跟大丫没有多少话说。要不是有个粉嘟嘟的槐花可以抱在怀里小猫小狗似的逗着玩，有那么多孟庭苇、张曼玉的歌碟陪着她，小丫觉得，在姐姐家里，她真呆不了多久。

大丫看小丫呢，就跟桂梅看小丫是一样的眼神，又怜爱、又纵容。真是水灵灵的一个姑娘家！真的，哪天登奎回来，该给他说说，场面上有合适的人，能给张罗张罗了。一晃就是一年，姑娘家的年龄，跑得比兔子都快。

就这么过了半年多，夏天到了。

这中间桂梅来过几回。从小丫的桃花脸上，桂梅看不出来

什么。想悄悄给小丫递上一句半句话，掂量掂量，又觉得老脸上烧呼呼的，不方便说。大丫还是大丫，喝了几麻袋中药，登奎又陪着在银川的一个老中医那里叫蜜蜂咬了三个月，腿脚利索多了。一家人在回头客吃涮羊肉时，登奎、大丫二丫小丫、大栓小栓，海兰宝珍都乐呵呵的，只有桂梅脸上讪讪的，暗暗的，像抹了一把炉灰。也不大看女婿汉的四方脸。桂梅心里寻思，也许，该叫小丫回来了。自己是个泥鳅，一辈子滑溜，未必别人就不是个泥鳅，就不那么滑溜。

大丫的腿利索多了，但落下这个毛病，就再也不能穿裙子了。不单如此，就连夏天，里边都要套上一层薄薄的秋衣秋裤。一天，大丫拉开衣柜，取出一件水红色V字领的连衣裙，叫小丫穿上。叫小丫站在衣镜跟前，自个儿看。小丫一看，脖子四周带绒花的珠片闪闪亮亮，映得脸上粉扑扑的，动了胭脂一样，自己都不认得自己了。大丫说，这是订婚时登奎专门从上海给她买的，差不多一千块呢。登奎最喜欢这件衣裳，可惜，自己没福气穿了。姊妹两个的骨头架子是一样的，水红裙子穿在小丫身上，不松不紧，刚刚好。小丫在姐姐家呆了半年多，不缺吃不缺喝不缺零花钱，可心里总是觉得委屈。就这一条裙子，把她心里的委屈全赶跑了。一件好衣裳，就是女人的半个魂儿！正好邻居杜晓琴约大丫打麻将，顺便夸了小丫几句，两个人就打着花伞去了“美好时光”茶楼。那个茶楼远是远，可档次高，环境好，有钱人的太太都在那里打。也真奇怪，大丫平时是有些糊涂，可只要一上麻将桌子，就清醒得很。打十场大丫能赢九场，回回都是她请杜晓琴和二丫、小丫吃麻辣火锅，吃涮羊肉。

槐花闹了一阵，就睡着了。小丫对着镜子左看右看，还是看不够。登奎进来时，小丫一点儿没发觉。小丫发觉的时候，登奎已经把她圈在胳膊弯里了。登奎发现那绕在马尾巴上的，万红丛中一点绿的发带，醒悟到他圈错了人时，已经放不开手了。小丫想喊，可是嗓子像是堵得严严的。登奎是干力气活出身，劲比牛劲大，身子比牛拽实。镜子一边就是那张铺着印满大朵玫瑰花的床。登奎揭起水红色的裙子，蒙住了小丫的脸。

4

就这么着，小丫已经不明不白的，跟了登奎整整十年。

现在谁也不好给小丫的身份下个定义。根本算不上是登奎的二房。连旧社会的姨娘也算不上。姨娘还能光明正大的给老爷生个一儿半女，续灶香火，小丫却不能。不过她还真是槐花的姨娘娘，是货真价实的一个姨娘娘。

在沙泉镇，一年两年没人知道这事情，三年五年总会有人知道的。如今人的眼睛都毒得很，在酒桌前坐上一会，看上两眼，就能猜出来哪个女人是正房，哪个女人是临时领着耍的，哪个女人又是小三。大丫跟小丫，一个是东宫娘娘，一个是西宫娘娘，这事发生在登奎这个优秀企业家身上，说起来是不大好听，不过也不能算奇怪。都这年月了。但凡有钱有势的，除了老婆，谁身子底下没一个半个的补品。再说，这东西两宫，再加上二丫，姊妹三个常常一起洗个澡、吃个饭、逛个街的，人家自己是和和美美的一幅画，旁人说什么也是白搭。不单如此，舆论对登奎，还是褒扬多。沙泉桥头一品鲜酒馆的高老三，那才球的几个钱，说着话就把老婆离了，娶了个二房。才不到两年，那个花枝枝暗地里又高攀了另一个主，反把高老三给一脚蹬开了。一街面的人都扒开裤裆笑话那个肿头货呢。在沙泉火车站做百货批发

的吴大头，也赶时髦，悄悄在外面搞了一个，风声传出来，家里面那个黄脸的横竖不答应，碰头撒死，沿街叫骂。不单如此，黄脸的这一个还花钱雇了几个打手，把外面那一个的鼻梁骨都打折了，打了个满脸桃花开。最后硬是整得吴大头跪在地上给家里那个当三孙子，叫大姑奶奶，磕头告揖，后院方才算渐渐安静下来。在沙泉镇，别的男人羡慕不羡慕登奎，起码这两个体面人是暗暗羡慕登奎的。不愧拿了那么多奖状、证书什么的，做起事来就是优秀。风流也要了，还把里里外外摆得平平的，这才是高手中的高手。

只有登奎自己明白，并不是自己道行深，实在是那个不显山不露水的寡丈母娘厉害。他跟小丫搅到一块，说起来是偶然，其实就是桂梅那条老狐狸事先下好的套。登奎不愣着，可还是不小心钻了进去。为了打好自己的小算盘，登奎猜，假如桂梅还能出场，连她自己都会催马扬鞭，披挂上阵来过几招呢。回想起来，他跟小丫没那一腿时，老狐狸的脸色总是抹了炉灰一样，见了槐花，也没个笑容。自打小丫跑回去哭天抹泪给桂梅告了一状，嘿，她非旦不找登奎算账，还装糊涂当不知道，再见到这个七尺高的大姑爷，那张老脸反倒渐渐慈祥起来，像那么回事了。修炼多少年，才能修炼出这么一个狐狸精呀！

桂梅期待的那件事，想着本来没什么希望了，却究竟还是发生了，不出所料呀！男人都是一路货，放在嘴边的肥肉不吃，那准是个瓜蛋。

桂梅捋着小丫黑幽幽的马尾巴，说，傻！不哭。

又说，生米已经煮成熟饭了，就随命。

还指点迷津说，登奎屁股后面，可是还跟着几个呢，要多几个心眼子才是……不知桂梅怎么细细地给老疙瘩女灌了一脑袋汤药，反正，小丫又悄悄回来了，脸上有明显的怨气，也有藏起来的喜气。

桂梅说得一点不错。先前，小丫没有动这方面的心思时，也不觉得登奎有什么。可一经那么手忙脚乱、惊惶失措地睡了一觉，身子跟身子堆放在了一起，才开始认真打量、相度这个一天一遇面的男人。要个头有个头，要相貌有相貌，屁股底下有车，银行里有钱，扪心问问，小丫还想找个什么样的呢？就是这个硬梆梆的男人，把小丫变成了女人。从前小丫也朦朦胧胧地想象过这些事情，可压根没想到身子上面这个人，会是姐姐的男人。这就像李连杰跟成龙主演的功夫片，紧张、刺激，是好戏在后头的感觉。可能在骨子里面，小丫是随了桂梅的。心呢，终究是嫩，不指事的。小丫回想起来登奎又喜欢又惊惶的一张粗糙俊脸，心里竟然是涩涩的，痒痒的。一开始时是疼的，到后来就不是了。第一次是个黑漆漆的深深的洞，小丫掉进去，就上不来了。

登奎跟小丫这么一偷，两个人都觉得，他们谁也放不下谁了。

一切果然像桂梅预料的那样。小丫是个灵通女子，一开始，还扭扭捏捏、羞羞臊臊的，慢慢地，就懂得怎么做弄风情，怎么跟登奎过招，根本不用人教导，就上了坡道儿。小丫知道登奎是喜欢自己的，对姐姐也还有几分情意。一开始，小丫就想这么跟登奎耍下去，有姐姐这道屏障，名声是可以保得住的。大不了，换个马槽，嫁个人家也就算了。刚开始，四周围确实有人家来给小丫说媒。一经有了登奎这个光辉灿烂的参照物，纵是多好的小伙子，在小丫看来，都显着囊中羞涩的酸气。坐在沙发上，手忙脚乱的不知道该怎么摆放。脸上呢，一会儿红，一会儿绿，简直就是戏台上的丑角儿。男人家的气派和魅力，

都是拿事业、拿银子铺垫起来的，毛头小伙子的腰包里哪里有这些底垫，人实实地坐在那里，心却虚虚地浮在半空中，六神痴癫，七神无主。跟登奎比，一个天上，一个地下，怎么比得上？来过多少毛头小伙，小丫眼皮子都不抬，一个也看不上，心里面全是登奎一个人的脸。

乌嘴桂梅跟媒人说，老疙瘩女，舍不得给人了。

又解释说，姑娘还小呢，不着急。轮也轮不到登奎张口说话。

一年两年，沙泉镇上人人都知道登奎这个小姨子心气儿高，没有楼房，没有轿车是谈不妥的。三年五年，一街面的人渐渐能看出来这一家人的门道。这么水灵，这般年纪的一个小姨子放在这个有钱人家，断不会是真来做保姆呢。沙泉镇上，就是这样的说话口气，比方说提起山东阳谷，大多数人只知道西门庆曾在那里嫖过风，却不大记得武松曾经在那里打过虎。色情的事情，能让沙泉镇上的人更具有丰富的想象力，何况，他们的推算也没有差错。登奎艳福不浅！

有了这个推论，渐渐就没有人上门给小丫提亲了。就有来提亲的，绕来绕去一打问，就泄了气。娶婆姨不比旁的，就是娶德行。一门人风气正不正，枕头边上的婆姨可是个关键。再说，一家人花上半辈子辛苦钱，娶进来个过手货，又图个什么？如今这满世界最不缺的就是母的，拌人脚跟子多，好下家有的是，不见得谁家的漂亮小姨子都跟小丫一个心性，喜欢偷吃现成的，不见得。

转眼间，槐花就上幼儿园了。一绕，又念小学了。

在这期间，小丫是没有理由闲闲呆在姐姐家里的。这期间正好厂里办公室有个空缺，小丫就闹着要去上班，说再不动动脑子，摸摸电脑，这书就算白念了。小丫就是以登奎掌门人的身份来上班的，指挥这个，指挥那个，一点儿不生分拘谨。嫂子海兰，弟媳妇宝珍，都撇着嘴，看她摆着黑黑的马尾巴粉墨登场。登奎又跟生意场上的人开发了一处沙漠度假中心，人一忙，脾气也大了。忙来忙去，登奎自己都记不得，究竟从什么时候起，小丫就变成“美乐”的大管家了。小到厨子炒菜多放了一勺油，大到出入账目，都由小丫评判定夺。就连登奎想拿个万儿八千消遣消遣，都要经过小丫点头才行。一经探明登奎的家底子，登奎就是给小丫订好机票，放上十天半月的旅游假，小丫都不肯去耍了，一心一意坐在高背老板椅上埋头给登奎操心事业。小丫确实是个灵通的女子，比大丫强多了，桂梅一点没有看走眼。小丫也实在能干，派工、收款、搞福利、请会计、打广告，样样件件事情都想在登奎前面，是登奎的好帮手。这么多年了，登奎不光在床上，在厂子里，也离不开小丫了。多好的一个小秘书呀！

5

全沙泉的人都知道登奎跟小丫的风流事，大丫就算再糊涂，也不可能糊涂到这个份儿上。这样的事，跟谁也不好说，心里堵上一块石头，大丫又闹病了。大丫是小心小肺的一个人，又没能耐，嫁给谁保不住都是一个受气筒。要是个有能耐的人，“美乐”的家也轮不上小丫来当。大丫又是个洋洋乎乎的慢性子人，天塌下来也不着慌，从来也不知道多个心眼儿，朝前看看，朝后想想。自己养的人自己心里有数，大丫心里的绳扣儿，还得桂梅来解。大丫眼前的那层窗户纸呢，还得桂梅来捅开，轮也轮不到登奎张口。有这么一个大师级的丈母娘左右点化，登奎

的那方后院，啥时间都起不了火，啥时间都是风平浪静的。

桂梅捋着大丫黑油油的马尾巴，说，傻！不哭。

又说，肉烂了全在锅里，你跟小丫是谁跟谁呢，你俩从小就分吃一块香油饼子，啃一块大肉骨头呢。

还说，要不是小丫机灵，就凭你这病母鸡的样子，三年两年，若是登奎再领上一个小妖精，你还有什么出路。说到底，你跟登奎还红红火火拜了天地，有个名分。小丫呢？就在沙泉镇占了一个坏名声，如果不是心肠大，能抗起来，早跳了沙渠，没脸见人了。眼见三十的人了，家没个家，娃娃没个娃娃的，唉！……

桂梅最后那一声唉，是真在为小丫叹息呢。她的小算盘打得心想事成，事事如意，就是在这一点上给疏忽了。兔子也有打盹的时候，泥鳅再滑，最后还是被端到盘子里边，做了一道下酒菜。

不知那个得道成仙的狐狸精都给大丫灌了些什么汤药，反正，大丫躺了十天半月，洗洗脸，画画眼睛眉毛，又出去打麻将了。还是跟那个胖胖的杜晓琴，还是在美好时光茶楼。看到大丫这阵势，登奎的心，就款款放回到肚子里了。多亏有了这么个人，还不是个外人，能说会劝，帮他把大事化小，小事化了，把大的小的都调教得跟顺眼猫一样。要不然，就像政协的那个什么黄委员一样，因为生活问题弄得老婆跳了楼，闹出来人命，到底是怕人！现在这个和谐大好的局面，真亏了桂梅的循循善诱，大力帮助！

登奎从区上的企业发展培训班回到沙泉镇时，专门绕到西夏珠宝城，给外母娘买了一对金手镯，以表谢意。桂梅掂在手里，套在腕子上，眼睛都笑没了。透过橱柜上面的雕花隔扇，桂梅分明看出来大姑爷藏在眼神里面的一丝不屑。管他呢！哪个当娘的不是为自己的儿女打算。退一步说，假若大丫那些年真的起不来床，假若小丫也没有及时添补进去，谁知道现在这一大家子人是个啥情形。在沙泉镇，怀里揣着大学毕业证等饭碗的人像秋天的落叶，有厚厚一层，自己的儿儿女女虽然没有多深的墨水，可一个个都吃香喝辣，穿金戴银，还不是自己眼光长，算计得早！姑爷这么大的一份家业，说什么也得攥一些在自己人手里。“富买妾，贵易妻”，桂梅是个过来人，肚子里面不缺咸盐。就算包青天铡了陈世美，托儿带女的秦香莲也好过不到哪里去。有些事情得来回思量，方才算上策。金镯子戴在手腕子上才是真真切切的，好日子吃在脸上，穿在身上才是第一要紧的。登奎的不屑，还得从雕花隔扇那边忽明忽暗地飘过来，捡了芝麻摘了瓜，得便宜卖乖的人，桂梅早见识过了。

现在桂梅的心思，全放在二丫身上。也想给这没福气的女子把把脉，叫她再走一家，可这二丫却是一根筋。自那年大炮闹出个乱子，她一直给那人看守门户，一心一意操持着原先的水果店，断了凡心的样子。啧啧！桂梅就不信二丫不食人间烟火，还不是没遇上可心可意的。对二丫这种人，急不成，得慢慢来，酵子一点一点掺进来，不信她一盆死面发不成起面来，桂梅可一贯是个有主意的人。

6

槐花在沙泉镇才念到三年级，登奎就把她送到县城开发区的私立小学了。每个星期天下午有校车接到城里，星期五下午再送回来。明着说是给槐花一个好的学习环境，暗地里还是为

了给自己的荒唐日子做埋伏，打掩护。登奎目前的日子，是有些游击战跟心理战的意思了。是不是持久战，登奎自己也说不上来。还是到南寺多上几炷高香吧！

登奎住在沙泉镇老桥头沿街的二层楼上。一楼吃了房租，大丫图干净，图好看，租给一个做窗帘、沙发床罩的小两口子。楼房一侧是车库，另一侧有单独的楼梯，供他们上下。二层小楼后面，带着一方面西的小院。黄昏时分，坐在楼下的小院子里，可以看见黛青色的、蜿蜒起伏的贺兰山，玫瑰花般渐渐飘落的夕阳，和那一绺一绺绛紫的、粉红的晚霞。早先，一家人还是正经八百的一家人时，姊妹两个在后院子里种了不少花花草草，有步步高、蜀葵、朝晚花、太阳菊什么的，红红火火、热热闹闹一院子。自从两个人有了嫌隙，谁都再没有心思照管那些红红与白白了。渐渐地后院就显得七分冷落、三分荒凉。楼上一百三十多平米的面积，现在只剩下他们三个人。是怎样千滋百味的三个人，又是怎样千姿百态的三个妖呀！

大丫曾经尝试着跟小丫翻脸，可试了几试，想想桂梅那些扯心扯肺的话，再想想大栓小栓，包括自己那张不要白不要的脸面，最终还是选择了以退为进。还是桂梅说得好，家丑不可外扬。桂梅还说，姊妹易嫁都是有的，你们俩又不是第一个。那话里的意思呢，好像满天下的小姨子都可以做姐夫碗里的二道菜，没什么可闹的气。有气受，才有饭吃。

话说起来容易，事做起来难。大丫再迟钝，心里也是有了五眉六道的伤。憋不住的时候，还是掉着眼泪，悄悄跟杜晓琴说了。杜晓琴倒是一点不显吃惊，就是好心提醒憨厚的大丫，多少手里得攥上些钱，就当提前做个防备。害人之心不可有，防人之心不可无，哪怕是自己的男人跟妹子，人心难测呀。所以现在最能让大丫感到欣慰的，就是这些年渐渐存了些体己钱。大丫手里有一个存折，登奎每个月往她这个账户里打三千块钱。是给大丫的补偿款，还是自己掏的违章罚款，登奎也说不清，反正，两个人就这么和和气气地商议好了，是瞒过小丫，从沙漠度假中心那边开支出来的。亲不过父子，近不过夫妻。登奎还算有点良心，比起那些差不多就是净身出户的女人，大丫目前还算走运。而且随着时间的流逝，大丫对小丫的怨怼，也慢慢减淡了。毕竟是做姐姐的呀，心肠究竟是温软的。上门给小丫提亲的人越来越少，可是那些表白爱情的花篮却越来越多。大丫也是偶然才发现，那些不露面的送花人，不是别人，恰恰就是小丫她自己！除了给登奎当二掌柜，当小三，她还花费心思用这样的法子来拴住登奎的心。可见，小丫虽说抢了自己大半个饭碗，她心里也有说不出来的苦处。姊妹本是一根藤上的瓜，事已至此，也就认命吧！

随着年龄的增长，小丫越来越明白年龄的分量来。想当初登奎套住自己，不就是看着自己水嫩、新鲜、比大丫会甩头摆尾吗？女人到了一定年龄，光靠甩头摆尾是不管用的。小丫庆幸自己不光会甩头摆尾，还会当登奎的左膀右臂，替他打理半个天下。精明能干，勤俭持家，擅长应对，这或许才是登奎数十年来对自己爱恋有加的真正原因。小丫最为忧虑的，就是自己太忙，没有时间给登奎生个孩子。女人一旦有了这个砝码，就仿佛给自己的身子加盖了印章，签订了合同，有了神圣不可侵犯的特权。小丫跟登奎之间不缺别的，就缺这份合同，这个缺憾一直困扰着小丫，也是小丫最为隐秘的心病所在。每次缠绵过后，登奎都会直截了当打消小丫这个荒唐的念头，难道有这么大一份家业，他就不想有个儿子吗？就不知道登奎他究竟

安的什么心。别看白天她颐指气使，春风得意，可一到晚上，特别是一人独卧的时候，她整个人都被一双黑手掌掏得空荡荡的，是一副残骸的苍白与可怕。白天她有多么骄傲，夜晚她就有多么卑微。想起大丫独居一室的寂寞，跟她那大度包容的眼神，小丫的心也会莫可名状地慌悚起来。每当这时，小丫会忽然怀念起她从前清澈似水的那些时光来，也会暗中羡慕二丫对大炮哥的执著。二丫还是半个寡妇家，人家都活得清清爽爽，干干净净，尽管还托着个半大儿子，仍旧有人上门给她牵针引线，充当月下老。显得自己反就像一道晾凉的黄花菜，没人问津了。头脑里谋虑的事情多，睡觉就出了问题。小丫年纪轻轻的，已经得靠安定片帮着睡觉了。也许要不了多久，她那颗聪聪明明的脑瓜子就要被那些白药片子祸害掉了。

同处一室的大丫跟小丫，对独立门户的二丫有一种相似的依赖，跟二丫呆在一起，大丫觉得，她、二丫跟小丫，她们三个仿佛就是后院里那串纠结在一处的粉白色的喇叭花，只有聚在一起，才会不孤单，才会有温暖。大丫一个人坐在后院里时，情不自禁就会这样想的。至于登奎怎样想的，男人的心是一口深深的井，谁又能探得到底呢？

7

登奎四十五岁生日那天，天气好极了。阳光灿烂，鸟语花香。这一家三口人正准备出去吃饭、唱歌呢。只听得金属楼梯上响起一串咯嗒、咯嗒的脚步声。听得出来，是女人的脚步声呢，透着阴柔，也透着执著。咯嗒、咯嗒，严肃而又神秘。咯嗒、咯嗒，就到了屋门口——哗啦，防盗门就被拉开了。

果然就是一个年轻漂亮的女人。时髦、洋气！虽说身子上套着宽宽的藕荷色连衣裙，可一屋子人还是一眼就能看出来，这是一个肚子里面藏着宝贝的女人。这样一个女人，如今就是人们眼中的活宝呀！爷爷奶奶盼着的孙子，丈夫盼着的酸儿辣女，都由这样一个饱满而丰硕的女人生产出来。面孔白白的，也是生分的，一看就不是这沙泉小镇上的人。神情怪怪的，有说不出的架势。就不知这个幸福的女人，究竟是谁家的吉祥宝贝。

大丫跟小丫还没有拾起来底细，还热情地往客厅里边请让这个正在孕育的女人呢，登奎就支持不住，瑟瑟现出原形了！登奎背着门，哼着《对面的女孩看过来》的调儿，正对着一面墙的镜子整理细方格的短袖T恤呢。当他从镜子里边看见这个从天而降的女人时，就呆成了一个塑像。就跟阿左旗南寺里的塑像一样呆，一样木。推他一把，他都没有一点反应，已经圆寂了的样子。

可怜的登奎！

登奎一向风平浪静的后院，终于在他生日那天烧起了熊熊大火。烟雾滚滚，烈焰冲天的，真是怕死人了！灿烂的火光照亮了登奎，也照亮了大丫和小丫，还有那个挺着肚子，大有来头的无名氏。可惜，当时那个一贯神机妙算的乌嘴桂梅不在事故现场。假如她也在场的话，她一定就是一部消防水枪，在她伶牙俐齿、经典世故的一番冲刷下，这后院的火势或许会渐渐变得微弱起来。遗憾的是：生活总是以现在进行时的状态悄悄开始，悄悄结束。即便是在千锤百炼的乌嘴桂梅面前，也没有一个可供周旋的假如。

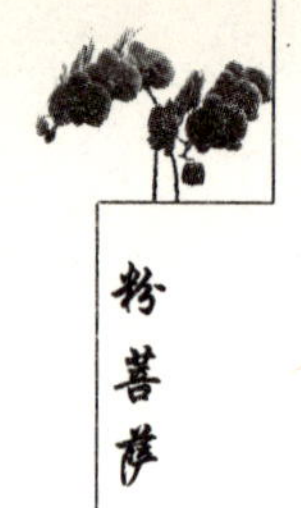

后　来

（1）

沈修住院的第一天，就跟邻床的张晓琴成了无话不说的好病友。像沈修这般三十过半、四十不靠的女人，很容易跟别的女人在嘴皮子上打成一片。处于这个年龄段的女人，医院内科是一不留神就需要光顾的地方。神经衰弱、气血两亏、内分泌紊乱……沈修能在医院里遇上同龄人张晓琴，是很自然的一件事。

青羊岔是个驴蹄子大的窝窝。两个人面对面躺在病床上一扯，才知道其实两家离得并不远，一个在桃花园，一个在青山苑，就隔着一条小马路。每天都走着同一条小马路，而且已经走了很多年，两个女人居然互不相识。可见，在此之前，沈修跟张晓琴还真是没有修来这个缘分。如今，不论结婚也罢，离婚也罢，即使是两只猴子，或者两只卷毛狗，一不小心遇个面对面，都会狂吠一番，发自内心的整出缘分这个词来，何况沈修跟张晓琴还是比邻而居，同病相怜。

沈修得了一种让人很没面子的病：甲减——甲状腺功能减退。一开始，也没有什么明显的症状，就是觉得人困马乏，心神涣散，不思饮食。渐渐地，就有一些明显的症状了，比如迷路。

明明走得一条熟惯的路，忽然就会辨不清东西南北，转了方向，怎么也找不到回家的路；比如糊涂健忘。平时打麻将总是红口，可是接连很长一段时间，总是黑口，总是输家，坐在牌桌上，连该出哪张牌都不会出，就觉得不对劲了。

沈修跟张晓琴说起这些苦恼时，张晓琴脸红红的，笑得扑哧哧的，一付心有灵犀的样子。揭开里子，沈修不是苦恼她的病，其实是心疼她稀里糊涂输掉的那些体己钱。张晓琴说，可不能小看了这些小毛病，小毛病能带出大毛病来。卢大夫说了，这个病一路发展下去，后来就是老年痴呆症，说白了也就是个傻子，吃喝拉撒都要人伺候，得不起的。沈修听在耳朵里，记在心坎上，脸上就有些变颜变色了。沈修是个碎胆子女人，就连要麻将，也只敢跟那帮退休的老头、老太太打个一块两块的，改一改心慌，一场下来，输赢都不会超过一只优惠下来的草原绿乌鸡。

张晓琴见沈修一脸乌云，赶忙变了口风，给她宽心说，我才不信卢大夫的鬼话。他早先跟我哥在银行上班，是专门放贷款的，因为挪用钱款犯了事，消失了几年。不知怎么摇身一变，现在就穿上白大褂，变成了医生，他的话怎么能当真。

见沈修一张草纸色的脸慢慢缓和起来，有了些许水分的样子，张晓琴赶紧换个话题说，你猜猜，病人都把这家医院比作什么？

比作什么？沈修睁大眼睛，好奇地问。沈修睁大眼睛时的样子非常有趣，眼珠子里面，白多黑少，令人微微有些不安。

屠宰场啊！

张晓琴捂住涂了紫色唇膏的嘴，悄悄吐出来这三个跟医院风马牛不相及的字来。嚯，屠宰场，好难听的一个比方，好像

自己不是个病人，而是一头褪掉了皮毛的、血淋淋的牲口一样。这个比方快速引起来的联想，让沈修忽然觉得又难受又恶心。

见沈修完全被自己抛出的石子吸引了，张晓琴索性把装在自己脑子里的那点存货列了一张清单，一五一十地给沈修盘点出来。张晓琴说，头一个，有个刚出生的婴儿，让护士放进保温箱里，却忘了给保温箱通电，一不小心把娃娃给冻死了。张晓琴一边说，一边观察沈修的反应。她以为，胆小的沈修眼睛一定会睁得更大些的。张晓琴没料到沈修居然松弛下来，垂下眼睫毛，那副自由散漫的样子，仿佛被护士粗心大意冻死在保温箱里的，不是个鲜活的婴儿，而仅仅是只猫或狗而已。张晓琴对沈修那种毫不遮掩的冷漠样子一点也不介意，继续说起第二个猝死的案例。这个年龄段女人的嘴，在医院这种地方，断是闲不住的。这第二个倒霉蛋呢，是个年轻力壮的男人，因为胃疼，就来做个胃镜，谁知道管子刚插下去，人就有了异样。一个壮汉，倒真像是拿纸糊成的，不到半小时的时间，说没就没了。第三个……张晓琴还没有来得及继续说完，卢大夫已经斜着肩膀进了病房。沈修跟张晓琴赶紧从病床上欠起身来，笑着问候卢大夫。卢大夫也面带微笑，一一交代她们明天要做的检查和注意事项，然后又斜着肩膀出去了。明眼人一看，就能看出来卢大夫的肩膀是受过创伤，有毛病的，这个有些猥琐的毛病，给他高大的形象大打了折扣。沈修觉得卢大夫更加不像是个医生了。

听着一阵呱嗒呱嗒的脚步声远了，张晓琴松了一口气。看来卢大夫没有听见张晓琴关于医院的闲言碎语。沈修说听见就听见，反正他又不是那个护士和做胃镜的人。张晓琴做总结似地说，这就是屠宰场的来历：进来时人都是竖着的，出去时就变横的了。有钱的主，或者稍微要紧些的病，谁都不愿在青羊岔看，都直奔省城去了。其实呢，我只是借口休息，才找了一个理由住了进来。我才不让卢大夫给我看病呢。

一听人家的住院是带有休假性质的，根本就没有得跟自己一样的病，沈修心里马上就失去了平衡，好像一不小心掉进一条阴沟里，一身黏湿，很不舒服。人家张晓琴是端着金饭碗的机关里的女人，跟自己就是不一样呀！这样一想，沈修难免有些黯然。生着火眼金睛的张晓琴好像一眼就看透了沈修的心思。她给沈修剥出来一个弯月亮的香蕉，压低声音安慰沈修说，你要信得过我，我给你寻个偏方，偏方治百病呢。

沈修问，讨个偏方子得多少钱呀？沈修无论做什么，先要在心里打一下小算盘。

张晓琴底气十足地说，这个偏方，我能保证，不要一文钱。

张晓琴的话就像一记闷棍，把沈修打了个小晕。沈修根本不信现在还有免费的午餐。很多打着免费幌子的卖家，到最后几乎都让买家心甘情愿地花了大把的冤枉钱，上当受骗的也不少。张晓琴说的偏方却不要一文钱，不会糊弄人吧？不过，机关里的女人，多半都是身怀绝技的人物，断然不能小看了人家潜在的能量。就不知张晓琴说的这个偏方灵验不灵验。倘若真是一文不取，不管灵验不灵验，沈修都愿意尝试一下。沈修真的不想在生活了很多年的青羊岔，一次又一次地犯糊涂，找不到回家的路，也分不清三条和九饼。时间一长，总会露出来一些端倪的。一旦别人知道沈修的脑子不顶用了，成了一个疯女人，沈修就惨了。

（2）

在沈修的记忆中，青羊岔从来就不缺疯女人。在沈修人生的每一个阶段，都会有一个疯女人准时出现在她的记忆中。最早留在沈修记忆中的，是一个年轻的寡妇。那时候，沈修刚嫁到青羊岔。听说，是她的独生儿子在岔路口被车轧死了，从此，她就每天跪在青羊岔，磕头烧纸，给那个飘逝了的小生灵捎衣裳，捎吃食，朝朝暮暮，风雨无阻。后来她不知所终，没有人知道她究竟去了哪里。

还有一个疯女人，没有人知道她从哪里来，她好像就是从天上掉下来，一不小心掉在青羊岔的。她穿着稀奇古怪的肮脏衣裳，神情严肃地站在丫字形的岔口中间，旁若无人地指挥着过往车辆和行人。奇怪的是，车辆行人居然都看着她古怪的手势，听从了她的瞎指挥，南来北往的车辆小心翼翼，井然有序。直到后来某一天发生了一场车祸，人们才隐约记起来，那个疯女人不知什么时候已经悄悄离开了青羊岔。不可思议的是，在疯女人逗留在青羊岔的那些日子里，青羊岔竟然没有发生一起交通事故。那时沈修的孩子已经六岁，一不小心，就跑得不见影子了。这个擅长指挥交通的疯女人消失后，沈修一度非常牵念她，如果她还在的话，青羊岔或许就不会接二连三地发生摩托车伤人逃逸事故的。被撞伤的，不是老人，就是孩子，都是反应迟缓，缺乏自我保护能力的人。沈修因此就非常为自己的孩子担心。有时候，沈修甚至会产生一个大胆的想法，她也想站在先前疯女人所在的位置上去指挥交通，维持秩序。这个念头像火药捻子，一旦被自己嗤嗤嗤地点燃起来，沈修就会忽然间大惊失色。

给沈修印象最深刻的，是一个操着南方口音的疯女人。她来到青羊岔的时候，是个夏天。明眼人一看，就能看出来这个女人并不是肥胖，而是个即将临盆的女人。出于天性，很多女人都围过去问她：姓啥，叫啥，家是哪的，男人是谁。可是这个疯女人呢，只会比划着跟人要吃要喝，连一句囫囵话也说不上来。那些围过去的热心女人就凭借经验与常识判断，这个生着大花眼睛的疯女人，肯定是被哪个烂干货奸了，才怀上了孩子。后来，快到仲秋的时候，疯女人在公厕里生下一个男婴之后，也消失不见了。那个小男孩不知被谁趁乱顺手牵羊抱走了。这对无名无姓的母子在肮脏的厕所里劳燕分飞的时候，也正是沈修隐患重重的家庭彻底解体的时候。从表面上看去，沈修还是那个沈修，一团和气，心无杂念。然而揭开里子，只有自己才能看分明，这个叫沈修的女人，其实已经变得支离破碎，面目全非了。

青羊岔总是布满了这样那样的谜团，无人破解其中的奥秘，就仿佛沈修那些一波三折的生活。那些疯女人留给沈修的印象如此深刻，镌入骨髓，以至于她总是会联想到自己，有一天，她是否也会成为她们的替代者。在青羊岔，倘若没有一个疯女人来适时做个陪衬，生活似乎就缺少了一种重要的元素。反正，沈修觉得，青羊岔迟早会有一个疯女人来弥补这暂时的空白。这个潜意识，让独处一室的她总是那样惴惴不安，胆战心惊。冥冥之中，仿佛有一双手，轻轻覆盖在她的额头上，试图在那里留下一个红色或黑色的烙印，以便用这个醒目的标记，将她跟别的正点女人区别开来。因而沈修畏惧一人独处，特别喜欢热闹红火的地方。藏在一群人里时，她的想法跟一人独处时的

想法是大相径庭，迥然不同的。比如说，一个人洗澡时，她情不自禁会联想到死亡、骷髅或者末日。而在公共澡堂里时，她却会想到生命、未来与希望——沈修只不过是一块高粱饴，或者巧克力之类的软绵绵的东西，只有被繁复、猩红的水晶纸一层一层包裹起来，她才能彻底忘掉自己的不幸。

因而，后来还是沈修主动给病友张晓琴打了电话。她约张晓琴在小区门口的汉中酿皮店吃麻辣烫。在青羊岔这样一个驴蹄子大的窝窝，倘若一个女人可以和另一个女人相约着一起吃个麻辣烫、小火锅什么的，也就意味着她们的关系很不一般了。吃麻辣烫的时候，沈修宛转提起偏方的事情来。提起偏方的时候，她心里也没一点底，担心张晓琴出尔反尔，忘记在医院里的口头承诺。但是张晓琴没有丝毫犹疑，爽快地答应了，这让沈修心里有一种暗暗的欢喜。

（3）

后来，沈修和张晓琴准时在青羊岔路口碰面，坐上了开往梅花凹的长途车。

张晓琴笑嘻嘻地说，机关里新来的书记是我哥的铁杆兄弟，这次出门等于出一趟公差，名义上是去梅花凹参观学习，其实呢？张晓琴美滋滋地看着沈修，沈修报以感激和会意的一笑。不过在心里，沈修还是浮起来几分失落。也就是说，张晓琴这次出门的费用，全都可以拿上发票什么的报销掉，不单自己不破费，也许还会小有盈余，长出来给家里人带礼品的钱。也就是说，沈修的失落感，很多时候都跟银子钱这个硬头货有关，这总是让她耿耿于怀。

张晓琴问沈修，最近感觉怎么样？卢大夫开的药吃完了吗？

沈修说，卢大夫开的药，总算吃完了，不过总是忘记按时吃，吃一顿漏一顿的。试着打了几次牌，输一场赢一场，我也不知道究竟好转了多少。所以这个偏方子呢，我还是想试一试。

张晓琴说，这个偏方子，是听我梅花凹那边的一个小舅妈说的，她跟你的毛病一样，总是转方向。只要出门，屁股后面，大小非得跟上个人看着，否则家里人就得四处寻找。后来使了这个方子，渐渐就好起来了——不过，我这个小舅妈因为胃癌，已经去世很久了。

沈修一听，不免有几分沮丧。人已经谢世了，难道她们还能去问鬼吗？

生着火眼金睛的张晓琴呵呵一笑，安慰沈修说，小舅妈过世了，可还有个表姐在。小舅妈过世前一直跟着表姐春花住。这个方子，她不会不知道的。听一个亲戚说，春花好像也遗传了这个毛病，那么她更应该知道这个方子了。

听张晓琴这么一说，原来她们登门造访的，不单是张晓琴的上姑舅亲戚，且还有着这样一个关于偏方的连环套，那就错不了的。沈修心里渐渐踏实下来，跟张晓琴吃着热腾腾的烤红薯，说着热腾腾的话，对那个素昧平生的春花，充满了期待。

梅花凹这个地方，沈修只是听说过，并没有去过。坐快客大约四个小时的路程，离青羊岔不算近。据说在短短几年间，梅花凹陆续发现了好几处汉唐时代的古城堡，很是热闹了一些时日，仿佛一只刚出锅的油炸果子，热气腾腾。不过现在，这个油炸果子已经晾凉、变硬，梅花凹还是梅花凹，是沈修从来没有去过的一个好地方。

看着张晓琴美美打了一个加长的哈欠，沈修有些过意不去，

说其实你打个电话，向春花问一问那个方子就行了，不用亲自跑一趟的。张晓琴摇着头说，不行呀，再不去，都饶不了自个了。自从小舅妈过世后，已经好几年没去梅花凹了。听亲戚说春花也早已离婚了。再说，梅花凹一直在大拆迁，春花留给我的电话已经成了空号。其实，我也早该回去看看春花了。要不是跟你约了个伴，没准一撒懒，又搁到猴年马月了。也不怎么的，这几年里，云南、新疆、大连……天南海北都走了一遭，偏偏家门口这么个小地方偏偏就没走到。亲戚亲戚，越走越亲，常年不走动，现如今，连春花家的大门朝哪里开，都不知道了。

听张晓琴这么一番说解，沈修原先的歉疚与不安，就像清晨的雾岚，变得淡一些了。沈修木然说，其实我跟春花一样，也是一个单杆子，也怕到亲戚家走动。张晓琴扑哧一笑说不瞒你了，我也是个女光棍呢。在医院里，我就猜出来咱俩是一路人。住了十天半月医院，都没有一个男人来嘘寒问暖，探个究竟……一经验明正身，沈修跟张晓琴就不约而同苦笑起来。在急速开往梅花凹的长途客车上，沈修和张晓琴，更有一种风雨同舟，患难与共的感觉了。

（4）

一经抵达目的地，张晓琴自己竟然也迷失方向，找不到北了。

一下客车，张晓琴的眼睛就像沈修的那样，睁成一个点了黑点的白色棋子了。张晓琴只是听说梅花凹一直在大拆迁，就是没料到这个老地方，如今已经成了一件杂花的旧毛衣，拆得分不清哪里是领子，哪里是袖子，哪里又是身子。领子、袖子、身子全都翻了个，挪了地方，理不出一点头绪来。整个小城呢，就像一块羊羔肉，被一把锋利的短刀左一下右一下，切得没了一点点羔羊的模样。梅花凹仿佛一个青春期的少年，突然增高了很多，那种陌生的感觉，令人暗暗吃惊。张晓琴站在干净漂亮的客运总站外面，看着陌生的街道和楼群，一脸尴尬。她放下行李箱，拿出手机，一边打量周围陌生的楼群街道，一边收拢目光，查找亲戚的电话号码，好打问春花现在住在哪里。张晓琴将电话打过去，跟春花的电话一样，也是空号。还有三个手机号，打过去，一个关机，一个不在服务区。还有一个130的号是拨通了，但是对方却说打错了，就断了线。

张晓琴实在忍不住了，冒出来一句油腻腻的粗话。张晓琴以为，一旦回到梅花凹，免不了会与几张熟悉的面孔重逢，这是她一直都不肯回梅花凹的原因，有近乡情更怯的意思。可实际上，在梅花凹，她居然连一个相熟的人都联系不上，这是怎样的一个幽默啊！

沈修赶紧宽慰张晓琴说，现在的人，什么事情上都猴心不定的，今天炒股，明天捣鼓基金；今天兴这个号，明天兴那个号。别说你家亲戚，就连我，不知不觉都换了三个号码了。事实的确如此。张晓琴离婚后的第一件事，就是更换手机号码。因为心境的原因，她也并没有把自己的新号及时告诉给一些本应该告诉的人。现在，除了固定电话，那些旧的手机号码一般很快就会易主的，时时都给人一种飘来荡去的新鲜感和神秘感。那些数十年如一日地用着同一个手机号码的人，反而让人觉得呆板木讷，令人费解。一个偌大的梅花凹都变得让人惊讶不已，何况手掌之上区区一个电话号码呢？

不等沈修和张晓琴自己招呼，一辆红色出租车就主动滑过来，缓缓停在她们跟前。司机是个体态丰满的年轻女人，五官

妖娆，化着紫色的淡妆，一股浓浓的香味扑鼻而来。这种类型的女人，多半都是健谈的主。这个香喷喷的的姐热情地给张晓琴和沈修介绍着梅花凹数年来的大变化。张晓琴问，原先的老车站和粮食局家属院呢？的姐说，修路扩路，早就修进梅花大道里去了。以前的老街区老房子，就像一副麻将牌，全部推倒重新洗过了。原先的老住户按照拆迁政策和个人意愿，有的安置到了梅花苑，有的安置到了湖城雅居，还有的去了城郊的盛世花园，仙女散花一样，撒得到处都是。现在的梅花凹，没有单位和电话，要找一个人还真不容易。

张晓琴和沈修一听，心里都有一种预感：这一趟，她们或许是白来了。特别是沈修，觉得非常冤枉。她后悔自己怎么就那么听从张晓琴的话，难道就因为张晓琴端的是公家的饭碗吗？这么冷的天，沈修不停地咳嗽、打喷嚏，一旦传上甲流感什么的，驴钱不够马钱的，太伤本了。心里是那样想，可嘴上沈修却什么都没说，连一句都没有提到偏方子上来。沈修越是不说，张晓琴心里越是隐隐不安。如果讨不到偏方，那么，在老实巴交的沈修面前，她张晓琴就是一个会说大话的女人了。张晓琴也没说什么，可能也有些累了。十分钟后，在的姐的推介下，她们在一个叫东海岸的小招待所里安顿下来。

（5）

在梅花凹，在这个叫东海岸的小招待所里，时间仿佛一块加了安琪酵母的面团，发得虚白而粘软，一经触摸，就沾满了雪花似的碎屑。此时此刻，沈修和张晓琴身上，就沾满了这样一些灰白的东西。看着张晓琴灰青的脸色，沈修问，你晕车了？

晕车？有点吧。张晓琴回着沈修的问话，一直把被子拉到下巴颏底下，只露出来一张也已松弛下来的、恹恹欲睡的脸。沈修的精神还好，她趴在窗户上，看着楼下落花流水般的霓虹灯出神。灯光下飞着一些细碎的、蚊虫样的东西，分明是真的下雪了。沈修是喜欢下雪的。看看表，已经十点了。再看看张晓琴，她居然已经睡着了，头发杂乱地散开着，脸歪向一边，薄薄的嘴唇微微张着，就像在医院里的睡相一样，粗糙、病态、慵懒，难看，没有一点点可圈可点之处。这般年纪的女人，不管醒着，还是梦着，都给人一种险象环生，凶多吉少的感觉。看着睡梦中的张晓琴，沈修想自己的睡相，也是这般无趣无味吧。这样想着，不免有几分怅惘。

沈修拆掉发卡，看着窗外，刚才路灯下面细密的蚊虫，已经被蝴蝶般的蛾子代替了——雪是越下越大了。沈修捋着头发，也准备上床休息，客房的门忽然被敲得山响。沈修吓了一跳，张晓琴也被惊醒了，一骨碌翻起来，赶紧往身上套毛衣裤。她一边安慰沈修，一边质问敲门的人：谁呀，深更半夜的？

门外的人并不回答，只一连声地说开门开门！公安局的！

张晓琴手脚并用，很快就收拾停当，门也被擂得要散了架一样。张晓琴打开门，三个穿警服的人站在门口。一个像黑老大的大个子警察开门见山问沈修和张晓琴，你们下午五点半左右在客运站坐过一辆 4312 的出租车吗？张晓琴没回答，却先要看他们的证件。不愧是吃公家饭的，张晓琴就是张晓琴。瑟瑟发抖的沈修心里只有佩服张晓琴的份了。不单如此，张晓琴还大义凛然地站在沈修前面，有保护她的意思。张晓琴跟警察说话的时候，一只手还紧紧拉着沈修的手，这样一个暖暖的小动作，让孤单的沈修既感动又安慰。算啦，什么偏方不偏方的，能交上张晓琴这个有胆识讲义气的朋友，值了。

像黑老大的大个子警察说：“据东海岸的服务员说，五点半左右，你们曾搭过4312的出租车。”

张晓琴说：“我们是搭过一辆出租车到这儿，不过没有记住车号是多少。”

“想一想，在这段路上，有没有别的什么情况……比如，司机有没有给人打过或接过电话什么的？”大个子问。

张晓琴看看警察，又看看沈修，说：“想不起来，记不清了。我有点晕车，刚下了长途车就上了出租车，晕晕乎乎的。”

沈修忽然插进来一句话：“有，有的。那个紫罗兰就是接过一个电话。”

大个子警察盯着沈修，反问道：你怎么知道司机的名字？你经常来梅花凹吗？你做什么职业？来梅花凹干什么？警察问了一连串的问题，沈修都不知道该先说哪个了。张晓琴安慰她说，别紧张，慢慢说。

沈修说，我没有职业啊，也是第一次来梅花凹，是来看病的……那个司机衣裳是紫的，脸上化的妆也是紫的，就连假指甲，也是紫的，不知怎么就顺口把她叫做紫罗兰了。沈修咽了咽唾沫，想了想，接着说，她是接了一个电话，说了声大炮，说了几个好，就挂掉了。沈修说，她的彩铃是《月亮之上》，跟我的一样，开始我以为是我的手机响了。沈修说完，看看警察，又看看张晓琴。能看出来，沈修已经从忐忑不安中平静下来。

大个子警察不动声色，又问沈修，你能肯定紫罗兰说的是大炮，而不是大鹏、大胖什么的。沈修低头想了想说，能肯定，就是说的大炮。警察又问张晓琴的工作单位，又查验了她们两个人的身份证。大个子警察问她们话的时候，另外两个警察在检查她们随便放在地上的拉杆箱。先检查的是沈修的黑箱子。警察打开她的箱子时，沈修的脸腾地红了，因为她的行囊里几乎是空的，沈修好像被别人发现她的钱包也是空的那样窘迫。这个箱子，对一个出门的女人来说，是有些简单潦草了。张晓琴咖啡色的箱子里面却塞得满满的，有各种袋装的糖果，还有小孩子穿的衣服、裙子、鞋什么的，一看就是用过的，旧的小零碎。警察一样一样把这些东西拿出来时，张晓琴眉头挽得紧紧的，张了几次口，最终也没说出什么话来，因为一屋子人都看见，警察居然从箱子最底下翻出来一把新崭崭、明晃晃的菜刀来。

（6）

第二天中午，沈修和张晓琴在地方台的午间新闻里，就看到一则女出租车司机昨晚在城外古城堡被奸杀的坏消息。听前来整理房间的小服务员说，那个被奸杀的女司机，就叫罗兰，可认识她的人都叫她紫罗兰，在梅花凹很有名气的一个女人。昨天傍晚就是她把你们送到这里的。只隔了不到一小时，她就被人杀了。没准你俩就是她最后见过的人，难怪警察要连夜来调查你们。小服务员的嘴跟手脚一样麻利，说着话就整好被子，清理了垃圾，笑着退出去了。

沈修和张晓琴这才醒悟过来。难怪警察临走的时候，将那把明晃晃的菜刀也给没收了。沈修和张晓琴相视一笑：没想到在梅花凹，她俩一不小心还做了一回杀人案的见证人，这样的经历，不是每次出门都能遇到的。两人不免感到一种久违了的兴奋和刺激。张晓琴不服气地揶揄沈修：你记性真不赖，

那么一会儿工夫，还记得紫罗兰接过一个叫大炮的人打来的电话——你是不是《重案六组》看多了，拿警察开心，随口胡诌吧？

沈修笑呵呵地为自己辩白说，我还不是想讨警察的好，才那么说的。紫罗兰那个名字，算是凭感觉胡诌的，再的都是电视剧里的台词。这样的台词太多了，已经刻到我脑子里了，信不信由你。我无聊时就跟着主人公说台词，比如：我会让你死得很难看……

两个孤单的中年女人同时失声大笑起来。

沈修则嗤笑张晓琴，大老远地来看一趟亲戚，带什么东西不好，偏偏带上一把菜刀，小气不小气，吓人不吓人。张晓琴却说，别小看那把刀，那可是名牌厨具，贵得很呢。我都没舍得使，专门给春花留着。沈修想，春花是个过日子的女人，又不是江湖刀客，好久不见，见面就送一把刀，还不知道春花会怎么想呢。给亲戚朋友捎礼物讲究说法多了去，比如说不能送帽子，帽子是愁帽子；也不能送包包，包包是穷包袱等等。看来，机关里的张晓琴对这些讲究反倒不大懂行。反正，别人要是送沈修一把刀的话，她是不会喜欢的。不过，沈修已经很久没有收到别人的礼物了。

两人正说着紫罗兰之死和一把刀的事情，午间新闻里又传出来一个坏消息：未来三天，全区将会持续中到大雪天气，交通将会适时封闭。两个人这才发现，不知何时，窗外已经是一片白茫茫的世界了。

看来，沈修和张晓琴还得在梅花凹呆上几天。平安二字值千金。刚才的新闻里，已经播出昨天早晨一辆开往青羊岔的长途大巴翻车的消息，交通堵塞，有死有伤。她们两个没家没业的，急着赶回去也是白脸对着青墙，着什么急呢？

（7）

张晓琴到一个所谓的培训中心报过到之后，就陪着沈修呆在东海岸招待所，继续联系春花。其实，对那个偏方，沈修已经失去了信心，她现在关注的是这场大雪什么时候停，她们能不能平平安安回到家。反倒是局外人张晓琴，有一种不达目的誓不罢休的架势，好像总是迷路和不会出牌的人不是沈修，而是张晓琴自己。

沈修劝说，偏方的事就算了，你还是好好参加培训吧，到时候拿不上结业证，就麻烦了。张晓琴说，只要交过钱，学不学习，证书都能拿上呢。培训就是收费，学习就是度假，别的都只是个样子。听张晓琴那么一说，沈修心里就彻悟了许多。她也乐得看着张晓琴，玩游戏似的按着电话，东一头西一头地打问那个叫春花的女人。

张晓琴再次拨响了那几个亲戚的号码。不出所料，这一回，有一个手机终于接通了。这个亲戚是舅妈表妹的女儿，跟春花是两姨亲，跟张晓琴却是远了好几里。张晓琴可以跟她以姐妹相称，但究竟谁大谁小，就不详细了。沈修和张晓琴从东海岸出发，按照那个亲戚说的地址，走了大约两三站路。不知是因为紫罗兰的那个案子，还是大雪天的缘故，街面上几乎没有出租车，行人也很少。在那个显然是新建成不久的时代商业中心27号营业房，她们轻而易举就找到了亲戚家的美容院。巧的是，亲戚家的美容院就叫个紫罗兰美容院。

大雪天，美容院没什么生意。这时候远道来了亲戚，自然叫人意外和高兴。淡紫色的屋子虽然不大，但装饰得素雅温馨。

在亲戚家里，哪怕是拐了三道弯的亲戚家里，跟住店的感觉都不一样的。在程式化的客套寒暄之间，还是有一缕陈旧的情分藏在里面。张晓琴给亲戚和沈修分别做了介绍，三个年龄相近的女人很快就聒噪成一片。看得出来，做美容的这个亲戚也是个见山说山，见海说海的大说客。

亲戚说，自姨妈的葬礼之后，我们还是第一次又见面了，五六年啦。

张晓琴说真的，日子过得好快啊。不过你还跟从前一样，一点没变，到底是做美容的，保养得好。沈修想，张晓琴真是会说话，要是换了她，直不楞蹬的，可能直接先就问起春花的甜咸来了。

亲戚做出一个巧笑，说，你气色也不错呀，现在的女人真是不显老。亲戚的笑容里满是成就感。这般年纪的女人，只要听着这样的话，多半都会有一种心旷神怡的成就感。话题这样愉快地一开场，三个女人就拉拉杂杂的扯起来。亲戚听说沈修是来看病的，就毫不掩饰地说，梅花凹有个医生，听说早先是学兽医的，现如今在外科拿手术刀了，因为这个，大家都把医院戏称屠宰场呢。张晓琴和沈修一听，四目相视，不禁会心一笑。

这般年纪的女人，到底是少了年轻女人的娇气、傲气和霸气，相互间反多出来一种大智若愚的包容与体恤，彼此都有一种知根知底的默契似的。气氛真得很不错。很自然地，话题从这场大雪、从紫罗兰的被杀，从警察的夜查，从长途大巴翻车以及求医问药的丝线上就绕到春花身上了。

亲戚说，我们虽守在一个地方，可平时各忙各的，也不多见面。她有时候来做做皮肤护理，也总是匆匆忙忙的。最近好久没来了。亲戚一边从手机里面翻找春花的电话一边说，她在城外的盛世花园定了一套房子，现在还没有交工。只知道她在康居小区租了房子，别看只是开了个小商店，生意却红火，要不怎么拴得哪里都走不开呢？亲戚翻了半天，也没有找到春花的电话。她解释说，可能是自己不小心给删掉了。她又翻开美容客户档案本，在春花名字后面，是有一串电话号码，但上面用红色油笔划了两道杠杠，可见，这个号码就像一孔旧窑，早已经废弃不用了。

（8）

雪越来越大，四周越来越白。

沈修和张晓琴深一脚、浅一脚地找到康居小区时，已经是后晌了。康居小区沉浸在一片刺眼的白色之中。沈修特别看了看路牌，上面写着回春巷。然后，沈修就看见临街店铺的招牌上面，写满了回春药店、回春饭馆、回春商店、回春发屋这样单调却充满诱惑的字眼。目标近在眼前，张晓琴不无得意。她扬起手来，接着硕大的雪花对沈修说，我这人就这样，只要说出口的事，一定说到做到。喧谎是男人才干的活计。沈修就庆幸自己没看走眼。能在短时间里就看准一个人，对沈修这个甲减患者来说，真像押宝似的。但不知为什么，沈修总是有一种预感：这一趟，她们或许还是白来了。

张晓琴和沈修相互搀扶着，上了三个台阶。张晓琴径直进了回春商店。她希望这就是春花的商店。张晓琴不服气，在梅花凹这么一个不算大的地方，找到春花究竟有多难？

果然不出沈修所料。店老板说，这周围的店铺里，并没有一个叫春花的女人。店老板又说，不过你们到西大门再看看，

康居小区还有个西大门。店老板说着，给张晓琴和沈修另指了一个方向。她们给店老板道过谢，按照所指，掉转方向，朝西大门走去。张晓琴走得很快，显得几分急躁，沈修加快步子才能赶上她。

张晓琴和沈修就像两个陀螺，转了一个大圈子，终于确定她们是到了康居小区的西大门。张晓琴径直进了小区门口一家粮油店。店老板是个戴眼镜的男人。张晓琴向他打问起春花。戴眼镜的店老板笑呵呵地说，春花呀，隔壁就是。今天雪这么大，她没开门。前两天听她说这里那里不舒服，想去一趟青羊岔，看看亲戚，也顺便看看病——可能是去青羊岔了。张晓琴问起春花的电话，戴眼镜的店老板说，墙挨墙，房挨房，天天低头不见抬头见的，偏偏就没有她的电话。沈修却想，也许，是单身的春花不肯把自己的电话留给这个看上去不大厚道的男人罢了。

一个来买面条的小媳妇插话说，春花好像是搭早班车去青羊岔了，早晨我送贝贝上幼儿园时，在梅花广场那碰见她了。

春花就像一枚生满红锈的道光铜钱，一不小心从抽屉的缝隙里漏出来，掉在地上，终于发出来一个闷闷的、怪怪的声响。

这也算找到春花了吧。虽然只有一个挂了锁的地址，毕竟也算找到了。张晓琴把自己的电话留给粮油店的老板说，见了春花，一定记得叫她给我打个电话。店老板满脸堆笑，连声答应着。张晓琴担心老板不上心，又买了胡椒粉、辣椒面、小苏打什么的，装满了一手提袋。

张晓琴完成任务似的，松了一口气，说，现在就等春花的电话了。她又有些担心，问沈修，那个粮油店的老板一忙，会不会忘了把我的电话告诉春花？沈修说，就算忘了，一见春花，大概就会想起来，店老板一看就是个精明的人。关键是你不能随便换手机号码，这才是最重要的。

陀螺似的绕了一大圈，现在，张晓琴和沈修又开始向路人打问东海岸招待所的位置。好心的路人一听她们住在东海岸，就压低了声音说，你们还是换个店吧。东海岸住的全是些杂七杂八的人，前些天刚在那里抓了两个毒贩子。昨天晚上，经常在东海岸拉客的那个紫罗兰又被人杀了。在梅花凹，那可是个是非之地。

张晓琴和沈修一听，这才明白原来那个紫罗兰果真不是什么好鸟，难怪会遭人暗算。更让两人感到郁闷的是，原来她们的住处，跟这里只隔了另一条还未正式命名的大街。不知是什么掩盖了这条路的真相，让她们傻子似的盲目迂回。张晓琴想，这一回她最大的失误，就是没有事先跟春花联系好。虽然现在人人手里都拿着手机，电话簿里一会儿添加、一会儿删除，输满了似曾相识的名字，可是真正耽于联络的人呢，真是没几个，张晓琴不知该怎样解释自己的失误。她觉得，自己跟生活一样，已经变得变得越来越荒唐可笑了。不过让张晓琴感到欣慰的是，她答应沈修的事情，总算没有落空。虽然沈修嘴上不说什么，心里一定惦记着那个偏方的，一定的。

（9）

张晓琴和沈修回到东海岸时，已经过了晚饭时间。她们在安静的餐厅里简单地吃了晚饭。想起路人的介绍，她们打量四周时，总觉得周围的人都有了双重身份，变得那么深不可测。沈修对张晓琴说，要不，我们还是换个住处吧。张晓琴说，咱

们要钱没钱，要色没色，怕什么呀？要不是下雪，明天就去那个古城堡遗址的案发现场看看热闹去。张晓琴就是张晓琴，一路走来，她的执拗让沈修多少有些无可奈何。沈修发现，从她认识张晓琴开始，她就有意无意地被张晓琴左右着，好像张晓琴是一块吸铁石，而她只是一点碎金属。沈修想，要是明天张晓琴真的去古城遗址，她肯定二话不说就跟上走了，就像她想都没有多想，就跟着张晓琴来到梅花凹一样。

回到房间，两个人都感到累了。她们洗了头脚，打开电视，就钻进被窝里。这般年纪的女人，是最容易疲劳的，也最适宜在电视机前打发无聊的时间。电视里还在播着长途大巴出事的相关报道。另外还有两个好消息，一个是明天降雪天气将会提前结束，还有一个就是紫罗兰被杀案件已经告破，案犯大炮已经被警方逮捕。张晓琴还没有醒悟过来，懒洋洋地说，现在的天气不正常，连天气预报也不准了。沈修却已经失声大笑起来。沈修说，你听听！那个杀人犯居然真的叫大炮，跟我编的一模一样。我可全是由着感觉随口胡编的呀！张晓琴醒悟过来后，两个人的眼泪都笑出来了。张晓琴擦着眼睛，总结似的，说这就像中彩票，根本就是个巧合呀！

因为已经找到了大半个春花，因为杀人案的告破，也因为天气即将好转，沈修和张晓琴的情绪非常高涨。特别是张晓琴，她很快就能兑现她给沈修的承诺了。实际上，现在有很多人，已经不愿把这样一个小小的、嘴皮子上的承诺当成一回事了。那种小小的、微不足道的背信弃义，人们已经司空见惯，习以为常。张晓琴也是忽然间才觉得，原来做到了答应别人的哪怕是一件小小的事情，都是这样让人有面子，这样让人开心！她们看着电视，吃着薯片、地瓜干和旺旺雪饼，聊得海阔天空。

从南方的雪灾，聊到青羊岔的疯女人，从青羊岔的疯女人，又聊到梅花凹的变化，从梅花凹的变化，又聊回到这场大雪，以及那场车祸。

（10）

后来，一想起这件事，沈修常常就会从梦中笑醒，但笑过之后，她的眼角眉梢就会浮起来一层咖啡色的忧郁。后来，沈修常常这样劝张晓琴，偏方子的事，你别往心里去。我自己就琢磨出来一个法子，就是回忆跟你去梅花凹的经历，一想起来就笑，经常这样笑，那个毛病好像就越来越轻，越来越轻了。沈修嘴上这样劝张晓琴的时候，心里却暗想，张晓琴究竟是机关里的女人，深浅到底是不一样的。自从打梅花凹回来后，张晓琴就再也没有提起来春花和那个神秘的偏方。沈修就想，机关里的人啊，就像隔着一块毛玻璃，真正是看不透的。

后来，沈修和张晓琴很快就变老了，变成了两个不折不扣的老女人。不论哪个女人，一经跟“后来”牵连在一起，总会变得很惨的。满脸皱纹的张晓琴絮絮叨叨地对沈修说，其实，我们离开康居小区，回到东海岸招待所的当天晚上，粮油店的老板就把电话打过来了，春花就在那辆开往青羊岔的长途大巴上，已经死了。我们从青羊岔起身的时候，她比我们更早地坐上了开往青羊岔的客车。她起身的时候，心思大概都跟我一模一样：再不去一趟青羊岔，连自己都饶不了自己了，亲戚亲戚，越走越亲。听人说晓琴也离婚了。她以前的号码，已经成了空号，联系不上了……真的，春花在前往青羊岔的路上，看着雪花，甚至在车祸发生的那一刹那，跟我去梅花凹的路上的心思都是

一模一样的啊……张晓琴对沈修说，真的，我没有对你喧谎。那么是谁给我喧谎了呢？你说。

张晓琴这样对沈修说的时候，沈修早已经是一个老年痴呆症患者了。

后花园

小凤把脸贴在窗玻璃上，眼巴巴地朝酸溜溜家的方向看着。酸溜溜家门前新修了半截柏油路，所有进出九道湾的人都改走新路，不走老路了。老路是一条黄土路，走过去就是淹脚背的浮土，多少来九道湾转的亲戚都说，九道湾呢，地方是个好地方，就是这半截路，太碍事了。新新的鞋，展展的裤脚，一经过这条老路，就会变得面目全非。大家老喊着要修路，可谁都是狗揭门帘，嘴上劲大。一轮到村官挨家挨户募捐银子钱时，嘴巴又夹得紧紧的了。有人说，走了几辈子的路了，修什么修，再走几辈子也使得。还有人说，修来修去，还不是黄狗上供桌，等着吃爷爷，不就是想趁机乱收费，剥人一层皮嘛……修路的事情就那么时而被瞎嚷嚷着，捧得像个烫手的山芋，时而又像个小奴一样，被捆绑起来，锁在寂静的黑屋子里。忽然有一天，就有一个年过古稀的客官来到九道湾，一伸手就掏出十来万，修了这半截柏油路。据说，这位客官早些年流落此地，九道湾的乡邻曾助过他一臂之力。现如今人家有钱了，发达了，念起这份旧情，就慷慨解囊了。

事情居然会这样简单：让九道湾人在心中念想了很久的柏油路，居然就这样梦想成真了，由不得人不心生感慨。有人说，要懂得施恩呢，九道湾这地方的好风习可不能丢。还有人说，

羊还懂得跪乳之恩，人呢，就更不用说了，唉唉……走在平整干净的柏油路上，这些庄户人的心呢，分明也柔软、安详了许多，就像被春风吹拂过一样。

小凤的心，也像是被春风吹过一样，暖洋洋的。

因为裴娘娘今天要来了，小凤和奶奶一样，盼着裴娘娘来呢。

其实按辈分来说，小凤应该称呼裴娘娘老太太了，还有奶奶、爸爸妈妈，他们对裴娘娘，都有台阶一样各自的称呼。可是不知从什么时候起，亲戚们就不分大小长幼，一律把那个头发花白、精神矍铄的老太太称为“裴娘娘”。“裴娘娘”这三个字眼儿，总透着一股厚厚的、浓浓的敬意，绝没有一点点亵渎和轻慢的意思。在亲戚们中间，“裴娘娘”这三个字眼儿，根本就是一幅金字招牌，不管有什么大事小情，只要一提起裴娘娘，当事人的脸色、语气，甚至心态就会有意无意地平缓下来，本来还是千里冰封、波涛汹涌的样子，只要一提起裴娘娘，就一点一点，慢慢变得鸟语花香、风平浪静了。

小凤弄不明白，裴娘娘一个半截身子快入土的老太太，既不是女侠，又不是先生，手里也没攥着大红印，说起话来慢悠悠、软绵绵的，亲戚们为什么就那么抬爱她呢？庄户里的半老太太也是有的，也没见哪一个像裴娘娘那么风光，开口说上一句话，就顶旁人的十句八句。小凤就不知道在裴娘娘身上，究竟暗藏着什么样的法器。听奶奶说，裴娘娘的功德，快要赶上莲花座上的菩萨了。奶奶说过，裴娘娘不单家世好，模样也是庄户里数一数二的，当年远近来攀亲的后生，就有几牛车。可裴娘娘呢？单单就看上了又当爹、又当娘的金贵。其实金贵既不是爹，也不是娘，金贵爹妈去世早，一个兄弟金福，一个妹子金花，都靠金贵一双手养活着。快三十的人了，还是进来一个、出去一根的光棍汉。庄户里的人都说，就凭金贵那一个兄弟，一个妹子，要寻个好姑娘家，难呢！可金贵说了，再苦、再难，兄弟、妹子也不能丢开不管，打断骨头连着筋的人，怎能丢开手？——裴娘娘偏偏就相中了这么个人。大婚那天，庄户里不知有多少人酒后失口，说金贵也是昏了头，娶上这么个花枝枝，就怕是一时欢喜，不长久！

奶奶说，裴娘娘过门时，金福和金花才是狗大的年纪，正劳人呢。裴娘娘擅女红，自打过了门，金福和金花的穿穿戴戴就干净、拴整了，就像个有娘的崽了。庄户里的人都说，裴娘娘就不是金福金花的嫂子，分明就是他们的二娘了。奶奶说，裴娘娘那个人，是女人堆里少有的人——她不单让金福金花穿戴得拴拴整整，还打通金贵的脑袋，硬是从陪嫁和牙缝里省出银子，供那两个崽娃念了书。在庄户人里，就是自己生的，也未必有这样的福气；就是个爷们汉子，也未必有那份眼光。金福、金花也果然争气，书念得节节高升，一先一后都考上师范、中专，到底端上了公家的饭碗。不单如此，后来金福媳妇，就是在裴娘娘的上房里娶进门的；金花呢，也是在裴娘娘的上房里嫁出去的，一溜风的皆大欢喜，事事如意。庄户里的人都说，金贵家祖上，不知在哪里许了大愿，上了高香，修来裴娘娘这么一房打着灯笼难找的媳妇儿，光是用一个“好”字来评判，明显是不够的。裴娘娘的“好”，就像是家族性疾病，能遗传似的。从金福家，到金花家，里里外外，都自然而然流行起裴娘娘那种待人的“好”，待事的“和”来。从金福媳妇，到金花女婿，再到小一辈的侄男侄女，在各样事情上，人人自觉不自觉地，全都习惯了拿裴娘娘当模子。仅仅凭一个“好”字，裴娘娘硬是让当年叫全庄户人摇头叹息的金贵家一顺百顺，一

天一天兴旺、发达起来。现如今庄户里的人都相信这么个理儿：不论大事小情，只要做得像裴娘娘那样地道、仁义，就错不了的。奶奶说，家和万事兴，这绝不是虚话。人活一辈子，只要好好修行，自然会功德圆满的。前世神修，今世人修，你看裴娘娘，人家就是今世自己修来的。人不带病，畜不生瘟，种啥啥收，养啥啥成，人人都看在眼里，记在心上呢。

听奶奶那么一番讲说，小凤心里隐隐明白一个道理：不管男人也好，女人也罢，一定要记得有好修行。小凤似乎也弄明白了，其实在满头白发，半截身子快要入土的裴娘娘身上，并没有藏着什么神秘的法器，她的法器就是她的好修行。小凤觉得，这也有点太简单了。不过小凤还是相信：不管怎样，她也会学学裴娘娘的样子，要为自己好好地修呢！

从玻璃窗上，小凤终于看见裴娘娘了。花白头发，直板的腰身，对襟暗花紫棉袄，手里拎着一个暗绿方格的小布包，配着黑裤子黑布棉鞋，看着就特别精棒利落。小凤看见奶奶几步迎上去，两个人脸上都笑成了一朵金菊花。奶奶说，裴娘娘有日子没来了。裴娘娘说，前些日子染了风寒，喝了半个月的中药……不中用，该老回家了。裴娘娘话音一落，两个人就扑哧哧笑起来，就像遇上什么喜事一样。

裴娘娘就是裴娘娘，一进门，屋子里就仿佛开了扇空调，小凤觉得自己的头疼都减轻了，浑身上下舒服了许多。要不是生病，奶奶早就把小凤撵到外面玩去了，嫌她多嘴多舌，碍着她们娘儿俩说话。看见裴娘娘和奶奶一前一后进了屋，小凤赶紧缩进被窝里，闭上眼睛，装作睡着了的样子。裴娘娘单腿盘坐在炕沿上，伸手揣小凤的脑门儿，放低声音说，还烫手。奶奶说，贪嘴，吃着了。针也打了，药也吃了，躺一两天就没事了，凤儿贪嘴，一贪嘴就这样，老毛病了。奶奶的话音里，透着一种浓浓的体谅和疼爱，小凤能感觉到。这种知根知底的体谅和疼爱，让小凤的身子感觉又舒服了许多。小炕暖烘烘的，被窝也捂得暖烘烘的，小凤觉得，自己真的快要睡着了。

然后小凤就听见奶奶给裴娘娘上烟火、上茶水的声音。不用睁眼，小凤就知道奶奶给裴娘娘上的烟，准定是好烟，不是阿诗玛，就是红乒坛；给裴娘娘上的茶呢，也一准就是爸爸孝敬来的一等茉莉花，都是藏在三角柜里的好东西。若是二奶奶上门，奶奶顶多也就给她一杯粗淡茶水，连招呼二奶奶的声音，都是轻轻浅浅的，跟裴娘娘相比，错得远了。其实论起来远近，二奶奶跟奶奶要近切得多，老妯娌了，可裴娘娘的待遇，就是比二奶奶高一大截。小凤不解风情，一问起来，奶奶就是那句老话：她呀，还没修来呢。再问，也还是那句老话：远了香，近了臭，老理了。说完还要数落小凤一回：姑娘人家，多嘴！

烟气的味道也升起来了，有一点怪怪的、苦苦的香气，怎么比呢？有一点点三姨家那种什么咖啡的味道，小凤在三姨家喝过的那种。茶水的声音也响起来了，嗤啦，嗤啦……不知道那茶水里化了多少白糖黑糖，喝得那个香！小凤的嘴巴都酸了。小凤都想从热被窝里爬出来，把裴娘娘的茶美美喝上一大口。

然后，小凤听见她们开始拉话了。每次悄悄听裴娘娘和奶奶拉话，小凤都能长些见识，然后再到酸溜溜面前卖，可真有面子。已经上二年级的酸溜溜都快要拜小凤当师傅了。奶奶还没有发现小凤的秘密：只要听说裴娘娘来，小凤肯定会吃着的，肯定会赖在炕上，悄悄听她们拉话、长长见识。连这点机关都

看不穿，小凤觉得，奶奶真是老了。小凤也觉得，自己实在是个聪明的女子。

小凤知道，裴娘娘和奶奶要拉的话，一定是关于后花园的。

上几回裴娘娘来的时候，身边总带着一个陌生女人。粗粗一瞥，还像个姐姐；细细一看，分明可以叫姨了。不过小凤还是甜甜的把那个女人叫了姐姐。听三姨说，有一回在中巴车上，小票员把她身边那个女人称作奶奶，那女人勃然大怒，把小票员狠狠臭骂了一顿，小票员都吓哭了。三姨说，小票员很小，也就初中生的样子，她身边那个女人已经有一把年纪，叫奶奶不是太准，也不为过，不承想会吃顿臭骂。小凤想，一百个女人，有一百零一个女人都喜欢别人说她年轻、好看。问题是，有的女人的确年轻、好看，有的却不是，因此也就不能实话实说，讨人没趣。小凤算是明白了，年轻好看的，要夸上几句；不年轻不好看的呢，也要夸上几句，除了相貌和年龄，捡别的地方尽管夸，没错的。人啊，说话一不小心，就把别人的心给伤了，不是个好事呢。

可能因为小凤的甜嘴巴，和裴娘娘一起来过九道湾的这位姐姐，自然非常喜欢小凤，每次都给小凤捎带上一些好吃的、好玩的：猫耳朵啦，巧克力啦，鸡毛毽子……什么的。好胳膊好腿，赶不上一张巧嘴，小凤只不过是违心地叫了她一声姐姐，就换来这么多的好处，女人原来是这么容易就能哄转的。小凤就想到自己，用奶奶的话来说，终归也是个妇道人家，女流之辈，有那么一天，也会被别人用好言语哄转来哄转去，空欢喜一场吧？这样一想，又觉得那个“姐姐”给她捎带来的快乐，竟然淡了许多。

“姐姐”有一个怪好听的名字，叫叶明珠，从头到脚，从上到下，打扮得光灿灿、亮闪闪、香喷喷的，真真让小凤想起镶在圣母皇太后凤冠上的夜明珠来。背过她，小凤和奶奶就叫她“夜明珠”。

奶奶说，“夜明珠”早先是个卖保险的，可又不单单卖保险，还捎带着卖过保健品和化妆品，也算是半个跑江湖的买卖人。后来不卖保险了，又改行做起了后花园的生意，一天到晚，专门跟掉光了牙的老头老太太进退周旋。奶奶说，“夜明珠”那姑娘会说话，有眼色，招人待见，生意做得越来越顺畅了。这不，就连咱们裴娘娘往后的住处，都要由着“夜明珠”来计划、安排了。奶奶说的也许都是真格的。有一回，“夜明珠”和裴娘娘离开时，把一个文件袋落下了。奶奶仔细给她保管起来，说一沓子纸都新崭崭的，就怕是有用、要紧的东西。奶奶嘱咐小凤不要随便乱打动，弄丢一张、半张的，让人上门讨要可不好。可小凤忍不住好奇，还是趁奶奶不留意，悄悄打动了。一张、一张，全都是青绿颜色，全都是关于那个什么后花园的，有山，有树，有碑，有亭，真就跟兰山公园一个模样。在纸的左下拐角处，还有一堆蚂蚁样的小字，黑沉沉、神神秘的，像是聚在那里窃窃私语一件人命关天的大事情一样。每张纸的右上拐角，都用大头针别了一张小卡片，上面印着“西部花园”，“叶明珠经理”几个字样。其中有几个字小凤还没见过，费了好大的心思，请教过酸溜溜才算认识了。

过了好久，“夜明珠”都没有上门来讨要那个新崭崭的文件袋，大概把这些东西忘在脑后了。奶奶呢，也把这些东西忘在脑后了。有一回，烧炕一时寻不到引火的东西，小凤自然就拿那些纸引火了。在炕洞里，小凤看见那座纸上的“花园”，还有那个纸上的“叶明珠”，一转眼就变成了没有骨头的灰烬。

烟气的味道又升起来了，有一点怪怪的、苦苦的香气。茶水也嗤啦，嗤啦响起来……裴娘娘说话的声音，真是安详极了。

人过六十，夜夜得防老。我这一防啊，就防到了七十上！七十三，八十四，阎王不请自己去。也不枉小叶这孩子跑得勤，是该在眼睛睁着的时候，看看自个将来住的那个什么后花园，究竟是个啥样的。奶奶搭嘴说，裴娘娘说笑话了，官走衙门民走巷，就您这精气神啊，大巫小巫都得绕着道儿走——有天上的菩萨保佑，您康健着呢。

裴娘娘笑了笑，说亏得是康健着呢，要是不康健着，让人抬头抱脚，端茶倒水，儿儿女女可就遭上罪了。裴娘娘说，儿女也有儿女的担子，不容易！

小凤听见奶奶跟了一句：不容易！蒙在被窝里的小凤也在心里跟了一句：不容易！仿佛看见那三个双胞胎似的“不容易”，听见她的口令就站好队，齐刷刷起步走了一样。

裴娘娘说，说句真心话，我还是想睡在金贵家的老坟里头。睡在哪里，都不如睡在祖宗的脚下踏实、安稳。可世道究竟不一样了，今天这里规划，明天那里动迁，就连睡在地底下的，也都不得安稳。儿女们嘴上不说，我也明白他们的心思，昨天已经给小叶那闺女说好，就订上一套“西部花园”的地皮，省得他们忙忙的，再为咱们的事分一份心。

奶奶说，裴娘娘的心肠里，尽装上别人了。听着好像是为您自己打算，到底还是为着儿女们着想，这真是我那伙兄弟姊妹们的福气。

裴娘娘就笑了。裴娘娘的笑声，也是热烘烘，暖洋洋的，小凤觉得，那笑声里有一种天雨抛洒，春暖花开的迹象呢。

裴娘娘说，我是老了，可还没老糊涂，把我的心思给他们一说，一伙人都夸我慈悲。咳，全都拿我当老小孩子哄。我呢，就识这个哄，上上下下都和顺，都高兴，这就是好。

奶奶赶紧说，裴娘娘说话行事，样样有窍门似的，我们学也学不来。我猜那也是生性里带的，照猫画虎地学，怕也是白费工夫，您说是不是？奶奶话音刚落，小凤就听见裴娘娘嗔奶奶一句：就数你碎红红会说话！

碎红红是奶奶的小名儿，小凤穿开裆裤的时候，也曾把奶奶叫过碎红红。小凤觉得，只有两个人特别亲近，不隔心隔肺的时候，才叫得出碎红红这样的名字来。经历了多少春花秋月，夏雨冬雪，裴娘娘和奶奶，不是娘儿俩，早就赛过娘儿俩了。

小凤果然听见裴娘娘和奶奶扑哧哧笑起来，这经历了多少春花秋月，夏雨冬雪的笑声里，藏着多少小凤所听不懂的人情世故呀！就算不懂得这份浓淡相宜的人情世故，小凤觉得，她还是那么喜欢裴娘娘的到来，也是那么喜欢裴娘娘和奶奶知冷知热的笑声呀！

猫在被窝里的小凤，也在心里唤了一声“碎红红”，忽然间觉得她穿开裆裤那时候，就像夏天窗台下淡紫色的喇叭花，没几天就谢了，没影了。到秋天时，它们就变成小凤手心里黑黝黝的花籽了。

小凤听见裴娘娘轻轻叹了口气。奶奶也陪了一声，心有灵犀的样子。

时间仿佛一坨白腻腻的荤油，凊在小凤被子周围，裴娘娘和奶奶的说话的声音，依稀远了。在那坨白腻腻的香气里，裴娘娘和奶奶，仿佛两只没了翅膀的黑蛾子，也凊在那儿了。

………

咱们做闺女时候，常看孝子们给老人贡寿材。好烟好酒把匠人请进门，先要磕三个落地响头。每做完一道工序，都要跪下给木匠师傅磕头，谢酒谢饭，一顿都马虎不得。一副寿材做下来，孝子的额头上，一准能留下一道青花印子，大师傅呢？一准会长二两的膘。这样贡出来的寿材，有孝心抗着，几时都不朽不坏。这买来的东西就不一样了，三年两年，说散就烂散了。你看咱们九道湾的候大大，迁坟时，人已经作成骨头，衣裳都变成灰了，可那房子还是好端端的，就跟新的一样。那都多少年了啊！还是老辈人说得对：但凡会喘气的，到头来都是个假的；不会喘气的呢？反倒是真真的。

清在那坨白里的小凤，听着自己轻轻的喘息，模模糊糊的想，自己原本也是个假的吧？是纸糊的，还是泥捏的呢？小凤想不分明。再细想，又有几分惘然。

奶奶缓缓搭了一句：裴娘娘说得可都是硬道理儿。只可惜现如今没有人懂这些个了。

说到底，还是银子钱爽利，钞票一交，地界、寿材、金童玉女、鼓手道士……都有人替代打理了。听说在什么地方，还有替孝子跪经、哭先人的，那也叫一条龙服务什么的，齐全是齐全，便当也便当，就是这心里啊，总觉得缺了一块东西，补不上去。

那年青娘脑出血走得急，穿穿戴戴全是从纸货铺子里买的。青娘个高，买的寿衣总之是不合身，只能凑合着来，七长八短的。可怜她给人一针一线缝了多少老衣，临了自己可没有一件是称心如意的。小凤知道，只要提起那些已经亡故了的人，裴娘娘总会揩揩她嶙峋的眼眶，或者是手腕上那对暗红的玉镯，就好像两样东西之间，藏着一段秘密的传说一样。

裴娘娘说，我的老衣，就是请青娘给缝的，年年六月六拿出来翻晒，就记起那个人来，由也由不住人。要说呢，那人也走掉好多年了，可就也怪，一不留神就惦记起来。昨天还真真梦见她了，又不是十月一，又不是清明节的。

奶奶说，就怕是前来托梦的。我也常梦见凤儿爷爷，拄根拐棍，吹着胡子，站在那里，想安顿些什么话的样子。人已经走掉了，还有什么话要安顿的呢？

……

听小叶那姑娘说，那座西部花园，是最新开发的，用的是莲花座的图案，吉祥得很！说我住的花园呢，就在莲花叶上，是旺角吉房。她说，我这辈子，劳苦功高，功德圆满，给我出的价，据说还是酬宾价，迟一步就叫别人抢购了。意思呢，就像是我捡了个天大的便宜。你说说！

奶奶就说，早听说了，现如今多少人都在炒墓，热乎着呢！去年一对夫妻合葬墓才是三千八，今年就涨到五六千了，跑得比兔子都快。定金一交，人家立马给您一份大红的“房产证”，几排几号都有，想的都倒不错！就像“夜明珠”说的，拿上这个“房产证”，才算是真有福气的人呢。您这桩大事一定下来，凤儿她爸短不下也要谋虑我的那后花园了。谁叫您是裴娘娘呢？我呢，就要您莲花叶下面的那一处，就像城里人，一个楼上，一个楼下，到那时，咱娘儿俩还这么拉话。再说，这会不定夺下来，指不定明年又是啥价码。白银买断黑人心，明年的行情，谁能说得上。

奶奶绣花丝线般的声音，就像被蒙在黑陶罐子里了，小凤想听仔细，却怎么也听不清。

也许，在暖烘烘的小炕上，小凤真的已经睡着了。

小凤梦见，她长了一双白色的翅膀，飞呀，飞呀，就飞到裴娘娘和奶奶说的那个莲花座上了。在那莲花座上，有她们另一个家。将来，她也想跟裴娘娘，还有奶奶住在一起，住在她们修来的后花园里。

大地红

二娃的婚宴定在银都酒楼，日子定在老历十月初六。十月初六是个吉利日子，每年这一天，街上的花车队伍总是一队接着一队，络绎不绝。正因为如此，在半个月前，银环就给银都酒楼预交了200块钱定金。手里拿着老板娘扯下来的淡粉色的凭据，银环的心才款款放进肚子里去了。在歌兰小城，稍微像样点的酒楼，遇上婚丧嫁娶的事情都得提前预订。即便如此，有时候都排不上号，两家在同一个餐厅或酒楼摆酒席，这一家过红事，那一家过白事，也是常见的景致。只不过，店老板规定，过白事的人家是不能穿着孝衣、戴着孝帽子进餐厅的。也正因为如此，前来吃酒的客人中，有些愚鲁之人，往往在东家吃了喜酒，礼金却记在西家蓝色的礼单上了。要知道，蓝色礼单可是过白事才用的呀。这样的差错，年年都有那么几回，翻过头来找后账的，也不少。

酒宴一定，银环的心就彻底放下来了。二楼十桌，安排的是自家的亲朋好友；三楼三桌，是给新亲留的包间。一楼用来典礼，已经请好了摄像跟司仪，连典礼用的紫纱、葡萄酒、鲜花、吉祥物、彩灯……都计划在里面了，这几年小年轻结婚都时兴搞这些新花样，请专门的司仪，一个一个跟小沈阳似的，能说能唱，会捧会逗，气氛很容易搞活。二娃的婚礼，银环预

料到会缺少这种活泛的气氛，所以也就舍了三张红板，专门请了一个“小沈阳”。烟、酒、瓜子、喜糖、可乐雪碧什么的，也在富华批发部里定好，到时候打个电话，伙计们一早就会送过来——多年包红包的老店，误不了事的。里里外外该请的亲戚，都已经细细抹虑一遍，不会漏下一个瘸腿子张三或者半瞎子李四了。不会像那年年底嫁女子一样，忙乱中少请了一个贵人，得罪了整整一门亲，不会的。一切已经准备停当，就等着日历再翻几张，翻到那个好日子里，六挂一千响的大地红一响，就顺顺当当把新媳妇娶进门来。新媳妇一娶进门，银环背上的那个担子就算卸下来了。不管对活着的，还是死了的人，都算交付了差事。对半路上走掉了一口人的银环来说，能体体面面、风风光光把新媳妇娶进门，这是一件辛苦的、不容易的差事，也是一件大喜的事呢。

半路上岔岔走掉的那一口人，就是银环的男人长生。

长生弟兄姊妹四个，长生排行老二。弟兄姊妹四个人里头，数老二头脑简单，性子慢、话语痴、肠子软。要个头没个头，要貌相没貌相，一张咩咩的青羊脸，一看就是一个只会受死苦的人。也因这个原因，长生上面一个哥哥长命、下面两个妹妹长青和长红，日子都一天一天过到城里去了，只有老二长生，四十大几的人了，还守着乡下的几亩薄地，托儿带女地熬光阴。女子串串是长生和银环的骨血，而那个人高马大的儿子二娃，却是当年长生从歌兰城外的垃圾堆里亲手捡来的。二十年前，歌兰城里还时兴做家具，长生则有一套木匠活的好手艺，农闲时节，常常跟村里人合伙儿，到城里的人家卖手艺，贴补家用。这个二娃，就是长生在回家的路上顺手捡来的。长生跟银环攀的是姨妈亲，在生了串串之后，接连生了两个男娃都糟掉了。

那时候长生跟银环才知道，原来近亲通婚，是很容易生出来短命的、不周全的娃。也就是说，只要长生跟银环还在一搭里过日子，他们命中注定就不能有个聪聪明明、健健康康的儿子了。长生不可能为了讨要一个儿，把一搭里过了几年的银环休了，再另娶一个进门。邻村就有这样的事。邻村邢满仓的媳妇就是一个石女子，结婚三年了都不坐果，就被邢满仓给撵出去了。没出两年，邢满仓就娶了二房，现在儿子已经跟串串一样大，会喊爹叫妈，满地撒欢了。可是长生肠子软，狠不下那份心。何况，屋里屋外的活计，银环都拿得起、放得下。人样子也好，整个村子里没有婆姨能比得上。更何况，一旦休了银环，母亲那一对老姊妹，还有那一伙姨姊妹的心可就伤得劲大了。亲戚之间就是这样，一根筋连着九根筋，一旦不小心，就把筋骨给伤着了。人一旦伤着筋骨，还能走个利索路，还能活出个好人样来么？不能。

从那以后，长生跟银环就断了再生个男娃的梦想。

长生从歌兰城外垃圾堆上捡到这个遭人遗弃的男婴时，离他的第二个男娃糟掉快三个月了。要知道，一个像长生那样的庄户汉，在内心里是多么盼着有个儿子呀！就像一桌子饭菜，有了儿子，这一桌子饭菜也就有了浓浓的味道，有了荤腥气，跟素汤寡菜的味道究竟是两样的。在庄户人的心里，都有这样的念想藏在心底里，藏得深深浅浅的。村里牛不朗的婆姨又黑、又丑、又胖，为啥总要被这家、那家请去给新人缝新被，铺新床，娶新亲，还不是冲着她一肚子下了个龙凤胎，都是冲着那份儿女双全的喜气去请的。要说起来，村里红珍的针线女红才是一流的，她绣的手帕子、剪的窗花花，都拿到歌兰县城展览过呢。可她是个寡妇人家，谁敢请她去做娶新人的活计，多不吉利呀。

相反，在那些娶媳妇、嫁闺女的喜宴上，心灵手巧的红珍只能藏在厨房里，做做洗锅刷碗的粗活。就连这样的活计叫她做，都是赏她面子呢。虽然嘴上不说什么，其实在心里面，那个儿女双全的心愿就是一轮八月十五的月亮，照得长生心里暖呼呼、明晃晃、香喷喷的。可长生的心，早就被那个没造化的娃娃拴走了，心里是收割过的麦田一样空旷宁静。本来，长生也没有多大的心劲去城里卖手艺了，串串就一个女子人家，迟早是一盆泼出去的水，是一个脸朝外的人，挣多挣少也是枉然。可是呆在家里，看着银环青着一张苹果脸，一种丢了魂了样子，心里也烦闷，就还是跟着村里人合着伙儿进城了。收工后，长生心里烦闷，在小饭馆里喝了两杯，就落了单，天擦黑时，回家的路上就剩下他一个人了。一听到垃圾堆里传来高一声低一声娃娃清脆亮堂的啼哭声，长生的心仿佛被一把尖利的刀子割开了，往外流着血。娃娃的哭声，让长生又想起那两个糟掉的肉团团来。唉，命呀，都是命！长生停住脚步，从垃圾堆里把那个红点碎花包裹抱在怀里，看见那两条粉团团的小腿中间那个模模糊糊的小虫子般的东西时，心里这样长长叹了口气，说不上来欢喜还是忧伤。一个爷们汉，看着这个与自己毫不相干的小孽障时，一双眼睛竟然是湿漉漉的了。抬头婆姨低头汉，长生日子过得仔细、平常，走路常是低着头走惯了的，即便在半道上捡到一根柴火、一个旧轮胎，或者一个烂箱子都要顺手带回家，何况还是哇哇啼哭的一个小生灵呢？这是一个多大的便宜呀。软肠子的长生想也没多想，就把这个娃娃抱回家了。长生是抱过娃娃的人，也不知是那尊小肉身子变得暖和起来了，还是那种摇篮般的节奏让那尊小肉身子悟到了什么，总之，慢慢地，他不哭了……长生是解开了旧棉袄抱着他，抬头挺胸、大步流星地走着，甚至是小跑着往浪荡庄走着，生怕怀里的那个小孽障冻着了。长生心里热腾腾地，仿佛怀里抱着的不是一个婴儿，而是一块容易碎掉的粉粉的玉。他抬头挺胸往浪荡庄走的时候，就像一个打了胜仗、凯旋的英雄。长生迈进浪荡庄的家门槛时，二娃在长生怀里面正睡得香呢。粉嫩嫩的小脸上，还是一个笑模样。是哩，长生走了一路，在回家的路上，在踏进家门的那一刻，就把名字给这条小命起好了，跟着老大串串挨着叫，就叫个二娃吧。捡来的娃娃，跟捡来的猫狗一样，起一个皮实、下贱的名字，才好养活。

长生一贯就是一个头脑简单的人，他原以为，跟他一样渴盼儿子的银环，一定会喜欢这个带鸡巴的、可怜的小东西的，就像她一贯喜欢养个找不着家门的猫呀、狗呀什么的。长生完全没想到银环竟然会不要这个襁褓中的小可怜。银环靠在里屋的门框上，头上包着蓝花围巾，身上披着那件肥厚的二转子棉衣，抄着两只手，还是一个月婆子的邋遢模样。没出百天，是要捂月子的，不捂足月子，就会落下病根子，会受它一辈子的拿捏。身形略显臃肿的银环一听长生今天捡回来的不是一个轮胎，也不是一捆柴火，而是这么一个讨债的小孽障，气就不打一处来。银环指着长生的鼻子说，你真是一个瓜蛋。若是一个好端端的男娃娃，谁舍得大冷天的扔在垃圾堆里等着你捡便宜呀？肯定是先天就有什么毛病，才扔在那里的。就算周周全全，没什么毛病，也不知是谁人留下来的孽障，爹妈清白不清白，我凭什么要替人白养一个儿子呢？银环提高了声音说，你这个瓜蛋，你以为就你一个人听见这个娃娃的哭声吗？别人路过时也听见了，只是不像你这么瓜，才绕道躲开的，你倒好，偏偏不识数，还把他抱回来，你是想儿子想得入魔了吧。银环说，

你没听人说过吗？丫头养的丫头养的，丫头养的人命都贱，就算养大了也不一定有多大出息，也不一定知道报你的恩。这一个没准就是个丫头养的私娃娃。老话说得好，筷子尖尖上有仇呢。命里不该有的就别强求，谁知道捡来一个好歹。你哪里抱来，哪里抱走吧，如今我是再没有那个心思了。银环不单干活利索，嘴也不饶人，人又有样子，不管讲起正理还是歪理来都是一种俏模样，在长生面前一贯是个常有理。其实她也就是遇上长生这样的男人，肠子软、性子慢。要是换了生牛皮子牛不朗，就算那个胖婆姨一口气再给他生一对龙凤胎，假若嘴上一抗硬，脸上照样吃耳光。村子里有多少都说，银环这个女人，仰仗着跟长生是姨妈亲，背后多了一层靠山，也仰仗着自己尚有几分人样子，一点不知道体恤长生，是身在福中不知福的一个女人。

听银环那么一番说道，长生被一桶冷水浇了个透心凉。原来女人却都是走江湖的郎中，是很会哄人的呢。嘴上说东，心里想西，嘴上说的跟心里想的，原来能错出来这么大的码子来。平时银环不是总那么说，如果能从哪里抱一个、捡一个回来，一定当成自个圈里出来的一样心疼吗？不是说不管好歹，只要能跟着长生姓徐，将来能把自己抬埋出去、能给她和长生烧纸磕头，上坟添土就行了吗？怎么长生真的抱回来一个，她又转了把子，变了方向？女人的心性难道真是说一套，行一套么？长生正愣愣怔怔地站在外屋里发愣，不知拿什么话应对巧嘴的银环，长生怀里的那个小东西忽然哭了，声音那个响亮！跟他们先前糟掉的那两个娃娃微弱的哭声相比，二娃的哭声简直就像一道亮堂堂的闪电，把银环和长生都惊了一下。加上串串，银环、长生两个人抱过三个娃娃了，三个娃娃加起来的哭声，都比不过这一个的干脆响亮。看来，这个讨债鬼的命大，好养活着呢。怀里的娃娃一哭，长生就慌了手脚，不知该怎么侍弄，就用求救的眼光看着银环。长生知道银环会有办法的，没有什么事情能难住银环。屋子里钻进来一条、两条青蛇、麻蛇，银环一声不吭，掀开门帘，在门外点上三炷玫瑰香，只一炷香的工夫，麻蛇就闻着香味儿游出去，游到菜园子里了。不像那个碎胆子的寡妇家红珍，会吓得尖叫一声，尿了裤子。没了男人的女人，就是没底气，胆子小，说起来也是可怜着呢。门口来了讨吃，银环二话不说，放下一张青苹果的脸子，横冲冲地就冲了出去，一付泼妇相，几句臭骂，就把胡子拉碴的叫花子打发走了。二十年前，一旦哪个省份遭了水灾、旱灾，总有一拨一拨的讨吃上门乞讨。那些讨吃很奇怪，有的不要衣服、鞋之类的旧东西，专门要钱，五分、一毛，给一分是一分；有的不要衣服、鞋之类的旧东西，专门要米要面，要饼要馍，给了钱、粮食，还嫌少、还嫌不好，挑挑拣拣的，惹人烦。听人说，还有的讨吃，家里根本就要房有房，要地有地，吃喝比浪荡庄的人还光鲜滋润，就是游手好闲，下不得苦力，才塌下尊贵的脸面这么出门讨要的。家里的房子、吃喝、一应的人情钱、零花钱，都是讨要讨出来的，听人说，一年下来，他们的收入比吃官饭的人还要高。因此浪荡庄里的人素来对讨吃厌烦，没好感，可又纠缠不过，就顺顺舍散了出去。一见讨吃上门，有的人家早早就锁了院门，好像来的不是落魄的讨吃，而是体面的官差一样。银环却不用这样的软办法。用这样的软办法，摸着门道的讨吃还是会来纠缠的。银环呢，放下一张青苹果的脸子，横冲冲地上去，连推带搡，连喝带骂，三下两下，就把叫花子打发到半里开外了。男人汉子，有筋有骨，不缺胳膊不少腿的，干这种塌脸面的营生，叫人吐唾沫呢。不过，遇上女的来讨要，

银环就利利索索地掏衣口袋和米袋子，脸皮就像秋天的果子，暖和、绵软多了，好像这个上门讨要的女人，跟自己是有着拐了九道弯的小姊妹似的。说开了，女人到底是女人家，别看银环嘴上硬邦邦的，其实呢，心里面还是一块印满了碎花的布坎肩，暖和、绵软着呢。

长生一点都没猜错。长生猜到了点子上。一床被子不盖两样人呢。银环藏在心里的心思，还是被长生猜出了八九不离十。听到二娃响亮的哭声，银环好像失了方寸，慌了手脚，上前几步，看着露在包裹中那张哭着的小粉脸，黑漆漆的眼睛里马上就有光亮了，好像点燃了两根灯捻子一样，一闪一闪地。长生一看，心里就有底了。女人究竟是女人家，骨子里面还是一团发起的面，一汪见底的水。啥事情一旦遇到女人手里，就像流水一样顺畅、自然了。

还不等长生说什么话，隔壁房里的婆婆听见动静，抬腿过来了。凡事一惊动这个人，事情咋行咋办，都得靠这个人当家做主。公公去世得早，婆婆就是这个家里的主心骨、顶梁柱，也是家外的外交官。队长白生喜派工派得不公平，牛不朗跟长生借了私钱不认账之类的事情，一概都是由婆婆出面周旋摆平。婆婆生着女人的身子，却担着男人的命。一村的人都说，婆婆如果托成个男儿身，就是个顶天立地的男子汉，指不定能做出多大的事业来。

婆婆一进门，长生跟银环双双叫了一声妈。长生怀里的二娃依然撒开气哭着，就像他小小的心里藏着多少说不出的冤屈。长生注意到，老人进来的时候，黑攒攒的眉毛是舒展开来的，而不是像平时那样，男人似的皱成一个扬场叉椏的形状。

当婆婆的一把将二娃接进自己怀里，轻轻拍着，眼角上渐渐显出一圈一圈暖暖的水纹来。母子连心。当妈的，跟儿子还能有二心么？长生心里想的什么，当妈的早就拿捏得称星子一样准了。

又捡回便宜啦？这个便宜倒是货真价实，硬气得很呢。婆婆嘴里满是调侃的语气，言语间有发了一笔外财的味道。打锣听音。长生还搓着双手不知道说什么好呢，聪明的银环就听出来婆婆的意思了。其实，银环心里又何尝没想过走这一步棋。听婆婆说，村里白生贵的女子也是抓来的，就抓了这一个，老了就指望上了。女子一天天长大成人后，就招了个上门女婿，又繁衍了一儿一女，现在是圆圆满满的三世同堂。村里人从白生贵的家门口经过时，总是能看到一窗子黄澄澄的灯光，总能听到满屋子哗唧唧地笑声，拧开了收音机一样的红火。天留岁月草留根。人一辈子不图儿女，又图个啥。村里五保户焦老头的吃喝穿戴虽说也有人伸手管着，可究竟是隔着一层窗户纸的，不一样就是不一样，不一样的很呢。再说，银环还没满百天，怀里和心里一样的空落，现在眼前就有一个现成的东西前来添补，不迟也不早，也许是命里注定要有一段母子的缘分呢。再说了，银环和长生都是善良规矩的人，比老滑头白生贵厚道多了。老滑头白生贵都能抓来一个顶事的人，难道她跟长生这样本本分分的，还抓不来一个顶上事的人么？银环骨子里有着一种天生的不服人。

长生看二娃哭得有些接不上气了，赶紧把他的来历给老掌柜讲明了。还说，肯定是肚子空了，得喂点料呢，用的都是对一头小牲口的口气，心里已经怜恤得很了。

银环听见婆婆长长吐出来一口气，脸上恢复了一贯严肃冷静的树皮颜色，让人感觉不到她心里究竟是喜还是忧，银环就

不敢轻易把自己反反复复的意思说出来。婆婆的心是一口深深的井，谁也探不到底。因为探不到底，所以对这个婆婆，银环就存了敬畏的心思。尽管有娘家妈的亲姊妹这样一根丝线连缀着，究竟还是婆婆媳妇的名分，该有的规矩门道都得有。长生话音刚落，银环赶紧续上一句：还是老妈做主吧，妈您看呢？银环的乖顺和眼色，都藏在这一拃长的话里了。这么善解人意的媳妇，就是再挑剔的老人，也得待见三分了。

老天爷送上门来的一份礼器，想留，就留下吧。说着话，婆婆又长长吐出来一口气，树皮颜色的脸上，还是那么严肃冷静。银环寻思，婆婆这个人，真是轻易看不穿的一个人。

二娃就这样进了徐家的门。二娃只是个小名，银环和长生请教了婆婆，两辈人一起核计过了，随着老大长命家的继善，就叫了个继业。继善、继业，庄户人的多少心思与念想，都藏在这样简单暖和的字眼里了。还好，那个出生不满百天就糟掉的肉团团还没来得及报户口，二娃就抱进门了。银环和长生从乡上派出所拿回来那个上面写着二娃官名的绿颜色的户口本时，手里像揣了一个又大又白的热蒸馍，由里到外都是暖和的。心里又仿佛吹过来一缕春风，是绿油油的一片。

银环记得很清，那天是老历的十月初六，是个好日子。二娃进门不久，就下了一场大雪，场院、房顶、田里的雪迹还没消尽呢，转眼就是红彤彤的年了。过大年的时候，庄子里的人聚在一起串门子、耍花花、打麻将时，才知道长生、银环两个人又抱了一个带把的。难怪年三十晚上和年初一的早晨，就数长生家院子里的炮仗声最响、最长、最红火，看看长生家院子里满地碎碎的红纸屑，就知道这一家人放了多少一千响的大地红。也能看出来，银环和长生过日子的心气高着呢，长着呢。

娃娃家呱呱一落地，就跟地里的庄稼一样，不愁长。自打二娃进了门，光阴似乎长了翅膀，飞起来了。一年就像是一眨眼间的事。桃花红的时候，五岁的二娃已经撵上看院子的大黑狗的身架了。沙枣黄时，九岁的二娃就高过青砖的窗台了。尤为可喜的是，串串和二娃姐弟两个，从小就滚在一处耍，没一点生分，还特别知道心疼大人，像冬天砸煤、烧炕、扯烟洞子、扒灰，夏天打猪草、搓草绳子这样的活计，两个娃娃搭个手，就顶得上半个大人。特别是二娃，生得虎头虎脑，机灵可爱，满庄子的大人娃娃都喜欢他，二娃子二娃子叫得可亲了。二娃从小身子就泼实、抗硬，不像串串，也不像先前糟掉的那两个，真像一头小牲口，一点不叫人费心。这一点让婆婆、银环和长生感到莫大的安慰。这娘儿仨，实在是被先前那两个没造化的吓怕了，看着一年蹿一头的憨实二娃，那颗七上八下的心，渐渐就放到肚子里去了。当串串和二娃一左一右，一人一声奶奶、一声爸、一声妈地叫唤起来时，银环、长生还有婆婆，笑得眼睛都眯成一条缝了。除了念书，二娃什么都拔尖，跟庄子里多少男娃娃一样，小小年纪就开上四轮在麦田里逞能了。男娃娃不会白吃十年闲饭，一满十岁，个个都能顶个壮劳力了。银环和长生看在眼里，喜在心上。特别是长生，总是百般偏袒二娃，因为考不及格银环动了气要打二娃时，长生说庄户人，书念得不好没啥，只要勤快，守着四道田埂，一样能吃饱肚子，过上好日子呢。初中还没念完，二娃就扔掉书包不念了，银环气得要剁二娃的手指头，长生却悄悄叨咕说，乱世还饿不死个手艺人，二娃心灵着，学上个手艺没问题的。银环总是说养不教，父之过，聪聪明明的一个二娃，生生叫当爹的给惯哒坏了。村子里的人都说，长生的脑子进水了，对二娃的心，分明比对串

串的心都要重三分呢。银环气不过跟婆婆论理时，婆婆就说，生有生的恩，养有养的恩，串串跟二娃，手心手背都是肉，都是你们两个从一尺长的肉蛋蛋一天一天抱大的，你还有啥气不过的。婆婆还说，吃谁的饭，随谁转，性子里是个方的，就修不成个圆，不爱念书的，你天天打上十鞭子也不顶用，吃啥闲气。婆婆说这些话的时候，牙已经掉了两颗，开始走穿堂风了，听上去显得很好笑，细细思量却是句句在理。母子连心，这话啥时间都不会变的。明里暗里，婆婆其实还是在偏袒长生，偏袒得劲大了。其实，银环也只是想在嘴上讨个有理罢了，给长生二娃那对穿一条裤子的父子一点颜色看看。银环分明觉得，越长年岁，二娃也越偏袒着长生，偏袒得让银环都吃上干醋了，好像单单爹是亲爹，她这个娘却是后娘了。面对这一对父子，银环笑得，哭不得。有时候，银环不甘心，就一遍一遍问二娃：究竟爹好，还是妈好？二娃就说，爹好，妈也好，都好着呢。狗大的娃娃家，说话圆溜得让一个大人都挑不出来半点毛病，比当爹的那个人强多了。其实，银环心里就是一盘子撒了白糖、刚出笼的蒸槐花，热着呢，也甜着呢。从二娃进了浪荡庄那天起，本本分分的银环跟长生一样，就把二娃当成自己身上掉下来的肉了。每年过年，长命、长青、长红几个都携儿带女地奔着老人来到浪荡庄，是那么齐齐全全的一家人，是那么红红火火的一个年。看着一年蹿一头的、憨实的二娃，谁都是看在眼里，喜在心上，是刚刚燃放了一串大地红的那种脆生生、亮堂堂的欢喜劲儿。

儿大不由娘。转眼间，二娃就跳十八岁了。这个事实让银环心里莫名其妙地慌张起来。抓上娃娃的岁月，真是长了翅膀的姑姑鸟，一眨眼就飞过了十八年，快得叫人心慌。就是在这不显山不露水的十八年里，长命、长青、长红，都先后把日子过到城里去了。长命买了大车小车，跑长途货运。还在歌兰城里买了房，听说已经开始在城里盖楼房了，生意红火得让一庄子人都眼热。继善开着单桥货车的牛气模样，二娃早就看在眼里了。二娃小学没念完时就能捣鼓开四轮了，要不是年龄小，他早就扑着上大车了。到底是男娃娃家，性子里就爱搬个方向盘，想得吃饭不香，睡觉不甜的。长生看在眼里，急在心上。这些年里，城里渐渐不时兴像长生这样的木匠打做的老式家具，全时兴到家具店里买那种又轻巧、又好看的新潮货，长生的那把好手艺，已经没有了用武之地。不单在城里，就是在乡下，长生的吃饭手艺也落伍了。庄子里面的小年轻结婚，也时兴到城里买大衣镜、梳妆台、双人床，甚至就连喜酒，也定到城里的饭馆酒楼里去了。长生的手艺在自己手里都要废掉了，更别说还要教给二娃来继承。长生虽说就是一个屎肚子百姓，也已经看出来自己这一行的末路，也早就看出来二娃这个年轻人的心思，就是觉得自己钱袋子不济，一下子没有那么大的力量来买一辆单桥。长生只能先让二娃学车，拿驾驶证，至于买车的事情，娘几个再商量着办。知子莫如父。能学车，二娃已经高兴得一蹦三尺高了。二娃是个懂事的娃娃，知道家里锅大碗小，就背上行李高高兴兴的学车去了。二娃一走，银环就抹着眼皮子说，如今二娃的膀子硬了，能当住半个家呢，说学车就学车了，光跟当爹的说，也不问问我这个当妈的同意不同意。银环的声调里，有一种说不出来的、酸溜溜的意思，像一锅炒糊了的西瓜子，氽了味道。银环这么说话时，青苹果的脸上已经泛出来一层斑驳的黄锈，仿佛一面用旧了的铜镜子，不像以前那个清清爽爽、利利落落的银环了。银环说，从小到大，你事事

由着他，买车这么大的事情，说啥也不能再由着他一个娃娃家的心性。长生放低了声音说，男娃娃自有男娃娃的天地，总不能像个女子一样守在家里等着嫁人……继善聪明，咱们的继业也不愣着，继善能干的事，继业也能干好。买车的事情，我们再想办法。银环觉得，只要一说到二娃身上，长生的心肠就比发起来的面团还要绵软，心劲就比头顶上的那个天还要大，好像他不是一个屎肚子百姓，而是贴在大门上那尊红脸膛的、八面威风的门神爷。那年串串进城到大姑妈长青的美容店里学手艺，也没见长生费这么大的心思，吃不香，睡不着的。虽然银环嘴上说着反对的话，其实心里还是想着走这一步棋的。这几年，浪荡庄周围的村子里，只要是跑大车的人家，车轱辘一转，三年五年的就都发达了，别说二娃，就是银环自己，心也动呢。再说，一晃三年五年的，二娃也该说媳妇了。养得起儿子，就娶得起媳妇，没有大把的钞票，怎么能走到人前头？银环骨子里就有着一种天生的不服人。

买车这样的大事情，当然要跟婆婆商量的。两个人把婆婆请过来，把他们的心愿说了出来。婆婆嘴里漏着风说，银子钱是硬头货，如今自己钱没一文钱，身子也垮塌了，能安安分分托个老，就是天大的福气了。婆婆说，人老了，世道也不一样了，这样大的事情，她也拿不定主意，还是你们自己商量吧。婆婆用的是退居二线的、撂挑子的口气，银环听着却有几分伤感。这么多年来，家里的大事小情，比如今年种几亩西瓜，明年种几亩山药，几乎都是由婆婆最后拍板定夺的，银环和长生已经习惯了凡事请老人拿主意，就像每年除夕，他们都要放几挂一千响的大地红，每年人七，都要吃一顿白生生的长寿面一样，形成规矩了。这一回这么大的一件事情，婆婆居然甩手不管，银环心里还是有点虚，有点不适应、不踏实的。婆婆是自己亲亲的姨，凡事都会替自己打算，这么多年来，银环也一直习惯了全心依赖着婆婆。这一回，真的轮上自己当家做主，银环才觉得这个担子有多大，又有多重。这才觉得原来当一个婆婆，就连决定今年种西瓜还是山药，都不是一件容易的事情。婆婆对银环说，人老了，好多事情就看不清，管不得了。再过三年两年，你也是做婆婆的人了，担当起来一个家，不容易呢。婆婆还是一口深深的井，深得让银环探也探不到底。银环觉得，别看婆婆已经半截身子入土了，却一点不糊涂，聪明得很呢。她藏在身子里的本事，银环用心学了很多年，也才学了一点点皮毛。

就这样，长生家最终也买了大车，是前四后八（前面四个车轮，后面八个车轮）的茄紫色的大双桥，比继善屁股底下的黑蓝色的单桥还气派。长生家是在老大长命之后，浪荡庄第二户买大车的人家。三十万，浪荡庄里拿锹把的人家谁敢想呀！长生和银环在灯下面细细算了一笔账，三十万，只有六万是自己腰包里掏出来的，剩余的，问长命、长青、长红借了一半。另一半，是从信用社贷的款。看不出来，为了二娃，这两个人的心劲大得很呢。村子里的人背后都说，这两个人真是一对屎肚子。半路上抱来的，有多大的力出多大的力就行了，要天还许给半边么？没见过这么一对缺心眼的屎肚子人。

那辆茄紫色的双桥开到浪荡庄外的马路上时，长生跟二娃点燃了六挂一千响的大地红。不是长生二娃爷俩有意显摆，是前四后八的双桥车身太长，进了庄子窄窄的村道就打不了掉头，就只能停在庄子外边的马路上放喜炮，讨个吉祥如意了。那一串噼里啪啦、干脆亮堂的炮仗声，把整个庄子都震得嗡嗡作响。

不过年过节的，放这么一长串的大地红，不是谁家盖的新屋上梁，就是谁家置办回来大车，听到炮仗声的庄户人这么一猜，都会猜个八九不离十。

长生家的双桥刚买上，也不知怎么，长命家的单桥就卖掉了。长命把自己原先跑货运的关系户全都转给了长生爷俩。从他们一上路，前四后八的车轮子就没停过，榆林一趟、延安一趟、盐池、乌海、石嘴山一趟，天天都有煤、钢材、水泥、种子、化肥什么的要从南运到北，从北运到南，从年头一直忙到年尾不歇气儿。银环明白，已经开始在城里搞工程、盖楼房的长命，是在变着法子帮称乡下那个老实巴交的兄弟呢。打仗亲兄弟，上阵父子兵。二娃一天一天大了，做老大的人，嘴上不说什么，心里也盘过老二长生家的事体。关键时刻，兄弟就是兄弟，能拉一把就会拉一把，啥时候都是一对掰也掰不开的人。

自从爷俩跑上大车，浪荡庄的这道院子反倒成了一个落脚的小客店。银环扳着手指头算了算，一年四季，长生二娃爷俩在家里闪面的日子，是数得出来的几天。见不着两个人的面，钱呢，是一沓子一沓子给银环打回来了。看来先前旁人都说得没错，车轮子一转，钱财就像唐徕渠里的水一样，哗哗哗地流进门来，挡也挡不住。可银环知道，那都是长生二娃爷俩起早贪黑拿汗珠子换来的辛苦钱呀。吃官饭的人还有个年节、双休日什么的，长生二娃爷俩却是磨道上的驴，一年四季不歇气地绕着雕花石磨转圈圈。爷俩黑是黑了，可是身子也胖了，坐在一层楼高的驾驶舱里，也有几分老板的意思和气派了。一村子的人都看得眼热心跳的，想对银环说上些什么风凉话，思量思量，又咽进嗓子眼里去了，咽到最后，只不过是干巴巴地咳嗽了几声作罢。

长生二娃爷俩上了大车，这一跑就是四五年。这期间，全家人省吃俭用，把先前借兄弟姊妹的、借银行的钱，都一笔一笔、一分不少地还掉了。连长生和银环自己都没有想到，只要有货源，跑大车居然这么能赚钱，看来，这条路子是走对了。现在想要赚大钱，要的就是胆量。不怕背债，肯吃苦，就能苦尽甘来。长生总是笨想，债呢，天生就是叫人来背的，背上债的人，心里才能有更大的念想。长生总是笨想，只有活着的人，才能背上债呀！眼睛一闭，两腿一伸的人，想背债、还债都没机会呢。长生跟银环这么一说白，银环就不觉得身上的债是笔债，而是一笔大财了。队长白生喜、二杆子牛不朗、老滑头白生贵谁的，要麻将摊上百八十块钱的小账都惦记在心里，吃不香睡不着的，活该就是拿一辈子锄头的人。在这期间，大姑妈长青给串串说了个对象，是大姑爹那边的亲戚，一个堂姐的儿子。人家可靠，条件也好，两个娃娃又投眼光，就订了婚。无债一身轻。长生跟二娃每次回来，都给婆婆带上陕北的油糕、小米子和盐池的羔羊肉什么的，孝敬老当家的。每次回来，也给串串留下一沓子钱，喜欢什么，看上什么，叫她随自己的心愿去买。当爸的，做兄弟的，如今也赚上大钱了，做女儿的，做姐姐的，也能跟着沾上光了。银环看在眼里，喜在心上。串串一打发，一家人的光景，就绕着二娃的车轮子转开了。

婆婆常常给长生和银环递个话，说旧账已经还完，要学会当车老板呢。真正的车老板，是从来不上车的。还是好好雇上个跟车师傅去跑。长生也一捏一把年纪的人，不要再起早贪黑地跑了，钱啥时候才能赚够，赚到头。母子连心，这句话啥时间都不会变。婆婆喝着浓浓的牛骨髓油茶，心里惦记、怜惜的还是做儿子的骨头和皮肉。话不多，句句都是暖心暖肺的。银

环看着长生黑黢黢的、青羊头似的糙皮脸面，心里也这样想过，嘴上也这样劝过，可长生一句也听不进去。长生跟二娃一搭里跑了四五年，一趟不跟车，心里就空落落地放不下。山一程水一程的，二娃到底是个青皮后生，娃娃家。爷儿俩一路上搭个伴儿，说说笑笑的，也不觉得跑车是个辛苦的差事。总归就是那句话：满头白发的婆婆心上放不下长生，胡子拉碴的长生呢，心上放不下二娃，没别的。

日子一红火起来，上门给二娃说亲的就多了。知道二娃底细的人都说，捡来的娃娃，娘胎里就带着一种说不出的懂事和乖巧，好像骨头里知道亲娘不在身边，就格外讨养母的好似的。庄子里那些还靠爹妈吃饭的毛头小伙都拿上手机了，二娃还是舍不得买一个，二娃说，天天跟老子在一起，有一个手机就行了，再买一个也没多少用处。仅这一点，跟庄子里的毛头小伙一比，就比出来高矮上下来。事情是小，可小处就能看得见大处。提起说对象的事，二娃也摇头，说是自己还小，等过两年再说。也有人说，二娃现在是赚大钱的人，眼窝子跟心也水涨船高，一般的女子看不上了，嘴上才那么推脱。二十大几的青皮后生，谁还不知道个人想人。也就是在给二娃提亲的时候，不知道哪一个人嘴上一不小心，说漏了嘴，二娃就隐约知道了自己的来历。二娃想起来小时候跟庄子里的娃娃一起耍时，总有一两张豁牙嘴笑话他是垃圾堆上捡来的，是个讨债的野种。那时二娃还不明白究竟，直到现在，二娃才明白，原来那些话并不是没来由的、随便说着耍的，有鼻子有眼说的就是他，就是真的呢。原来自己就是别人说的那种没爹没妈的野种。二娃细细地看家里墙上的照片，看那个叫长生、银环和串串的人的脸。明显得很呀，跟那三张羊脸一比，二娃那尊虎头分明就是一个外星人、外来客的样子。不用问张三李四，二娃心里就清楚了一大半。原来，奶奶、长生、银环，甚至还有串串，其实都不过是走大路的，各是各呢。其实他们不过是给了他一口饭吃的救命恩人呢。一不小心知道了底细的二娃，心里忽然就起了雾，白茫茫的一片。二娃再看着奶奶、长生和银环时，眼神里就有一种白茫茫的困惑和茫然了。养他的那个人，不知为什么，居然会把自己丢在垃圾堆上，等着野狗来吃掉；跟自己没有半点瓜葛的那个人呢，居然会把自己当成一头小牛犊子，当成另一个串串来亲着，疼着。二娃心里除了长生、银环，就是手里那个圆满的方向盘，从来没有想过自己究竟是谁，又是从哪里来。二娃想得头脑发胀，想得鼻子都酸了，都要掉眼泪了，心上还是一团白茫茫的雾，还是理不清藏在自己身上的秘密。自从有人上门给二娃说媳妇起，二娃看上去就是一个有心事、有烦恼的后生了。一贯不抽烟的一个人，说抽也就抽上了，一贯不沾酒的人，说喝也能喝两杯了，一沾烟酒，二娃更有一个跑车的、大老爷们的样子了。银环和长生看在眼里，喜在心上。这才不过是个开始呢。等拴狗的绳子娶进门，二娃就是浪荡庄的徐继业，就是浪荡庄的另一个徐长生了。二十大几的青皮后生，心里不想着娶媳妇的事情，心里不是为着这个事情烦恼，那是假。

可是生活忽然间就跟银环开了一个天大的玩笑，就像一辆车在又平又直的大马路上，忽然吱呀一声来了一个急转弯。

跟往常一样，长生和二娃爷俩又在一个有风有雨的夜里起身上路了。在那个风雨交加的夜晚，在银青高速上，二娃的前四后八跟前面的一辆大车追尾了。高速路上，不出事则已，一出就是人命关天的大事。打方向，踩刹车……一切都来不及了。那辆威风凛凛的、看着钢筋铁骨似的前四后八的车头，顷刻间

就变成了一堆失了形状的、茄紫色的废铜烂铁，就跟被揉碎了的一团废纸一样。银环接到电话，心里就咯噔一下子。半夜三更里的电话，一接准定就是天塌地陷的大事情。那年婆婆的亲姊妹，自己的娘家妈，跟赌鬼老爹闹气上吊走的时候，银环就是在半夜里接的电话。银环手忙脚乱穿衣裳的时候，不知为什么，眼泪忽然就流湿了那张生了黄锈的、旧铜镜子似的脸面。在乌溜溜的时间里头，银环的眉眼已经是褪了色的青花坎肩，很是模糊了。

长生坐在二娃旁边的副驾驶座上，满头满脸的血，身子也挤得变了形，当场就叫不言传了。二娃困在驾驶舱里，一颗虎头跟白纸一样，一动也动弹不得，一副丢了魂魄、呆呆傻傻的模样。银环看见，前四后八的整个车头都瘪塌了下去，只有方向盘后面的二娃余出来一尺多宽的身子。悬呀！再慢上一秒半秒，再错过去一寸半寸的，二娃的那尊肉身子骨也就瘪塌了。银环忘了她究竟是先唤了句长生，还是先唤了声二娃，只那么匆匆看了一眼惨兮兮的现场，就闭过气去了。银环清醒过来的时候，长生人已经像根冰棍一样，硬邦邦地冷冻在殡仪馆里了。二娃也被交警队带走了。身边是串串、长命哥嫂、长青、长红一伙姊妹，侄男侄女。银环想哭，却发不出声音，只有嘴巴空空的张开着，一串又一串的眼泪就款款流进银环张开的嘴巴里了。

长生这个青羊似的老实蛋子，就这样掉转身子走了，没有留下一句半句话。长生岔岔走掉那年，才刚刚四十五岁。二娃肇事的案子虽说经了公，可是儿子碰没了老子，谁赔谁的命，谁又赔谁的钱呢？这个官司又该怎么了断呢？不能细算这笔账，细细算起来，真就是一笔酸心账了。银环身边已经少掉了一个老的，小的再进了监狱，煎熬了这么多年的日子也就算是垮塌了。

公家后来也知道了事情的底细，加上长命又托了关系，走的已经走掉了，二娃算是得了从轻发落，判了缓刑两年的刑期。

浪荡庄里那道红红火火的大院子，忽然间就变得鸦雀无声了。那辆给银环带来财源滚滚的大双桥，还没开出修理厂呢，就让西海固的两个回回买走了。都说回回长着四只眼，会看事，是有板眼的。两个回回一眼就看出来，这个八成新的双桥跟离过婚的女人一样，肯定是要再走一家的货，就主动上前跟长命搭讪，做成了这笔生意。给老人还瞒着真相，长生也没了，银环还躺在炕上，拿药当菜的吃，长命就替银环当了大半个家，把二娃带到自己的工地上安顿下来，把卖车的那笔钱给银环款款存进银行里。

筷子尖尖上有仇呢，真是说啥有啥。谁能料到长生的那条命，到最后还是丢在了二娃的手上。长生跟银环没有亏过人，也没亏过心，煎熬到最后，却是这样一个冷冰冰的结果。一伙子亲戚，一庄子的人都劝银环，看在老人和串串的份上，要往开里想，出事不由人，怨就怨老天不长眼，长生没造化。左劝右劝，银环一时却想不开。话从嘴里说出来都是绣花丝线似的轻巧，铁锅落在头顶上，才知道这日子的分量究竟有多重。银环心上的绳结，得拿乌溜溜的、时间的铁杵一点一点来研磨，一点一点地研磨碎，碎成粉末，也就挺过来，也就好了，就像那年娘家妈一时糊涂，把自己吊死在墙外的老榆树上那一回一样。人人都是肉皮子做的，也是纸糊起来的，可一旦遇上事，却又是淬过火的、钨蓝钨蓝的铁器，锋利、抗硬得很了。

一转眼，长生走掉就三周年了。银环心里的伤疤结了痂壳，然后又脱掉，落在乌溜溜的时间背后，不见了。还是婆婆说得好，过日子就得往前边看，往远里想，不能老抱着伤疤哭鼻子，就

是把眼泪哭干了，也没人替代你；就是把眼泪哭干了，在旁人眼里也是一个没出息的软货。娶媳妇，搭婆婆。银环想起来婆婆也是有着这样遭遇的女人，心里面对婆婆更生出一层深深的敬意了。婆婆还是一口深深的井，让银环探也探不到底。婆婆也是一本厚厚的，皱巴巴的旧书，让银环看也看不透。婆婆这话是说给银环的，也是说给自己的。婆婆拄着先前长生给她买的拐杖对银环说话时，她的眼睛已经看不清银环的脸面了。在亲戚邻居面前，婆婆是一块淬过火的、钨蓝钨蓝的铁器，可是避开众人，婆婆不过就是个肉皮子做的，纸糊起来的一个婆婆，拿着长生那张咩里咩气的、青羊脸似的照片时，眼泪串子跟她手里灰色的念珠一样多，一样长，一颗一颗地往下掉，隔着那扇敞亮的西窗，银环全都悄悄看在眼里呢。

二娃还是那个二娃，又不像是那个二娃了。二娃心里压上了千斤石一样，沉甸甸地往下坠着、溜着，高高大大的身子，也矮了三分，跟没打根基的耳房一样。银环看在眼里，疼在心上，疼走掉了的那一个，也疼留下来的这一个，一颗心都要碎成五瓣了。想当初，长生把二娃从垃圾堆上抱回来的时候，图的就是将来有人能把他抬埋出去，能给他烧纸磕头，上坟添土，长生的愿望都款款落到实处了。事情至此，银环不知道究竟是长生要感谢二娃，还是二娃要感谢长生。也许真就像自己当年说的那样，谁也不知道这一捡，究竟捡来的是好是歹。二娃如果真是一个进门讨债的小孽障，那长生就是出门给他还债的长工。长生二娃父子间的恩怨，分明是前世就修炼好的呀。银环深深呼出来一口气，认命了。

长生的三周年刚一过罢，银环就在院子里美美放了六挂一千响的大地红。从今往后，银环的院子里又能年年放上几挂劈啪作响、清脆亮堂的大地红了。长生活着的时候，逢着年节喜事，总要放上几串子清脆亮堂的大地红，给自己素静的光阴抹上一层厚厚的、红铜色的喜气。长生喜欢听大地红在小院子里炸开时的脆响，也喜欢看大地红在小院子里顷刻间弥散开来的样子，好像天上的七仙女，把多少吉祥如意都撒在自己的光阴里了，心里面呢，就抹了蜜似的，甜上来。

在铺满了红红的碎纸屑的院子里，手里捻着灰色念珠，晒着那颗老太阳的婆婆又说话了。婆婆说，走一口，添一口——旧的不去呢，新的不来。二娃的亲事，该张罗了。婆婆嘴里这么漏着风儿一开口，银环虚浮浮的日子又落在淡蓝色的碟子碗盏上，也落在刻了云纹图案的灶台饭桌上，一点一点落在了实处。日子就是要实打实地落在碟子碗盏上，落在灶台饭桌上，落在一个真真的实处，才是有盼头、有滋味的。婆婆说得没错，长生的三周年一过，大地红的响声还没散尽，浪荡庄远近的庄子里，就有给二娃上门说亲的了。要不是出了那么一桩冷事，没准两三年前，二娃就娶回媳妇，银环和长生跟白生贵一样，都抱上孙子耍高兴了。二娃生得人高马大，虎头虎脑，性子也是平平稳稳、端方周正，明眼人一看就能看到眼睛里，也看到心里去。因此没费什么周折，银环就攀下亲家，凑着农闲，把日子也定下了。女子生得眉清目秀，唇红齿白，身子骨少说也有个二层膘儿，不像那些长条寡肉的丫头片子，看着就寒碜，不装人，也不体面。二娃和银环一眼就看下的这个女子，在浪荡庄的新媳妇里，算得上是数一数二的呢。女方家在沙泉农场，也是种田的，种田的人心里有自己的一杆秤，斤是斤两是两。新房、彩礼、陪嫁、首饰、花车什么的，一样都不少，一次就说定了，没反复，不苒哒，两下里利利索索，皆大欢喜。特别

是听到银环在长命的工地上给新媳妇许了一套城里的房子后，庄子里的一伙女人，都黑蚂蚁似的围过来，七嘴八牙齿地给银环想办法，出主意。那年卖车的钱长命其实并没有存在银行里，其实自己工地上用了，给银环算了五分五的高利息。银环明白，这是长命在变着法子帮衬已经走掉了的长生，也帮衬着自己呢。那笔卖车的钱加上滚下来的利息，除了顶一套房子，给二娃娶个媳妇还宽套有余。一人家终究是一家人，打断骨头还连着筋呢。牛不朗的大奶子婆姨说，城里的新房说啥也答应不得，你这里一开渠口子，往后庄子里的后生娶媳妇可就有看的，有比的啦。你一个人的力量都能在城里给儿子买房子，我们两个人的就更赖不掉了。红珍也说，或多或少，你手里也得留几个防老钱，现在的年轻人私心重，就怕往后为了经济吃闲气，不划算不说，还伤感情。红珍为了儿子，一直留在浪荡庄，始终没有再另走一家。可是没爹管教的儿子并不争气，一天一天大了，混得一身白眼狼的土匪气，所以红珍说出来的话呢，就是箩筐里面的秤砣，沉甸甸的。白生贵的婆姨也说，听人劝，吃饱饭。如今你连眼珠子都没了，还指望眼眶子做啥呢。说到底，二娃究竟是抱来的，能把媳妇娶进门，你已经立了大功，总不能把自己的看家老本都搭上，好歹还有一个串串呢，究竟谁近谁远，你心里得有个数。庄户人心直口快，心里想啥，嘴里来啥，不会拐弯抹角，句句都是为着银环打算，句句也都是硬碰硬的大实话。银环耳朵里一句一句都听着呢，心思却三拐两拐，拐到长生那里去了。银环分明觉得，隔着厚厚的一把黄土，长生还一头青羊似的、咩咩地看着她，看着串串，也看着二娃，泪水叮当地呢。二娃的婚事做得圆满不圆满，并不是庄子里的女人所想象的那样，是由鼻子喘气的银环说了算的。虽说长生眼睛已经闭上，人已经睡在地底下了，可是二娃的婚事究竟咋办，还是得按着先前长生心里摆布过的那样操持。要是银环听了这伙直性子婆姨的话，把二娃的终身大事偷工减料、浮皮潦草地应付过去，别说睡在地底下的长生不得安稳，就是鼻子喘气的银环，心上也不得安稳呢。一床被子盖了二十多年的人，银环知道长生的脾性，也知道自己的脾性。先前跟长生摆布过二娃的婚姻大事，早就有了大框框，等于是两口人已经商量妥了的事。日鬼谁，也不能日鬼长生那样的人呀。长生的心，端端拴在二娃身上，拴得是解不开的死疙瘩呢。长生走得匆忙，别的没有交代过什么，二娃的婚事，倒像是刻意留下的一个遗嘱了。眼看着日子一天一天临近了，长命、长青、长红姊妹几个也沉不住气了。银环知道，在骨头连着骨头，筋连着筋的姊妹几个人心上，都横着一道血淋淋的坎呢。姊妹几个都是混世面的人，当着外人的面，嘴上说的都是些顾全大局的体面话，内心里，还是狭窄、逼仄得很。特别是长青跟长红，都是和银环一起，亲眼看见事故现场的人。长青总是忘不了二娃偏出来的那一尺半的身子，不多不少，刚刚偏出一个讨债鬼的小命来，可见，在生死关头，抱的究竟是抱的，那么慌手慌脚的一闪念间，还端端让自己的肉身子骨闪过一劫，偏偏就把那个老实蛋子碰没了。一提起来这根解不开的死疙瘩，长青眼里就水汪汪的揩不干。银环呢，只能耐着剥皮削骨般的疼痛，劝长青，也劝自己：二娃他一个娃娃家，哪里就能存上那样歹的心思。造化里的事情，谁也躲不过去。瓦罐不离井上破。常年跑车的人，出这样的事情终究是难免的。再说，出事那阵子，不论换上谁，也是仅着手里的劲儿打方向，能补救一点是一点。幸好老天还睁了一只眼，还给我留下来一个。要是长生爷儿俩都齐齐地走掉了，

我这日子也就到头了，还过得有啥意思呢……我估摸着，多多少少，二娃也知道自己的一点身世了，这一来，我更得把二娃的事情体体面面地过了，不能再给二娃心上添上一道坎儿。二娃是个懂事的娃娃，说什么也不肯要城里那套房子，说是将来留着我在城里养老呢。二娃能说出这样的体己话，我也知足了。从长生把二娃抱进徐家门里那天起，我就把他当成自己圈里的一头小犊子养着，他就是串串的亲兄弟，旁人放得下，长生放不下，我也放不下了。话一说到这里，姊妹几个就啜泣着、相跟着掉眼泪，什么话也说不出来了。

说一千道一万，女人到底是女人家，骨子里面还是一团发起的面团，是一汪见底的水呀！啥事情一旦遇在女人手里，就像流水一样顺畅、自然了。

还是婆婆说得对，眼看着喜日子就临近了，也得抽个空子，把新婆婆自己这张脸面拾掇拾掇呢。光忙着操心里里外外、迎来送往的事情了，银环也得把自己收拾收拾，拾掇拾掇，打扮得利利落落，清清爽爽的，不能让新亲戚家的老老少少轻看了自己，也轻看了二娃，给徐家脸上抹灰。骨子里面，银环就是个不服人的人。

穿着红底撒花的薄棉袄，第一次坐在长青的美容院里，银环头晕目眩，都辨不清东西南北了。一屋子里面全是镜子，照出来无数个红彤彤的、喜洋洋的银环。女儿串串亲手把滑丝丝的面膜涂到银环铜镜子似的脸上时，银环仿佛看见，在镜子背后，长生那双青羊似的眼睛，正静静地看着她呢。银环想说一些什么，却没说出来。银环想，到了十月初六，二娃大喜的那天，那一声又一声脆生生、亮堂堂的大地红，埋在黄土深处的长生一定会听得见的，一定的。

夜 市

在小城歌兰，最红火的夜市有两处。一处是富宁北街，一处是休闲广场。从时间上来说，富宁北街那里是这几年才逐渐形成的夜场生活的去处，可算是餐饮新秀。休闲广场这里就属老牌阵地了。早在十几年前，这里的夜市就曾一度繁华。很久以前，此处还有一座老影院作为浪漫的陪衬，有无数红男绿女旖旎而来，缱绻而去，颇有红尘滚滚之象。老影院作为危房或者旧事物的象征被拆除后，在原址上搭了个简便的戏台子，历年历届"湖城之夏"的大型文艺表演，都在此举办。虽说戏台子底下并无可坐之处，得站在台下观看，然每逢有节目演出，看客依然络绎不绝。这份旺旺的人气，偏偏是富宁北街那里不可能拥有的。每逢有演出，为安全起见，从丽人来美容中心路口到歌兰一中路口这一段，一定要出动警察值勤，并要拉两道黄色警戒线的，大小车辆一律绕道而行。不知情的外人夜经此处，通常误以为此时、此处或许突发了什么案情。

历史上，歌兰素来没有发生过令人震惊的刑事案件。就有几桩猫咬鹦鹉，狗逮耗子之类口口相传的"玄案"，讲起来已宛若虚构，近似笑谈。在本地人的自我意识里，歌兰是块平安福地，是个可以安居乐业、休养生息的好地方。对在此生活了大半辈子的中老年人来说，尤其如此。不过，现今两鬓霜白，

或是年近不惑的各色人等，想当初也是今日娱乐场所中猜拳斗酒、意气风发的翩翩少年，是歌兰曾经夜生活的中坚力量，不可等闲视之。此一时，彼一时呀！歌兰代有人才出，各领风骚数十年——对缺乏厚重历史感且文化底蕴又不甚深厚的歌兰而言，对一个已有半生之叹的男人或女人而言，十年已然蔚为可观了。

小地方的好处，正仿佛它的坏处，是一纸两面。因为其小可盈握，不出二三十户，几乎家家都能扯上一缕三亲九戚的枝节根系。也正因为其小，亦难以藏下一丁点儿个人的隐秘之事。比如黑得金四舅舅的儿子，娶的是芳邻老半仙亲家的女儿，媒人就是老半仙自己。而老半仙的媳妇，又是门房大金刚的外甥女儿，看自行车棚的胖嫂子，这边叫大金刚三哥，那边拐上两个弯子，还得称呼老半仙的老婆叫小舅妈……这么一圈子兜下来，难免有误，在某个环节上错出来辈分。酒桌上称大小的时候最容易露出马脚。从女方换算，可以称兄道弟；在男方一边，还得鞠躬叫姑爹叔佬子……“江湖乱道，各赶各叫”，这是歌兰酒桌上的口头禅。真是一句最具实用价值的经典用语。也正因为此，谁家的女儿不规矩，未婚就打了胎；谁家的土匪儿子又闯下祸端，被请了进去；谁家的女儿考上博士，光耀门庭，漂洋过海去了大英帝国；而谁家的叔侄竟然泡着同一个小寡妇……统统瞒不过别人的眼睛，也逃不脱别人的嘴巴。在歌兰，每个人都是秃脑袋上面的虱子，明明摆在那儿，谁也无法逃脱那张细密结实、可亲亦可怕的蛛网。

当然，这只是针对歌兰土著居民而言。随着西部大开发的深入，或者说主要是随着时光悄悄地流逝，歌兰小城的外来人口日渐增多。来此打工的民工可以忽略不计。因为他们是一群候鸟，春天飞来，冬天飞走，来去匆匆，不留痕迹。倘若也能在勤劳善良的歌兰人民的视野中留下某些痕迹，那不外乎是他们打着讨要工资的条幅，神情庄严地从人民路上沉默地走过时留给人们的那点还算整齐的群体印象。抑或在年终岁尾，哪个小区发生了连环失窃案，丢了比如褪好的鸡鸭，酱熟的牛肉之类的入口之物，当地人也会不分青红皂白的把这个罪名添加在这群候鸟们的头上。当然，他们存在过的最明显和最积极的意义，就是那些拔地而起的高楼，它们改变了歌兰的面貌与年轮，使她看上去历久弥新，美丽而富有诗意。

可以计入在册的，是另一群外来人口。他们是个体工商户，私企小老板，无论在经济上还是政治上都已融入歌兰小城的主流生活，其显著标志是不但拥有当地的户口，且有车、有房，有存款，还有一笔隐性的财富——跟当地人日渐深厚的人脉。“人脉就是钱脉”，在歌兰，这是一句很时尚的口头禅，连收泔水的歪脖子老司都知道。通过那些枝枝节节，三亲九戚的人脉关系，歪脖子老司承包了歌兰几乎一半以上楼堂管所的泔水回收业务，他人很难介入，充分显示了人脉在歌兰小城根深蒂固的力量。以“好再来”饭庄为例。老板白唯青乃陕北三边人氏，来此地发展十年有余，发妻遭遇车祸亡故后，顺便就在当地娶了二房史翠花。“头房婆姨二房妈”。史翠花说什么，白唯青就是什么，是有着三分热爱，七分孝敬的意思。别看史翠花本人只是一介“4050”人员，史翠花身后的大姑小姨上姑舅，可是遍布在工商税务等机构、政府金融诸部门，多半还都是鸡头上的肉——大小是个冠（官）儿，断断不可小觑。说了半天，

这跟歪脖子老司回收“好再来”的泔水有何干系？有。

史翠花的姐姐史翠红在金融机构任职，白领红脸，颇有江湖女侠作风，一贯好助人为乐，主持公道，特别在事关家族整体利益上，更是古道热肠，不遗余力，不管是拐了九道弯的富舅舅，还是出了五服的穷叔叔，一个个都关照得熨熨帖帖，周周全全，让谁心里都暖暖呼呼的，让谁都情不自禁暗暗生出“一笔终究划拉不出两泡屎的”的真情感叹来。在歌兰小城，史就是“屎”，而“屎”就是财，是个好姓氏。假若谁头天晚上做梦一脚踩在粪堆上，那么第二天打麻将或抠彩票大小准定有进项。不像什么孙呀、马呀、候呀、吕呀、牛呀苟的那些姓氏，“孙子”“马子”“猴子”“老吕”“老苟”……怎么叫出口来都有冒犯的嫌疑，而歌兰小城的人偏偏又是惯常这么虞浪的称呼一个人的。总之，史的确是个吉祥的姓氏，史翠红就是史家寨子里一个可以为三亲六戚两肋插刀的巾帼英雄。经史翠红之手打理过的家里门外的大事小情不计其数，歪脖子老司也是其中之一。喔，错了……拉扯起来，歪脖子老司跟史翠红还真没有一点干系。歪脖子老司只不过跟史翠红的男人金柱在五六年前不知为什么在一起喝过一场酒，因老司脖子是歪的，印象就深一点。老司给金柱说明原委，金柱给史翠红一传达，她一个电话打到妹妹史翠花那里一落实，老司的愿望就实现了。在此之前，“好再来”的泔水一直是由一个乡下的黑胡子老头来收的。史翠红给人帮忙帮习惯了，有瘾似的，已经忽略了歪脖子老司跟金柱只是一次性酒友的关系。错就错了呗。只要史翠红出马，而别人二话不说就买她的面子，史翠红就会有一种满足感跟成就感，即便是收泔水这样萝卜咸菜的淡事，也能让她觉出自己的与众不同来。在骨子里面，歌兰是认这个理儿的。

老司其实是沾了歌兰小城人情的光。走在人民路上，歪脖子老司跟史翠红碰个面对面，谁也不认识谁，也是很有可能的。

白唯青的饭庄不偏不倚，隔一道人民路，正对着当初的老影院，现今休闲广场的戏台子。跟“好再来”相邻的，还有“大夏餐厅”“老马手抓”“旺旺烧烤店”“汉中香串串”“杨记辣糊糊”几家。中间还夹了一个歌舞厅，吃客玩客，络绎不绝，位置上绝对属金街银角，吉房旺铺。幸亏十年前自己胆子大，咬牙借贷，束紧裤腰，置下这套门面，当街的门面就是一辈子的金饭碗呀！看看现在这个房价，白唯青脊背上还能吓出一身冷汗珠子来。悬！十年前稍有犹疑，现如今肠子都悔青了呢。

过完三八过清明。这两个节气一过，一年一度的“湖城之夏”文艺汇演就在休闲广场上拉开了帷幕。一周一小演，一月一大演，就跟强健女人的月经，特别准时。不但演出次数不紊乱，节目主题也很鲜明，骨头是骨头，汤是汤。“三八”节歌唱女人半边天，“五四”“七一”“国庆”唱红歌，“教师节”“中秋节”还有老年大学的秦腔、老师学生的大合唱，文化馆的歌舞、小品。反正，歌兰小城的夏天就剩下俩字：红火！

日落西山后，白唯青这几家饭铺不约而同把饭桌从屋里挪到屋外的老槐树下，各家的砂锅、烤肉、啤酒、手抓、大盘鸡，一桌挨着一桌，东西一字排开，香气弥漫，风味各异，这就是歌兰小城夜市上最常见的大排档。食客们携家带口，跷起二郎腿，一边吃喝，一边看对面戏台子上的节目。歌是能听清的，流行歌、革命老歌、谁都能跟着哼上几句。戏台子上的脸面却是水月镜花，看不分明了，只好丑的俊的一锅端。印度舞的服装只是一片金黄，像开了一戏台的葵花；达坂城的姑娘则是红彤彤的一片，到了玫瑰园一样。夜风吹来，丝丝沁脾，真是爽！

吃肉喝酒，眼睛看着节目，耳朵还能听见楼上歌舞厅里传来的歌："都说我俩长相依，为何又把我抛弃？……"会开玩笑的人常说，歌兰的男人一起跳上两三个月的舞，一准会变成两挑担，测算测算，歌兰该藏有多少理不清、还不完的人情债呀。

江湖越老，胆子越小，这是一句大实话。自从娶了史翠花，陕北汉子白唯青再不用做个愣得光光的愣头青了。有史翠花那些关系网包着罩着，再没有人来"好再来"吃霸王餐，撇干饭。哪里像多年以前，白唯青就是靠拳头来开路、说话。有一次，快收摊打烊了，来了两个光头。原本不想做这口饭的生意了，一看那俩家伙有股子横劲……算了，上酒上菜。果然是来者不善。吃罢喝罢，临买单时嫌小姑娘找零不利落，"啪！""啪！"小光头甩给小姑娘两个嘴巴子！十年前的白唯青那是谁？是头天怕地不怕的野蛮牛。白唯青蹿起一丈八的个头，哗啦拉下卷闸门，抄起家伙兜头对那俩光头就是一阵猛掼！在陕北老家，白唯青的拳脚功夫是窗户眼里吹喇叭——名声在外的，直打得大小光头跪在地上叫爹叫娘。等邻居打来 110，敲开卷闸门，一场好戏已经收场。做完笔录，大小光头进了医院，医药费由白唯青出；铺子里的桌椅板凳、杯盘碗盏连夜换了新的，费用由大小光头支付，是双方各打八十大板的意思，打得双方无话可说，领命而去。不这样打又怎样？出警的是从业三十余年的老警察胡笑天，他也是"好再来"的老食客，最爱吃那一口砂锅面，跟小老板白唯青是一个砂锅里的揪面片，不熟也熟了。大小光头呢？是明月茶楼楼主孟亚飞的人。口袋里攒下私房钱，手心痒痒时胡笑天也去明月茶楼过过瘾，搓两把。小光头是孟亚飞的外甥，大光头是孟楼主的司机，且都算是牛 B 人物吧。老马识途，走在歌兰小城大街小巷上的每一张面孔，刚从中巴车上跳下来的愣头青也罢，刚从医院里生过娃娃的碎媳妇也罢，还是刚归西的老头老太太也罢，没有胡笑天不认识的。非但如此，他还能把这个人跟那个人之间的关系大致理出个头绪，叫人很快就能悟出其中一些别样的道理和滋味来。双方各打八十大板，是胡笑天的从业宝典，什么叫人性化管理？这就是呀。简单得跟一加三等于四一样，还流露着公平与公正。凭着这道杀手锏，三十多年来，胡笑天在黑道白道上都安之若素，游刃有余，两边的人谁见了他都是胡哥长胡哥短的问候着，叫人不由会想起港片《英雄本色》中的各路好汉来。还别说，老胡是个很帅气的老爷们，看上去跟周润发有些沾亲带故的感觉。偶尔老胡也会冒个险，创新一下，搞个四六分成、三七开，这么改革创新的时候，老胡自己心里也犯嘀咕的，没个谱。可当事人往往会这么想，人家多少年的老干探了，这么判定肯定自有他的道理，哪能没个斤两。歌兰小城的人就是这样，厚道是铺了底的，遇事心里是会识相、有哈数的。驴蹄子大的窝窝，低头不见抬头见，说不准哪天当事人双方一不小心就成了姨亲家，多少悠着点！

不出老胡所料，后来白唯青果然跟大小光头成了磕头弟兄，真正验证了江湖上那句老话：不打不相识。这一相识，才知道大家原来都是慷慨悲歌、一饮千盅的豪迈之士，就有相见恨晚的意思了。后来白唯青就拍着小光头的光膀子问，咋地那天晚上就发那么大火？看你也没喝多点酒。

咋地？说出来也羞先人呢。白唯青拍着小光头的膀子这么问的时候，小光头跟大光头早已经变换了发式，改成板寸，并且还漂了几绺阳光色。时尚、动感，活力四射，是歌兰版的周杰伦的味道。歌兰小城的潮流跟风尚，就靠这些三十上下的小

年轻小太岁引领支撑起来，一年一个流行色，一年一首主打歌，SHE还没有彻底在歌楼戏台上销声匿迹，刀郎已经掖低帽檐捏着话筒悄悄登台亮相了。《2002年的第一场雪》把歌兰小城火热的夏天都唱得有几分清冷，新疆的雪花一片片融化在宁夏的拉条子面里，咽下去时，居然有几分人世沧桑的意思了。

当年的小光头，现今的小板寸一杯西夏啤酒下肚，咬着牙板子说，说出来真是羞先人呢。羞了几回先人，还是没说出个他当初为什么要打小姑娘的所以然。最后还是大板寸帮忙道出来底细。原来是小板寸泡的那个马子，讨了小板寸的信任，趁小板寸一个不留神，套了三万块钱跑了。人不见人，鬼不见鬼，舅舅孟亚飞限他三日之内追回现款，否则就请自便。他只好把自己私藏的小金库捐献出来才对付过去，他能不冒火吗？他看着“好再来”收银的小姑娘跟自己马子有点像，借着酒劲跟火气，就扇了小姑娘俩耳光。不料却结识了白唯青。

缘分、缘分！小板寸打出一个长咯，总结出这一句话来。

白唯青就笑小板寸太嫩。让一个马子耍了，难怪急眼呢。又劝小板寸，钱是爷爷，也是孙子，丢了别找，死了别想，就当给人家女子青春损失费了。小板寸喷出一口啤酒来，涨红了脸。她哪里还有青春啊！她哪里还有什么损失！冤家路窄，有朝一日遇见这个骚货，我……舅舅！小板寸跟大板寸站起身来。

是明月茶楼楼主孟亚飞来了。

自从跟大板寸和小板寸做了拜把子兄弟，白唯青时不时也去明月茶楼耍两把，消遣消遣。孟亚飞呢，从胡笑天那里听说过这段轶事，也知道白唯青这个人，何况现在他还是史翠花的继任老公，史翠红的妹夫。史家姐妹跟孟亚飞早些年搭档做过水泥生意，虽说早已经散伙，可那份曾经甘苦与共的情谊还在。

在歌兰，一个人想在政治上出人头地是有些困难，可若想在经济上出人头地，那就容易许多。可以把钱放在一起，入股、找搭档做生意，捣煤、贩水泥、搞承兑，承揽工程。一旦做成，一年就赚回十年的钱，大大地够本。如今歌兰人都明白一个道理：光指靠凭苦赚钱，只能赚份辛苦钱，仅够养家糊口。钱绝对是个溜勾子货，拿钱赚钱，才能钱归大堆，牛肥马壮。别看白唯青只是个做餐饮的小老板，实际上他已经炒股、做基金多年了。他只做短线，打的是短、平、快，见好就收，该抛就抛，绝不等到明天再做决定。一年盈亏拉扯下来，也有七八万进账，或多或少，不等。在歌兰，这个人明着可能只是个美容院、专卖店的老板，暗地里的身份就多了，也可能是某个庞大直销团队的头人，也可能是某个商贸公司的经理。歌兰日益多元的生活打造出形形色色具有双重或多重身份的成功人士，那些先进超前的人生经营理念让一个下岗失业人员可以到日本、韩国免费旅游一趟，在歌兰已经不算什么新闻。如果说白唯青算是其中一个，那么孟亚飞就是另外一个。孟亚飞高大威猛，膘肥体壮，本是个粗人，却十分爱好风雅。左手开赌场，右手放高利贷，办公室里却高高悬挂着“道法自然”“大道归一”的遒劲书法，还是省书协主席的真迹，莫不叫人感叹他的神秘莫测。在他办公室东墙，还供着一个赤脸的财神爷，青烟袅袅，雾气腾腾，给人一种紫气东来、吉庆有余的喜气洋洋的感觉。白唯青在小板寸的带领下初次进到孟亚飞的办公室时，头有点发晕，不过很快就调整过来了。

孟亚飞以前就来“好再来”消费，现在有了史翠花、史翠红这层关系，来得就更勤快了。葱爆羔羊肉是一道好菜，史翠花也是一道好菜，连吃带看，齐全！在这里又遇上大板寸、小

板寸，一个电话，就凑齐一桌。歌兰的饭局很是微妙的，绝对没有不明不白的鸿门宴。多数饭局里面都有这样那样的生意经藏在里面。请吃的、吃请的，嘴上不明说，心里都有哈数。就算什么目的都没有，联络感情，深化友谊的意思总是有的。一般来说，酒肉具有这样的特异功能，在歌兰尤其如此。这样的饭局，除却主要角色，陪客也很重要。得有一两个能喝会说的，男女搭配开来，气氛才容易达到高潮。如今不论吃饭也罢，卡拉OK也罢，做什么事都像做爱，大家都讲究弄出个高潮来才算尽兴。“人生得意须尽欢，莫使金樽空对月”，这是明月楼主孟亚飞在酒桌上的口头禅，只说一遍，能体现出他的修养与深沉就好。再说一遍，或许就会出差错，有可能露出来马脚，遭行家笑话。这几年歌兰小城的人们对文化这两个字眼儿渐渐钟爱有加，有用没用，都喜欢到党校或电大自修上个什么文凭；看与不看，也喜欢买上这样那样的书摆放在显眼的地方，装修门面。就今晚上这一桌子人，包括孟亚飞、白唯青在内，都是经济学专业、大专学历，了不得的人才。后来孟亚飞又叫来一个女人阎小花，虽说没什么正经职业，拿出名片，却也是个理财规划师，很热门的一个头衔。在歌兰小城，总有一些女人就像这个徐娘半老的阎小花，只要电话一响，不管是什么由头，准定收拾打扮一番，在第一时间出现在某个饭庄的酒桌上。像阎小花这般三十过半，四十不靠的女人，无论行头还是脸面，都要花点心思与功夫，方才能在场面上将就过去。脸上不用说，一定得铺粉底，挂一层腻子，还要精心修整眉毛、睫毛、眼线、唇膏这些细致的环节。衣服呢，黑、白、灰是她穿衣戴帽的高压线，绝对碰不得的，一碰就碰出个大姨妈来。浑身上下，就是小姑娘家的水红、粉绿、孔雀蓝。在夜色跟灯光的映衬下，她是赵本山的小品，鲜艳、活泛，能给人带来愉悦，也能让人想起她年轻的时候。对阎小花这样的女人来说，夜色是美的，是另一种粉底与腻子，它遮掩了这个女人心上多少的不如意。只要是女人，心上总有这样那样的不如意，逃不脱的一个个谜团。

孟亚飞把阎小花叫来，一是她酒量大，二是她会调笑，还有，她跟胡笑天、史家姊妹、金柱、白唯青、大小板寸都能说上话，是个闸门，总闸门，一拉就管用。

阎小花一来，就已经达到了一个小规模的高潮。也不知为什么，这些人一看见阎小花就很开心，就忍不住要笑，是欢喜的意思。在众人眼里，阎小花是颗熟透了的、开心的果子。这颗果子带着浓浓的香味从天而降，这一桌九个人就齐了。九，久。嘴上不说，心里都有这样的意思在。特别是生意场上的人，暗地里都在讲究这个呢。

歌兰小城最惯常的夜生活基本上就这样来开了帷幕。灰蓝色的帷幕上是渍过酒水跟油迹、也渍过红粉与烟雾的，是夹在新报纸中的旧报纸，偶然翻开，是过了季的绣花衬衣，缩过水的丝绒旗袍，在白生生、蓝盈盈的杯盘碗盏中间，会藏有一点陈旧的气息。

客人们在安康厅落座之后就不再随意走动，只有主人白唯青跟史翠花需要楼上楼下招呼客人，走动一番。史翠红跟阎小花每天早晨在小广场上跳健身舞，是熟得不能再熟了，有说不完的话。金柱在公证处上班，多少年了，最拿手的就是在公证书上盖个又红又圆的印章，别的什么都不拿手。出了公证处的大门，他就是史翠红的厨师兼保姆，是歌兰小城难得一觅的钻石男人。自从娶了史翠红，金柱再就没见过他的工资折子，所

以直到现在，金柱都不知道他每个月的薪水究竟是多少。追问地勤了，史翠红就把金柱的折子复印一份给他看，上面除了他的名字，跟一串让人眼花的账号，可怜的金柱也看不出来什么名堂，只好唠叨几句作罢。作为大掌柜，史翠红也对得住金柱，两个人的工资合在一处，一分一角都详细规划，仔细用度，绝对没有愣惺惺地只管往史家寨子的娘家添补。史翠红关照娘家是有原则、有底线的，这个三口之家发展到今天这个规模，就连金柱自己都觉得是史翠红立了头功。一旦金柱约略明白了总裁跟 CEO 的意思之后，他就用这些充满现代感的新名词来称唤史翠红，而史翠红也会顺势跟金柱调笑一番，耍一回老夫老妻的甜蜜与浪漫。

跟大杯喝酒、高声说笑的姐姐史翠红相比，妹妹史翠花反而显得老成持重，少言寡语。在歌兰小城，离过婚的女人虽不是残汤剩汁，究竟算是第二碗饭，再香也就那么点味道。能像阎小花那样抬头挺胸打起精气神来笑呵呵地过日子的，真没几个。史翠花就觉得自己是翻身下马的人，虽说终于嫁给了自己喜欢的白唯青，可深里浅里，明里暗里，还是有着自己说不出的不如意。跟姐姐史翠红不一样，姐姐是女人的身子男人的命，家里的一切都是她支撑打理，对男人，她的要求很低，只要不像包工头黑得金那样花三花四，到处打野食就成。在别的事情上，史翠红是认认真真、一丝不苟的，在感情的事情上却有些得过且过，苟且偷生的意思。男人嘛，好歹有一个，能对付着用用就好，何必那么当真呢？一扇门里边，有一个能撑起来的人就行了，明眼人一看金柱就不是能顶大梁的，她来顶这个大梁，也没什么不可以。好在金柱果然安分守己，本本分分，一直在史翠红的期望值里慢慢成长起来，这一点尤其让史翠红感到安慰。在史翠红眼里，金柱就是一个不可多得的好男人。可史翠花偏偏不这么想。反正，她就是看不上金柱、杜龙这样的男人。杜龙就是史翠花的首届丈夫。缩手缩脚，没个男人气。史翠花叫他往东，他不敢往西；叫他吃菜，他不敢喝汤。没一点血性的男人，是个木槌，是一道不放盐的菜，史翠花才不喜欢吃。金柱虽说也老实巴交，对姐姐唯命是从，可人家究竟还会玩一把幽默。都结婚快二十年啦，人前人后，金柱总是表妹长表妹短的称唤姐姐，或者就叫姐姐“宝贝”“乖乖”“甜心”什么的，一点不嫌肉麻，很真心的样子。跟金柱在一起，姐姐史翠红总是笑逐颜开，喜气洋洋的，人家那一对，是瞌睡遇着枕头，遇神啦。史翠红是个大咧咧的人，可史翠花偏偏是个小心小肺的，史翠红磨破嘴皮子劝她多少次，她想不开。铁了心要跟杜龙离婚，就离了。

史翠花一心看上的就是“好再来”的白唯青。可那时候白唯青还有家室，一妻一女，恩爱和睦，其乐融融，史翠花想插一脚也难，何况她还带着一个小女孩儿。白唯青早就看出来史翠花的心思，只不过是装糊涂。他一个外乡人，不想在歌兰这块地盘上玩火，白唯青不是没头脑的男人。可正是这份持重，恰恰吸引了心高气傲的史翠花。也不知怎么，歌兰这帮爷们，一到四十上下，一到酒桌上，多半都修炼成了油嘴皮子，个个都是相声演员，你吹我逗，很会卖嘴，讨人的欢喜。可白唯青就不。白唯青会喝、会唱，就是不会油嘴，直来直去、棱棱角角的一个人。让他说几句腻歪歪甜叽叽的话，比让他捐赈灾款还要难。在酒桌上，只要史翠花眼珠子一放电，男人多半都会短路熄火，只有白唯青一切照常，亮亮堂堂。这就是男人气，这才是男人！史翠花一心看上的就是这么个人。

得知史翠花打着为了他的旗号离婚后，白唯青不再装糊涂，对常常来“好再来”吃饭的史翠花也多了一份说不出的情谊。在歌兰小城，虽说史翠花可以划分到“4050”这个群落里，其实她才三十过半，距离那个庄严肃穆的人生阶段还差一截。何况她又善于精心保养那张脸面，实际上史翠花看上去还不到三十岁，正当年的样子。白唯青不愣着！

两个人彼此有情有义，就是逃不脱头顶上那些看似柔弱，实则坚硬的蛛网。两个人都不想做坏良心的人，就那么在心里暗暗喜欢着，用眼神说说话，蹭蹭手，不敢越雷池一步。毕竟，他们都不是市面上专吃那碗饭的人，得顾及脸面。不管爱也好，恨也罢，脸面还是最重要的，不能说不要就不要，何况他们也不是十七八岁的傻蛋傻球子。再说，白唯青的正室郑彩珠是个非常贤惠明理的女人，这么多年两个人一起操持打理这鼎饭庄，是同甘共苦，风雨同舟走过来的，多少情义自在其中。史翠花知道这个，也明白自己顶替不了这个女人，心底里也是兀自惘然，自叹自怜。可是天遂人愿，就在“好再来”跟戏台子之间的这半截人民路上，竟然出了一场车祸，横街而过的郑彩珠当场就没了气息。在“好再来”跟戏台子之间的这段人民路上，车多人多，以往也发生过不少车祸，宝马跟皮卡不小心“亲了嘴”，摩托车一头钻进出租车的怀里，散落在地的大灯、保险杠、车门车把手什么的，已经变了形状，仿佛金属拉花，五颜六色撒了一路。碰撞一旦发生，不等警车到来，目击者已经三五成群地包围了现场，叽叽喳喳讨论不休，都有白看一场好戏、幸灾乐祸的快活劲儿。但是郑彩珠出事那天，围观的人却都哑巴了，说不出一句话来。一个善良厚道的女人，还正年轻，怎么就能死得这么惨？且是在近邻们的眼皮子底下，让人伤心！送郑彩珠起身那天，歌舞厅“大夏餐厅”“老马手抓”“旺旺烧烤”“汉中香串串”几家的大老板小老板都来了。他们都记得真真的，在红红火火的夜市上，谁家卖光了啤酒、米饭，只要自家店里有，郑彩珠总会差使小姑娘送过去几件、几碗应应急。现今食客都很挑剔，略有不周就会粗口、发火，不好伺候。假若自家有多余的板凳，而邻家又是客满，那么她也必定亲自拎起几个板凳放在老槐树下，供他们调遣派用。她那一口土腥腥的陕北话，在风情万种的歌兰夜色中，就像小米子酒，和三边的炉馍，透着香，也透着暖。这就是一贯说不出什么大话，却软绵厚诚的郑彩珠，她走了。

老天爷就这么给白唯青跟史翠花制造了一个契机，而他们两个一把就将它紧紧抓在手里来。郑彩珠起身不到半年，白唯青跟史翠花就领了证，喝了喜酒。史翠花原以为费了这么多的辛苦与周折，天遂人愿，终于得手，了却了一桩心思，自己应该是快乐的。可莫名其妙的，史翠花觉得她并不快乐，甚至还有些忧伤，是藏在眼影、唇膏里的一点银灰跟一点金紫，只是碎碎的蛛丝马迹。在生意场上，或许女人跟男人是一样的抗硬，不服输，可在一个“情”字上，女人注定是软的，往往就会丢盔弃甲，败下阵来，任凭土埋水淹，了无踪迹。在众人眼里，郑彩珠是武将，打下江山；史翠花是文官，后来者居上，稳坐了金銮殿，是个有后福的人。从姐姐史翠红、理财大师阎小花、老干探胡笑天以及金柱、孟亚飞他们嘴里，流露出来的都是这样的口风。二翻身真正能翻身的，不多呢。

女人到了一定年龄，总会反省自己，回头看看曾经的脚步。先前是杜龙给自己洗内裤，端洗脚水，可史翠花横竖看不上眼。现在一切都翻转过来，是史翠花给白唯青洗，给白唯青端，可

史翠花却十二分地心甘情愿。是自己贱气吗？不是。跟史翠红不一样，史翠花觉得男人就是女人的门面，金子就是金子，跟碎铜烂铁装不在一个筐里的。她宁要一克纯金，也不要百斤废铁。现在她就跟真金白银似的白唯青化在一起，她是快乐的，在这快乐的最底下，居然会藏着说不出来的一点银灰，一点金紫。这是史翠花先前没有料到的。

酒桌上的白唯青是浑然忘我的。不管是划拳、诈金花、吹牛还是挖坑，他都像炒股选基金一样全心投入，没有半点马虎。因为太过认真，常常让孟亚飞、胡笑天这些醉翁之意不在酒的男人有些惭愧，有些感动。他脖子一仰，大嘴一张，满口杯的啤酒顷刻间就见底了，是梁山好汉的路子与风格。他还有一个不为史翠红所知的绰号——“剑南春”，说到底也是江湖侠客的美誉。酒、色、财、气，白唯青占全了，跟杜龙是恰恰相反的。很奇怪，按说现在史翠花完全可以把杜龙忘在脑后了，可偏偏，她会常常把木讷的杜龙跟匪气的白唯青放在一起称称斤两。一称，奇怪，摇来晃去，两个人居然是平衡的。连续三年，每到郑彩珠的忌日，都是史翠花带着两个小女孩儿去金山陵祭拜。祭品也是史翠花亲手打理，白唯青很少过问，仿佛根本不知道郑彩珠究竟是个谁。一旦领教过这个男人的硬冷，史翠花心里就起了一层烟雾。车轮子是不长眼睛的，打个比方，假若自己就是郑彩珠呢？……小心小肺的史翠花难免会这样、那样想的，一想，史翠花就没了底气。一个混浊不清的青点子，悄悄从手掌心里慢慢洇渗开来。

史翠红跟阎小花在争辩“绿瘦”减肥胶囊是真是伪。一个说管用，一个说没用，说得正是热乎，轮到史翠红打关了。孟亚飞接到一个电话，自己端了一杯罚酒，说是得走呢。黑得金在富宁北街的鸭棚子喝老鸭汤，叫他过去凑个热闹。小板寸不以为然，不就是个包工头，没什么了不起，喝到半中间了，才叫你去，肯定是找人代酒，要什么老板的臭架子。胡笑天抹着油嘴，笑眯眯地说，别小看黑得金，如今包工头也是后补常委，添分量了。孟亚飞对大板寸跟小板寸说，少废话，你俩也过去一趟。开春那笔钱的利息又该清了，抱住左腿放右腿，啥时间也不能忘记自己端的是哪碗饭。大小板寸就点头称是，开启了智慧似的。

从窗户看出去，人民路那边，一台丰盛的文化大餐已经在暗沉沉的夜色里接近尾声。刺白的灯光将一亩半的戏台子映照得一片光明、辉煌。已经有看客在陆续路开，走上回家的路。台下黑压压的人头是黑色水面上的黑色花朵，有一点随风摇曳的落魄的清凉。

史翠花知道，今晚，姐姐史翠红还有一桩事情麻烦胡笑天。是金柱堂兄的外甥，见财起意，偷了龙源网吧老板的手机和钱。

还有，这对黄金搭档根据自己多年积累的丰富经验，给单身女人阎小花看了一个好下家。要是阎小花有那种意思，明晚，安康厅里依然客满。

走掉三个，还余六个。白唯青的兴致明显打了折扣，蔫了秧子。情爱是一个美丽的圈套，男人原是出土文物，贵虽贵，可赝品居多，不能精挑细选的呀。

史翠花下楼送客。在窄窄的楼梯口，孟亚飞趁机拧了她一把，就迅速离开了。大板寸跟小板寸哼着什么曲子，紧紧跟在他身后，是狗啃骨头的感觉。

史翠红扶住楼梯扶手，心里油腻、胀满。她忽然间想要吐了。

漩 涡

安太太越来越拿安先生没辙了。

大概在三年多以前，安太太发现，安先生似乎有点不大对劲儿，特别是在饮食起居方面。比如：他不再吃这个、喝那个，总认为黄瓜和牛奶有问题。他还振振有词地说，牛奶自然是牛喝的，根本就不是人喝的，经常喝会导致骨质疏松，这可是专家说的。而在此之前，吃生黄瓜和喝牛奶是他的饮食强项。安先生会这样说，多吃黄瓜可以排毒，牛奶可以补充体内的钙流失——但时隔数年，他的黄瓜观和牛奶观居然就完全颠覆了。比如，他将锻炼时间由早晨改成傍晚，强度也减低了很多，据说这也是专家说的：早晨空气的质量，其实远远差于傍晚时空气的质量；运动强度大，不单起不到锻炼的目的，反而有可能损伤骨头和肌肉。再比如：他每半年就要做一次全面体检，因为不如此这般，他的心就不能放在肝上，总感觉自己患了什么大病，心慌气短，走路都没劲儿……再进一步说，或者实打实说，就是，人到中年的安先生，忽然很担心自己的健康了，也就是，很担心自己寿命的长短了。特别是他的老同学慕容飞突发心脏病去世后，安先生多少有些惊弓之鸟的样子。好端端的一个人，没住过院，连药片子都没怎么吃过，昨天还一起打羽毛球呢，今天就变成了一把骨灰，变成乌有之物了，这该多可怕！这样一想，安先生的脊梁上，就像背了一个巨大的块冰，凹凉凹凉的，以至于对亡者的追忆与伤怀，都显得不那么重要了。到了安先生这把年纪，才知道命其实是最金贵的一样东西。有命，就有命中的一切，没了命，一切都瞎白了。藐视死亡，凡事作粪土观和白骨观，实在是年轻人的专利。想到死亡，安先生难免会恻恻和慌张起来，尽管这种恻恻和慌张是藏在皮肉深处、藏在骨头里面的，但安太太还是能够发现一些端倪。每当看到类似地沟油或毒馒头这样的新闻报道，安先生都会大幅度地调整他的饮食习惯，而每当类似的报道出来后，他笃定是要到医院检查身体的，似乎他吃进肚子里的油水和馒头，全都在"问题食品"之列。杯弓蛇影，草木皆兵，照这样下去，安太太想，先生真会出问题的，不是身体，而是心理或神经。

在安太太看来，安先生近年来的症状，都跟那些满世界乱飞的养生保健的小册子有关。而养生保健，几乎成为很多中老年人的共同话题和一项重要的生活内容。据说，书店里最畅销的书，除了各类教辅教材，就是《怎样吃出健康》之类的书籍，如何养生、也就是养命，似乎成了中老年人群的一致共识。安太太记得，安先生第一次大呼小叫地连呼上当，是在看了某本类似的宣传册。戴着500度近视镜的安先生说，你看看，你看看，常识性错误，常识性错误！小葱拌豆腐其实是最不科学的吃法，小葱怎么能拌豆腐呢？相克的食物一起吃，就等于吃毒啊！葱和豆腐要分开来吃，才算科学。安先生第二次大呼小叫地连呼上当，是得知电脑和电视对人的微辐射之后。安先生指着一张旧报纸说，你看看，你看看，现在我才明白为什么不孕不育的现象越来越普遍，跟电脑辐射有关系啊！安先生第三次的不安，是在阅读了有关被动吸烟的采访报道之后。安先生如

此不安地说，你看看，你看看，吸烟的人有可能不得肺癌，被动吸烟的人，罹患肺癌的几率却很高，这可是专家说的。“专家说的”，是安先生的口头禅，始于何时，安太太的确不大记得清。从质疑小葱拌豆腐之后，安先生专门从一个乡间的土医生那里找到一张食物相克的表，花了一整天时间，认真地抄写下来，贴在餐厅墙上。而之前，那面墙上挂着一幅镶有棕色边框的摄影：半杯牛奶、呈扇状散开的切片面包、几颗红樱桃、以及一朵金色的雏菊。画面安详、慵懒、宁静和诗意，让人觉得大快朵颐，真乃人生一大乐事。安太太记得，这幅摄影，还是若干年前装修新房时，安先生亲自挑选的，若干年后，却被他亲手丢进了垃圾箱。对于安先生的这种变化，安太太自有她个人的看法。她觉得，不曾掌握养生保健知识时的安先生，似乎活得健康而富有活力，大吃大喝，登高爬低，健步如飞，生龙活虎；而在掌握了这些养生学知识、或者说在慕容飞猝死之后呢，他却患得患失，步步为营，畏首畏尾，活得像一个囚徒：不敢吃这，不敢喝那，睡觉只能头东头西，要跟地球自转保持一致；步行楼梯只能上到三层，三层以上最好坐电梯；上床前一定要泡二十分钟热水脚；十点半之前一定要卧床休息，因为那是养肾的最佳时间段——不知是哪个专家说的，还是纯粹来自于民间高人的种种传言。特别是了解了被动吸烟的害处之后，安先生很是不安，因为之前，他的办公室里全是清一色的烟民，也就是说，在他的办公室里，其实肺部最有可能出现问题的，也许恰恰是不吸烟的安先生自己……看到安先生如此不安和焦虑，安太太则好言相劝：毛主席爱抽烟，爱吃红烧肉，人家还那么高寿呢！但这样的安慰和镇静，对安先生起不到一点点作用，谨小慎微、如履薄冰的安先生因此很少待在办公室了，非但如此，只要有烟雾缭绕的地方，他都会躲避开来，搞得自己孤家寡人，形影相吊——对于安先生的这副狗熊样子，安太太只能如此结论：先生真的早衰了，不光是身体，更是心理和精神上。安太太觉得，这不是一件小事情，这实在是一桩可怕的事情。因为有天晚上，安先生又提出体检的要求了，似乎拿不到那些最近期的精确地显示出他的血常规、血压、前列腺和血色素的体检报告单，他就会食不甘味，枕不安衾。在蛋黄派色的灯光下，稍稍有些秃顶的安先生挠着头皮，可怜巴巴地说，这些日子睡眠质量不大好，多梦，盗汗、健忘……用的全是保健书籍上那些非常专业的词语，安太太一听，头就大了一圈。安太太揶揄他，你把看养生固本必读书的时间，用来看娱乐片，放松放松，岂不更好？安太太所说的娱乐片，当然是指涉黄影片，但安先生听了却大惊失色：要养精蓄锐你懂不懂？人到中年，房事要有节有度，否则会损伤阳气，阳气不足，百病缠身……安太太只好暂且闭上嘴巴。说到百病缠身、离死不远时，安先生的口气都会变得闪闪烁烁，战战兢兢，让安太太好生沮丧。要知道，安先生是蒙古族，曾经是一个英俊的骑手，酒量很好，胆气过人，正是这些粗犷的英雄元素，吸引了年轻美丽、小家碧玉的安太太。如今，酒色财气，安先生按照高人的指点，已经戒掉了多半，活得跟个和尚差不多，搞得刚过四十岁的安太太，下半身都快成了摆设，作为一个女人，这岂不是很冤？安太太心里隐秘的不平衡，安先生自然是无暇明了的，他明了的是，安太太是位好太太，像孩子对父亲一样，对他言听计从，至少表面上不会反对他的体检计划。

如果安太太没记错的话，不算即将开始的这次体检，安先生在三年的时间里，已经做过十三、四次体检了。据说，有的

女人对整容上瘾，那么，安先生就是那种对体检有瘾的男人。拉开衣柜最底下的大抽屉，安先生的体检报告单塞得满满当当。每次体检结果出来后，安先生都要戴上眼镜，仔细地参考、对比和分析自己的红细胞、白细胞、肝功能等指标跟标准值之间的关系，有时候看着看着，他会皱起眉头，歪起脖子，暗暗思考一阵。多数时候，看着报告单，他都会慢慢露出一缕满意的微笑来。这些体检报告单，或者说他脸上的微笑，似乎印证了他养生的功效，也更坚定了他养生的信心。后来有一次，当安先生从专家那里得知，拍X光片次数多了也会影响健康时，安太太觉得他大概会就此打住，不会那样频繁地去体检了，因为专家说的嘛。没想到，安先生却检查得更严格了，除了不拍胸片，别的检查项目有增无减。安先生是这样想的：既然他已经拍了很多次胸片，那么，肯定会对某些器官造成潜在的不良影响，他得定期检查一下才能彻底放下心来啊……

自称失眠多梦的安先生唠叨着关于体检的话题，终于昏沉沉地睡着了，安太太却辗转反侧，难以入睡。是啊，她得想想办法了，帮安先生找个找心理医生，或者，将错就错，让他住院治疗，把医生气疯，让他彻底清醒一下。总之，得给安先生来一点实质性的帮助了。安太太是个个体牙医，同时也是一个很理性的女人。她觉得，在当下，在生活中，其实不只是安先生一个人患上了健康恐惧症，对自己的健康疑神疑鬼的人实在为数不少。养生保健品直销行业，已经成为这座小城新兴的朝阳产业之一，从事这种行业的，除了医生、公务员、记者、律师，还有大量的离退休人员、无业人员以及海量的自由职业者。也就是说，只要是关注自己和他人健康保健的各界人士，都可以参与到这项产业中来大显身手。而新闻报道中行骗的江湖医生，骗的多半都是安先生这种类型的人——安先生从网上买过不少养生用的时髦玩意儿，还有熟人推销的安利、无限极、天狮等产品。实话说，安先生每天吞进肚子里的维生素、蛋白粉、钙片和口服液，都要赶上他午餐的量了。要说起来，这也不能单怪安先生自己，实在是得这样那样癌症的人太多了，孩子得，年轻人得，老年人得，一年四季，肿瘤科人满为患，好像得癌症要算顶正常的一件事，不得癌反而不大正常了——这样的例子，比比皆是。三四十岁左右的壮年男女，因为急性心梗突然死掉的，小区里每年都有好几个，果然是令人胆战心惊。养生爱好者们几乎都一致认为，如今医院客户爆满，跟大家吃进肚子里的化学物质越来越多、也越来越丰富有着莫大的干系。正因为如此，只要你跟一个中年人谈论养生之道，几乎每个人都有一整套的理论和实践跟旁人交流：枸杞的妙用、打通任督脉的重要性、心神合一的“战略”意义甚至是拿头撞墙、倒行走路……似乎人人都能冠以养生大师的头衔，开个养生堂之类的健康讲座。关于养生学的常识，已经成为最流行的话题。再者说了，冷不丁地，今天一个苏丹红事件，明天一个毒奶粉事件，后天又是蔬菜农药超标……形形色色的食品安全问题，搞得大家都吃得心有余悸，步步惊心。安先生就挥舞着拳头，义愤填膺地说过，如果我死了，从我身上，至少能提炼出七八种有毒物质来！这样勇敢地拿自己的生命打比方的时候，安先生脸色苍白，额头汗津津的，做出的手势也呈微微抖动的态势，好像他已经替劳苦大众做了生活和时代的牺牲品一样。安太太则好言相劝：人的肉身本来就跟动物没什么两样，能提炼出来几样化学物质，也是很正常的事情。安太太性格开朗，说话总是有口无心，那种口气，好像安先生已经挂了，且已经被仪器提炼

过了一样，搞得安先生大为发火，差点就因此生出一番无谓的口角来。实话说，像安先生这样一类人，就像 QQ 空间里这样那样的群——他们应该算是养生固本群了，有这样一个颇具规模的、庞大的人群在安先生背后挺立着，想让他逃开养生固本的怪圈都难。因此，失眠了的安太太，还是颇为怜惜地看着熟睡中的安先生，回想着当年驰骋在草原上的那个生机勃勃的骑手。她想，随着年龄的增长，除了身体机能，人在心理方面的确会严重退化的，会慢慢变得脆弱、神经质和孩子气来。她得好好哄一哄身边这个早衰了的孩子，因为，从感情上来说，牙医安太太还是一如既往地爱着她的安先生的。

安太太有个死党，恰好就是学中医的，大名贾逢春，诊所唤作回春堂，人送外号"月经不调"——据说，贾大夫坐诊时，只要是女病人，号脉之后的第一句话几乎都是"月经不调"。习惯使然，有一次给一位年过花甲的老太太捏脉后，结论自然也是"月经不调"……尽管贾大夫是因为买的股票突然大跌导致了这样的口误，一时被传为笑谈，但她的医术，在江湖上还是有口皆碑的，是个不折不扣的专家。

既是死党，安太太对安先生的诸多症状也就小崔说事，实话实说。贾大夫听了，咯咯叽叽笑个不停。贾大夫说，实不相瞒，我的病人，跟你家安先生一样，多半都是没病找病型的，好像不吃几副中草药排排毒、调调神，就忧心忡忡，心有不甘似的。其实哪里是我的医术高明，他们压根就没有病啊——这样掏心掏肺的大白话，也就只能在安太太和贾逢春之间说说，说完后，照例是一番心照不宣的掩口轻笑，哧哧哧地，跟很多年前在医学院的小花园里一个样。

拿到最新的体检报告单后，安太太带着安先生，一路向北，驱车赶到贾大夫的回春堂。鉴于安先生比较信赖专家的特别嗜好，贾大夫事先将自己的从业履历复印了一份贴在醒目的地方。省级中心医院中医科的主任医师，这个头衔已经足以将安先生唬住了。按照安太太的嘱咐，贾大夫又将以前没病找病、热衷于调节之说的客户们送来的几幅锦旗挂在诊所里，有“医术精湛，医德高尚”的，有“妙手回春”的，红彤彤地挂了半面墙，安先生进门一看，先就肃然起敬起来，两个死党只有视目偷笑的份了。

循规蹈矩的安先生照例将自己近来的种种症状一一道来，在半个多小时的时间里，几乎都是安先生在说，贾大夫和安太太在听。教书的安先生口才很好，说起自己失眠多梦、盗汗健忘、脾胃不和、情志不通、尿频尿急……他慢条斯理，头头是道，绘声绘色，颇为引人入胜。如果戴着眼镜的安先生穿上白大褂，坐在贾大夫的位置上，他的气质和专业知识，倒是比郎中更像郎中一些。而坐在安先生对面的贾大夫，想不钦佩安先生都不行。他所掌握的医学、养生和保健知识体系，超出了之前贾大夫遇到的所有病人。贾大夫觉得，棋逢对手，她是遇到高人了。这也是一个真正重量级的“病人”，不精心调治，安太太的日子可真不大好过。对安先生这样的人来说，告诉他没有病，就等于暗示他可以继续去医院做体检。贾大夫看出来了，安先生的需求点，在于承认他的确有病，而不是相反。让这样一个心理状态的人拥有一个“莫须有”的病，对贾大夫来说自然不是什么难事，抓住他的心理弱点，一步一步诱敌深入就 OK 了。只不过，这一回可不能出“月经不调”那样的低级笑话了，这出戏要演砸了，真是对不住安太太对安先生所费的一番苦心。

听完安先生的主诉，看着一沓子报告单，贾大夫脸色变

得凝重起来，半晌不语。安太太急忙发问，老安……没什么大问题吧？贾大夫慢条斯理地说，从体检单上看来，一切正常，但从中医的角度看，这些数据并不能说明老安的身体就是一个运行良好，和谐健康的肌体。中医讲究的是阴阳平衡、扶正祛邪……中医不论病，中药不对病，只是扶正气、调平衡。正气存内，邪不可干……贾大夫喝了口水，接着滔滔不绝：见病治病，乃是医家之大忌，以人为本，照顾整体，顾护脾肾元气，方为第一要务，万病皆然，不独失眠一症……贾大夫颇费了些气力，将自己的库存统统搬了出来，一开口，自然就显出专业人士的价值和水平来，果然就从理论高度上震住了安先生。安先生这才觉得，自己肚子里的那点"痛则不通，通则不痛"和"一觉不足，十觉不补"式的浅表性的东西，跟贾大夫的专业知识相比，不过是些皮毛罢了。最主要的是，贾大夫认为他是异常的，而不是正常的，这一点很对安先生的胃口。安先生遇到知音似地，转过头对安太太说，你看看，你看看，中医跟西医就是不一样吧，血象正常，不一定就没有炎症啊，我的前列腺问题……自从安先生了解到抗生素的危害后，对西医的排斥，陡然升级，对传统中医药的养生理念，越发青睐有加了。

一番望闻问切之后，贾大夫凝眉思考半晌，给安先生下了药方子，密密麻麻麻写了满满一页。小心翼翼的安先生扶着镜框想看个分明，但这分明是不可能的。贾大夫的字龙飞凤舞，犹如天书，每个字都像谜面，让安先生费尽猜疑仍不得要领。看着安先生认真研究药方时费尽思量，疑神疑鬼的样子，贾大夫笑吟吟地说，怎么，安老师还信不过我啊？安先生擦着额头上的汗，连连摆手说误会误会，我是在欣赏你的字呢，龙飞凤舞，大气磅礴，真好，真好！贾大夫叮嘱说，这几副药，得从河南一个同行的药房那里邮寄过来，其中几味药引子，是家传秘方，所以价格是有点贵了。安先生摆着手说没问题没问题。贾大夫双手对扣着自己的虎口部位，笑吟吟地说，谁让你太太是我的铁姊妹呢？放心吧，价格上会有一个优惠的。然后，贾大夫又说，喏，闲了就像我这样，双手对扣虎口部位，早晚二十次，记得多喝水，这对调节你的大循环，排除体内垃圾都有好处的。安先生连连点头称谢，似乎这两样指点是额外的赠品，而且都是因为安太太和她之间的交谊的关系，安先生的表情因之也放松、生动了许多。站在一旁的安太太捂着嘴，将笑意轻轻掩盖起来。

一周之后，专家的药包从河南"寄"来了，是十二包研磨好的灰白色粉末状的、类似油茶面一样的东西，连同十二瓶太太口服液之类的液体一起，装在一个大号的中药袋里。安太太说，这是两个疗程的药，期间不能动荤腥，也不能沾酒，记住了？安先生听从了某位高人的指点，每天晚上都要喝一杯红酒催眠，看来这项功课得暂停了。安太太这样给安先生嘱咐注意事项的时候，安先生正在认真地双手对扣自己的虎口部位，嘴里还一二三四记着数字，二十下，不能多，也不能少，唯恐多了少了，其作用就会不一样了。见此情景，安太太心里一叹，想，这厮活得，就剩一个累字了。面对这样一个安先生，安太太觉得自己也有些累了。在安太太眼里，安先生仿佛流水中的一枚落叶，被一个又一个细小的、灰暗的漩涡携裹着，打着圈儿，枉然地，身不由己地一起一伏。安太太觉得，她也变成了一片落叶，不慎卷入这灰色的漩涡中来了。跟安先生一样，她也不由自主地开始关注亚健康这个词了。据说，比起真正的不健康来，亚健康的危害，也是不容忽视的。据专家说，丈夫的生活方式和思维定势，对配偶的暗示和影响，也是很大的。安太太想，

安先生对她的影响，具体表现在什么地方呢？在给客户补牙的时候，安太太脑子里都漂浮着这样的想法。

两个疗程的“家传秘方”药包吃完后，安先生感觉心神安宁、舒爽了许多，特别是到了晚上十点钟一上床，头挨着枕头就睡着了。神清气爽的安先生抚摸着半秃的脑袋，对安太太说，你看看，你看看，专家就是专家，不一样就是不一样。这就说明，之前我的确是有毛病的，是贾大夫的灵丹妙药起了作用……怎样，我们是不是要请贾大夫到艾伊明珠大酒店吃顿便饭，好好谢谢人家？正在往脸上贴面膜的安太太一听，笑得前俯后仰，眼泪都笑了出来。事实是，那些所谓的家传秘方，不过是藕粉加了一点苏打粉罢了，至于那种口服液，其实就是纯净水里滴了几滴酱油。贾大夫给安太太打电话说，安先生的病，全是心病，他的脉象、心率、血压……等等各项指标，标准得没得说。没事想吃药的人，不知怎么就越来越多了，看来，我不想发财都很难啊……最后，贾大夫好心提醒安太太：下周一，我预约去体检中心做妇科体检，是从美国回来的一个专家亲自坐镇的，你要有时间的话，我们一起去吧。

粉菩萨

爱珍就要临月了，白粉娥算了算日子，大概是在阳历的四月半，正是贴梗海棠开得茂盛的时候。在白粉娥的日子里，有许多值得回味的事情，都遇在海棠花开的时候，仿佛只要海棠花儿一开，她原本平静的生活就会起一点波澜，像一潭被雨点惊动了的深蓝湖水。当初和梁柱离婚的时候，就是那样的一个四月天。那时他们还住在高台寺的婆婆家。那里虽然靠近老城，但四周全是绿油油的田野，家家都有一方有模有样的小院子，家家都是一树一树的海棠花，红彤彤的，把人的心和梦想都能映红了一样。也许那时她年纪正轻，也许是那些红彤彤的海棠花，尽管和梁柱分手，算得上是命里的劫数，但白粉娥心上也还能看得开，想得透，心里哼着不知名的什么曲子，收拾好自己的细软杂物，就悄悄走了。走的时候，她手里就摇着一枝子海棠花，一路走一路往四下里飘，很有些零落成泥的意思。走的时候，她还回头看了看那个叫做高台寺的地方，还看见那个叫梁柱的高个子男人，站在路的那头，也看着她。不过回头的时候她还是掉了几串子眼泪，是因为舍不得——舍不得梁柱，也舍不得海棠花。归根结底，一切不能怪梁柱，梁柱是个好人，没什么坏毛病，怪就怪她没福气，也没出息，结婚五六年了都生不出个一儿半女来，和梁柱走到这一步，实在是很自然的事。

白粉娥记得有一年，六十三岁的婆婆独自一人回了趟山东老家，去祭了祖坟，拜了神庙，许了大愿。目不识丁的她一路上吃了不少苦头，就是为了求得一脉香火，哪怕是个黄毛丫头也算数。可白粉娥的肚子就像被掏空了的面袋子，成年累月是个瘪的。白粉娥真的不能怨那个头发花白的老女人，她是个好婆婆，少见的一个大好人。藏在婆婆心里面的苦处，不见得比她少三分。也就是说，和梁柱分手，是白粉娥自己先提出来的。她就是那样一个女人，多多少少能看出别人的一点心思。她料想，在没局外人的时候，梁柱娘俩一定也拉扯过这桩事，对她这只不下蛋的母鸡，一定也动过这样那样的心思，一定的。也许他们对她格外好，格外善待，就是想让她自己把那句话撂出来，摆在桌面上。同样的事情，同样的话，换个人来说，味道和意思都会大不一样。白粉娥明明知道在那两张殷勤笑脸的背后，分明有个挽好了的、深灰色的绳套，她还是低下头，伸出脖子钻了进去。有些时候，有些事情，完全是没奈何的，她钻进去，事情的结局自然就会显得圆满些。后来，在一个花香四溢的日子，她果真就把那事摆在桌面上，把心里话说了出来，说得很平静，也很有道理。说的时候白粉娥才发现，原来她的嘴很能说，也很会说，是那么的巧！反倒是那对母子，一句话也没有，沉默着，可眼圈子却慢慢地潮红了。白粉娥第一次发现自己是这样一个女人，能说会道，善解人意，连她都没想到，自己嘴巴和脑子上的长进会有那么大，能把话说到点子上，甚至说到那对母子的心上，有斤有两的。那一年她已经二十八了，雕花镜子里面，秋桃子般的脸还是粉团团、光展展的，但心里已经悄悄泛出一层霜色，仿佛藏在老衣柜里的绿绸丝巾，搁久了，已经有了深深浅浅的褶子。

当然，梁柱很快就娶了新人，据说就是婆婆给保的媒，新媳妇的奶子赛脸大，据说是多子相。没多久新媳妇的肚子果然就出怀了，仿佛节日里秧歌队伍中红红的羊皮腰鼓，透露着圆满和喜庆。一切显得那样快，不那样快的话，当婆婆的就怕等不及什么。世上有许多事，就是要快，再快，慢上一拍半拍的，太阳就会下山了，就会让很多人一辈子都追悔莫及。

再比方说后来，她和政府街的老苏结婚的时候，也还是那样一个四月天，不过只是赶了个尾巴，海棠花还是红的，可色泽已经暗了下去，那种说不出的、失了水分的暗红色，常常让她无端地想起夏天，黄昏，和天边的火烧云什么的，好还是好，就是觉得短暂，因为短暂，就觉得几分失意，仿佛蘸足了西洋红的大狼毫，一不小心甩在毛了边的生宣纸上，渗出一团虚虚实实的印子……然后就有多嘴多舌的人说，在白粉娥的眼角眉梢里，天生自带着一脸寡妇相，细细端详着看，就能看出来几分。

那一年白粉娥三十二，而老苏已经快奔五十了。政府街上不知底细的人都说白粉娥是一朵鲜花插在了牛粪上。老苏在黑漆雕花的铁栏杆的大院里上班，那是县府所在地。夏天的时候，一院子的白月季、红月季花，常常引得路人驻足观望。那道黑漆雕花的铁栏杆，和那些粉白嫣红的花朵，还有那幢齐头齐脑、贴着白瓷砖的办公楼，让旁人对在那大院里上班的人，怀有一种莫名的敬畏。一般人办不了的事，在大院里公干的人用一桌酒，两句话或三条烟差不多就能搞定。这个道理，在政府街上，就连屁大的孩子都知道。或者也可以说，就连夜空中的月亮，和树荫下的虫子都知道。老苏就是那些人中的一个，能吃，能

喝，能玩，也能办成几件体面风光的事，这多少弥补了他体形上短斤少两的缺陷，让他在不知不觉中成为“红中”酒家的常客。红中酒家是政府街上的大餐厅，可能老板和老板娘都喜欢打“滑水”，又总是“和”在“红中”上，就把原来的店名给改了。据说名字改了以后呢，生意真的比以前又红火多了。无疑这跟政府街上已经开始流行打“滑水”有一定关系。从前政府街的人打牌时都是“二五八”做将或者“推倒和”的玩法，怎奈人这东西在钞票面前就像是三孙子，特别不争气，时不时地就有人打勾手牌，也就是在牌桌上作奸犯科。要是玩大的筹码，输赢也是了不得的事。“滑水”呢，恰好杜绝了以往游戏规则中的种种弊端，既公平又公正，所以渐渐就被很多玩家所接受。由此可见，即便是娱乐，人们也还是喜欢选择光明磊落的那种方式来进行。政府街上的大小玩家们，一旦看见挂在红中酒家门口那两个大夯夯的红灯笼，和那四个大夯夯的霓虹花体字，会自然而然产生一种遇见老朋友似的亲切感，情不自禁就顺腿进去了，所以“红中”酒家看上去永远是那么热闹、喜气而喧嚣。白粉娥和老苏的喜酒，就是在那里办的，不过那时候它还叫百顺酒家，取的是一顺百顺的意思。改成红中酒家也不赖，不过白粉娥觉得还是先前的那个意思更好——一顺百顺，多么吉庆！

老苏的前妻谢红琴是个医生，去省城医院进修的时候，据说和一同进修的一个男人好上了。女人疯狂起来，也是很可怕的。他们先是吵架，接着开始动手，彼此身上脸上都落下过这样那样的伤，轻的重的都有，一看就有一点关于战争、胜利、失败或者纪念品的各种联想。政府街离省城不远，有白色的公交和无数翠绿色的中巴通向那里，交通很方便。只要是休息的日子，谢红琴就是一条五彩的鱼，游向大海一样游向那座近在咫尺的繁华城市。事情到这个地步好像已经无法挽回了。他们之间的斗争持续了小半年，前妻如愿以偿地和他分手了。倒是省城里的那个白面书生，这方面一直没什么动静，来回一拖沓呢，又是小半年。拖到年底的时候，就把暂时借住在医院洗衣房里的谢红琴的精神搞得有几分恍惚，脸面都小了一圈。偏就在这个节骨眼儿上，谢红琴也是听见旁人关于她的几句闲话，就没挺过去。政府街上闲人的闲话，素来都是小巷里捅竹竿，直来直去的，何况还是在厕所里面听到的，真是丑得很。说她那么精明的人，怎么就能让人白白日了，落个竹篮打水一场空，莫非城里人裤裆里的东西比叫驴的还大。所有的闲话说到最后，终归会以一种极其微妙的方式传到当事人的耳朵里的。谢红琴原本就是个心高气傲的人，听到后呢，脸刷地就白了，一头栽倒在地，送到急救室就没再醒来。不过也有人说，洗衣房本来就跟后面的吊唁灵堂离得近，也许是哪个死鬼看上了谢红琴，找个理由把她带走了。一个人临走的时候，总得找个这样那样的理由才好抽身呢。

老苏说，前妻的娘家本来也没什么人手，再加上一直是她自己跳着脚要离要散，老苏哪方面都没什么过错，娘家人也恨她胡作，放着好生生的日子不过，把自己的小命也糟蹋没了。就算是还有几分姿色，眼看也奔四十的人了，连个是非轻重都辨不清，拿着好好的刀子不要，要的什么剑（贱），搞得鼻子比脸大了，死了都落不下半个好字，究竟图了个啥。关键是，就算简简单单地抬埋一个人，最少也得花个两三万块。在这年头，钱就像捏在手里的沙子，越来越难抓到手了，谁愿意给她出这个钱？娘家竟然没有一个人愿意出。也不知道省城里的那

个白面书生对这个意外情况知不知情，反正那边就没什么消息了。省城里的白面书生多着呢，从哪里找，谁去找？找到后又该怎么辩白说道？情场上的游戏，原本就是无根无底，没凭没据的……都说是一日夫妻百日恩，说得真是没错，尽管老苏和谢红琴之间早已经没什么瓜葛，最后还是老苏自己，绿着脸给那个一心向往省城的女人收了尸。连衣裳、棺材、坟地、阴阳鼓手什么的算下来，果然就花了三万多——还正是个天寒地冻的日子。老苏对白粉娥说，他心里那个窝囊和寒碜啊，是没办法说的，心呢，从此冻成了个冰疙瘩，再没化开过。原先的好脾性，不知不觉就全变了，成了别人眼里的白鼻子小丑、老衙内、酒坛子、现世宝……一离开酒桌，他就觉着难过，也觉着寂寞。好事不出门，丑事传千里，在政府街这么个球大的窝窝，他戴的这顶绿帽子，没把他害死，也只剩下半条命了。老苏说小白啊，跟着我，真是让你受大委屈了。老苏捏着酒杯自己往下撕那些旧伤疤的时候，满身都是浓浓的酒气，把白粉娥的头都给熏得大了一圈。白粉娥托着半边脸暗想，看他那样子，就连尿出来的水，度数也不低呢。

老苏说，他和谢红琴两个人这样胡闹一场的结果，就是无意间把苏汉那孩子给糟践了。苏汉说大不大，说小也不小，又正逢身体发育的青春期，就把母亲的丑事和猝死，当成了自己的死胡同。老苏说，苏汉性子本来就很孤僻，自打前妻死了以后，性格变得更加古怪，难以捉摸，个头猛窜了几窜，身上的肉也长了不少，让他觉得陌生，也有一点胆寒。在苏汉的眼神里，总有一种让他望而生畏的东西，像某种尖锐的、有光泽、有重量的金属，能伤人似的。老苏说，原先他对苏汉挺关心的，虽然苏汉孤僻少言，父子之间并没有什么芥蒂，自从谢红琴有了那段风流韵事，他越看苏汉，越觉得这孩子不论从相貌气质还是脾气性格，都跟自己大相径庭。老苏还记得在一次酒局上，同桌的老夏一再强调苏汉跟老苏没个比头，一点都不像老苏的儿子。老夏那个人呢，越长年纪，越没了出息，多少没个眼色，嘴巴也不值钱，像这种玩笑话，说一遍就足够了，逢到他嘴上，偏偏就多说了三遍，直说得老苏动了气，当场就跟老夏翻了老脸，把老夏的新手机摔到地上给摔坏了。从那以后，老苏对自己的儿子苏汉，就怀了一种莫名的、也是致命的伤感，那种灰蒙蒙酸溜溜的感觉，藏满了他的发梢、衣袖乃至鞋壳子，让他的心实在累得慌。老苏说，从前他和谢红琴在深夜里撕下面具动手的时候，苏汉就躲在一个角落里，看着他怎样失去理智地暴打那个女人。他骂谢长琴臭婊子、破烂货的时候，苏汉也在角落里呆呆听着。别看那时他才十四岁，其实已经懂些事了。低估什么，都不能低估一个孩子的心，孩子的心实在是灵通得很。从那个女人死后，他看谁都是仇人的眼光，谁看见他都有几分胆怯，他把自己彻底堵进死胡同里了。他常常逃学，夜不归宿，没有人知道他究竟去了哪里，干了些什么……老苏这样给白粉娥一点一滴诉说往事的时候，两个深眼窝子很暗淡，潮乎乎的，让白粉娥想起那些起了薄雾的黄昏。每当这时候，白粉娥就轻轻喔一声，有些叹息的样子。政府街上的月亮，有时圆，有时扁，挂在他们的窗户边上，被风吹得摇摇晃晃，也喝多了酒似的，醉醺醺的，满屋碎影跟着摇晃，仿佛被嫦娥的素手摇落了一地的洋槐花，有点温暖，又有点清凉……白粉娥觉得，她和老苏，也被那些无边的风月摇动了，就像刚刚上过一层清漆的两样木器，不单变得细腻，而且也有几分光泽了。

时间真就像是长长的流水一样，还带着汩汩的声响。

苏汉从西大滩回来时，海棠花又开了。也就是说，他五年的刑期已经满了。

政府街上的人拿老姑娘、寡妇家开玩笑时，就说将来给她介绍个西大滩的，迟钝些的私下悄悄追问是在西大滩做什么事时，她马上就会成为街上流行的另一个笑话，从这张酒桌流传到那张酒桌，好不热闹——因为西大滩几乎就是劳改犯的代名词。苏汉从西大滩回来时，白粉娥和老苏走到一起刚刚两年。两年时间，足以让泡在红中酒家里的好事者们得到关于白粉娥的一些底细。难怪她会插在老苏那堆牛粪上，难怪她看上去还跟两年前一个样，总也不显老，原来她是个石女子，是个骡子。在人面子上，政府街上的人说话通常还算彬彬有礼，不过关上屋门，翻开里子来，可就不一定了，怎样的丑话都能说出口，也能说到点子上，不得不令人拍手称奇。有嘴长的人说，像白粉娥这样的人呢，生得顺眉顺眼，天生就适合给男人当情人，就算捅个天大的窟窿，也没什么要紧，怎么着肚子是不会捅大的，绝对省心。还有腿长的人呢，就连高台寺那里的情况也摸清了，说梁柱得了多少征地款，占了几套房，屁股后头跟着几个小姐，家里那个大奶子女人呢，早就成了个摆设，跳了几次红花渠，都被人捞了上来，紫泥淹到脖子上，跟个癞蛤蟆一样张着嘴，说得有鼻子有眼，涂过油彩一般，浓得都能滴答着淌下来——说来也是，政府街呢，正好夹在省城和高台寺中间的一个地方，站在老苏他们住的那幢巧克力色商住楼的顶楼上，就能看见高台寺那些人家的屋檐，隐隐约约的一片。那个腿长的人带回来的消息，没准都是真的。也真是的，一旦知道了白粉娥肚皮里的底细，原先还为她抱不平的人呢，现在倒觉得她和老苏那个老衙内、酒坛子、现世宝，还是挺般配的一对，歪锅配斜灶嘛，也没什么可惜的了。在政府街上，最不短缺的货色，就是抬头婆姨低头汉，他们是油盐酱醋，也是茶水柴米，怎么撇也撇不开的。

可是偏偏海棠花又开了。海棠花开的时候，苏汉回来了，苏汉一回来，局势就变了。老苏毕竟是五十开外的人了，而粉娥才三十过半，比苏汉真长不出几岁。苏汉呢，虽说还正年轻，可蹲了几年大狱，人又粗黑，看上去反倒比白粉娥还显得老面。他们三个人在一起的时候，常常给多数人一种错觉，还以为苏汉和白粉娥是一对儿，老苏呢，就像是他们的父亲。

白粉娥觉得，苏汉并非像老苏说得那样古怪、凶恶、难以捉摸，一副仇人的样子，反而那么温顺、简单，不藏事，简直像个孩子。初次见面的时候，老苏让苏汉叫白粉娥姨妈，老苏的声音显得特别怂，特别怯，像做了什么亏心事。老苏以为，苏汉一定不会叫白粉娥姨妈的，就算能叫一声半声，也会让在场的三个人都很尴尬，不一定能下得了台。下不了台的时候，也许就有好戏看了……老苏的心呢，其实一直都是悬起来的，悬在一根细线上，扑通扑通跳得那么紧。苏汉回来了，这究竟是件好事还是坏事，他真的说不上来。让老苏没想到的是，苏汉就长长地叫了白粉娥一声姨妈，对眼前这个太阳花般灿烂的陌生女人，没有生出任何疑义，仿佛从这间屋子走掉一个女人，理所当然还应该有个女人再补上空缺。非但如此，他还叫得挺亲切，跟刚熬好的骨头汤一样，冒着热气，有一股浓浓的味儿在油花里泡着。都说猪的骨头贴不到羊身上，可是白粉娥呢，差一点都被苏汉的声调感动了。她活了半辈子的人，从来没有

被人喊过一声妈、姨妈什么的，第一次听见，觉得惊讶、奇怪，关键是觉得那么顺耳、好听，要是能吃的话，那一定就是沾满芝麻糖的桃酥了。深藏在白粉娥心中那根有点神秘的琴弦，在这个海棠花开的美好日子里，被什么东西轻轻拨了个响。白粉娥慌慌应了一声，脸红了——苏汉那么热大的人，难为他了。

老苏万万没有料到结果会是这个样子：温馨、和谐、甚至还有点让人感动。他觉得，苏汉看人的眼神变了，整个人的气质呢，也变了，对眼前这个苏汉，他真的感到惊讶。关于苏汉的过去，就像他曾经对白粉娥撒了个大谎，这个谎不好圆了似的。老苏重新看见他的儿子苏汉的时候，白粉娥觉察到他的脸微微红了，跟喝了几杯剑南春一样红。老苏私下里对白粉娥说，看来监狱真是个好地方，进去的时候，他还是头野蛮牛，天不怕地不怕的，出来的时候怎么就变成一只老绵羊了？有机会的话，我一定要到监狱里走走看看。老苏还说，先前他还担心苏汉一回来，他们三个，特别是苏汉和白粉娥不好相处，现在看来这是个小问题了。关键是，苏汉身上的那些刺猬毛，全顺过来，不扎手了，不论你说什么，他都配合似地点两下头，让人有一种通便后的惬意和舒畅。眼下最当紧的，就是赶紧给他找份事做，遇上合适的呢，再说个媳妇，分开另过，两下就可以安生了。没准再过个三年两年，老苏就和县府里另几个老油条一样，一边混着工资，打着麻将，一边领着孙子，喝着小酒，就升级当爷爷了。人到了一定年龄，心里难免会滋生这样的念头，这是一个沾满了芝麻糖的、桃酥一样的念头。看样子，从前留在苏汉心里的阴影，已经被什么东西涂抹掉了，现在是一片干净的白，或是一片干净的蓝，能重新画上政府街、海棠花、巧克力色的商住楼，或者一点别的什么纪念物了。老苏心里有些酸，又有些甜，他有些想笑了。因为他相信，五年时间，真的可以改变一些什么的。

白粉娥注意到，光头的苏汉最喜欢呆在他们这幢巧克力色商住楼顶楼的阳台上。六层，在政府街已经算是高楼了，站在裸露的阳台上，放眼望去，既能看见省城里高高的、白白的楼群，也能看见高台寺那里低低的、灰灰的屋檐，都是隐隐约约的一片，叫人无端生出一丝浅浅的惆怅。站在裸露的阳台上看一看，就能看出来政府街上的一些底细。在直尺般的政府街上，一共有大大小小三个十字路口，每个十字路口都刻意栽种了各式各样的花草。临街的花店、饭馆酒家、水吧、美容中心、服装店、文印社、茶楼、书店、彩票房、碟屋……一家挨着一家，整个街道仿佛就是一条缀满了细碎花边的长披肩，简单、粗糙、拥挤、热闹。这份淡紫色的、温暖的小情小调，仿佛覆盖了政府街上的每一个人。几乎可以说，政府街上的每个人都是摆在骨里香玻璃柜里面的烧鸡——全是熟的，都相互认识，尽管不一定能叫得出各自准确的名字。收藏在政府街里淡淡的诗意，大概只有白粉娥这样寂寞的女人才能看得见，闻得着，摸得到，有声有色，也有形有味。她喜欢楼下的那些热闹与红火，男人扬着手跟熟人打着招呼，女人拽着孩子，唠叨着充满关爱的话，孩子举着糖葫芦，一串一串，红红火火的，仿佛永远没有穷尽，也不会穷尽的样子。白粉娥觉得，十年以后政府街这样热闹，二十年、三十年以后呢，政府街还是会这样热闹，政府街是不会寂寞的，永远都不会。有了这条街市的陪衬和熏染，白粉娥的心到什么时候都不会平静，对生活，她依然在心底里期待着

些什么。

现在，苏汉就站在阳台上，站在平时白粉娥最喜欢站的那个位置上，撑开他酱牛肉色的双臂，俯视着直尺般的政府街。而白粉娥呢，则躲在屋里，静静打量着对她而言完全称得上是从天而降的那个人的背影。自从苏汉进了门，或者说自从苏汉那样了无心机地叫了她一声姨妈之后，白粉娥就有意无意改变了以往的一些习惯，比如，样子、颜色稍微花哨点的衣服裙子，她都款款收拾起来，换上素里素气的；说话的态度和腔调，也拿捏出姨妈的档次和架势，时时在向周围拒绝、也暗示着什么；就连最浅色的口红也不用了，想当年，那可是白粉娥的手提包里最不可或缺的一样东西。好像，她感到了一种从来没有过的、说也说不出来的压力，这压力不仅仅是来自苏汉，更多偏偏是来自于她自己。她觉得，自己真是个没出息的货，因为苏汉那高高的身子骨，和宽宽的背影，让她一不小心想起了一个旧人，就是高台寺的那个梁柱。这个蛇缠身样的念头，真真让她失了些方寸。她觉得自己的心就像摊开在地上的一堆五颜六色的乱麻绳，怎么摆放都是纷纷扰扰的，没个头绪。

平日里，白粉娥本来不是个爱说话的人，不过自从苏汉回来以后，她就变得爱说话了。屋子里一片沉默的时候，白粉娥会觉得尴尬，别扭，就连呼吸的次数也跟平时不一样多了。开口说说话，凝固了的空气仿佛就松动起来，沙发、茶几、水杯、盆花、鱼缸什么的，都会随着她窸窸簌簌的足音来回走动起来，那些细微而柔和的声音，仿佛在给她半青半红的情绪伴奏，能让她的心一点点沉静下来，心沉静下来时，她就会感觉好一点。她说，已经回来了，就把头发留起来吧，省得旁人左看右看的。在白粉娥看来，留光头的男人，总是有些异样，每每在政府街上遇见那些留光头戴墨镜，身架特别拽实的人，她本能地会避让三分。在白粉娥看来，打扮成那般模样的，不是放板的，就是放血的，没准后腰里面就别着刀，随时都会拔出来，来个白里见红。前些日子，在第三个十字路口那里就发生了这样的血腥事件，幸好还没闹出人命。听说还是两个女人为争夺一个爷们做出的壮举，一个把一个的脸抠烂了，一个把另一个的头发揪下一绺，打得见青见红，整个政府街上都传疯了。而那个爷们呢，据说一贯就是留光头戴墨镜，身架特别拽实，很招女人的那种类型。白粉娥越来越弄不明白，那样整个一种黑社会造型的男人，怎么就能招惹两个女人为他大打出手，换了她，就算是白送也不敢要的。现在连白粉娥自己，都说不上究竟什么样的男人才能淹住女人的心，女人的心实在也浪得没个样子了。

白粉娥说，已经回来了，就把头发留起来吧，省得让旁人左看右看的。这一回她把声调提高了三分，阳台上的苏汉扭头应了一声，又把头扭了回去，对这个太阳花般灿烂的女人，并没有多留个神。白粉娥觉得，苏汉对她的不留神，是自然而然的，并不是装出来的，从他回来的那天起，苏汉看她都是看鱼缸、盆花、茶几和水杯一样的木头眼神，这让白粉娥心里多少有点不那个，心有不甘似的。有好几回，白粉娥刻意换上了鸡心领的碎花绿摆长裙，把紧紧盘起来的头发又放下来，披在肩膀上，还大着胆子涂上玫瑰紫的口红。白粉娥这样摆布自己的时候，心虚浮浮的，连自己都觉得自己是个贱骨头。女人动了凡心俗念的时候，大概都会这么有意无意摆布自己吧。也许当时会觉得快乐和刺激，但事后回味，总觉得情绪索然，就跟在贱卖什么东西一样。白粉娥在心里面，朝自己吐了口水，觉得自己简直太罪过了，阿弥陀佛！好在，那个怪怪的歪念头只是白粉娥

映在窗帘后面虚白的影子，还来不及给自己找个落脚处，就消失得无影无踪了。白粉娥端着满满的水杯，为自己长长松了口气，得了神的大赦似的。不过，让白粉娥感到舒心的是，苏汉果然就把头发留起来了，先是密密的黑茬茬，然后抽出了乌乌的苗穗，黑麦子一样齐刷刷的。白粉娥从来没见过这么俊的头发，简直就是一面黑色的旗子。而老苏的头发呢，早已经谢顶了，剩余的部分也不团结，这一根不尿那一根的。白粉娥不由自主的，就把老苏和苏汉放在一起暗中比较，她明知这样做是不地道的，但也没奈何。白粉娥只能把她的头发紧紧盘起来，把自己的心思也紧紧盘起来，然后还要簪上一根长长的黑色簪子，在脑后盘成乌溜溜的一团。

就在老苏和白粉娥张罗着给苏汉找事做、打听媳妇的时候，苏汉不见了。什么时候不见的，白粉娥也说不上来。在白粉娥的印象中，自从苏汉回来以后，大多数时间都呆在阳台上，抬头看看天，看看云，要么低头看看政府街上的人来车往，一副百看不厌的样子。当白粉娥发现阳台上空空的时候，她觉得就有什么事情将要发生了，而且这桩事情会对她后来的生活产生重大的影响。老苏的第一个反应就是让白粉娥赶快看看抽屉里的钱票、首饰什么的还在不在。老苏骂了句粗话，说他小子装得还挺像，监狱里出来的人，身上都带着机关技巧，防也得防三年。白粉娥慢条斯理地打开抽屉一看，钱、戒指、项链、耳环什么的全都在，衬着紫绒帕子，跟睡在富贵乡里的宾客一样，满足、安逸，从来没有被什么人惊醒过。有那么一瞬间，白粉娥心里飘过一丝失落，他怎么没有拿走一样呢？他身无分文，怎么吃，怎么睡？他要拿走一样什么，也许白粉娥就不会那样为他担心了。白粉娥嘴上劝慰着老苏，心里却劝慰着自己，不会有什么事的，苏汉他那么大的人，又受过节制，不会再去闯个什么乱子回来的。老苏呢，对苏汉的不辞而别仿佛已经习以为常，他发了通牢骚，接完一个电话，就下楼了。白粉娥知道，他一定又去红中酒家了，据说老夏又赢了大头，请他们几个吃干锅鱼。看着他们几个老麻友，今天糊了，明天焦了没出息的样，她第一次觉得慢慢衰老起来的日子简直就是一张烧黑的锅底，满鼻子呛糊的油烟气，没有一点点可爱的地方。老苏哼着《信天游》的调调走了，白粉娥把自己留在裸露的阳台上，发了好一阵的呆。

果然不出老苏所料，还不到一个礼拜，苏汉就像往常那样悄悄回来了。不过让老苏和白粉娥感到意外的是，在苏汉身后，还跟着一个矮个头的胖女人。和苏汉站在一起，刚好给人一种二分之一的感觉。不知为什么，白粉娥第一眼看见这个土里土气、穿着二转子长袖衫的陌生女人时，心里升起一种莫名的优越感。在这个季节，在这个年头，除了大肚子，还有谁穿二转子，年轻些的女人，巴也巴不得把整个前胸后背都露出来给人看看。特别是，当她猜测这个陌生女人也许就是苏汉找的对象时，那种莫名的优越感就像雨季的水面，又悄悄上升了一些。表面上，白粉娥好像对眼前的生活已经很满足了，但只有她知道，她的心还没死呢。当苏汉领回来的这个矮个子女人忐忑不安地站在自己面前时，白粉娥觉得自己原本静如止水、索然无味的日子忽然之间有了一种鲜活的滋味。

矮个女人叫爱珍，家就在西大滩，已经二十六了，十多年前就在省城打工，去年才回到西大滩，回来是准备结婚的。白

粉娥原本不是个爱说话的人，不过一旦开口说话的时候，还是很有话题，嘴也很巧的。她跟爱珍这么聊的时候，老苏的脸一直都吊着。别看老苏是个爷们，吊脸子却比女人还有水平，把爱珍晾得一愣一愣的。白粉娥在心里琢磨着爱珍的话，看着爱珍憔悴的脸色，怎么琢磨怎么觉着有什么不对劲。因为爱珍的到来，白粉娥第一次和老苏犯了言语。老苏说，无论如何不能让这个“二分之一”在家里住，不明不白的，会让旁人说闲话。被人说闲话的滋味，老苏当然早就受够了。老苏的话也不是没有道理，可是白粉娥却有自己的想法。她和苏汉低头不见抬头见的，时间长了，旁人一样会有闲话的，这一点，白粉娥从楼下张爱萍别样的眼神里已经能看出来三分，人家刚参加了一个什么心理培训班回来，据说还是个业余作家，看人的眼神就像是在给你照X光，愣是能把自己的心经照出来。明摆的事嘛，虽说她和苏汉是继母和养子的名分，其实连白粉娥自己都觉着这层关系有多微妙和苍白。白粉娥知道，不管是老苏还是她自己，都再也丢不起什么人了，在政府街这么个屁大的地方，东家有个什么风吹草动，西家就会知道个大概，一点不比因特网、渔网什么的慢。老苏这个酒坛子、老衙内、现世宝，除了喝酒就是打麻将，真是糊涂得很！女人的心怎么会说老就老呢？白粉娥的心思是沾染了露水的青草叶叶儿，正沉甸甸地低垂着头呢！而爱珍的到来，无形当中减轻了白粉娥的心理负担，毕竟，让旁人嚼苏汉和爱珍的舌头，总比嚼苏汉和她的舌头要好听许多。同样的丑事，还有深有浅呢。再说了，现在的政府街上，没有结婚的大男大女悄悄住在一起的也不是没有，实在没什么大惊小怪的。有好多孤男寡女，其实是先睡在了一起，后才拿的“毕业”证书。白粉娥觉得，在这些观念上，她比老苏能看得开些，毕竟，老苏要比她大出整整一轮，算得上是老古董了。当然，藏在白粉娥心里的，还有她对爱珍这个从天而降的女人的一点好奇。她想知道，苏汉怎么会看上这么一个老气横秋的女人，而对她的存在却熟视无睹，她心里真的太不那个了。

说起来，好像老天存心要成全白粉娥的一些心愿一样。就在苏汉把爱珍领回家的第二天，老苏被分派到离政府街最远的兰山乡搞为期半年的社教去了，十天半月才能回来一次，白粉娥乐得耳根清净，不再听他说爱珍的这样长短和那样不是。都是女人，那些贬损女人的话，白粉娥可真是不爱听，特别是从一个男人嘴里说出来的时候，就更让她反感了。住一楼的那个姚金花，人样子好，生意做得好，人缘也好，就因为是个寡妇人家，名声就不怎么好了。白粉娥觉得，那全都是让一些男人和女人的嘴给说道的。女人说说，还情有可原，天性；男人也调盐加醋的说道，就显得别有用心了。别的女人能打扮得花枝招展，姚金花为什么就不能呢？别的女人可以在广场上跳健美操，姚金花一跳，就有错了似的。就算她没有自己的男人，难道就不能穿给自己看，美给自己看么？再说了，那些有自己男人的女人，就一定是穿给自己男人看，也美给自己的男人看么？就一定没有让别的男人也顺便看看的意思在里面么？……白粉娥真的不那么认为。每当老苏用那种不屑和轻蔑的语气说起爱珍时，白粉娥的心里就有一股说不出来的气。好在，他就要起身了，一个社教活动组长的身份，就把谢了顶的老苏乐得屁颠屁颠的，他不是个现世宝又是什么？老苏就是这么个人，遇上堵心的事，就想着方法躲，躲开一时是一时，白粉娥已经习惯了。而苏汉呢，也在红果子煤矿找到了一份苦力活，据说还是爱珍给帮的忙。苏汉正年轻，有的是力气，干上十年八年也无妨。

在政府街上，连正经的大专生都在开擦鞋店自谋生计，像苏汉这样犯有前科的，更轮不上什么好做的事情了。老苏这样淡漠地对白粉娥说这些话的时候，白粉娥心里忽然有一种说不出来的难过，她觉得苏汉在西大滩做了五年苦力，已经够可怜了，就算是年轻力壮，世上哪有好受的苦！白粉娥看看苏汉，他也看着她，脸上却木木的，没有什么表情，仿佛连淡漠那样的表情都没有。他弯下腰整理包裹的时候，白粉娥也蹲下来帮他整理，这是她第一次离苏汉那么近。在苏汉身上，弥漫着一种荒凉的气息，仿佛能让人的心上生出锭青色的，一缕一缕的皱纹一样。有那么一会儿，白粉娥甚至觉得，曾经爱打架，爱逃学，像个仇人似的那个人才是真正的苏汉，而这个从西大滩回来的，即将要去红果子煤矿的，没有一点血性的男人已经不是苏汉了。有那么一瞬间，从白粉娥心底里滑过一缕细细的、慈悲的柔情，她忽然很想伸出手，抚摸一下那张年轻、健壮、也是似曾相识的温暖背影。

白粉娥初次见面时对爱珍心存的迷惑，很快就有了答案。果然，爱珍矮是矮，但并不是胖，而是有了身孕，已经满四个月了。难怪还不到十月天，爱珍就套上了二转子，的确是在有意遮掩什么。对白粉娥而言，女人最能吸引她目光的地方，不是她的脸蛋、胸脯、腰板和屁股，而是她的肚子。那里一个微微隆起的弧度，一下就能勾住她散漫的目光，让她变得精神起来。爱珍说，本来她是不想要这个冤家的，但是一想起小邱，她又是那么不忍心。有一次她中了煤烟，还是小邱及时发现，救了她一命，她怎么能要了小邱孩子的命呢？……爱珍说的时候一声接一声的唏嘘不已，让白粉娥实在有点不知所措。对怀孕生孩子的事情，白粉娥自然是没有任何经验，按照她的想法，女人怀孕生孩子，应该是一件大喜的事，要是这事落在她的头上，她一定会故意挺着肚子在大街上晃来晃去，就像政府街上别的大肚子一样，可老天爷偏偏不成全她。爱珍倒是能生，问题是她还没结婚呢。爱珍说，未婚夫小邱收拾新房的时候，不小心踩上露了芯子的旧电线，人就这样走了。白粉娥轻轻喔了一声，有些叹息的样子，给爱珍递上几张纸巾，又给她倒了杯菊花茶，坐在她对面。那时已经有些秋天的味道了，白粉娥觉得脊背上面凉丝丝的，落了几串子雨一样。有那么一瞬间，白粉娥感觉她不是坐在一个秋天的午后，而是置身于一个美丽动人的谎言和另一个险象环生的阴谋当中了……爱珍已经生出蝴蝶斑的脸上是湿漉漉的一片，她一再对白粉娥解释说，小邱是个大好的好人，要是别的坏男人，她早就把肚子里的货拿掉了。爱珍说，走在街上，睡在床上，她好像都能看见小邱眼巴巴地看着她，叫她的名字，让她一想起来就想哭，可已经哭不出来了。爱珍还说，在省城打了好几年工，她攒了三万多块钱呢，她不会拖累别人的。小邱是个独生子，那个可怜的婆婆，还在眼巴巴地盼孙子呢，还有，她堂姐的小姑子不能生养，到处打听着抓养个娃娃呢……爱珍还要说什么，白粉娥干脆把她的声音打断了。

白粉娥似乎天生就是这样一个女人，从爱珍一开口说话起，她就猜算出来爱珍的最终目的是什么。谁叫她们原本都是女人呢，女人和女人在一起，一旦开口，就能把藏在话里的馅料抖搂出来，再精明的女人也不过如此。白粉娥拍着自己的膝盖说，人底下活人容易，树底下长棵树难，你把心放得宽宽的。白粉娥心里酸酸地想，我何尝就不是你堂姐的那个小姑子呢，

只不过想着抓养个一儿半女回来，没想到现在抓养的倒是孙子——这多少是有些失笑人了。都说不生不养的女人心肠歹，不过有时候也有例外。世上亲爹亲妈黑气儿女的人，也多得拿锹铲呢。白粉娥的脑子飞快转了两转，就盘下了主意。如果没有什么差错的话，白粉娥盘下的这个主意，差不多就是个芝麻糖一样的好主意了。白粉娥就是这样一个女人，在关键时候，总是能看出别人藏得严严实实的心思，甚至是她自己藏得严严实实的心思。救别人的难，就是救自己的难，救自己的难，也就是救别人的难，这也许就是白粉娥潜意识里的行为准则和思想逻辑。天知道准则和逻辑究竟是个什么东西呢！听完白粉娥说的那些宽心话，爱珍看着这个莫测高深的女人，就像在看着一尊粉红的菩萨一样，只差一点儿，她就要给这个女人跪下了。

安顿好爱珍，白粉娥抽身去了一趟红果子煤矿。原来，红果子煤矿并不是个红的，纯是个黑的，那个黑啊！所有人的眉眼也全是黑的，只有眼仁子和牙口是白的。白粉娥费了好大的劲，才在黑人堆里认出苏汉来。黑黑的苏汉站在那里，像一座塔，又像在塔尖上来去如风的大侠客。果然不出白粉娥所料，已经没了血性的苏汉对白粉娥盘下的主意没有任何异议，还一个劲说，他和爱珍在他还没进监狱前就认识，认识好多年了。苏汉说的时候还重重叹了两声。听苏汉的口气，好像他们两个都能算是青梅竹马了。白粉娥心里酸酸地想，在有些时候，在有些事情上，男人应当有点血性，不过在特别的事情上，血性旺也未必是件值得称道的事情呢。

苏汉和爱珍的婚事也是在红中酒家办的，请的客不多，连个摄像的都没请，更别说是专门的司仪了，真的说不上来有多么的喜气，在政府街上所有的喜宴当中，完全排不上名次。在整个过程中，老苏完全是一副甩手掌柜的样子，对爱珍这个矮媳妇，总是左看右看的不顺眼。老夏还是不失时机多嘴多舌地说，老苏啊，你这个媳妇娶得真是经济划算！租了套房子就娶过来了，难得啊！不承想苏汉还能吃得了山上的苦！对老夏的油嘴皮子，老苏没说什么，在跟别人推杯换盏中，老苏不知不觉又喝多了。

婚事办完后， 白粉娥觉得，她彻底从一根灰色的锁链子里面解放出来了。被那条灰色铁链子解放了的白粉娥觉得自己的腰杆子一下就挺得直溜溜的——她原本就是个直溜溜的女人呢。说真的，自从苏汉和爱珍结婚以后，在政府街上那座巧克力色的商住楼上，白粉娥就多了两个说话的人，一个是五楼的张爱萍，另一个是一楼开化妆品店的姚金花。也不知为什么她们之间就有那么多说也说不完的话，有关于老苏的、苏汉的，老夏的、也有关于爱珍的，甚至还有关于孙子的，热乎乎，香喷喷的，简直就是一盆大烩菜。在张爱萍和姚金花的参谋下，白粉娥给自己选了一整套雅芳的化妆品，有补水的，美白的，还有去皱的，花里胡哨的一大堆。张爱萍和姚金花说，慢慢用着，等来年海棠花开的时候，你的皮肤保准就变得水灵灵的了。白粉娥在心里算了算，那正是阳历的四月半，海棠花开得正红的时候。白粉娥从心底里巴望着到那时候，人人都能顺嘴说说，比起儿媳妇来，原来这个当婆婆的，竟然还是那么翠呢！

女儿骨

老家那里又来亲戚了。

老家那里一来亲戚，老万心里就会咚咚呛呛地敲起一面威风锣鼓来，震得他心里匆匆忙忙，惶惶不安。越上岁数，老万心里面的这份不安就越明显，就跟发过头了的酵子一样，有一种一盆稀泥、没法收手的感觉。

老万的老家地处山区，那里一座山套着另一座山，一道坡连着另一道坡，一眼看上去，没完没了，无休无止，看一眼都让人心里害上忧愁。那里缺水少雨，十年九旱，是个苦焦地方，家家户户的光景都过得很是难肠。老万的老家巴掌滩就窝缩在那样一个兔子不拉屎的山沟沟里。窝缩在山沟沟里的巴掌滩天亮得迟，夜来得早，光景日月自然就显得比别处快了，也短了许多，人呢，似乎也就比旁处的人更容易显得老面。三十不到的青皮后生，一眼看上去就像小四十的半老汉——巴掌滩的日子的确是太苦熬人了，光是一个愁字，也能把人的那一张张黑红面皮愁得瘪塌了下去。上世纪七十年代初，为了养家糊口，巴掌滩开始有人举家背井离乡，跟牛啊马啊羊啊那些牲口一样，撵着到有水有草的地方去讨一条活路。老万就是最早拖家带口，带着婆姨女子到宁夏来落脚的那一批好汉之一。当时，老万的一个堂叔哥哥还在川区的一个小县城的公安局里谋着一个不大不小的差事，刚刚把老万一家在唐徕渠畔的一个庄子里草草安顿下来，堂叔哥哥就犯事了。据说是跟一个唱戏的女人搅和到一起，被那个女人的汉子捉了奸。据说那个女人戏唱得并不是有多么好的，人样子也不是挑一挑二的，不知身高体壮、浓眉大眼窝的堂叔哥哥怎么就会在那样一个女人跟前栽上那么大的一个跟头。堂叔哥哥万金宝根正苗红，又是行伍出身，虽然多少年没打过交道了，乍一遇面都快认不出来了，可是老万相信堂叔哥哥绝不会那么没出息，做出那么没钢骨、没眉目的事情来。就算真的做了这样的事情，老万想那也是那个落魄的唱戏女人主动祸害的。女人在哪里都是一盆子祸水，泼在谁身上谁倒霉，错不了的。

因为这么一桩不体面的事，堂叔哥哥居然就“畏罪”自杀了。堂叔哥哥原是配有枪支的人，他枪法又好，当然走得很快，也就没有受什么罪。在老家巴掌滩，老万就是专门做着指靠死人赚钱的买卖，会吹个唢呐，会扎个花圈纸人，还会唱上几段苦情调调；箍坟打窑，抬棺扯幡，样样都能做得圆顺周正，拿得起来。不成想千里迢迢来到宁夏，遇到的第一桩事体竟然就是给本家哥哥收尸，老万心里就别提有多难肠了。老万见过很多死人的脸，他能从死人的脸上看出来这个人走得的时候是平静的还是悲伤的，是安详的还是恐惧的……堂叔哥哥的脸面属于非常平静的那类，眉眼之间也很干净，没有一点血污，眼睛微微闭着，就跟刚刚睡着了一样……时隔多年，老万还是很埋怨自己，他总觉得假如当年他不来宁夏，出了那么一桩事情，堂叔哥哥不一定就会选择自杀。在这个远离巴掌滩的地方，没有人知道一个叫万金宝的男人做了这样一件没名堂的风流事。这样的风流事，在远离家乡的男人身上总会有这么一回半回的，

只要家乡人不知道，说起来也不算什么天大的事。坏就坏在这个时候，巴掌滩的老万拖家带口地来到堂叔哥哥万金宝的门上，尴尬人遇上了尴尬事，不早不晚，不偏不倚，刚好就赶上这样一个乱茬口。就算老万是个爷们，能把这桩丑事捂在心里，让它烂掉，老万的婆姨女子不一定就能守口如瓶啊。瓶嘴好堵，人嘴难堵。好事不出门，丑事传千里。这样的事体传到老家的亲戚伙子面前，真好比撕掉一层脸皮还让人疼痛！巴掌滩老万家的人，或者说巴掌滩的绝大部分人家似乎都铭记和遵循着这样一个古训：人活一张脸，树活一张皮。人一旦活得没脸没皮、没骨没气了，就是枉然活了一回人；树一旦揭掉那层皮，也就不配叫个树了。不管文的武的，贵的贱的，人人都把一张脸皮看得比命还当紧。老万还记得门户里有一个叫翠翠的女子，刚过门不久，因为不小心在公婆众人面前放了个屁，羞臊不过，就上吊自杀了，不带一点含糊。还有一个婆姨，擦洗身子时被路过的货郎子偷看了几眼，婆姨从此在众人面前就矮了七分，半辈子都抬不起头，半辈子都没有活上个人上人。而那个眼睛不规矩的货郎子呢，因为流氓罪被判了个死刑，吃枪子时才二十郎当的年纪……时过境迁，哪里像现在，有多少男人女人，人人都活得跟流氓差不多了，想一起睡就一起睡，想跟谁睡就跟谁睡，想怎么睡就怎么睡，公家私人统统睁一只眼闭一只眼。后来，在老万落户的唐徕渠边的三角地这里，有个后生被人告了强奸罪，人人都笑得跟呱呱鸡一样，人人都笑嘻嘻地说，现在哪里还有强奸一说啊？分明就是一个笑话了嘛……老万觉得，时间再往后推上那么一二十年，堂叔哥哥肯定不会做这样的傻事。以前的丑事、破事，搁现在都成美事、好事了，一切事情都是在起变化的啊！老万只是说不清这个变化究竟好不好，他心里迷惑得劲大呢。

不管怎么说，老万总觉得堂叔哥哥的自杀跟自己及时雨似的到来，暗中有着撇不清的干系。也因此，对万金宝的猝死，老万一直以来就存了很多内疚与不安。万金宝死了，老家那里肯定会上来人，风尘仆仆地赶丧事。老家那里的人上来了，肯定要问公家、也问老万一个缘由：好端端的，怎么说死就死了，总得给老家那里的白发人有个说法、有个交代啊！可是又不能照直了说，公家这么说，老万那么说，口径不一致，多少有打掩护的意思，就难免让人心生疑窦，阴影重重。当然不能说成是因公殉职，那样的话公家就得给家属抚恤金、丧葬费、追悼会等等好处。尽管老万从中费了诸多口舌，才将老家来的亲戚打发了回去，可是“万金宝在银川犯了大错误”这个不名誉的影响，还是通过亲戚们的耳鼻口舌传到了三百里外的巴掌滩。

堂叔哥哥的埋葬费都是老万出的。老万来宁夏时带来的全部家当：半袋小米子和千辛万苦积攒下来的十二块半钱，抬埋堂叔哥哥时全搭了进去还留了一些亏空。堂叔哥哥就埋在三角地，是唐徕渠畔的一片荒地，本就是块坟场，稍微平坦的地方不知是谁无心撒了些蜀葵的种子，开了些红红白白的花，有麻袋上绣花的意思。老万是个外来户，当地唯一的靠山又死了，真正是上无片瓦举目无亲，下无半缕投靠无门。那阵子，老万携家带口要饭回老家的心思都有了。退一步又想，树挪死，人挪活，人底下活人容易，树底下长树难，老万有一副好身板，有两膀子蛮力气，不怕赚不到茶水饭钱。开弓没有回头箭，离开巴掌滩还不到三个月就两手空空地回去，叫巴掌滩的仇人笑话啊！其实最终让老万铁了心留下来的，还是唐徕渠的那一渠活泼泼的水啊！老家巴掌滩是指天吃饭的地方，除了下雨，难

得见到这样一条长龙样的水。有水，还愁没有好庄稼吗？有别人的一担，还没有老万的一口么？

也不知怎么，老万一眼就看上了三角地这块地方。本来三角地就是个乱坟场子，据说“文革”武斗的时候，被乱枪打死的很多人就胡乱埋在这里。当地人嫌这里阴气重，很少有闲人在此处游逛。开春时这里的野花野草分外茂盛，加上唐徕渠下那连缀成片、香气四溢的沙枣林，使三角地居然就有几分世外桃源的意思。三角地总共大约有一百多亩，从唐徕渠坝上看下去，大致呈一个不规则的三角形，坟地、林带约莫占掉了三分之一，中间闲杂着些高高低低的地皮从来都没人耕种，就那么年复一年的荒着，队长正为这个外来户的口粮田犯难呢，老万自己张口解决了这个难题，真是瞌睡遇上了枕头，算得巧不如遇得巧啊。

老万从此就在三角地扎下根来。寒来暑往，春种秋收，一晃就是二三十年。

自从老万在这里扎下根，搭长不搭短，老家那边总有亲戚上门来。特别是窝冬的时候，庄稼早早收了，困在那个兔子不拉屎的鬼地方，真真能把个好汉憋成个怂汉，把个灵女子憋成个愣女子。特别是天阴落雪、北风呼呼的时候，整个巴掌滩似乎就没有白日，全是夜黑天，大白天的都要点上油灯照明。都说故土难离，乡情难忘，老万却没有这份情调。离开老家二、三十年了，除了清明回去上个坟，顺便看看从小耍大的哥们弟兄、姊儿妹子，老万老眼昏花了都不想再回那个日鬼地方。就是老万的婆姨女子，一个个也都不愿回那个日鬼地方。川区的日子是芝麻开花节节高，是长江后浪推前浪，跟巴掌滩比，那是天上人间，是没法子比的。

穷人家多的是穷亲戚。从老家上来的亲戚，一个个穷得叮当响，都是些吃了上顿愁下顿的人，千里迢迢来到宁夏城，来到三角地，一来是想在老万这里躲避巴掌滩怕人的冬天，谋虑肚皮，二来也是想探探路子，看能不能也在这里找个落脚地。老家来的亲戚都说，巴掌滩是没有人的活路了，除非是从巴掌滩的地里头能挖出金子来。从老家上来的亲戚穷，一个个都跟要饭花子一样，衣裳又脏又破，脸上乌眉赤眼，老万一看就一肚子的辛酸难肠。刚开始，老家上来了穷亲戚，只能吃上一些玉米糊糊、洋芋拌汤之类的吃食，后来随着老万的光景一年好过一年，搭长不搭短的，他们也就能吃上白面馍馍，白米干饭甚至是荤腥汤了。亲戚们觉得，能吃上白米饭、白馒头的日子，就跟天堂口的日子差不多了。来来往往之间，老万在三角地的光景很是叫老家来的亲戚们羡慕了。穷归穷，亲戚们也都是有心的人，年年上来的时候，脊背上背的、肩膀上抗的、胳膊上拎的，包包蛋蛋的全是粟米、荞面榛子、旱烟叶子等土特产，不知是从老家带的，还是一路上讨要来的，虽说就是巴掌大的一袋袋、一包包，可那是千里送鹅毛，礼轻情意重啊。

从老家上来的亲戚，除了谋虑肚皮和探路安家的，还有带着辛苦钱专程前来打问女儿骨的。有时候老万也想不明白人这种生灵的究竟。大活人连肚子都吃不饱，身上都穿不暖，心里却还要时时处处惦记着亡人的事情。巴掌滩素来有这样的风俗：如果户族中有尚未婚配的后生死了，不管家境宽裕与否，迟早一定得给这后生配个阴婚，捏上魂，否则他就不得安稳，神出鬼没，四处游走，对整个户族健在的后生来说多有不顺。一旦哪家流年不利，发生了诸如屋梁断裂、砸伤主人这样的蹊跷事，人们自然而然都会将原因归结到女儿骨的着落上来。因此在巴

掌滩，假若主家为早亡的儿子配阴婚，捏魂，寻女儿骨，李家、赵家、孙家……一整个庄子的人都会为这一家凑上份子钱。在巴掌滩，人们为了一块地皮、一担水、一棵树或一头猪仔都会犯言语，闹纠纷，闹得人情比纸薄，但在寻女儿骨的事情上，一个个却不计前嫌，空前的团结一致，古道热肠，好像这是事关整个庄子安危的大事一样。假若主家是孤寡之家，没有了顶梁柱，那么大家会推选一位德高望重的人为主家寻女儿骨，主家也会将自己积攒的那些皱皱巴巴的毛毛票票一股脑儿塞进这个人的口袋里，是全然相信和托付的意思，也是全然感恩和拜谢的意思。临出远门时，主家还要净手上香，好酒好茶好饭，给这个人送行，祝他一路顺利，来去平安。女儿骨只是一个乡俗的叫法，不一定就是未婚女子的尸骨，能配上未婚女子的尸骨更好，实在配不上这样的尸骨，随便对付一副也就罢了，主家也是睁一只眼闭一只眼，揣着明白装糊涂。哄鬼哄鬼，鬼虽然是个鬼，反而比人好糊弄，能哄也就哄过去了。因此只要是从孤坟里挖出来的女人的尸骨，就都可以唤做女儿骨，只是与真正的女儿骨在价格上有高低薄厚的区别罢了。东家跟西家私下里一拉扯自家买女儿骨所出的价格，就能知道谁家买来的女儿骨的成色质地如何了，就跟在攀比谁家娶的媳妇女红精巧，是茶饭好手是一般道理。

在老家巴掌滩的时候，老万背地里就做过女儿骨的买卖。这样的事体，在巴掌滩是为人所不齿的。虽说总有主家需要一副女儿骨给后生们捏魂，来安慰亡人，可是对挖女儿骨的人，多少又存了蔑视跟不屑的心思。就像家家都需要吹鼓手来操办红事白事，人人却都不会真正把他当成座上客，真正当成一回事一样。

这些年里，只有老万自己清楚他究竟给老家那边的人卖了几副女儿骨，赚了多少钱。做这种没屁股眼的事体时，老万是避开婆姨女子的。虽然在外人面前，老万从来没有活成个体面人，可是在婆姨女子面前，他究竟是个响当当的顶梁柱，究竟是有着尊严的一家之主。他既要赚钱养家糊口，又不能让婆姨女子知道茶水饭钱究竟是怎样得来的，干净不干净，烫手不烫手。据说，三角地附近有个红脸婆姨，因为一盒子胭脂就跟一个过路的买卖人上了炕。老万宁可自己做个不体面的人，也不能让自己的婆姨女子拿自己的身子去换一盒子胭脂粉。老万是个男人，男人自然就有男人的难处。老万有了不能说的难处时，就会躲在唐徕渠畔那片密密的沙枣林里，一边吧嗒吧嗒吃烟，一边静静地打量着三角地。老万栖身的一排黄泥小屋就盖在三角地西边稍高一点的地皮上，坐北朝南，冬暖夏凉。这一排房子，是一家六口子人分期分批盖起来的，盖房子的时候塌了一脑门子的债，究竟花了几年工夫才还完，现在老万自己也记不起来了。老万能记起来的是，每当他手头宽裕，给债主又还掉了一笔款项时，肯定都与女儿骨的买卖有关联。除了买卖女儿骨，在人生地疏的三角地，老万再没有别的财路啊。在三角地上春种秋收，能混个肚子圆就已经不错了，没有外财，别想发家。老万暗想，什么叫个车到山前必有路？什么又叫个柳暗花明又一村？让老万这样的外来户在三角地落户生根，这就是啊！只有老万自己明白，后来盖起的这四间房子，几乎都是拿女儿骨换来的。反正，老万觉得，银子钱也是溜尻子货，光阴日子也是有脾气、会欺负人的，你怂下来的时候它就强，你强起来的时候它就孬，跟人的那副德性是一模一样的。早先盖起来的那间土坯房现在已经作了车马库房了，后来盖起来的两间说是两

间，其实足有四五间大。三个女子们都一天天长大了，老疙瘩猴小子也长大了，当然就得分开睡。四间土坯房，三盘大火炕，就是再有三个女子一个小子也够宽宽套套地盛下了。早些年，庄子里盖房子还是自由自在，没有章法的，也不知从什么时候起，庄子里就不准随便盖房子了。在自家院子里盖一套新房还要这里批准，那里盖章，就跟脱裤子放屁一样，生生多出一道手续来。三角地这里离庄子远，居然没有人发现老万一直在不停地盖房子，先是土砌泥扒的，后来盖成一面红，顶上挂瓦的。每年村里人来三角地添土上坟的时候，似乎觉得老万家的房子一直就是那么长长的一排。那时候的庄户人还没有现在这样精明狡猾，也比较迟钝厚道，更不会想到二、三十年后，这块阴气重重的坟地跟这些旧房子都会成了烫手之物。也就是说，老万刚开始在三角地上盖房子时，没有一个人眼红过老万，人人还都说老侉子老万被鬼迷了心窍，居然在坟地上盖房子住，真正是没了退路，没了招数的人啊。只有老万自己心里明白，他的心思并不在房子上。老万也不过就是大字不识一个的老万罢了，他也没长着前后眼，能看清后面的事情。其实老万的心思端端就在那些无主坟上。一年两年，每到清明时节，老万都会躲在密密的沙枣林里，一边吧嗒吧嗒吃烟，一边仔细打量观察那些前来三角地添土上坟的人家。人人都以为老万是在沙枣林里照看那只雪白的大肚子母羊，其实他是在勘察“战场”。干啥的务营啥，老万懂这个道理。看上一年两年，三年五年，老万也就看出来一些眉目：在荒溜溜的三角地里，哪几个坟头是张三家的，哪几个坟头是李四家的，哪几个坟头是王五家的，还有哪几个坟头根本就是无主子的孤坟。看出端倪之后，老万心里就有数了，老万就四平八稳地躺在那方烧得滚烫滚烫的热炕上，等着巴掌滩老家的亲戚来这里熬冬，来串亲戚，走门户，来打探女儿骨的着落。

年复一年，婆姨女子只知道唐徕渠畔有水的光阴是养人的，知道老万是个能养得起婆姨女子的好汉，却谁也不知道老万暗中做着掘坟堆卖骨头的烂干营生。老家那里的风俗，婆姨女子都是盛在灶房伙头里的人，就是吃饭，也是跟长辈、跟男人汉子分开，在灶房伙头里单另吃，上不了席面。老家那里出远门的，多半是爷们汉子，婆姨女子跟他们打个照面，问个平安，也就退了，因此婆姨女子也就不明白老万跟老家来的那些爷们汉子拉些什么闲话，即便听得一些，也是诸如谁家跟谁家又换了一门亲，谁家跟谁家又因为一块坡地结下了仇怨，谁家的先人老磕了，还有谁家的媳妇又生了一对女女，把一个送给了过路的郎中……拉的都是些鸡毛蒜皮、豆腐白菜的小事，在巴掌滩那块兔子不拉屎的地方，拉来拉去除了吃喝拉撒就是生老病死，跟没放盐的凉拌苦苦菜一样，枯燥乏味得很。即便亲戚有兴致讲说，婆姨女子也没兴致做听众，吃喝战场一打扫，就溜到桥头牛老三家看电视去了。婆姨女子去牛老三家看电视的时候，手里总会带上一把剪刀，几张红纸。牛老三的女子牛青青喜欢剪花花，鸡猫狗，虎兔牛，莲花石榴样样红。老万的婆姨女子在牛老三家边看电视，边给牛青青教剪纸，有两下相抵的意思。两家住得不远，处得也和络，算得是一个好近邻。婆姨女子躲避出去，除了去看电视，过个眼瘾，多少也有几分嫌弃这些穷亲戚、不待见的意思在。没人会喜欢家里来穷亲戚，只有老万是真正欢迎老家的亲戚上门的人，就跟警察喜欢跟小偷过招是一个理儿。婆姨女子到牛老三家看电视的时候，老万跟老家上来的亲戚就摆开战场，一是一，二是二，拉生意谈买卖，直来

直去，干脆利落，该让的时候让三分，该争的地方也绝不松口。此时的老万，一改平时迟钝猥琐的痴呆样子，就跟衙门里那些攥着大红印的官老爷一样，春风得意，踌躇满志。

老万虽说就是做着卖骨头的烂干生意，可就是这份烂干生意他也做的一是一，二是二。正宗的女儿骨是一个价，水货又是一个价，不掺一点点假。这一点，亲戚乡党也是决然相信着他。从巴掌滩出来的人么，谁还不知道个谁，谁还不知道打窑汉子万金良是个啥样的人。再说，这安慰亡人，事关捏魂的事体，究竟也是个良心活，虽说就是上不了台面，可买卖双方谁也不敢坏了良心。别看人人连眼窝里的眼屎好像都没擦洗干净，在大事小情上，人人心里可都点着一盏清油灯，明是明，暗是暗，光明亮堂的很呢。

一旦探清了三角地的茬戏，探清了哪些坟是无主子的孤坟后，老万就悄悄准备了一副红腰带和红手套，一瓶老白干，和一个黑色阔口坛子，开始行动起来。在老家巴掌滩的荒滩野地上，老万还是耍娃娃的年纪时，他就能分清露出地面的哪些骨头是男人的，哪些骨头是女人的。男人的骨头总是显得粗大一些，白一些，女人的骨头看上去不单细巧单薄，颜色也发着青灰，摆在一处，老万轻而易举就能将它们分开。女人的骨头之所以看上去显得发青、发灰，也许是因为生育时受过大疼痛。不曾生育过的女儿骨就跟男人的骨头一样白生生的，在老万眼里，这些支离破碎的骨头就是白花花的银子啊！在老万眼里，三角地就是一处发家致富的金矿啊！

红腰带和红手套是用来辟邪气，护佑自己的。老万贼胆子再大，也不过是尊肉身子骨，也有着自己的忌讳。老白干则是用来祭祀、泼洒这些孤魂野鬼的骨头的。要说起来，这些孤坟里的野鬼也着实是可怜，真还不如借着老万那双糙皮黑手点化点化，给自己找个伴儿，有个落脚处的好。老万低头掘坟时，嘴里念念有词，常常是怀着积善积德这样带有自欺欺人性质的心思在干活，这样冠冕堂皇自哄自的时候，老万的胆子就放正了，气概也壮起来，有些救苦救难、无名英雄的意思了。黑色阔口坛子，则是用来装女儿骨的。一般的买家主要是检验头骨，别的骨头越齐整，价码就越高，这个就比较灵活了。别看老万暗中与女儿骨打着交道，其实他也是个碎胆子货。老万掘坟都是在大白天，青天白日之下做这样的事体，老万心里会觉得踏实一些，老万会觉得自己不是在做着一桩见不得人的事。见不得人的事，能在大白天做么？可见老万做的事情是光明正大的！三角地的白天跟晚上一样杳无人迹，那些茂盛的野草足有半人高，还有拉拉杂杂的红柳等一些灌木，因多年无人打理，草木已经长疯了，不仔细分辨，已经看不出来这里曾经还是个坟头，曾经还埋过个人。即便有人偶尔从渠坝上或三角地经过，也都以为老万是在务弄自己的庄稼菜地，给牛羊打草罢了。这就是老万，老万的高明之处就在这里，有反其道而行之的意思在，也有最危险的地方就最安全的意思在。在老万眼里，他自己也算上是个“道高一尺，魔高一丈”的江湖高人了。

七八年前，唐徕渠外围修绕城高速，四周很多庄点、耕地、沟渠都被征占了。原先杨柳依依、桃红柳绿的村庄说不见就不见了，很多庄户人都被安置到环城路里的城里头了，变魔术一样快，万花筒一样令人眼花缭乱。三角地恰巧就夹在绕城高速的中间，依然保持了它原来的风貌。为了不影响整体景观与外来人士的观瞻，老万得以栖身的那几间老屋也都被强行拆迁了。连老万自己都没料到，自己用以栖身的那些老屋，看上去结实

牢靠，坚不可摧，不料让人拿锨锹、榔头那些铁器轻轻一铲、一推，居然就摇摇晃晃，四体不支，居然就验证了公家“危房”的结论，不争气地倒塌了，化成了一片尘土。那时节，三个女子早就泼洒出去多年，成了别人家的人，眉眉眼眼都沾染了许多的人情冷暖，酸甜世故，一点都不像先前自己那三个心无杂虑、清清爽爽的女子了。日久天长，大女子跟二女子似乎约略知晓老万背地里做的不体面的买卖，心中、脸上、嘴里对老万就多少有些轻薄与不屑了。翅膀硬了，光景好了，对爹娘老子说话的口气也变了许多，仿佛老万这一辈子不知给她们丢下了多大的脸一样。特别是二女子，跟牛老三的女子牛青青一起，剪纸花居然就剪出了大名堂，不单成了什么文艺家，什么主席，还进省城、出县府、上电视，四面八方风光着，对老万这样一个上不了台面的、不体面的爹，自然是最看不上眼的。三女子明里暗里，倒是跟老万一样，都做着赚死人钱的买卖，跟当吹鼓手的三女婿夫唱妇随，开了间花圈纸货店，整天站在花圈寿材堆里做活路。一个年轻轻的碎媳妇，披红挂绿，涂眉描眼站在花红柳绿的花圈纸货中间，猛一眼望去，就跟女鬼一般，一身的妖气。老万听人说，县府街上杨占山杨记纸货店的生意红火着呢！那个杨占山就是老万的三女婿啊！老万记得，三女子从小就是个贼大胆，有一次居然将老万藏在黑坛子里的头骨翻腾出来拿在手里当皮球耍，惊得老万冒了一身的冷汗。三女子脑瓜子转得快，是最早知晓老万做着卖骨头的活计的，纸里原本包不住火呀！可能从那时候起这三女子就明白了一个道理：死人的钱比活人的钱好赚得多呢。三女子算是承继了“父业”，剪纸花花的二女子对三女子因此也有些轻薄与不屑，两下里素来很少来往走动。姊妹间的官司，老万不理会，不掺和，人大心大，随缘听命也就罢了。猴儿子早就另立门户，也早就当了老子，住在老万想都不愿想的高楼上。以老万的习性，他就喜欢土地，喜欢坟地，坟地在老万眼里就是块好地皮，好风水。人群里头魔鬼多，瘴气大，坟地上反倒清净安稳得多呢。老万去过猴儿子城里的楼房，老万总觉得高楼上不着天下不着地的，人的心都晃晃悠悠的悬在半空中没个落脚点。老万觉得，住在高楼上的男男女女，一个个都是心不在肝上的迷茫样子，虽说不缺吃不少穿，可脸面上究竟是缺少了一种活生生的气息，骨子里有一种说不出来的愁眉苦脸相。

老万的房屋被强行推倒的时候，他心疼的不是他那几间危机四伏的老房子，而是三角地里那些还没有来得及挖出的女儿骨。老房子、老地固然能赔上一疙瘩钱，可是二三十年过去了，女儿骨的价码也涨得撵上地皮的价码了。这二三十年间，搭长不搭短的，老家依然陆陆续续有亲戚上来，有专门串亲戚，绕门子的，还有专门打问女儿骨的。风水轮轮转。时隔二十多年，老家巴掌滩忽然就富得流油了。老家巴掌滩的地里没有挖出来黄灿灿的金子，却挖出了黑黝黝的煤和石油。巴掌滩指靠着这些黑黝黝、臭烘烘的东西又有了活路，有了生机，哗啦一下就热闹繁华起来，跟埋在灶坑里的洋芋蛋蛋一样，塞进去时还是个冰疙瘩，再拿出来时就烫开手了。十几层的大酒店，洗澡泡脚的小馆子，高档车子名牌衣裳，海鲜王八大老鳖……银川城里有的好吃的、好玩的，巴掌滩全有，一样都不少。这几年从老家上来的亲戚，再也不是先前叫饭花子的烂干模样了。这几年老家上来的亲戚，屁股底下压着的不是宝马，就是奥迪，三拐两拐拐上高速公路，一踩油门，一两个时辰就到了老万的家门上。从定边加油站买的排骨大烩菜，进了老万家门时，手提

袋里的菜还冒着热气，配上老万这里的老银川、大夏贡，刚刚是一桌好酒菜啊。吃着，喝着，拉谈着，就知道谁谁谁家拿着征地款买了油井，磕头机（油井）整日不停地给他磕头，大老板日进斗金，小老板盆满钵满，半夜里睡着都会笑着醒过来……听老家的亲戚那么一说，好像巴掌滩每天都有钞票下雪似的从天上飘下来，口气大得能把头顶上的天都装进嘴巴里去。财大气粗。穷光蛋一旦有了钱，说起大话来就比大晴天打炸雷还怕人啊。老万默默抽着亲戚递上来的软中华、小熊猫，心里有一种做白日梦的迷迷糊糊的感觉，不知是老银川喝多了，还是究竟有了一把子年纪，头脑不大灵醒了。老万吃不惯这种洋里洋气的烟，搭在嘴上，总觉得嘴皮子木木的，已经不是自己的嘴皮子了。嘴皮子开口闭口，说来绕去，最后的话题还是落在女儿骨的着落上来了。跟地皮和房价一样，现今老家巴掌滩买卖一副女儿骨的价码，已经涨到十万块钱了，有钱的人家，都肯出到十五万上，一个个比赛起来似的。你买一辆宝马 730，我就买一辆奔驰 500，管他车轮子底下是坑坑洼洼的山路还是黄土飞扬的土路，看谁富不过谁！说到底，现今老家上来的亲戚不是在买女儿骨，实在是在买那张说不清、道不明、也丢不掉的脸皮啊！看看这种现状跟行情，老万想金盆洗手，想不发这个横财都不行。亲戚摸着发红发烧的脸膛说，他万大，你就给刘金贵家的三小子寻上一副女儿骨，价格随你便，就要个货真价实的女儿骨。老万抽着烟，砸吧着酒，脑子里却觉得刘金贵这名字像刚出笼的白馒头，熟热得劲大……想啊，想，终于记起一丝半缕什么来。老万就眯着眼睛说刘金贵家的三小子不是已经给捏过魂了么？十多年前，刘家上来寻女儿骨，还是拿了些许小米子跟荞面顶了骨头钱，今天亲戚拉扯起来，把老万的思绪又拿旧胶布丝丝缕缕的给缠接上了。亲戚就红着四方脸说，如今人家有钱了，钱多得几辈子人都花不完，就想给三小子再续个二房。如今大活人都在要小姐，搞小蜜，三小子活着没赶上，死了也得给圆满圆满，究竟是男人汉子么……老万听了就低头吃烟，不再言语。亲戚也就喝酒，说东说西。虽说荷包里就是有白花花的银子做底垫，说到给刘家过世多年的三小子找二房的事情时，亲戚的脸面上究竟有些讪讪的。亲戚也禁不起这层讪讪，就左绕右转，拉起闲话说老家的山沟沟深处，究竟还有不敢给亡人花这辛苦钱的穷人家呢，这样的人家，只好请个阴阳，买上电影明星的照片贴在草人头上，放上几挂鞭，就当给后生捏了魂。还不避嫌疑的跟外人喧着说儿子有福气，跟张曼玉、范冰冰都成了亲，拜了天地呢……有钱的，没钱的，都是自己哄自己开心啊。老万吐出一大团烟圈，想，这叫什么事情啊？这世道啊，真正是一出锣鼓喧天、呛嘟嘟响的大戏，戏里有，世上有，世上有，戏里有啊！

三角地被征占之前，乡邻按照村里的安排部署，已经将自家的坟头规规矩矩地迁出去了，迁一个坟头村上给补助三百块钱。没人过问的，就按无主坟处理，一律拿推土机铲平了。老万的房子自然也是一起推倒了，老万夫妻也成了拿着低保的“城里人”。橘红色的推土机轰隆隆开进静谧的三角地的时候，老万坐在密密的沙枣林里，吧嗒吧嗒吃着烟，静静地看着他洒过智慧与汗水的三角地，回想起炊烟般飘荡起来的轻飘飘的光景岁月，心中怅然若失，有一种丢了荷包的空空荡荡、扯心扯肺的感觉。三十年前，一条肩膀上只抗着颗头的老万背井离乡的时候都没有这样悲伤的感觉呀。看着三角地被推得千疮百孔，面目全非的时候，老万第一次觉得自己老迈了，不顶球事了，

连走上去跟村长理论的腿劲和底气都没有了。村长是个年轻人，比猴儿子大不了几岁，老万都叫不上他姓甚名谁，是换了好几茬的一个愣头青。当年给他划分三角地的老村长早已经死了，也是前不久才从三角地迁了出去，不知迁到哪里去了。堂哥万金宝的坟当然也是老万主持迁的。给堂哥迁坟的时候，老万心里还不停地为堂哥叫屈：你睡了一个女人就羞愧不过，就自我了断了，现在呢？人家成三个五个地睡别人的女人，都跟吃碗拉面一般稀松平常呢，你真是傻人一个啊……迁坟那段时间，三角地里是少见的红火，今天这个坟头吹吹打打，明天那个坟头鞭炮声声，过年过节一般热闹。给万金宝迁坟的时候，一庄子人才知道老万的不一般，是藏头藏尾藏起来的一个高人。动土、起棺、念经、收骨殖……中规中矩，有门有道，一看就是十里八里少有的一个行家，一庄子人就有些傻眼了。

三角地被推土机推平后，先是有个大老板想在三角地投资，想开发个农家乐什么的，后来不知听谁说这里孤魂冤鬼多，是个老坟场，就撤了这个念头，三角地就撂荒了。过了两年，又有人想搞个垂钓中心，一打听，又泄了气。三角地就跟一块面团，谁想揉个圆就揉个圆的，谁想切个方就切个方的，切来揉去就切揉得没个样样子了。到后来，有一个不避晦气的老板索性拿推土机重新把三角地推平了，推成了平展展的一片林地，育了一片花果树苗，有沙枣、洋槐、白蜡，有苹果、桃子、杏子，还有连翘、红柳和碧桃。一到春天，三角地里气象万千，姹紫嫣红，蝴蝶纷飞，蜜蜂乱舞，好不红火热闹。老万那颗灰茫茫的心，也重新变得温暖、热闹起来了。老万的家是搬走了，也搬远了，人却常常还来唐徕渠、来三角地转一转、看一看。老万一个人孤溜溜地来了，就坐在密密的沙枣林里，吧嗒吧嗒吃着烟，默默看着花红柳绿的三角地，谋虑着他新近遇到的这个难题。

刘金贵差来的那个亲戚刚走，紧跟着老家又上来一门亲戚。巴掌滩这次上来的这门亲戚，是拐了九道弯的一门远亲。一道弯一道弯拐下来，拐到老万跟前时，已经说不上多么没意思了。从里边叫，叫侄子也行；从外边叫，叫外甥也行。就是板着面孔什么都不叫，也行。可就是这样一门八竿子也打不着的远亲，老万还不敢怠慢了。为啥不敢怠慢，其中的底细只有老万自己一清二楚。

在巴掌滩，老万曾有个仇家。说是仇家，其实也没什么深仇大恨，尽是些鸡毛蒜皮的事情，多半是由婆姨女子招引起来的麻烦。婆姨女子眼窝子浅，见了人家的针头线脑眼红；见了人家树上结的桃李杏子眼红；见了人家锅里的酸菜白肉片子也眼红。眼红不过，白吃吃不成，硬拿又拿不上，就寻根找茬儿跟邻家过不去，拿体面的话说就是嫉妒，犯了小人之心。一来二去，跟邻家就结了仇怨，就连碎娃娃们也彻底断了往来。背对背拍拍尻子上的土是个事，面对面吐一口唾沫也是个事，长一句短一句的口角渐渐成了家常便饭，没人能断得清这些一屁打不响的一文钱官司。细细捋一捋这根烂麻绳，中间究竟盘缠着什么深仇大恨？端端什么也没有啊！

仇家叫个白光明，是个少见的吃皇粮的人，在巴掌滩，遭人眼红是自然的。作为近邻，老万也是偶然才发现了白光明家的机密。白光明是个机灵猴子，那个婆姨彩兰就更机灵了，日子过得更是巧妙细致。巧妙到什么样子呢？衣衫袄子，人家全会做成两面穿的，平时正穿，年节反穿，年年岁岁似乎都有没有上过太阳色的出门见客的新衣裳，在破衣烂衫的巴掌滩，人

家活得就是人上人了。巧妙到什么样子呢？据说人家拿一根鸽子腿或半截鸡膀子，就能做出一锅子名正言顺的肉汤面来，那一整只鸡拆卸开来，该能对付多少个饭口啊！又该能对付多少个馋虫啊！家有万贯，补衲一半，摊上这样一个精细婆姨，人家的日子不芝麻开花节节高才是日怪事。有一回，白光明的婆姨彩兰叫老万帮忙挪个咸菜缸。咸菜缸里是让人流口水的满满一缸咸菜。老万挪着缸，心想自家要是再有这样一缸香喷喷的咸菜，这个冬天婆姨女子们的嘴皮子跟肚皮子就不凄惶了。白光明既是端着公家的饭碗，就随时听候着公家的派遣使唤，不常在家是自然的，有些女人不方便做的体力活，避开老万的婆姨女子，彩兰也常常叫老万帮一把，就跟使唤娘家兄弟一般便宜。再另喊上个人来帮忙，光是来回跑路就是一顿饭、两炷香的工夫。彩兰是鼻子眼睛都会开口说话那种活泛女人，也是能拿巧嘴能使唤人的那种灵醒女人，又是个脸不红心不跳的铁面女人，叫人摸不着头脑，也辨不清方向，端端就是个只能看不能摸的白面狐仙。除了自己的婆姨，在巴掌滩，另外一个让老万起心动念的就是近在眼前的这个彩兰了。也因此，彩兰叫老万帮忙的时候，老万是一溜风带着小跑的，都来不及将露出指头的破鞋拿烂棉花堵上，心里也是撒了红糖黑糖一样泛着甘甜滋味的。因了两家的仇怨，老万没有机会，也没有理由上彩兰家的门。可话又说回来，那些仇怨跟老万也没什么干系，都是女人之间一年一年积攒起来的疙疙瘩瘩。如果说那些仇怨也跟老万有着撇不开的干系，那就怨老万孬，不如白光明混得有出息，有模样。人比人，活不成啊！老万怀着复杂的心情跟着彩兰进了灶屋。彩兰家的灶台跟自家是一模一样的，堆着成堆的干柴，野蒿，摆着大大小小的盆盆罐罐，飘荡着烟火的芬芳气息，可老万分明又感觉出一种明显的不一样。怎么个不一样，老万这个粗人又说不出来……这些心思都是皮毛，老万的心思，当然还是在那只半人高的咸菜缸上，咸菜的香味让老万没有时间想跟咸菜无关的事情，他胳膊腿发酸，口舌也发酸，他是忍住口水在给彩兰挪家什，也不敢张口说话，生怕一开口，涎水就没有脸面的从那张大嘴巴里流了出来——老万是个四十半大的男人汉子，不是个光腚娃娃啊！老万躬起腰搬挪咸菜缸的时候，心里也浮起一种酸菜汤似的酸涩凄惶。就在挪开咸菜缸的时候，一个大肚子的酱黄色坛子从咸菜缸后面显在老万眼前，像一个大肚子的新媳妇，有几分不安与羞涩。趁彩兰转身腾挪零碎东西的机会，老万顺手揭开木头盖子一看，竟然是一坛子白花花的米！在缺水少雨的巴掌滩，白米可是个稀罕物，老万活到四十来岁，肚子里还没福气盛过一碗白米饭呢！老万憋着心跳，赶紧将有些分量的木头盖子放回原处，心里被白毛风吹过了一样空荡荡的，只有那些白花花的大米不停地在眼前晃悠，晃成了一道一道弥漫着香气的白茫茫的雾。

从那以后，老万就惦记上那坛子白米，放不下了。跟彩兰比起来，那坛子白花花的米更让老万耿耿于怀，吃不香睡不着。老万想，准定是彩兰家的杂粮粗粮吃腻了，想换换口味，可是米坛子又藏在背处，她挪不动，才叫老万过来帮忙的。老万记得，那时彩兰已经怀了崽，已经有三四个月的样子，明眼人一看就能看出来她身子上的底细。她可能也是担心着肚子里的崽，就不敢逞能挪这个死沉沉的咸菜缸。在平时，彩兰可不是一个“翘实姐姐”，也没有这么娇气，抗百十斤的粮食袋子脚底下都呼呼带着风声。女人一怀胎带上肚子，就孬了许多，就成了半个人了。也可能是彩兰害口，想吃白米饭，实在忍不住了，就叫

老万过来帮忙，等也等不到掌柜的白光明回来……不管怎样，反正，老万是惦记上那坛子白花花的米了。娘的，都住在兔子不拉屎的巴掌滩，都是两个眼窟窿一张嘴，凭什么白光明家的就有新衣裳穿，有白米饭吃，自己的婆姨女子却受着凄惶……老万心里的不平，直接就表现在行动上了。老万不擅长说，只擅长做，天塌下来就这尊肉身子抗，就跟情急时偷偷挖着卖女儿骨一样，在巴掌滩也算是个干脆利索的汉子。

说干就干。老万就是老万，不像别的那些做亏心事的人，一般都是选择月黑风高的时辰动手。恰恰相反，老万喜欢在大白天做这些没名堂的龌龊事。大白天能做的事，或许就不是见不得人的事啊！老万总是靠这些自欺欺人的理由来安慰自己，哄过自己，然后再原谅自己，好叫自己跟婆姨女子喝那些白花花、稀溜溜的米汤时能更尽兴、更幸福些。彩兰家的后窗子矮，轻轻一推，身子一蜷，老万就钻了进去。因为是大白天，彩兰家也就没什么防备，那只酱黄色的米坛子静静蹲在咸菜缸跟前，就像一个黑脸汉子领了一个大肚子新媳妇要私奔，看得老万真是眼热心跳的。毕竟是做贼啊，老万怎能不眼热心跳？旁边还有五六个高高低低黑色的水缸，齐齐排成一排，那还是前一天老万帮彩兰挪在一处的。老万屏住呼吸，一把揭开盖在坛口上的木头盖子。老万就是老万，他并没有立即动手装米，而是先凑近坛口，细细查看了一番。细细一番查看，果然就看出来彩兰的高妙来。老万一眼就看出来，那些白花花的米是被做了文章的，在白花花的米上面，有人拿花碗一环扣着一环，扣出来一朵五瓣梅花样的花纹，不是个仔细人，根本就看不出来这个近似于无的底细。这明明就是在提防着老万起偷米的歪心啊！这个暗中提防着老万的人，就是那个大肚子婆姨彩兰啊！老万心里一声冷笑，果然是高手遇上了高手！老万一个灵猫转身，从彩兰的灶台上取了一只蓝沿子花碗，浅浅地挖了半碗白米，装在自己的口袋里。昨天这个口袋还是烂了底的，老万差遣巧手婆姨连夜细细密密地缝补起来。婆姨追问缘由，老万就找个体面的理由搪塞了过去。老万也是个爷们汉子，总不能叫婆姨知道自己要去偷邻家的米，哪怕是跟她有过节的邻家。为了一家人的光景日月，老万早已经把他的那一张面皮撕下来装在口袋里了，天塌下来自己扛着就好，总不能叫婆姨女子们跟着担惊受怕啊。老万装好米，将坛子里的白米照样捋展、抹平，照样按照先前的样子，拿花碗在白米上面扣出一朵五瓣梅花的样子来。老万看着这朵若有若无的神秘的梅花，心想，哪怕彩兰真就是火眼金睛，也看不出来这朵梅花究竟是谁的手扣出来的呀！

后来，老万还如此这般偷了几回彩兰家的白米，坛子里的米一点一点地浅了下去，那朵五瓣梅花也一天一天开在坛子的深处，比近在眼前的梅花的颜色似乎深了许多，也好看了许多，彩兰终究也没有发现什么异样，毕竟她一家几口也在吃啊。看着彩兰一天一天大起来的肚子，老万对自己偷米的行为就感到很羞愧。好在老万是个很知足的人，每次只偷浅浅一碗底，能解解自己和婆姨女子们肚子里的馋虫就好，并不贪心，这也是彩兰没有发现米坛子里面的秘密的原因。老万粗粗估算了估算，连前带后，他从彩兰那里偷的米，总共不超过四五斤。老万总是想，这都是不贪心保全了自己的脸面啊！一个人只要不贪心，就能安安稳稳地过上一辈子啊！就在那坛子白米快要见底的时候，老万拖家带口，引领着婆姨女子往宁夏走了，一步一步，走远了。

走的时候，彩兰家的那个大小子已经没了。彩兰家的大小

子一生下来就得了脑膜炎，没有看利索，落下四肢不全的毛病，是个半瘫子，一直都拿棍子当腿使唤。老万离开巴掌滩那年，那个没福气的大小子因为犯了心脏病就没了。那时候彩兰家的二小子刚落地，真正应了那句老话：走一口，添一口，句句都是硬碰硬的大实话啊……

老万坐在密密的沙枣林里，吧嗒吧嗒吃着烟，谋虑着这个难题。两家都是老万拐弯抹角的亲戚，现今又都是有钱的、能给一个实价的主，那副清清爽爽的女儿骨究竟该留给谁呢？老万活了大半辈子，连自己这半截身子都快要入土了，还从来没有这样踌躇过，吃不香睡不着呢。坐在香喷喷的沙枣林里，老万忽然就记起彩兰年轻时水灵灵的俏模样来，也想起那些白花花的米，和那朵环环相扣起来的梅花图案来，心里脑子里呼地一下就拿定了主意。让刘金贵见他的鬼吧！他的三小子已经体体面面地捏过魂，配了女儿骨，还要什么洋气，还配个二房，真正是造孽啊！就是阎王爷知道了，或许都不肯答应呢。不管怎样谋虑，彩兰家的大小子都得排在第一位，这样老万的心上才能安稳下来，他曾经欠了彩兰家的，如今就要还清呢！虽说那就是只有天知地知的一笔老账，可老万不是个糊涂人啊！老万吃得呛了一口烟，不停地咳嗽起来，把那张猥琐痴呆的脸面都咳得发红了。老万的脸面，就跟蒸熟了的蟹壳一样，又烫又红，又老又硬。一点不错，老万真是老了啊！

开发林带的大老板先前找的那个看守树林的老汉，才干了几天，就因为半夜听到几声猫头鹰叫就甩了砣。虽然现在的三角地花红柳绿，风光无限，可碎胆子人终究还是不敢在这里落脚。后来有人向大老板推荐了老万，老万就以护林人的身份重新回到了三角地。那是老万这般卑微的人第一次跟重量级的大老板遇面，是第一次坐上黑坦克一样的高级轿车，也是第一次亲眼见到电视里才有的露着膀子的漂亮女人，一时间老万心里就有一种做白日梦的荒唐感。看得出来，大老板对老万非常满意，工资也开得比先前那个老汉高，老万心里就很有成就感跟满足感。看守树林的简易房就搭在绕城高速公路的立交桥下面，每当有大小车辆从桥上飞过时，老万的耳朵、心里就轰隆隆地响个不停，把老万一身子的瞌睡虫都撵光了。老万的瞌睡是越来越少，越来越少了。原先那些看家护院的狗儿们，因了村庄的消失和主人们的遗弃，大多都成了野狗，三五成群地聚集在三角地护林员的小屋周围仓皇觅食，眼神显得分外沧桑，不过那种被时光和主人抛弃的苍凉眼神，它们的旧主人是看不到了。看到这些可怜的野狗，老万总是莫名其妙会联想到自己，老万怎么也撵不走这个念头——跟这些找不到旧家院的野狗一样，他自己也像一只迷失了方向的野狗了。

老万记得很清楚，在离堂哥万金宝的坟相隔六棵沙枣树的地方，他曾经埋过一个落水女鬼。是有一年唐徕渠里放春水的时候，在桥头牛老三家的桥下发现的，发现的时候人已经淹死了，貌相已经很难看了，但还能约莫看出来岁数，也就十七八岁的样子，黑黝黝的长头发水草一样缠满了一头一脸。老万心里就念了一句阿弥陀佛，拿木桩子、新生的柳枝、杨树枝在桥洞下盘了个窝子，将那女子盘缠在草窝子里，等着主家来寻。听婆姨女子传说，打捞这样一个落水鬼，也能赚不少钱呢！那段时间正是庄户人因为征地拆迁上访最凶猛的时候，村子里的男女老幼集体出动，天天到县府闹事，整个村子里空浪浪的，三角地这里就更不用说。等了三四天，也不见主家来寻人，老万就系着红腰带，戴着红手套，泼洒了白酒，将那个无名女尸

草草埋葬了。老万知道，过上三五年，这可就是一副货真价实的女儿骨啊！将来能配上个好后生，自己也是功德无量啊！老万这样连前带后一思谋，浑身的毛孔都打开了，在春天的阳光和花香里，他浑身的骨头都硌巴巴地响起来，仿佛要唱起歌来一样。老万记得很清楚，这个女子的坟，跟堂哥的坟隔着六棵沙枣树，除了老万，谁也看不出来这个平坦的土堆居然就是个坟头。

但是现在，老万站在既热闹又寂静的三角地里，心里落了一场大雪一样，白茫茫一片，已经分不清哪是哪了。他拿脚步从这里量一量，从那里约一约，忙活一番，怎么也找不到从前对三角地知根知底的亲切感了，自己反倒成了老家来的，是个稀客了。老万记得，三角地被夷为平地的时候，他牵记着的，就是那副女儿骨啊！他后悔没有及时挖出那副女儿骨，现在寻它，就像大海捞针，难上加难啊！老万找得累的时候，就坐在唐徕渠拜上抽根烟，灰白的烟头烫着手指头了，仿佛才从梦中惊醒了过来。

春天的三角地，真像一个姹紫嫣红的百花园。

老万吃饱喝足，腰里系上红腰带，手上戴上红手套，抗上那把明晃晃的铁锹，提着一瓶子老白干，像往常那样，嘴里念念有词，又一次开始在三角地里忙活起来，一锹一锹往下挖土的时候，老万头脑里涌起来很多旧人旧事，他嘴里不停唠叨着，三十年……嗨，三十年了。在他反复估计过的地皮和方位中，老万埋头弓腰，挥汗如雨，就像一个孤军奋战的老英雄。春天的三角地，真像一座姹紫嫣红的百花园啊！

与影子同行

梅州这地方，其实并没有梅。不单没有梅，就连别的寻常树种，也少得可怜，是个靠天吃饭的大山窝子。因何有了这样一个虚美且诗意的名字，的确颇有些叫人费解。

车速是80迈。前方是浪荡庄。距离目的地梅州，大约还有七十多公里。沿途星星点点有些小店铺的招牌，在车窗外一闪而过。正逢着大暑，又近正午，握着方向盘的钟爱云，开始减速，目光搜寻、选择着合适的就餐地点。车上带了茉莉蜜茶、爱里蛋糕、德芙巧克力、乌梅等方便小食品，但钟爱云却没有胃口。前些天，网上又曝光了食品安全问题，是有关医用毒胶囊的。用这种毒胶囊生产的药品，已经流入市场，官方正在调查这些毒胶囊的去向，已经公布了一批用毒胶囊做包装的药品，接下来，还会有一个全方位的跟踪报道。实话说，官方首批公布的那批药品中，就有钟爱云服用了三年多的一款美容保健胶囊。一想起自己居然就吃了三年多的“毒品”，钟爱云就痉挛、反胃、恶心……两周以来，她已经有了明显的厌食倾向，似乎感觉每块面包、每碗拉面、每瓶水都不干净，都藏有肉眼看不到的脏东西，这种草木皆兵的心理，大大影响了她的食欲。那种泛滥成灾的念头，像水里的小鱼儿，灵动、敏捷，难以掌控，但的确就是一条小银鱼的样子。钟爱云甚至觉得，如果她死了，

没准就会变成一条很小很小的、引不起人们丝毫欲望的鱼。

钟爱云生在梅州，长在梅州，跟徐校长分手后，离开梅州已经快二十年了。这二十年间，每隔三五年，钟爱云就会因故回梅州一趟——父母过世、兄长病危，以及征地赔款等类似的重要事项。此次回梅州，是因为她跟原单位的工作关系问题。就在毒胶囊被曝光的同时，浙江某地吃空饷的问题也被媒体曝光了，清理吃空饷又成为另一个热门话题。在此背景下，钟爱云原单位也通知她回去办理相关手续。此时，她正在驱车回梅州的路上。无论什么事情，钟爱云都习惯了及时处理掉，不喜欢拖沓延宕，这种性格，使她像机械上磨得锃亮的齿轮，总是处于一种动态当中，这也是多年前，她能在很短的时间内就立足首府的原因之一。在离开梅州之前，钟爱云是县中心小学的语文老师，她离岗后，开始工资照发，后来是她聘了自家的一个亲戚替她上课。说实话，那位亲戚并没有什么特长，大专学历也是钟爱云帮她从假证贩子那里搞的，装装样子罢了。在学前班和一二年级混日子，还是混得开的。再说，有徐校长这层老关系罩着，吃空饷还不是鸟事一桩。

钟爱云当初跟徐成璞分手时，徐某还没有坐上校长的宝座，只是一个不起眼的数学老师，但那厮眼皮子活泛，很会来事，三下两下，就混成了徐校长，徐成璞这个名字，反而很多年都没人叫了。名字跟物件一样，长时间不使唤，也会生出绿苔来的，让人得意的同时，也有些许隐隐的失落。就连钟爱云，在电话里都是徐校长长徐校长短地那样称呼他，似乎没人知道徐成璞究竟是谁了。当一个人成为一个比较醒目的社会符号时，基本就可以纳入成功人士的行列了。何况，那些名目繁多的艺术学校、各类特长班的招生，都有徐校长及手下的功劳藏在里面，他顺便揩到的油水，可想而知。在这个万花筒般的美好年代，只要稍具慧眼，便可如鱼得水，混得自在悠哉。

前天夜里，接到徐校长电话的时候，钟爱云很是不屑：不就是吃空饷么？有什么大不了啊，值得半夜三更惊扰她么？钟爱云虽然人在首府，但资讯的发达，让她对梅州的情形也颇多了解。近十年来，梅州不少衙门几乎形同虚设，工作日里很难见到公务人员。他们几乎都拿着工资，在各处忙着搞自己的事业，发展个人的经济。他们跟吃空饷也没什么两样，这么多年来，不照样天下太平？梅州沾了天高皇帝远的光，是被省府遗忘的角落，公务废弛，散漫之风，由来已久。钟爱云甚至觉得，像她这样芝麻绿豆的小事情，更用不着亲自跑一趟。但电话里，徐校长是那种公事公办的小官僚的口气，没有一点叙旧、恩爱和非礼她的意思，钟爱云只好做了回梅州的计划，就等于是一趟为期一天的自驾游罢了。上有政策，下有对策，梅州之行，钟爱云自信满满。何况，因为毒胶囊事件的干扰和影响，她也想借机松一松头脑中那根紧绷绷的、令人恶心的弦。

西部大开发留在群山中最为明显的痕迹，就是那些四通八达的沿山公路。若干年前，通往梅州的路还是碎石子路，上面压了黄土，晴天一身土，雨天一身泥，颠簸之苦，是钟爱云怯于归乡的一大障碍。彼时，钟爱云才明白“洗尘”二字，果然是有些来历，有套说法的。现在可好，就连沿途无名的小村庄，都铺了柏油路，干净、便捷得跟城里没什么两样。如果多踩几下油门，从首府到梅州，一天一个来回，是很轻松的一件事。

拐了一个U形的大弯子后，不远处有几幢错落的二层小楼，红砖青瓦，在裸露的、几乎没有植被的灰蒙蒙的山体的衬托下，宛如虚构，极不真实。钟爱云扶了扶茶色太阳镜，再次轻踩刹车，

在距离小楼还有200多米的地方，她看清了喷在墙体上的招牌：青鸟旅馆——第一眼看时，她差点就看做青岛旅馆了。钟爱云隐约记得，若干年前，此处并没有这样一个可供打尖的客栈，倒是有一个废弃了的加水点。路边斜插着一个二尺见方的小木牌，上面用红颜料歪歪扭扭、一笔一画写着：加热水，已经被风雨吞吃得快要看不清原来那种颜色了……时过境迁，江山易主，改头换面，也是有的。何况，青鸟这个诗意的字眼儿，让曾经的语文老师钟爱云莫名地心动了一下。这里是一个缓坡，钟爱云复踩油门，轻轻打了半圈方向，将悦达起亚越野车停在一辆银灰色的商务别克车旁边。

钟爱云的脖子、腋下、屁股底下，全都汗湿了。苦夏难熬，在这样一个山不青水不秀的鬼地方，青鸟旅馆类似一棵大树，给人带来一丝明显的凉意。钟爱云踢掉那双矮坡跟的罗马凉鞋，换上另一双宝蓝色的细高跟一脚蹬——钟爱云个头不高，但给人的印象却是高挑，跟她一贯注重脚下的细节是有紧密瓜葛的。

青鸟旅馆里面收拾得还算干净，陈设也简单，楼下吃饭，楼上睡觉，一目了然。一个穿着粉红竖条纹短衫的女孩拎着茶壶迎上来，给钟爱云倒了一杯菊花凉茶，顺手将菜单递给她。

是啊，肚子已经饿得咕咕叫了，十几天的排斥饮食，她消减了不少。肚子固然饿得发慌，但看到食物，还是隐隐约约地反胃。她在靠窗的长条桌前坐下，看着菜单发愣。小姑娘给她推荐了蒜泥苦苦菜、清炒面瓜。主食是绿豆粥，煎饼，都是农家风味的小吃。这种简淡的饮食流风，早就波及长城内外，大江南北，有几分流行病的味道，似乎人们的胃口都变得接近、相似和莫名其妙的一致了。钟爱云尽量不去触碰毒胶囊事件，但还是不能自控，匆匆喝了几口粥，掬了几筷子苦苦菜，就捂着心口向二楼走去。

第一，天气太热，其次，她有些头重脚轻——她想休息一会再上路。梅州当地有个古老的习俗，认为夏天的正午时分出行时，是看不到自己的影子的，这时人往往最容易受到某种邪僻之气的蛊惑，不大吉利。早在若干年前，钟爱云会觉得这种说法不啻为笑谈，可不知为什么，年近不惑，她却越来越相信这些纯粹来自民间的传言，关于科学的种种说法，反而掺了些质疑的态度。一些突然降临的天灾和人祸，会让人变得脆弱和茫然，往往会暗示和影响人的行为和思路，就像她的大脑，根本记不住见义勇为的英雄人物，却对芙蓉姐姐、罗玉凤等丑角，反而印象深刻。对美的轻易忽略，和对丑的格外关注，似乎成了现代人的一大通病，钟爱云也不例外。对科学的倚重，和对迷信的依赖，似乎同时成了钟爱云的两大嗜好。比如，当她不慎从椅子上摔下来，导致足踝骨折时，她会到最好的医院，找最好的骨科大夫做手术。同时，她还会托懂门道的江湖中人，替她从梅州赫赫有名的鲁神婆那里讨个“信”儿，因为，她总觉得自己摔得蹊跷：那椅子并不高，她摔倒的时候，感觉背后似乎有一双手还轻轻推了她一把……钟爱云就是这样一个现代女性：手里拿着苹果手机，同时拥有健康顾问和风水师傅，在科学的金光大道和魑魅魍魉的泥泞小径上踽踽独行——钟爱云由不得要在心里嘲笑自己了。考虑到行车安全，她觉得，睡一觉再起身，也没什么要紧。反正，这些日子她也没什么好忙的事。再说，她很久都没有回梅州来了，看看这座处于半休假状态的边塞小城，会会曾经的闺蜜，倒也有些意思。

二楼一个年长些的女人，将她引到面向公路的一个单间。凭感觉，钟爱云觉得，这间客房，正好在青鸟旅馆的那个“青”

字的位置上，这个诗意的字眼儿和这间客房重叠在一起，让她僵直的四肢松弛柔软了许多。房间的设施虽然过于简单，但收拾得很干净，珠灰色条纹的被罩和床罩，铺了黄白方格桌布的条桌，老式木椅，白瓷茶杯，让钟爱云想起来她曾经的宿舍。钟爱云瞟了一眼窗外，童山濯濯，层叠远去，在白花花的太阳的暴晒下，似乎不慎一触，就能烫伤人的皮肉——实在是乏善可陈的一扇窗，这更增添了她的疲惫和劳累。她反锁了房门，踢掉高跟鞋，松开胸罩，四仰八叉地倒在床上。

似睡非睡，半梦半醒，这几乎已经成为钟爱云卧床休息时的常态。社区医生给她推荐了氯苯那敏，说这个有助于睡眠，且没有副作用和依赖性，每晚一粒就够了。钟爱云试过，效果还不错。但出门在外，她不愿睡得太沉。内心里，她是一个缺乏安全感的单身女人。她的疲惫，不仅仅来自于一些必须和无奈的奔波，实在跟她内心长久且敏锐的戒备心理有关。她的手包里，除了钱夹、手机、钥匙、纸巾、彩妆盒等小零碎，还备有玩具手枪、折叠水果刀、安利口喷等防身物品——世风不古，人心叵测，也许在某个意外中，会有机会用得着的。这种超出常人的戒备和警惕心，无疑跟钟爱云的阅读嗜好有关。中学时代，她看得最多的，除了《福尔摩斯探案集》，就是阿加莎克里斯蒂的波洛探案系列，还有很早看过的一部片子《隐形人》，都给她留下了很深的印象。在钟爱云眼里，在来来往往的人流中，每个人身后，似乎都有隐形人的存在，就像每一个善念背后，都会隐藏着一个恶念一样。一个擦肩而过的陌生人，因为一念之差，可能就会成为罪犯嫌疑人，而某个温馨浪漫的西餐厅，无意之中也有可能成为案发现场——这类念头很顽固，对钟爱云来说，像影子一样如影随形。很自然地，像法制频道的案情解析之类的专题片，和国内外的侦探片，也是她比较关注的兴趣点之一。如果说，这类节目总使她处于某种戒备和不安之中，那么，毕福剑和周立波主持的节目，则是她自我平衡和调节的另一种手段。事实上，年近不惑的钟爱云，是一个自控能力极强的女人，在现代都市，在商海泛舟，能日出而作，日落而息，与斑斓诡谲的夜生活不曾丝毫有染的成功女性，非梅州钟氏莫属。

朦胧中，钟爱云第一个梦到的，不是情人老金，居然是前夫徐成璞。这个戴着眼镜的老夫子，穿着白衬衣，扭着水蛇腰，跟一个浪荡的女学生搞在一起。其实这不是梦，而是当年真实的一幕，这也是他们分手的原因。在此之前，钟爱云一直都很喜欢刚出道时费翔式的那种修长身材的异性，徐成璞同志就在此之列。而在女学生事件之后，钟爱云却对那种有着水蛇腰的异性深恶痛绝，有一种生理上的反感了。钟爱云甚至觉得，生着水蛇腰的男性，注定都是擅长风花雪月的调情高手。

那次情感的创伤和洗礼，使钟爱云似乎有些提前性冷淡了。逃到首府后，自我疗伤的同时，她把全部精力都放在事业上。她所从事的是食品行业，主打产品是火腿肠。她的业务是代理首府及周边的二级批发市场，还包括毗邻的阿左旗、鄂托克前旗、鄂尔多斯、陕西三边等蛮荒之地。根据她的市场份额，公司给她业务提成。钟爱云的齿轮风格，使她在公司的营销业绩榜上总是遥遥领先，她的年薪自然很是可观。未雨绸缪的钟爱云，同时还做了不少别的低风险投资，也都小有回报。因此，每逢阿左旗南寺的法会，钟爱云都要驱车前往，上香、布施、磕头、忏悔，虔诚地敬拜她心中的财神。跟老金走到一起，就是在南寺的法会上。老金是她的顶头上司，注意她已经很久了。

站在总公司领奖台上的钟爱云，精致、时尚、靓丽，加上她骄人的业绩，她自然会成为老金注目的焦点。

钟爱云早就忘了第一次是怎么发生的，在颁奖典礼之后的某个夜晚？还是夜归时有邂逅意味的烛光晚餐？或者是在南寺进香之后的野游途中？反正，她成了老金的人。老金是那种五短身材的男人，结实、敦厚、大气，还有些粗糙，像一间毛墙毛地的屋子，可以纵容她某些刻意和表演性质的放肆。这样一个庸俗化了的上下级关系，屈指算来，居然已经保持了八年，目前还没有收场的迹象。钟爱云觉得，自己在这场无关情感，只关涉肉体和金钱的男女关系中，她很好地把握了老金的心思：从来不给他任何压力，不论物质上还是精神上。她才不会像那些浅薄的女流，一跟人家上床，拍拖几年，就上蹿下跳，不是想操生杀大权，就是要剑指黄龙府，试图把整个人都据为私有，结果却总是不尽人意。钟爱云没有如此多的杂念。她经济独立到可以包养一个小白脸，老金的大方出手，完全是他对自己的珍视。叫人白睡的女人，当然是傻瓜一个。死皮赖脸要卖身钱的，自然也是小家子气。钟爱云就有这个本事，跟老金之间的买卖，做得水到渠成，不留痕迹，让大家彼此都有足够的面子和底气。最主要的是，钟爱云跟很多大脑发达的男人一样，将床上和床下的事情拎得很清，不会一锅烩。如此这般善解人意，老金自然觉得钟爱云余味绵绵，对她恋恋不舍。在钟爱云面前，老金没有任何后顾之忧和思想包袱——这可是地下情的两大硬伤。何况，老金床上的表现不错，能满足她颇有规律和稳定的性欲，大家各得其所，也就罢了。最关键的是，他们的保密工作做得很到位，直到现在，公司里有不少人还以为，轻佻的质检员苏秋花跟老金有一腿，而夏天喜欢半裸的苏秋花，也屡屡表现出她跟老金有一腿的暧昧模样来，这也是一道很不错的挡箭牌呢。更何况，公司百分之七十的业绩，都是由她钟爱云一人完成的，老金对她的厚爱与珍视，自然可以想见。

有时候钟爱云也会想，八年了，一旦跟老金分手，她会有什么感觉？钟爱云自我判断之后，觉得她可能不会有太多的感慨，因为她没有时间去咀嚼这些情感上的东西。跟感情沾边的东西，在钟爱云看来，似乎是最靠不住、也最边缘的东西了。特别是到了她这个年龄，特别是在这样一个年代，还在爱与不爱这个问题上无谓地挣扎纠缠，难免太过幼稚，是需要做情商培训的了。她怀念的，也许只是每次做爱后，那种像绸缎被熨烫之后的平静、舒展、毫无褶皱的美好感觉而已。老金让她觉得，除了金牌代理商之外，她还是一个有血有肉的女人，这就足够。假如她的生活中没有老金这个男人，她大概会觉得有一点空白和遗憾……不过，像钟爱云这样的都市单身白领女性，没有老金，也许还会有老王、老张之类的男人来客串补充，这个真是不一定的——睡梦中的钟爱云，嘴角弯出来一个模糊的笑的意思来。至于那个水蛇腰的徐校长，早就在无意识的漩涡中漂到爪哇国了。

梦，就总是有几分说不出来的荒唐。

钟爱云梦到的第二样东西，居然是公司里那条叫苏拉的狗。

钟爱云认识苏拉的时间跟老金一样长，也有八年了。也就是说，钟爱云认识老金的同时，就认识了那条狗。在开发区那座颇具规模的厂区养一条狗，显然是多余的。前门后门，都有着装整齐的保安轮番值勤，苏拉的存在，实在让人匪夷所思。苏拉身形高大，矫健敏捷，两只棕黄色的眼睛很大，眼神傲慢且无礼，仿佛随时都会扑上去重温狗的天性。但实际上，苏拉

却是一条不咬人的狗，它凶猛的外表跟温和的性情，有着极大的反差。钟爱云也是经过很长一段时间的观察和接触后，才跟苏拉有了一定程度的默契和友谊。它被拴在后院车库和仓库之间的铁栏杆上，主要是用来吓唬窃贼——毕竟，狗的耳朵要比人的耳朵灵敏许多，苏拉的叫声，让保安及时出场，数次避免了夜间库房遭窃事件的发生。苏拉若有若无，就那样日复一日地被拴在那个位置。哪个库管员轮班，就随便丢给它几根火腿，倒一些水，倒也简单。

有段时间，钟爱云业余时间喜欢上了垂钓。她经常去的是杨家湾农家乐垂钓中心。在那里钓鱼的多是拖家带口的团体活动，显得钟爱云很是形只影单，孤家寡人。其中也有带着宠物来的，动物种种的憨态，不单可以调解气氛，还很显主人的身份和气派。钟爱云就想到了苏拉，试着将苏拉一起带来，顺便也给它放放风。

动物的天性，骨子里跟人倒也相近。几次三番之后，苏拉由被动变为主动，似乎也喜欢上了野外的自由和洒脱，每当看见钟爱云启动车子，就不停地摇头摆尾，原本严肃孤傲的眼神也变得清澈柔软，很有讨好她的意思。在杨家湾垂钓中心，苏拉给形只影单的钟爱云添足了面子，钟爱云一吹口哨，苏拉就跳跃奔跑而来，一付训练有素的样子。事实上，在垂钓中心，钓翁之意不在鱼的钟爱云，也花了些心思训练了苏拉，比如让它站立，卧倒、打滚、用嘴巴接食物等等……带苏拉出去玩，让钟爱云添了许多快乐的元素。钟爱云觉得，除工作之外，老金和苏拉，可算得上使她短暂快乐的另外两样物件了。

但是多年之后，钟爱云发现，毛色光亮、行动敏捷的苏拉变丑了，几乎变成了一只癞皮狗。它身上原本浓密黑亮的毛，一天天地稀疏、脱落了，身上深一坨浅一坨，像一只涂了脏物的花狗而不是纯黑色的狗了。而且，它似乎也得厌食症的样子，无精打采，埋头沉睡，一看见库管员丢过来的火腿肠，就呜呜叫着，倒了胃口想呕吐的样子。钟爱云忽然就明白了过来了。

在长达八年的时间里，苏拉吃得最多的东西，就是老金他们生产的火腿肠，肯定是长期食用了含有防腐剂和食品添加剂的食品的原因，使苏拉掉了毛，倒了胃口的。这样一想，钟爱云难免有些罪过感：这么多年，她居然只知道闲暇时带着苏拉玩，却没有好好照顾到它的肚皮。可见，不曾生育过的女人，的确是有一颗石头做的心，又硬又冷。心如磐石的钟爱云发现，跟那些罹患了癌症的病人一样，苏拉一天天消瘦下来，皮都包不住骨头了。

某次，跟老金幽会的时候，钟爱云对老金说起来苏拉。老金的脸色忽然变得很难看，他第一次有些粗暴地打断了钟爱云的话头，让她到此为止，再也不要提起关于苏拉的一切。老金再三强调：只有狗才天天吃火腿肠，人不会长达八年只吃火腿的……我们的产品是经过质检，是安全可靠的。钟爱云承认，老金说得没错，但问题是，别的食品中同样含有这样那样的防腐剂和添加剂，事实上等同于人们跟苏拉一样，长达八年都在吃火腿肠，在吃同一种东西啊……但这些令人不安的话，钟爱云并没有说出口，她发现，自己如此这般乱想的时候，胃部又变得敏感、痉挛起来。老金说得没错，到此为止，游戏结束。苏拉是苏拉，人是人。如果无休止地追究开来，大家都是笼中之鸟，网中之鱼，人人都有可能变成另外一只苏拉。跟钟爱云一样，老金去阿左旗南寺的法会上香，也不仅仅是为了求一笔又一笔横财吧？

关于苏拉的话题不欢而散。钟爱云却想，其实，人真的未必就比一只狗更聪明一些。

第二天，钟爱云往车库停车的时候，发现苏拉和拴它的那根铁链子都不见了。库管员也换了岗，是一张陌生的面孔，眼白很多，看上去像个白痴。

苏拉匪夷所思的存在，似乎就是为了证明什么，而现在，它在佐证了某种事实之后，神秘地消失了。钟爱云在苦苦判断：苏拉究竟是一个梦，还是真的有这样一条狗？钟爱云脑海中仿佛划过一道白色的闪电，还伴着雷声，她忽然睁开了眼睛。

钟爱云是被一阵很大的动静吵醒的。这种堪称简易的客房，隔音效果自然谈不上。钟爱云伸了一个懒腰，看着白色的单调的屋顶，慢慢地回过神来。隔壁房间里的动静越来越大，不消说，是一场床戏正在上演。女声很浪，故意如此这般，讨男人的好似的。钟爱云在心底窃笑了一声，开始整理胸罩、裙子、鞋。她故意咳嗽了两声，使劲跺了几下脚，隔壁依然没有收敛的迹象，反而运动得更起劲了。钟爱云猜，如果自己睡在“青”字上，那么隔壁这对野鸳鸯，大约就睡在那个“鸟”字上吧。荒山驿路，青鸟饭馆里的鸟人鸟事，跟首府一样，大概也是由来已久的。衣着体面的钟爱云，也是这些鸟人鸟事中的一部分。是啊，跟羽毛一样，一切都轻飘飘的，没有一点点分量，除此之外，大家似乎都别无选择了。

钟爱云判定，那两只露水鸳鸯，十有八九不是一对夫妻，而且，他们正处在激情燃烧的阶段。钟爱云自然联想到她和老金。她跟老金做爱时，已经没有这样排山倒海的激情了。她觉得，他们之间，很可能就要彻底结束，画上句号了。这样也好！苏拉事件，或者说子虚乌有的苏拉事件，让钟爱云对老金多了几分戒备和疏远。内心里，她也有终止这场地下长跑的潜意识。如果某天老金在柏悦酒店举起酒杯，面无表情地说出分手的话，钟爱云肯定会面带微笑，跟他的杯子碰个响，有情有义地对老金说一声谢谢！然后，仿佛一切都不曾发生，他们依然是兴旺食品有限公司的黄金搭档，为了共同的事业携手前进——这就是梅州钟氏的行事风格，提得起，放得下，像个爷们。

一番乱想，钟爱云彻底清醒过来了。隔壁的肉搏还在继续，钟爱云没有被挑逗起来，反而有些逆反和恶心。不错，醒来之后，毒胶囊事件还是横亘在她的胸口，挥之不去。这次事件，比二十年前的女学生事件，和不久前的苏拉事件，对她的刺激性更大一些，她觉得，自己的食欲，算是被彻底毁掉了，对食物的恶心之感，是逃避不掉了。不单如此，她残存的那点性欲，或许也就此戛然而止。其实，也有不少时候，跟老金在一起时，钟爱云只是简单机械地迎合着老金，而不是在自然和放松地享受，表演的性质居多。能让她变成熨烫过的丝绸样的钻石男人，在以后寂寞的日子里，大约要靠她的想象来完成了。

关上客房暗红色的屋门，钟爱云觉得头脑清醒了很多。一场质量欠佳的午睡的目的，也算粗粗达到了。时间是差十分两点，青鸟旅馆的影子，矮矮地贴在荒坡上。悦达起亚旁边的商务别克车已经不见了，另有一辆红色现代停在它的位置上。稍远一点，还停着一辆银灰色的尼桑小轿车。看来青鸟饭馆的种种生意，还是不错的。钟爱云特别留意了那两辆车的车牌号，她的细心和小心，一贯如此清晰绵密。

车子发动起来。钟爱云重新换上坡跟罗马凉鞋，轻点油门，打半圈优美的方向，越野车像一条咖啡色的大鱼，游出了那个缓坡，向梅州方向驶去。不错，梅州这地方，其实并没有梅的，

是一个极其缺乏诗意的地方。钟爱云暗想，不知从什么时候起，生活就大错特错了。钟爱云看到了悦达起亚引擎盖子上那些稀疏的变幻的树影，心里放松下来。入境随俗，到梅州去，自然要记得梅州人关于影子的传说。她觉得，其实她是在等待影子的出现，然后跟它一起上路。

半途而废

我是在沿山公路的小庙站，搭上那辆银灰色的东风雪铁龙小轿车的。在此之前，我已经拦截过好几辆过路的车辆，都被经验丰富的长途老司机们拒绝了。那些大货车和小轿车疾驰而来，绝尘而去，携裹着一股黑青而脏脏的气流，伴着硬冷的山风，将站在路边的我吹得东摇西晃，像个纸人。月亮又大又圆，磨磨蹭蹭地，从沿山公路东边低缓坦荡的盐碱滩上挪出来，带着新鲜的蟹壳红，显得格外美丽和诡异，居然还稍稍勾起来我早就麻木了的食欲。那轮暗红的月亮，让我想起来八宝粥和南瓜饼之类热腾腾的吃食。这时，从远处又闪过来一束雪白的灯光，越来越近，居然就在离我不远的地方停了下来。我像抓住了救命稻草一样，赶紧朝那辆银灰色的小轿车跑去。

从车上下来一男一女。他们停车，是因为其中的一个内急，而不是因为他们看见有人在路边招手。我看见那个苗条的长发女人一下车就赶紧蹲下身去，那个站在车门另一侧，穿西装的男人则点燃一根烟，在耐心地稍等片刻。也就是在看见他指缝间暗红的烟头一闪一灭的瞬间，我灵光乍现，一瞬间萌发了装哑巴的念头。我觉得，在一般和特殊情况下，多数人对哑巴、瘸子和瞎子都不会有太多的戒备心理，特别是对一个女性的哑巴、瘸子和瞎子，就更不设防了。再说，发生在我身上的故事，

是孩子没娘，说来话长的那种，不是三言两语就可以跟对方说清楚的，有越解释越混乱，越描越黑，越说也越像骗子的意思。拿定主意，我挥舞着双手朝他们跑过去，啊啊呀呀，装得很像那么回事，把那对男女大大吓了一跳。恻隐之心，人皆有之，这世上，或者说在沿山公路和有一轮明月的夜晚，当然还是好人多。不过，最终让他们惊魂未定就动了恻隐之心的，或许还是我灵机一动的那个下跪磕头的动作。给这对素不相识的男女磕头的时候，我的眼泪顺便也真实地流了下来。总之，我急中生智的临时表演效果颇佳——我不发一言，居然就搭上了一辆离开这个前不着村，后不挨店的鬼地方的顺风车。有时候，跟陌生人相处，比起开口饶舌来，保持沉默，装聋作哑，反而是一个不错的选择。

车里面很暖和，车速也很平稳。看得出来，那个男人开车很谨慎，也很小心。车窗外，那轮明月一起一伏，一直跟随着我，不放心我的行踪似的。只不过，刚才的那种蟹壳红，随着它渐渐升高，跟晒干的玉米棒子是一个颜色了。

坐在副驾驶座位上的女人扭过头来，递给我一瓶夏进纯牛奶，和两根双汇火腿肠。我接过来，愣了一愣。因为这是我以前养的那条叫欢欢的宠物狗的早餐食谱。

女人的半张脸都被垂直的长发遮住了，从露出来的那半张脸上，依然可以看出来她的年轻和妩媚。尤其是那张近似于黑色的红唇，有一种神秘的魅惑。她的手细长、白，在我眼前很是醒目。真是一双弹琴拨爱的妙手啊！

我低了低脖子，向她表示谢意，并配合她似的吃起来，喝起来。我果真是饿了，也渴了。饥渴交加的我油然记起来我那条优裕有加的叫欢欢的宠物狗来。

可能因为我的装聋作哑，他们很快就忽略了我的存在，恢复到两个人简单自在的对话中。

你真是多事！西装男人在埋怨长发女人，不该随便捎带上我这个不明之物。说真的，我很赞赏西装男人的小心谨慎。不能随便让陌生人搭车，是绝大多数江湖人士的常识和共识。但，很显然，西装男人似乎很在乎、也很迁就那个长发女人。在稍显安静的路途上，西装男人不时流露出来一些埋怨的意思，长发女人忽然就有些泼烦了。她嫌西装男人嘴碎，有女人气。

你又不知道她要到哪里去。西装男人说。

我们到地头时，把她放下，不就可以了？如果中途她要下车，在有人烟的地方让她下就好，总比把她丢在刚才那个兔子不拉屎的地方厚道些。

行！但愿你好人能有好报。西装男人揶揄了一句。长发女人剥开一枚口香糖，适时堵住了西装男人的嘴。

我歪着头，靠在车窗上假寐，还故意发出一阵细小的鼾声，偷听他们为我这个莫名其妙的女人的温和的舌战。长发女人还不时回过头来打探我，似乎也在反省自己：刚才她小小的善举会不会是一时冲动。我相信我的睡相是善良、憨厚和恬静的，让长发女人一看，就可以把心款款放进肚子里。

反正，她不像一个坏人。长发女人在自我宽慰，口气很软，有三分讨好西装男人的意思了。

好人坏人，脸上又没写着字。你说我算好人还是坏人？西装男人仍是揶揄的口气，顺便腾出右手摸了摸女人的长发，一副享受绕指柔的样子。

你当然是个好人——不过，也算得上是一个坏人！长发女人巧笑起来，显得很是暧昧和风情。

期间，西装男人和长发女人分别接了一个电话，似乎是有人在催促他们早点回家。

快到了，再有一个小时吧。西装男人的声音轻松淡定，四平八稳，听上去一点都不像假话。说罢他就挂断了电话。

快了快了，半小时后到家。长发女人也如此这般说着，还对着手机吻了一下。西装男人的彩铃是《牧民新歌》，长发女人的来电彩铃是《眉飞色舞》，都是那段时间很热门的歌曲。

车窗外面一片象牙白，没有一片云。天地之间仿佛一片银色的湖泊。月亮已经快升到头顶上了，看上去小而远，让人记起夜明珠和蓝田玉之类古色古香的宝物。上了京藏高速公路后，东风雪铁龙大概跑了有二百多公里路。其实这条路线我非常熟悉，熟悉到闭着眼睛都能说出它所经过之地的名字。在下海创业之初，我跟老钱就开着一辆半旧的东风雪铁龙，常年在这条道上跑，只不过那时候的路还是低速公路罢了。高速路修好的时候，我自己的坐骑已经换成白色的宝马了，老钱屁股底下压的什么车，自然无需在这里张扬。看到月色下的浪荡庄、三丁湖和岔路口的路标时候，我知道我们快到歌兰小城了。我想，我很快就可以下车了。我甚至摸了摸裤子口袋里的钱，想着待会下车时，一定要给长发女人两张红板，以表谢意。我还暗中猜测着，慈悲的长发女人会不会要这买路钱？应该会的吧？不爱人的人很多，不爱钱的人却很少。

但是，因为一个可怕的意外，我和萍水相逢的这对男女，居然都没能按时抵达目的地。我搭乘的这辆东风雪铁龙，在歌兰北拐下高速公路后，抄近道途经新修的上海路时，连人带车，飞进两米多深的唐徕渠里，我们三个都做了落水鬼。

新修的上海路横跨唐徕渠两岸。严格说来，这条尚未合拢的上海路还没有实现“横跨”。也就是说，在没有任何警示招牌下，当那些油滑老练的驾驶者发现这条宽阔平坦的道路尽头居然是一条水流湍急的大渠时，多半人都已经来不及采取紧急制动措施。多半人只能眼睁睁地选择连人带车掉进唐徕渠里，慷慨赴死，别无他法。事实上，在此之前的一周时间内，已经先后有七辆小轿车在夜色中途经上海路时，“不慎”掉进了历史悠久的唐徕渠，九人死于非命。我搭乘的这辆东风雪铁龙，是第八辆掉进唐徕渠的小轿车，也是最后一辆——在东风雪铁龙之后，相关部门迅速在唐徕渠两岸铺设了巨幅警示招牌，夜间还有灯光提示，悲剧因这个廉价、醒目且略显迟疑的招牌而不再重演。也就是说，加上我们仨，不幸死于唐徕渠的人有八男四女共计十二人，其中尤以我搭乘的这辆东风雪铁龙最为引人注目。

这不单跟车内一男两女这种时尚的三角形人际关系密切相关，还因为，我们仨都是无名氏。前面那七辆车，被相关部门打捞上来后，依照车牌号、驾驶证或身份证等相关证件，很快就顺藤摸瓜验明正身，尸骨有主，尘埃落定。其中有一辆紫色桑塔纳里是两个男人，有一辆白色丰田里是母女两人，其余五辆车里都是一个男人，简单扼要，一目了然。而我搭乘的这辆东风雪铁龙，则完全令好事的公众陷入热门的猜测和锐评当中。《都市晚报》广告版中的寻尸启事已经刊登一个月了，我们仨依然被冷冻在殡仪馆里，等待亲属前来认领。

事实正如人们所猜测的那样，这辆东风雪铁龙是无牌车辆，那个西装男人也是无证驾驶。最主要和更为凑巧的是，我们仨居然都没有随身携带可以证明我们身份的任何物证。在死亡面前，我们仅仅是三个意义模糊的人形物，仅仅有性别和大概的

年龄之分，别的，比如姓甚名谁、单位、住址、配偶、兴趣爱好、联系方式等等，统统没有一点点蛛丝马迹。

我没有携带身份证明确实情有可原。西装男人和长发女人为何碰巧没有带身份证明，因为遗忘在家、不慎丢失、办抵押贷款或被保险代理人拿去办相关业务？只有天知道。

当时，坊间最为广泛和普遍的传说是，西装男人、长发女人和我系丈夫、情人和老婆的经典关系。可能出于情感纠葛中的危机与困境，三个人选择了集体匿名死亡。也就是说，我们仨几乎被人们一致错误地判断为自杀身亡。那段时间，恰好有不少媒体一窝蜂地连续报道了动物结伴自杀现象大揭秘，因此官方与民间稍稍被这则相关报道误导了一些时日。

事发当月，歌兰小城最为流行的一句话就是：到上海路去看车吧。或者，到唐徕渠去发财吧。人们纷纷互相调侃，晚上没事的话，不妨到"横跨"唐徕渠的上海路蹲点守夜，捞一辆车，就能发一笔横财——人们戏虞调笑，不曾觉得这些飞来横祸有什么悲情之处，可能仅仅因为落水者不是自己罢了。

这就是让我耿耿于怀、欲罢不能的东风雪铁龙事件。我们仨，素昧平生，萍水相逢，却以最亲密的关系，和最吸引眼球的色彩，碰巧死在了一起，用时尚的话来说，这或许也算一种特别的缘分。对此，我当然有话要说。活着时，我选择装疯卖傻和装聋作哑，死了以后，我不想再保持沉默。也许，只有在死亡的幽谷中，才有着事实的真相。

世间的事，往往就是这样蹊跷。如果那天傍晚我不曾在小庙搭乘这辆车，而是选择与那轮蟹壳红的明月相与为伴，如影随形的话，我也就不会成为社会新闻版中的神秘女主角了。在看客的渲染之下，我跟西装男人和长发女人之间的龃龉，被人们的想象力描画得跟金喜善一般妩媚妖娆，暗香四溢。也就是说，在我们仨的关系中，我这个坐在后排，衣着不大合体的中年女人是笃定的黄脸婆的角色。而那个坐在前排，长发垂肩且口红染到发黑的年轻女郎，自然是当仁不让的小情人身份。据业内人士说，区分第一者跟第三或第四者，主要是根据她们的座次来加以区别。一般情况下，小三都是喜欢坐在副驾驶的座位上，招摇过市；而老婆们往往比较低调，习惯性地选择坐在后排，默默地测量心事。想起来西装男人顺手抚摸长发女人头发的那个细节，我觉得这个“据说”似乎是有据可循的。

做人的时候，很多话都不能照直了说。做了鬼，自然可以照直了说说。老实说，做人羁绊颇多，红的不能说成是红的，而要委婉地说它不怎么黑；白的不能说成是白的，而要灵活地说它像雪或棉花一样。人间有句老话，叫见人说人话，见鬼说鬼话。现在我已经变成了鬼，见的也全是鬼，自然可以心无芥蒂，鬼话连篇了。

就从我为什么会在那个前不着村，后不挨店的小庙搭车时说起吧。阐释我从哪里来，将到哪里去，这已经涉嫌哲学思辨层面，但却是我的来龙去脉的必由之路。

我，究竟是谁呢？在幽暗的渠水深处思索这个问题时，我忽然觉得一阵心惊。在落水之前的那一刻，我应该算是一个精神病人，却又不完全是。现在，除了我自己，没有一个人、一家机构能够证明我不是一个精神病人。

三个月前，老钱以看病为名，将我带到贺兰山深处的这家安宁医院。知道这家精神病医院的人不多，除了个别过客，很少有人知道小庙是通往山中那家医院的唯一驿站。在此之前，我仅仅有些神经衰弱，经常性地失眠，情绪和精神状态都不是

很好。但在此之后，我却成为兼有强迫性神经官能症、歇斯底里症、幻听幻视以及精神分裂症的一个危险分子。幕后黑手就是老钱，我的名誉丈夫，一个资产过亿的企业家。此外，他还有着政协委员的庄严头衔。如今，就连我这个妇道人家都觉得不知从什么时候起，政协几乎就成了有钱人的天下。我认识的那几个委员，跟老钱都有这样那样、或远或近的交情，也都有着大把大把的钞票，私生活同样都不怎么检点，在那方面他们铆足了劲，暗中PK着似的。但这丝毫不妨碍他们登上大雅之堂，忧国忧民，参议保险、医疗、公民道德教育等各种热门社会问题。他们当中有个极其慈悲为怀的，将一个小护士玩了数年之后，居然还把自家远房侄子介绍给这个护士，作为那个穷小子结婚的最佳人选。他好事做到底，帮助小护士成家立业，找到人生最后的归宿。至于后来小护士生的那个孩子究竟是谁播下的种子，至今都是坊间的一个谜团。

像老钱这样一个人们眼中的极端成功人士，只要他愿意，就没有他做不到的事情。有钱有权的人，做起好事和坏事来，都是轻而易举，不费吹灰之力的。老钱做过很多光宗耀祖、体面风光且人尽皆知的好事，比如捐资助学、修桥铺路、访贫问苦等等，且都是屡屡上了主流媒体头版头条的。我就曾在公共卫生间的废纸篓中，见过老钱登在首府日报上、被揉得变了形的彩色照片。而他做过的为人所不知的坏事，比如虚开发票、偷税漏税、做阴阳账、玩弄女人、行贿政府官员等等，当然也不计其数。跟他一起生活了二十多年，我也说不清他究竟是人还是鬼。这年头，很多人似乎都活得既像人，又像鬼，人鬼难分了。

当我得知大山深处的这家医院实际上是一座精神病院时，

已经迟了。我竭力证明自己不是精神病的种种举动，反而成为我精神异常的诸多征兆和有力证据。何况，因为事先有银子做铺垫，或者还有老钱的种种暗示，我只能成为一个精神异常的女人，别无选择。在这里，我看见很多美丽的女性患者都这样喋喋不休地对医生和护士解释说：我没病，我真的没病，放我出去！……而那些优雅的白衣天使则哄孩子似的回答说，好好好，你没病，我有病，行了吧？

人在山中，身不由己。我只好模仿那些美丽的或者曾经美丽过的女病人，暂且在白大褂面前装疯卖傻。要知道，二十年前，我可是省府演艺界小有名气的台柱子，表演是我的强项。我曾经成功扮演过一位美丽痴情的精神病患者。就在那次小小的成功之后，小钱（就是现在的老钱）开始对我发起猛烈的攻势。二十年后，旧梦重温，再次演绎一个疯女人，这对我来说真是小菜一碟。只不过，这一回上台表演的情怀，跟二十年前却是云泥之别。

居然就哄过了那些白大褂。或者，习惯使然，在那些白大褂看来，凡是到这家医院里来的，自然都是些异端，因此他们也就忽略了我的本来面目，也放松了对我额外的警惕。一想起在这个堂堂的贵族级别的精神病院里，有一个病人居然比医生的智商和情商还要高，我常常会一个人对着窗外幽蓝寂寞的天空冷笑几声。

依靠那点残存的表演功力，我非常轻松地蒙混过关了。我当然知道，那些按时吃的药片对我这个健康开朗、不肯服输的女人的副作用，因此，我一直在寻找机会，想尽快从这里逃出去。我并不情愿和乐于做一个真正的神经病，在这个魑魅魍魉的鬼地方艰难度日。虽然这座位于大山深处的安宁医院环境清幽，

鸟语花香，但一想到那些在一瞬间就会变得面目狰狞的残次品，我还是心有余悸，黯然神伤。在安宁医院呆到第三个月的时候，我发现自己开始有很多抑郁或异常的症状。比如，本来我是假哭的，却真的失声痛哭起来。本来是佯装发泄，却真的彻底发泄起来。那一刻，我觉得周围的一切都是真实的，只有我是一个虚幻的假象。真的，在安宁医院，我有一种即将消失、化整为零的恐惧感。

像战争年代那些身陷囹圄的共产党员那样，我油然升起一个坚定的信念：一定要逃出去！

那天是农历的七月十五。负责看护我的小胖护士逮空到病房后面的小平台上去给亡人烧纸钱。这是一个人鬼交锋的日子。据说，这一天假若不给亡人烧些纸钱，梦里总会有亡人追着撵着向你讨钱花的。这个给亡人送纸钱的小胖护士，是个多孝顺和有心的姑娘啊！我想。因为早就有逃跑的念头，我事先下了很多功夫，比如观察护士的交接班时间、下山的路线以及她们的生活习惯等等。这个一心惦记着烧纸钱的小胖护士非常可爱，我不单从更衣室里偷了她准备换洗的一套紫罗兰色的休闲装，在那个小喇叭形的裤兜里，居然还发现了几百块钱。好像她早就看穿了我的心思，好像她就是老天爷刻意给我安排的一个卧底。一直到现在，我都由不住自己会这样想：那个有一轮明月的晚上，小护士或许真的知道我是谁，也知道我在想什么。

山中的傍晚显得异常静谧、幽昧和迷离。四周全是积年腐草荒芜的香味。呈之字形盘旋而下的柏油路宛如一条青蛇，缠绕在嶙峋的山体之上。可能是为了掩人耳目，这条山沟里的植被和树木比别的山沟要丰茂许多，人工种植的痕迹很明显。我沿着青蛇一线，从柏油路一侧的树林中弯腰疾行，不时会被碎石枯木绊倒。快要下到半山腰时，我看见一辆白色的南京依维柯向山上匀速驶来，很快消失在山路转弯处。

大概又有新的患者在夜色的掩护下被送进来了。

那批十二辆白色的南京依维柯，就是既会做事，又会做人的老钱捐给当地医疗部门的。因此，将我变成一个精神病人，绝对是一桩充满了可能性的事情。

我冲着那辆已经消失了的白车吐了口唾沫。

近几年来，我们之间矛盾的焦点，是老钱身后的某个女人频频逼宫，疲于奔命且日渐老迈昏聩的他居然就想让我光荣下岗了。其实，对钱某人的拈花惹草，我早就选择了做猫头鹰派，睁一只眼闭一只。何况，环顾四周，面对此类问题，大家莫不如是，我不过是鸭子过河随大流罢了。但我对“下岗”的态度则是，别的一切都不是问题，继承我皇后娘娘的位置，绝对免谈。我不肯服输，更看重名分，这是自然的，特别是到了我这样年龄的女人。只要是女人，都看重这个古老的、沉甸甸的青铜器样的东西的。老钱身后的某个女人也不例外，不是么？就跟职场上一样，做副职的那一个，有谁不觊觎着头把交椅？钱夫人的寓意、分量及种种无形的好处，只有我最了然于心。我可以选择迂回周旋，但绝不选择轻言放弃。

我们之间的矛盾在我年过不惑之后渐渐白热化了，内幕堪称血腥，细节也惊心动魄，老钱这才使出了险招。

我粗粗估算了一下，从山上到山下的小庙站，总共差不多有十几里路。看见那轮蟹壳红的月亮的时候，我就像看见了久违的朋友一样，心里涌起一缕别样的温暖。事实上，我确实想起来一位叫林秋月的磕头姊妹。我名下的体己钱、房产证、股票以及不少黄白之物，早就都委托她代为保管着。也就是说，

在进安宁医院之前，像一只狡猾的狐狸一样，我早已经预感到一些阴影和不祥。这番下山的第一站，就是林秋月那里。我们一起在歌兰小城出生长大，心心相印，情同手足，系死党中的死党。老实说，老钱背叛我，我可以坦然面对，假若有一天林秋月也出卖我，我一定会崩溃，成为一个真正的精神病的。

接下来就是开始的那一幕。我不发一言，就搭上了一辆离开小庙的顺风车。但是可恶且荒唐的上海路使萍水相逢的我们再也不能顺利抵达。

一样生，百样死。人离开这个世界的方式真真是千奇百怪的，但这些年比较普遍和快捷的死法却跟大量的“意外”有关。比如我一个要好的姊妹，死于客机失事；有个远房哥哥，是被地铁的门一不小心给夹死了；邻家大姐，在家门口惨死于酒鬼的车轮之下，我就是现场目击者；还有一个女人，死于新建楼房的离奇倒塌。猜猜看，那个倒霉的女人是谁？是老钱身子下面的一匹小白马，芳龄才二十三。说实话，当得知这个坏消息或好消息时，我跟林秋月还在国际饭店碰过杯呢。现在，这样的好事却不期然轮到了我的头上。我记起来自己曾经反复演练过的那句台词：人啊，你不能高兴得太早了。犹如谶语，果真如此啊！

作为东风雪铁龙的一个偶然的乘客和当事人，我无法判定西装男人和长发女人之间的奇妙关系。我不能像活着的人们那样信口开河。即便已经做了一个落水鬼，我也不能像那些收藏品鉴定专家那样，假的说成真的，红的说成白的，不负责任地胡言乱语。我曾经在一位资深收藏品鉴定专家的指导下买过一只价值不菲的古陶，其实它仅仅值一个杂牌马桶的钱。因此我最痛恨说假话的人。如果说一个人死了还有什么好处的话，那就是从此可以闭住一张臭嘴，不必再说大话、空话和假话了。

因此，我只能据实回忆起来，判断西装男人和长发女人的目的地并非是同一个地方。在《牧民新歌》响起来时，西装男人说还有一个小时到家；而《眉飞色舞》响起来时，长发女人却说再有半个小时就到了。由此可见，长发女人要比西装男人先一步抵达目的地。从我的驾车经验来判断，长发女人的家应该在歌兰小城附近，而西装男人的目的地大概是在银川或永宁。别的，我不好再说什么了，这就是实事求是。做到实事求是，对活着的人来说很难，但对死了的鬼来说却很容易。还有，不论是《牧民新歌》，还是李贞贤的《眉飞色舞》，都是那段时间里让非常我喜欢的歌曲。安宁医院里的那个小胖护士每天就哼着其中的那首《眉飞色舞》。听到这样的歌或音乐，我感觉自己的心都能稍稍变得年轻起来，我会油然记起来我曾经干净善良和清澈如水的美好时光。

好像，一路上西装男人还跟长发女人说起来与收入、物价以及通货膨胀相关的一些话题，不过我没怎么在意，因为活着的时候，除了钱，我什么都不缺，因此与钱相关的话题引不起我的半点兴趣。再说，这样的话题跟甄别西装男人和长发女人之间的关系，并没有什么太大的关联。而判定我们三者之间的关系，则是很多人们茶余饭后一个最热门的话题，它似乎已经超过了我们不幸死亡这一黑的悲剧和铁的事实。

东风雪铁龙拐下高速公路时，长发女人打开车窗，呼吸了一口清凉的夜的空气。夜风扑进车里，将她的头发吹起来，好长好美的一头黑发啊！而我，也从假寐中彻底睁开眼睛，看见歌兰小城加油站的灯光闪闪烁烁，如梦如幻。

我忽然记起来一个极其可怕的细节：就在我们这辆东风雪

铁龙即将坠入唐徕渠的那个瞬间，我突然本能地、或者是忘情地大喊了一声——我要下车！我这个“哑巴”金口一开，居然就将前排的那对男女吓得魂飞魄散了。他们同时回过头来，眼睛睁得很大，惊诧不已。从那样两双陌生又熟悉的同路人的眼睛里，我感觉他们像是见到了鬼或传说中的幽灵那样的东西。

或者，因为我长达二百多公里的沉默，他们早已经忘了后座上的我？

或者，因为我当时的样子极其类似于一个精神狂躁症患者？

或者……？

长发女人捂住黑黑的嘴唇失声尖叫：原来你、你不是一个哑巴啊！！

哑巴，我？怎么会呢？我在心里狠狠地冷笑起来。我说出来的，才仅仅只是冰山一角。我还有很多话要说啊。

我即兴编导的一场临时表演就这样匆匆收场，被那条荒唐的上海路意外地断送了。紫黑色的幕布缓缓落下来时，我最后的感悟是，生活的确是一个舞台，即便是最优秀的演员，也难免有着穿帮露馅的尴尬之处。所以，不论怎样的一场表演，一定要如履薄冰，全力以赴。因为生活的舞台上到处都是漏洞，千疮百孔，我们一个个却浑然不觉。

在长发女人的尖叫之后，我们仨就沉入冰凉的黑暗之中。

鲶 鱼

掩古寺刚刚修好，炳元就在鲶鱼湾的车马店里病倒了。

看了郎中，把过脉，也没说出来什么毛病，五脏六腑都好着呢。可能是劳累得过了，调养几天就好了。喝了半个月的汤药，还是没起色。人就是乏软，提不起劲，也吃不下东西。眼看着人就瘪瘦了许多。胳膊手不像是自己的胳膊手，腿脚仿佛也不是自己的腿脚，散了架子一样，真真是一副身不由己的样子。一开始，炳元还不在意。从小到大，他就没害过毛病，也没吃过那些花里胡哨、五颜六色的药片子，身子骨泼实得很。他想，这一回，很可能就是庄户人常说的那样，中了什么邪气。

邪不压正。身子骨里的正气和邪气赌起了输赢——炳元信得过自己。不过也好，就算是身子骨提前给自己发的一个信号，一份提醒。

炳元爹妈走得早，还没来得及看见炳元成家立业，就先后撒手而去。堂叔兄弟、姑表姊妹有一大伙儿，可惜都不怎么跟他来往。谁叫炳元是个穷汉子。眼看又到了娶亲的年龄，钱没一文钱，房没一间房，烂账倒是一箩筐。明显是要给各位兄弟姊妹张口的事，谁还不长颗脑子，生个眼色，跟他穿梭来往，等着挨刀。还是寡娘在世时说的那句话实在：有钱，就有亲戚，

没钱，就没亲戚，算是个歪理吧。

老鼠的儿子猫不疼。在东沙窝，穷汉子高炳元就是一个姥姥不爱、舅舅不疼的孤家寡人。炳元对自家的事情，约略知晓一点。六岁那年，爹出了车祸，丢下炳元母子俩走了，没有留下一句、半句话。那时候奶奶还在世，爹一走，冲着对奶奶有句交代，几个叔佬全成了当家做主的人，都是冲着那堆命钱来的。把爹碰到阴府里的，是个煤老板，人家二话没说，一抬手就掏出十万块钱。高家的人都觉得，是他们有运气，遇上好人了。要知道，西沙窝的韩自强有一年也被过路的车碰没了，事主总共才给了三万，还像七十岁的老太太——哩哩啦啦的不零干。所以炳元六岁那年，就已经懂得一个道理：命是可以换钱的。为了钱，爹和娘没少抬杠，现在剩下娘一个人，杠可就没法抬了。炳元六岁那年，娘才二十五，搁在城里，正是玩耍的年纪。何况，娘的皮子、貌相、膘条儿，在东沙窝都能数得上。那时候炳元还不明白奶奶、叔叔婶婶们为什么撕破了面皮，要把爹拿命换来的钱往自己怀里搂，仿佛把那些钱搂到自己怀里，还能焐出另一堆钱似的。炳元长大以后，才明白他们那么做的道理。钱，是绝对不能放在那个年方二十五岁的女人手里的。一开始，他们是好心，担心她守不住，迟早会坏了良心，丢下炳元，卷了那笔苦命钱跑掉。这样的事情，只要在有人烟的地方，总能听得到。可是后来，他们就起了贪心。十万块呀！而且他们自己到处都有用钱的地方。

先是奶奶病倒了。想一想，这是很自然的事。儿女是娘的心头肉。爹妈半路上冷不丁地走了，儿女挺上几天，就过来了。可儿女要是冷不丁地没了，当妈的没几个挺得住。西沙窝的白淑珍，儿子被电绳子电死后，人就变了个人，说起话来前言不搭后语的，不是个明白人了。东沙窝的高月兰也是，女子抱在怀里打吊瓶呢，就僵死在自个儿怀里了。想起女子，高月兰就哭，年轻轻的，一双眼睛就不顶事了。何况奶奶还是白发人送黑发人呀！叔佬们说奶奶要看病，按东沙窝的风俗，奶奶是要指靠最小的儿子。虽说爹不在了，可他留下了一大把的孝敬钱，由着奶奶花。接着，大大的女子考上了大学，学费贵过几头牛，大大卖掉所有的家当也挡不住。还有，二大大的双棒棒小子也该婚娶了，先别说两房彩礼，就是一人两间一面红的新房子，就把二大大头发催白了不少。还有大娘娘的闺女，小娘娘的儿……他们各自一盘算，到处都是用钱的地方。挪用钱也就罢了，这个大大，那个娘娘，相跟着给炳元娘诉苦：哪年哪月，炳元爹曾借过他们的钱，假若算上利息，也不老少的款子呢……这么一编排说道，他们良心上就有些安稳了。爹刚走的时候，二十五岁的娘只知道哭那个人，素来没经过事，对人对事上没算计，也不防备。等到明白过来时，已经迟了。十万块钱，炳元娘拿到手里时，连三万都不到了。炳元娘就不服气，就闹，闹到叔佬们那里，他们就说，一切都是老人做的主，说理，找老人说去。分明是闹笑话的话呀！爹走了没三周年，奶奶也殁了，找一个埋进土里的老人说理，分明是闹笑话的事呀！炳元娘就急了。娘家人也来闹过事，闹得一伙子亲戚冰锅冷灶、生分得很。

为这，炳元娘的身子就垮塌了。几个婶娘都红胖红胖的，像饱满的花生仁，只有她不是。一个婶娘使唤炳元给她洗花裤衩，娘知道后第一次吐了血。在东沙窝这个地方，男人怎么能洗洗涮涮呢？何况还是女人的脏裤衩子！娘常年到沟口的诊所看病，常年喝黑腥腥的汤药。另一个婶娘就说，娘裤裆里痒痒

的时候，就会去沟口的，去会那个老中医。娘的话不多，说出来也总是那几句：人呀，都是个孽障。钱呢，是另一个孽障，阿弥陀佛！

炳元知道自己遭人嫌弃，也就断了投亲靠友的念头。炳元书没念几天，旁门左道却学了不少。会吹唢呐，会描龙绘凤，还会搬砖弄瓦——不用吊线，砌起来的墙面比线直。乱世饿不死个手艺人，这些玩意儿，似乎是炳元这样的人打娘胎里就捎带来的手艺。送走寡娘，炳元就从东沙窝消失了，上了江湖。这一走就是十年。在这些年里，他去过内蒙古、青海、甘肃、陕西。炳元为什么总是滞留在既咸且涩的这一带，不往南面、东面去，也就怪他嘴皮子不争气。炳元的嘴比命当紧，离不开红汤绿叶的羊肉臊子面，也舍不下夺魂追命的唢呐花儿腔。炳元觉得，世上这荒丢丢的山，长溜溜的调，苦巴巴的情，就专门是给他留下的呢。在这些荒凉空旷的山川沟壑，他给人拉过骆驼，放过羊，也给有钱人家的门窗、镜子、玻璃柜子上绘花画鸟，还跟着响器班子走村串户，吹唢呐。对于东沙窝，炳元心上没有什么牵挂了。贴身的口袋里，包着娘的一缕青丝。也只有自己的娘，才能保佑他呀！一路上，只要逢着寺庙，炳元都要穿戴得拴拴整整，拾掇得干干净净，进去磕三个头，敬两炷香，舍散些钱。求的是爹娘在那边有钱花，有酒喝。有新衣裳穿，有高轿子坐。求的是自己一路上平平安安，顺顺当当。逢着清明、老历十月一，年三十，心上没有什么牵挂的炳元，一定会记得买上厚厚一沓子纸钱，寻一个僻静的岔路口，跪在那里，一张一张滑开，点燃，给爹妈捎过去花。

自离开了东沙窝，炳元就把那个地方忘在脑后了，就像亲戚们把他忘在脑后一样。半斤配八两，人情就是比水淡呀！自离开了东沙窝，炳元觉得自己的腰杆子都直了不少，洒快。想唱就唱。见山唱座山，见水唱湾水。想吃就吃。海蓝沿的大老碗，红油绿叶的臊子面，吃饱肚子不想娘。饱吹饿唱。“西宁城里九个店，哪个店里住哩；扳个指头掐算，哪个日子上见哩……”炳元一路走，一路唱，饿了吃，困了睡，日子就这么干净洒脱。离开东沙窝的时候，炳元才十八岁，不知怕，也不知愁，没让尿蛋蛋淹了，也算是条好汉。一转眼就是十年呀！

二十八岁的炳元，看上去就像小四十的人。风吹日晒，脑袋早早露了坡顶，圈脸胡子却茂盛得很，正应了骡马车上的一句老话：有一亏，有一补。这一亏一补，使炳元看上去老成而厚道。在西北这些乱山野水地方，这样一张糙皮脸面，是很叫人感到亲切和感慨的。是一张受苦人的脸面呢。面子活都叫油嘴滑头的揽去了，他不下苦谁下苦呀？要知道，这些乱山野水地方人的心，倒是有着说不出的厚诚和无邪，像一颗牛或羊的心呢。而炳元，也的确就是一个老成厚道的人，炳元的心，仿佛也是一颗牛或羊的心。

炳元没有白吃过一碗饭。每一碗红油绿叶的羊肉臊子面，都是用双手换来的。他用双手换来多少食粮，炳元自己也记不得。走过忘过，炳元究竟走了多少山路水路，他自己也记不得。可是他所经过的那些地方，却有很多人都记得他。提起一个大胡子汉，人们都把他称作“寺庙里的炳元”。要是炳元忽然在一个叫孔雀村或上前城的地方停了下来，那一定是因为这个地方在修缮寺庙。炳元就一声不吭地开始帮工，活干得比拿钱的人漂亮，却不要一分报酬，给碗饭吃，给口水喝，就够了。一旦炳元又要起身，那么一定是寺庙已经完工，要庆贺了。庆贺

其实就是开一次庙会，要请戏班子唱戏：《牧羊圈》《火焰驹》《包龙图坐鉴》《梁秋燕》。还要请四方各界的头头脑脑。要放十挂五百响的大地红。还有一番吃喝：凉粉、羊杂碎、烩肉、滚小吃……卖艺杂要的，也会闻声赶来凑一回热闹。凡来的香客，都要打卦、化布施。看戏的看戏，吃喝的吃喝，有瘾的就地支开摊场，扎金花、搓麻将，热闹得很。炳元也夹在这份热闹里。热闹一散，他就上路了。

在西北这些乱山野水的地方，据说都有建村先建庙的风习，可事实并非如此。炳元一路走来，所遇寺庙并不多，香火也不旺，根本比不得那些传说中的深山名刹。遇不到寺庙时，炳元就只好在路边的车马店里投宿。黄泥土，或者白石灰的墙面上，一个大大的、红红的圆圈圈里面，规规整整写着一个繁体的“车”字，那就是客官们落脚的家了。这样带场院的车马店里，其实并没有车，也没有马，就是一种乡俗的叫法。来车马店里投宿的，多半是跟炳元一样走乡串户的买卖人、手艺人。也有一些浪荡子，少。三块钱一晚，两块钱一晚，都行。没有客官时，一院房子、铺盖，闲也是闲着，收上几个算几个，东家不嫌少。饭有大锅饭：连锅酸汤面、面疙瘩、小米粥、馍馍、搅团。也有小炒的：溜肥肠、臊子面、辣子鸡，酱蹄膀、白米饭，全凭个人的口味和荷包的大小。日头落下墙时，三个、两个，就有赶路的人进院子来。灯亮了，看门的狗也叫，待宰的鸡也叫，原本该是个安静寂寞的时辰，一旦来了落脚的人，就不一样了。大东家操起刀时，懂门道的，就站在一边，默默念着往生咒，让这只鸡重新托生投胎，进到另一个轮回里。在西北这些乱山野水地方，会念咒的人，藏头藏脸可藏着不少。一旦有人拿起屠刀宰杀牲禽，那个藏头藏脸的人就会默默地念起来。念完后，就说：好——啦！一副放下了担子的轻松。

炳元就是在这样一个路边的车马店里病倒的，前前后后二十多天。要不是这场病，炳远的那双大脚板子，不知又走了多少平路、弯路，身上不知又落上了多少白的霜，红的尘。

是该停下歇歇了。

炳元落脚进来时，大东家正在杀猪。旁边一个中年汉子就咕噜咕噜念起来。念罢说，这么热的天，杀了猪能放得住？车马店里其实也没住几个人。好出门不如赖在家，有一分奈何，谁愿意背个肩膀走四方？说到底，究竟是份苦差使呀。圆脸的婆姨应口说，那边修寺庙，请了包工队，一头猪还紧张得慌。

那边修的寺，就叫个掩古寺。炳元落脚的地方，叫做鲶鱼湾。靠黄河边上，出产什么，就叫什么名儿，炳元走过的地方，叫鲶鱼湾、九道沟、或杨家畔的，有不少。就这方圆百八十里地，叫炳元的汉子，也不是他一个人。好像水土和水土之间，这个人和那个人之间，就有着暗暗地、千丝万缕的关联，熟络着，掰不开似的。

炳元当然又搭上了手。砌墙、挂瓦。抹灰、吊梁。是个好手艺人。秃脑门，大胡子汉……当中就有人拍着巴掌记起来：原来是寺庙里的炳元呀！在圆光寺，白雀寺，还有龙王庙，曾经脸对脸的搭过手，递过砖瓦泥沙——是去年、前年时候的事，不承想在这里又遇面了，像是一个旧人呢。抽烟、喝酒、拉话，才知道原来都是苦命人。所以炳元这一路走来，倒也不是孤单的一个人，心里的话儿，也能给过路的人一句、半句地说出来。炳元觉得，喝酒、抽烟、要手艺、漫花儿，这就是一个爷们过的日子，实打实的好日子呢。

掩古寺修好了，照例是一番庆贺，一番红火。炳元也夹在

那份热闹里。热闹一散，他就上路了。谁知这一回偏偏走不了，耽搁下了。

东家有个亲戚是江湖郎中，恰好也来掩古寺上香、还愿，是专程赶来的，也是个诚心的人。看了炳元的舌苔、眼底，好好的。把脉，也没有什么大碍，就开了几副调理的方子，说恐怕是劳累得过了，得好好补补、调养。听说炳元帮着修寺，不取一文钱，还化布施，就多了份怜恤和亲切。喝了半个月的汤药，还是没起色。炳元自己心里嘀咕，这一回，可能就是庄户人常说的，中了什么邪气。宁走孤坟，不进孤庙，炳元可是进了不少孤庙。这样的蹊跷事，也叫有着。

一个风雨天，半晌午，长命手起刀落宰了那只刚下完蛋的芦花母鸡。第一次在一个车马店里耽搁这么久，自然就知道了东家的名号。跟炳元一样，这十里八方，唤作长命的汉子，也不只眼前这一个。是个熟惯的好名号：贵气、吉祥。

长命婆姨端了碗，急急忙忙接了大半碗鸡血。当天晚上，炳元就吃到了香辣辣的红面：用鸡血加水和起的面，再掺上白水和起的面，有红有白，好看，也好吃。可炳元吃在嘴里，心里却是另一番滋味：离家的饺子，回家的面。吃了红面片，就该揩嘴、走人、回自己的家了。在西北这些乱山野水地方，人们要是有什么不好直接说出口的话，往往会用别的法子曲曲弯弯地表达出来。比如在婚嫁的酒席上，最后一道菜，常常会有一盆肉丸子，或素丸子汤，意思呢？酒席到此为止，该滚蛋啦！

炳元只能在心底里祷告：快快康健起来，不亲不故的，不能就这么将就下去。雨歇风住的时候，炳元强打起精神，想跟长命夫妇说句谢，道个别。话到嘴边，炳元又说不出口了。炳元就是这么个闷葫芦呀！

可是第二天，还是这个长命婆姨，偏偏又给他端来满满一碗饺子！长命婆姨说，就是叫客人走，也得好端端地、欢欢实实地走，这样把你撵出去，就怕心上不安稳！长命婆姨话音一落地，炳元的眼睛就酸涩起来了。

又是一个点灯时分，长命婆姨端来了一老碗鲶鱼汤。一颗黑青的鲶鱼头沉在碗底。

长命婆姨说，鲶鱼湾是挂了个虚名字，现在这东西又是个稀罕物了。快趁热着喝。

炳元有点愣神。这样一碗鲶鱼汤，这样一颗黑青的鲶鱼头，炳元记得在哪里见过，印象真真的。炳元从枕头底下摸出几张沾了油渍的票子，递给长命婆姨。饭钱、住店钱、还有药钱。这个圆脸的二掌柜说，先管要紧的吧。只求师父不要睡倒在我这张热炕上，就成。这个二掌柜跟长命一样，都是个直性子人，有一不说二。

长命婆姨出去了。炳元拿巴掌煽灭了蜡烛。生病的人，秽气浊，不能用口吹蜡烛的。黑暗中，只有鲶鱼的那双眼睛，死瞠瞠地对着他。鲶鱼的眼睛，似乎成了黑暗中唯一发光的东西，映照着炳元的心。

炳元想起来了。那条鲶鱼，到底还是撵上自己来了。一物降一物，没嘛哒的。

拍拍腔子，炳元从没做过恶事，可恶念，是曾有过的，像枣子花，开过就谢了。

炳元曾经对一条鲶鱼起过恶念，发过狠心。对付那条鲶鱼的时候，他跟它简直成了一对前世的冤家。冤家路窄，通天大路走了九九八十一回，却偏偏在一条小道上被一条鲶鱼绊住了脚。“走哩走哩着，走远了……天留下个日月么，草留下了根；人留下个子孙么，佛留下一本经。”也是个溽暑天气，炳元在河滩上耍了一水，赤条条躺在那里唱。望着头顶上的青天，就动了很多念想。这样的念想让炳元感到一阵阵凄惶。忽然就传来一阵噼里啪啦的响声，动静很大。蛇？！野物？蛇能送财，野物是狐仙……还没想仔细，一条黑青色的鲶鱼就翻转过来——一尺半长！扁嘴巴，铁胡子。听人说，只有鲶鱼会吃人，落水而亡的人，都成了鲶鱼的好食粮。所以鲶鱼的命大。那只鲶鱼在炳元心里最凄惶的时候过来玩命，也把炳元当做怂汉子欺，跟叔佬子、婶娘们有什么两样。炳元赤条条躺在河滩上，正恓惶在过往的旧事上。不谋虑旧事，那是假。炳元的心没有长在石头上呀。来得正是好！炳元把心里面存了许久的仇怨，全对着这条气势汹汹的鲶鱼发出来了。左一下，右一下，噼里啪啦，鲶鱼竟然占了上风。炳元看出来，鲶鱼这么没命地跳腾，是冲着那湾救命的野水去的。可是炳元羞恼起来，要断它的后路。几回碰上它的身子，滑溜溜地又滑脱了！炳元愣愣地想，鲶鱼吃人，人也是会吃人的，在炳元心里面，其实藏头藏脸藏着这么些落满了灰尘的仇怨！

鱼从头死。炳元抄起他的老家当：黄铜的唢呐。握在手里，沉甸甸的，只要拢在嘴巴上，送上一口气，就是一曲吼天吼地的歌。可是炳元把它对准了鲶鱼的头。看得出来，鲶鱼脱了气，挣扎跳跃的拍子明显慢了下来。究竟是一条水里的鱼呀！命再硬，能硬过旺火焠过的铜家伙么？能硬过被人都啃吃过一回的好汉炳元么？硬不过！

瞅准机会，一下、两下……黄铜唢呐砸在鲶鱼扁扁的头上，真叫硬碰硬。炳元没细数，究竟砸了十几下，鲶鱼才不再动弹了。炳元占了上风，心里却高兴不起来，反是个输家的样子。寡娘说得不错：孽障，人是个孽障呀，阿弥陀佛！炳元灰着脸，拿袋子把鲶鱼装了，赶了一程路，赶到一个车马店里时，袋子里的鲶鱼还在动弹，不甘心似的。那天晚上，炳元跟大东家一起喝的鲶鱼汤，黑青的鲶鱼头沉在碗底，一双眼睛死瞠瞠地看着他，在他心上发着光。快人快语的二掌柜说，千炖豆腐万炖鱼，都下到锅里了，鲶鱼的身子还在摆动。一贯是吃人的，今天被人吃，看上去是不死心。

不死心。走了五省一十三城，炳元的心就没死过呀！

屋子里渐渐泛起光亮，窗子外面也白亮着，是一轮满月。月亮升起来了，又升到半空中了。炳元虽然虚软，却没一点瞌睡。瞌睡随着光阴，也随着月亮走远啦！炳元信得过自己，也信得过那条鲶鱼。人不能欺负一个人，也不能欺负一条不会说话的鲶鱼，炳元只能这么愣愣地盘想。被月光漂白了的炳元，悟出了这么一个白白的理。

病去如抽丝。喝了半个月的汤药，又闲吃闲喝，就真有什么气血上的毛病，也该消减、后退了。炳元能起炕了。试一试，腿脚还是自己的腿脚，胳膊手也还是自己的胳膊手，就跟被人借走用了十天半月，又款款交还给他自个了——炳元还是那个炳元。

大掌柜长命说得喝上几盅酒，他还以为炳元抗不住呢。看来还是个抗硬人。圆脸的二掌柜催着炳元剃头刮脸，老剃头匠

在院子里等着呢。一番剃刮，显出了一个新鲜的炳元。浓眉，大眼，四方嘴巴黑脸膛，不是个丑人呢。一番洗理，里里外外，炳元换了个模样。炳元硬要帮着长命二人洗被晒褥。三个奶奶绕线线，三个爷爷扫院院，多一双手，好干营生。

起身之前，炳元又上了一趟掩古寺。白墙青瓦，绿树红花。真是一个清静的、适合念想的所在。月亮门敞开着，就等着他进门呢。

炳元抬脚进了月亮门。磕头，上香。

没有人知道，炳元在香炉下面，悄悄许下了一个心愿，月亮一般圆满的心愿。

水 母

1

晚饭后，多木接到了巨太太的电话。每次接到巨太太的电话，多木都会在心里暗暗升起一种玫瑰色的幸福感。在潜意识里，多木是盼着巨太太来电话的。对多木来说，巨太太的电话就是她生活中的福音。好久没有接到她的电话了，多木心里正暗自嘀咕，该不会是巨先生也出事了吧。

两三个月前，多木曾经上门服务的谭先生就突然出事了。听坊间传说，是贪污挪用公款，不小的数目字呢，而且已经收了监。虽然多木不止一次给谭先生处理过礼品，但对于谭先生的一切所知甚少，就像谭先生对她的一切也所知不多一样。这也是她跟当事人之间的特别约定，否则，她宁可少一笔收入，也不接那份活儿。多木给很多先生和太太做过活儿，每位先生和太太，一年之中，打交道也就两三次。这样的见面频率，在这个繁华如梦的年代，算是很稀少了。别说那些体面的先生太太们，就是开着破旧的小货车的多木自己，一年当中都要有意无意地记住好几张新面孔呢。其实，那些举止优雅、神情矜持、既富且贵的先生太太们，对多木的这个特别约定是很欢迎的呢。上至豪门权贵，下至草民布衣，谁

都不喜欢别人打探自家的根底与隐私。正因为如此，尽管她给他们一连做了好几年的活儿，大家彼此之间并不熟悉，就像那种未曾深谈，也不曾见面的网友。

刚刚听到关于谭先生的消息时，不知为什么，多木还在心里面轻轻叹息了一声。怎么说呢？老谭给多木的印象还是不错的。是个年近半百的人，话不多，人也稳重，貌相很是善良，让人心里面很踏实。是个好主顾。不像别的那些油嘴滑舌的，一看见多木红红的围巾，或者蓝色的手套，总会有意无意说上几句一语双关，莫名其妙的话。比如说，“嗯，好看，真好看”或者“漂亮，真漂亮”，让人搞不懂，先生们究竟是在夸多木，还是在夸她的围巾或者手套。话里藏话的意思是含糊不清的，表情和动作也是暧昧有加的。由于多木总是在晚上，或者是先生们约定的时间去做活儿，故而有好几次，在临出门时，多木都被他们摸过脸，蹭过胸脯。是若有若无、天衣无缝的那种转瞬即逝的骚扰，仿佛一桩交易快结束时，临时额外赏赐给她的小费。多木也总是处变不惊，自然而然的遮挡过去，然后匆匆离开。尽管社会地位迥异，但在男欢女爱上都是过来人了，这样的遭遇，在多木看来，是男人们德行素来如此，忽然来了雅兴，凑便讨个便宜罢了，也未见得哪个道貌岸然的家伙真会对她图谋不轨，更犯不上花容变色，大呼小叫，失掉一桩到手的买卖。对多木自己来说，这样的经历就仿佛顺手撵走一个丑陋的臭虫，或者拍掉一个绿头苍蝇，小菜一碟的事。

相比之下，多木还是喜欢巨太太这样的主顾。

多木根据自己的经验判断，巨太太的先生最少也是个县处级。巨太太家的酒，一概都是五粮液、茅台酒，剑南春这些，或者本地产的枸杞酒和葡萄酒这几样。烟呢，就丰富多了，高中低档都有，软中华、小熊猫、芙蓉王、黑兰州……酒是好酒，烟也是好烟，只可惜买的人不喝，抽的人不买，不知不觉积攒在巨太太家里，在这积攒的过程中，反倒成全了上门回收烟酒的聪明美丽的胡多木。

第一次，巨太太就是按照多木贴在楼梯间的小广告上的电话打过去的。巨太太的声音柔柔的、嫩嫩的，非常好听。多木接起来的时候，还以为对方是个闹着玩的小女孩。再说几句，才知道不是，而是位新主顾。记下地址，约好时间，多木如约去了太白西路的巨府。

跟大多数主顾一样，巨太太约的也是晚饭之后，八点左右。多木判断，在这个时间段，男主人多半还在各种各样的酢酬往来当中，夫人太太们可以从容不迫的方便行事。这样的事，有一个人的兵力已经足矣。多一双眼睛，一张嘴巴，不但累赘，反而徒增尴尬——毕竟都是有身份的人，出售下属或同僚送来的礼品，流传出去，多少有损视听与斯文。而且，这样的事，对买卖双方来说彼此也是心照不宣的。当多木坐在巨太太安静而富丽的客厅里时，她跟往日一样，满脸微笑，轻松自如，落座之后，说我就是小胡，然后不再寒暄，自然而然从手提包里掏出一个粉红色的记事本，一支卡通笔，开始登记烟和酒的品种与数量，显得很专业，业务又很繁忙的样子。巨太太亦不是饶舌的女人，并不追问多木这长那短，打开储藏室，很是配合。多木一眼就看出来，巨太太是第一次出售礼品。她修短合度，脓纤适中，一袭淡粉碎花的家居便服，在柔和的羊皮灯下，一张干净的娃娃脸显得那样单纯幼稚，跟她的声音一样，不藏一点官太太的世故与城府，傲慢与偏见。甚至，还有一丝羞怯与歉意，让游走在权贵之家的多木有种耳目一新的感觉。巨太太

不懂得讨价，也不懂得烟酒的行情，只是一样一样帮着多木整理，打包。多木核算出来的钱数，多少就是多少，巨太太也不懂得用计算器再算上一遍，而且也不懂得现金交易当面点清的路数，一抬手就把钞票搁在茶几上，顺便把茶杯递在多木手上。

真是一个不一样的巨太太。就仿佛铺天盖地的滚滚红尘偏偏没有将她淹没似的。就算是装，也装不出来这么自然，没有痕迹的。况且，她又不是演员。

多木见过的官太太多了。有的，跟在菜市场里一样，跟她搞价还价，可客厅分明不是菜市场呀；有的，手里有事先打印好的烟酒价目单，一样一样跟她对照、比较，唯恐多木沾些便宜，把她蒙在鼓里；还有的，不但要亲自一遍一遍的按计算器，而且还备有简便的验钞器，把开关一开，滑啦啦地点钞，又准又不出差错。从哪里找这么精明能干的贤内助呀！多木总是这样不由自主地感叹着。而且，还有的虽然自觉出售礼品不甚有趣，却偏偏还要端出一付高高在上的姿态来，拿腔拿调，把不卑不亢、大大方方的多木不放在眼里。虽然接触的多半都是大大小小的官宦之家，但是多木给自己定下规矩，绝不依傍他们、有求于彼。回收烟酒就回收烟酒，也是个行当，绝不能趁此机会跟他们有染，求东求西，做没骨气的事。电话打来就上门，言语不逊的，二话不说，掉头就走人，不求他。多木想，说穿了，干咱这一行的，其实是上门给先生太太们解决了部分生活上的难题。有本事自己拎着烟酒去门店里推销呀？就怕她放不下官太太的身价。找自家的亲信去做，更没谱了，没准东西没处理掉呢，流言蜚语就先来了。先生太太们的心思，多木已经揣摩得透透了，谁也别想给多木颜色看。只要不是太刁蛮，能将就过去多木就将就过去，她也是个机灵的女人。再说，有些太太也不容易。有一家，男人在外县做官，家里就像个冷宫，这位太太呢，偏僻又是个病秧子，看样子男人是不怎么待见的，拿卖烟酒的私房钱求医问药，还悄悄帮衬娘家。在外人眼中是“一品夫人”，其实已经不知道是几品了。颜色减退，腰身也没了，养了两只猫，一只狗。有饶舌的近邻见多木不时来这家走动，就会七七八八给她说上一堆，把她当成小区拐角的垃圾筒。

多木再机灵，也有失手赔本的时候。有一家太太，连几箱牛奶也让她来收。正好多木一家都爱喝牛奶，就去了。多木没看仔细，也许看错了日期，也许是官太太做了手脚，回来再看，早已经过期了，害得多木只好拉到一个背静地方，拆开箱子，一瓶一瓶地倒牛奶。总得想法把损失降到最低呀！牛奶坏了，箱子跟瓶子还能卖给收破烂的。像这样的倒霉事，多木一般不会再去找后账，也省下唾沫星子在背后诅咒她。给一报，还一报，老天爷的眼睛睁开着呢。就有一次，多木去了一位胖太太家，临走时，胖太太指着鞋柜子上的一个花篮，说已经枯掉了，麻烦给捎带出去扔了。多木是个喜欢花花草草的女人，就给捎带了出去，但却没舍得扔掉。还开得好好的呢。再说就算是枯了，也还有另一种好看呢。不扔，扔了多可惜！多木把花篮带回家，放在床头柜上，过了很久，还能闻着淡淡的花香。就不知是什么名贵的花，洒了什么牌子的香水。偏偏，妮妮毛手毛脚，把花篮给拆了。这一拆不要紧，竟然拆出一个印着“吉祥如意”的红包来。多木打开一看，了不得，六千六百六！六六大顺，是喜呀！“吉祥如意”，也是喜呀！真是从天上掉下来的喜事！也许今年喜事多多！多木那个乐呀，抱着妮妮使劲亲，夸她是自己的小财神。多木就猜，那位胖太太的老公，一定是个掌大红印的。只有掌大印的，才有可能收到这么贵重的花篮呢。可

是结果呢？这份大礼拐了个弯，竟然送到多木手中来了。

除了太太们，她还见识了形形色色的先生们。有的人家是女人做了官，那么礼品就由官先生来出售打理。在这一点上，大心眼的爷们一点儿不弱于女人。除了跟很多官太太一样精明之外，偶尔还拿荤话来调戏她，就像她多木是洗头房里的女人。逢着多木心情不赖，她也乐得跟他们逗逗嘴皮子，过几招。有什么呢？不就几只撅起蹄子的老骚胡吗？多木又不是没见识过！她所以能记得起谭先生，是因为他跟巨太太一样，跟别的先生太太们有不一样的地方。对这个不一样，多木很感慨的。当然，多木也为巨太太感叹着，都这年月了，怎么还有这么没心没肺的官太太呀！

2

在做这个行当之前，多木在华西医院干了半年鲜花礼品的二道贩子。现在回想起来，那些经历可算是一段实习期。

华西医院是区上的大医院，光是门诊大楼，就有十几层高。每天来看病的人，比树底下的蚂蚁还多。光是挂号，就要排一条长龙。很多人为了看病，往往大清早就要赶到门诊大楼排队。六点半到医院一看，还有五点半就已经来排队的。夏天还好，排在那里，等于歇凉了。冷日子可就遭上罪了。有时候来得太早，门诊部还没开门，就得在铁栏杆外面冻着。医院附近有失地、失业的闲人一看，这里边大有买卖，就熬了白米粥、小米粥、黑米粥，炸了葱花饼、油饼、油条来卖。虽然看似小本生意，实则红火得很。有点资金的呢，就买了门面房，开旅社、饭馆、钟点房，因为有很多患者都是从外县市、甚至是内蒙古、甘肃、陕北一带过来的，病人得吃饭、休息。若是大病，动刀动剪的，得一月两月的住，也是红火生意。没有资金的呢，就租上十来平方的小店，开花店、礼品店，寿衣寿材花圈店，只要跟医院沾上边，仿佛做什么生意都可以赚。因此华西医院那条街道交通不畅，早就小有历史。即便是守着这么一个金窝窝，也不是每个人都能捞到元宝。早先，妮妮爸长禄在南门到华西医院一带打零工，有时候受人之托，也给别人排队挂号，靠辛苦赚点碎银子。后来医院扩建，长禄在工地上干活时，不小心从三楼摔下来，一条胳膊就废了。长禄用一条胳膊，换回来五万块钱，还有一份稳当的差事——给华西医院照看后门。要不是那条胳膊，指着老实巴交的长禄，五年也赚不回这笔钱。那条胳膊对长禄来说，也属多余——长禄跟城门边的大多数男人一样，下不得力气，懒。能换回银子，那条胳膊也算派上了它的用场。

对于眼前的生活，多木也没什么太多想法。靠近城门边，守着孔雀村的几亩闲地，和几间旧房子，就等着官家征占、赔钱。可那是口袋空空时的想法。人可真是奇怪，一旦口袋里有了几万块钱，就有了这样那样的想法。考驾驶证就是其中之一。尽管长禄一万个不同意，多木还是拿定主意报了名，并顺利过了关。还没过半年，学驾驶证的费用就涨到了两千八，多木觉得自己真是有眼光。多木喜欢开车，爽！有朝一日，她梦想自己也能买上一辆。

那时妮妮刚刚送在一家私人幼儿园全托，多木闲不住，就出门找事做。盘来盘去，还是围着医院转圈圈。一来，地点离家近，吃喝方便；二来呢，机会多。多木在住院部各个病房考察一番，觉得回收鲜花礼品是个不错的买卖。不管哪个病房，不管有钱还是没钱人，总有这样那样的礼物，床下塞得满满的。

吃的东西保质期短，箱箱包包往回带又不方便。邻村的琴琴就在医院对面开着一家鲜花礼品店，多木就跟她商量好，可以拿低于批发商的价格给她牛奶、饼干、饮料、礼盒、花篮什么的。还说好，先试试也行，不怕谁亏谁。

多木觉得，医院真是一个再好不过的地方。不管是谁，只要来到医院，都会变得惺惺相惜，同病相怜。他们一起交流看病的体会与心得，互相介绍这个专家那个主任，还有自己的家长里短。三聊两聊，就聊成病友了。当然在他们聊完有关疾病的话题之后，最后总是自然而然会聊到柜子里和床底下的礼品来。聊到这里时，他们就会提起一个叫多木的女人，聪明美丽的多木就可以盛装而出，闪亮登场了。多木的出现，总是很及时，说出的话，也清脆甘甜，一直能说到病人的心窝里。多木就有这样的本事：来探病的亲戚朋友前脚刚走，她后脚就能以一个令双方都满意的价格将病人收到的礼品拿到手，然后那些五颜六色的礼盒就变魔术似的，又从医院病房返回到商店里，被一次又一次地重复出售。这份生意的利润，主要在回收时的价格上。只要回收时价格压得低，那么多木和琴琴的利润空间就很大。特别是花篮。有的病人，有时一天能收到三四只，搞得病房里花团锦簇，五彩缤纷。花儿开得虽好，只可惜落得也快。凡心俗念之人，终究会觉得花篮是华而不实的东西，终究不如倒换出去，补贴伙食用度——毕竟，医院不是福利院，住在那里的人，心里都有各自的一本明细账。多木记得，有一篮配有天堂鸟、平安竹、幸运草、紫玫瑰和康乃馨的大花篮，被她在一天之内回收了三次。多木低价往回收，琴琴高价往出卖，你念我哼，赚下钱平分，就连笨嘴拙舌的长禄，都笑着说她俩是一对黄金搭档。

多木跟琴琴的愉快合作，由于“非典”的降临自然而然画上了句号。

那一年春天，平时人头攒动，盗贼出没的华西医院及其周围，一夜之间变得门可罗雀，鸦雀无声。很多单位和学校都放了假。在医院里，除了重症患者，只要能回家的病人，都回家了。习惯了每天都到住院部考察业务的多木，习惯性地跨进住院部的大门时，突然产生一种强烈的异样与不适。这里太安静、太空旷了，长长的、略显昏暗的走廊里，只能听见自己的高跟鞋发出的清脆的脚步声，总让人觉得是一个幽灵在跟踪她。偶尔有一两个白大褂，捂着口罩从眼前飘然而过，会让多木认为那只不过是一种幻觉。多木拔腿就往出跑。那些她赖以为生的病人、病人家属、以及那些探视病人的人，在那些日子居然都消失得无影无踪。医院对面虽然开着几家店铺门，却没几个买家，琴琴的“朋友商店”也关着门，就仿佛在此之前，她跟琴琴咧着嘴巴，咬着耳朵交流各自生意经的情景只不过是一场梦。

这一年春天给多木留下了难忘的印象。2003年五一那天，多木一家三口去四十里店串亲戚，从起点到终点，一路上除了司机、票员，就只有他们一家三个。在岔路口，他们跟中巴车一起，让蒙面人用消毒水消了一回毒，还测了体温。事情可能比多木想象得要严重。先前，多木觉得，“非典”跟流感差不多，没什么要紧，可是四十里店之行改变了她最初的想法。回来后，她把村部里配发的中草药找出来。当她去南桥市场买砂锅时，才知道在一周以前，用来煎药的砂锅早已经脱销了。

回想起来，那段日子真像是一段零乱而夸张的黑色幽默。好在，一切终于结束了。

从惶惶不安中回过神来，已经过去了好几个月。多木再去

找琴琴时，才知道她已经把“朋友商店”盘给别人了。关于邻村的琴琴，其实多木了解的并不多。多木不是一个东门进，西门出的长脚女人。她跟琴琴一起搭档做买卖，说的也都是生意上的事。琴琴的生意红火得很，家长里短的闲话也没时间跟她扯。琴琴三十出头，中等身材，稍胖，小鼻子花眼睛，一脸精明相。又会拾掇自己，左一件，右一件，三天一换，换着花样穿。一闲下来，就翘起个二郎腿，抽上一根黑雪茄提提神，缓缓吐出几个白茫茫的烟圈。从前面、从背后看上去，那姿势，都有几分美人的意思和味道。

多木问新的店老板，她做得好好的生意，怎么又转出去了？新老板是个大爷们，黑赤赤的大饼脸，蒜头鼻子，五官之间散布着些斑斑点点的痣，仿佛一盘烙糊了的芝麻饼，很搞笑的一张脸。“芝麻饼”说，听说是家里出了些事情。“芝麻饼”心有不甘地补上一句：都说是警察半夜把电话打到家里来，要她去派出所交钱领人——肯定是男人耍小姐耍出了岔子！

多木给琴琴打了几个电话，都是关机。隔几天打，还是关机。这个琴琴！做生意的时候，可看不出来人有这么倔。

四十里店的亲戚们普遍都说城门边上三教九流，五方杂处，风气素来不好，这种龌龊事大概就是其中之一。特别是这几年，这里不是修路，就是扩建，有很多人家专门在自家院子里添砖加瓦，修堂筑室，就等着有朝一日能被征占，好赔上一笔巨款。已经被征占且得了款项的，规矩点的人家，买房、买车，泡澡唱歌，过起有钱人的烧包日子；不规矩的，吃喝嫖赌，无所不为，一年半载就捣烂干的人，也是有的。“芝麻饼”的话，大约是有七分的影子。多木就从心里替琴琴鸣不平。要是多木遇上这样的事，她不一脚把那个骚胡踹了，也要找个白脸相好，一把扯平才算。凭什么长鸡巴的能风流，女人偏偏就不能呢？何况她们自己又不缺鼻子少眼睛，要骨头有骨头，要肉有肉，不比别人短半斤，少八两。但是多木攒了这一肚子的话却说不出来，跟谁说呀？嘴上说不出来，可多木骨头里就是这样一个女人，说软也软，说硬也硬。有一回，在门诊大厅里，多木发现一个小偷正在偷一个女人的钱，手提包已经被拉开，几张红板已经露出来啦。很多人都看见了，可就是没人给那个粗心的女人吭个气儿。人们越是不吭气儿，小偷就越大胆，简直是从自己的荷包里拿钱了。偏偏多木也看见了，多木就急了，一个大步跨过去，死死抓住那个“三只手”。但凡来医院的，包里装的都是救命、救急的钱，来医院里偷钱，真真是坏了良心，遭雷劈的！多木大喊大骂，被偷的女人也回过神来，而且也是个母老虎，两个女人，三下两下，差点就把那个下三烂的贼给撕烂了。真是爽快！

硬起来时，多木就是这样一个硬邦邦的人。

自从离开“芝麻饼”的礼品店以后，多木再也没见过琴琴，不知道她在哪里，在做什么。琴琴就像茫茫人海中的一片树叶，不知飘到哪里去了。

其实，多木完全可以跟“芝麻饼”继续合作下去，可她却失了那份心思。有时候，做与不做一件事情，根本没有什么高深的理由，多木就是喜欢跟琴琴这样精巧利落的女人搭档，琴琴天生就是一个生意人，一言一笑，青葱碧绿，水润圆滑，就像五月的轻风吹在脸上。进了店门的顾客，都会乖乖掏出钱包来，没有一个人空着手出去。跟“芝麻饼”？哪跟哪？谁配谁？

从这份短期工上“退休”后，多木也习惯了用香水。春天白古龙、秋天白古龙，是悄悄跟琴琴学来的。那种若有若无的香气，成为多木偶尔回忆起琴琴的唯一痕迹。是一抹淡淡的、忧伤的痕迹呢。

3

拿出攒在手里的几个钱，多木也开始张罗着在自家的院子里盖房子。孔雀村即将要征占的消息，越来越多了。不用问，这是迟早的事。多木这么打算的时候，村上已经下了死命令，不准再盖房子了。别的村，有盖了一半的，居然都被推倒了。可村民们也有自己的妙计，且实行起来是那么齐心合力，不屈不挠。白天不让盖，就晚上盖。有不少房子，几乎是在一夜之间，就立起个轮廓来。多木家住在村子的狗尾巴上，偏僻。偏有偏的好处。趁着乱，多木家的三间房子也悄悄地、粗枝大叶地盖起来，而且很快就租了出去。对这些事，村上有时也是当猫头鹰，睁只眼闭只眼。庄户人就剩这点地皮了，四道田埂养活几代人呢，保险！占地呢？就算赔些钱，钱到手，饭到口，说捣就能捣下个大窟窿。明着不让盖，就暗地里悄悄地盖，事关每家每户的利益，谁也不会咬谁一口，到村部告状，惹一身骚腥气。

忙起来，多木骑着电动车东跑西颠，风风火火。闲下来，她也能过得有情有调。

在孔雀村，跟多木一般年龄的女人，一捏有一大把，除了伺候男人孩子的一日三餐，就是打打麻将。男人们在城门里边耍大的，点一炮三百块，还要下鱼子，一场下来，输赢最少都是四个车轱辘；女人惜钱，凑在村部瑞雄家的棋牌室里耍小的，消磨时间，改改心慌。心慌是不由人的呢。男人们三天两夜不着家，是常有的事。东门外的大帝王洗浴城，三分之一的客人，都是原先城门外的泥腿子，在那里有吃、有喝、有玩，跟家里没两样。吃吃喝喝倒也罢了，怕就怕屁股后面缠上个小妖精，害得好端端一家人四分五裂。长禄二爹就是个例子。都奔五十的人了，已经当了爷爷，还管不住自己的老二，硬是把家里那个半老婆子离了，重又找了个小的，另起炉灶。那女人跟多木年龄不相上下，可一眼看去就是二手货。不单如此，没出一年，新人还给长禄二爹生了个大胖儿子，比自己的孙子还受宠呢。还有长禄的小姑爹，也是大名鼎鼎，倒是不跟小姑妈提离婚的事，也不在外面下种，可是三天搂个白裙子，两天换个绿袖子，一点不避人耳目，还觉得中了大奖一样满面春风，比起二爹来有过之而无不及。长禄家族的旧闻轶事，在孔雀村是声名远扬的。长辈们之间有了矛盾，一张嘴就能把自己的老先人拎起来操了，小辈们就更不用说。

在孔雀村，没有哪个女人能拍着自己的胸脯说，我不心慌意乱。，没有一个。

孔雀村的女人，每天必去的地方，除了厨房跟卫生间，就是瑞雄的棋牌室和小翠的商店。这是村民们、主要是女人们的文化中心及新闻中心，谁赢了，谁输了，牛肉涨了，鸡蛋跌了，马龙婆姨换了一副黄金手镯子，城门外的一个家具厂失了火，消防队伤了两个人，南门又抓了两个贩毒的马仔……有时候实在无聊不过，比罢脖子上的首饰、身上的衣服、脚下的鞋之后，一堆女人兴致上来，还要浪笑着揭起衣襟，比比自己胸前那两疙瘩肉才算过瘾。

整日里凑在瑞雄的棋牌室里打牌的女人，都是腰包鼓的，还有跑车户的婆姨。谁家里来了亲戚，门口碰上一把锁，只要去棋牌室，准能找到自己要找的人。钱袋子不济的，女人就辛

苦一点，在附近的钢材市场打扫卫生，在国际家私城里卖家具，或者在货运市场接电话，赚点零花钱。堂嫂银花以前就在货运市场的四海信息部接电话，在长禄这边的亲戚里，跟多木可算是一对知冷知热的人。

在多木坐月子的时候，就听说了银花嫂子的事。

在妯娌堆里，银花嫂子是羊群里的骆驼，腿长、臂长，脖子长，怎么坐怎么风情，怎么走怎么好看，从皮子貌相上来挑，再毒的眼光也挑不出来什么毛病。可从骨头里看，一眼就能看穿，她只不过是一个雕了花草的玻璃瓶。

在四海信息部里打工的时候，银花嫂子才三十过半，正是女人最有味道的时候。那时堂哥长海在邻村承包了一栋菜棚种菜，偶尔也进城做点零工。那些年长海的运气真叫背。听人说漳河柳值钱，就把仅有的几亩地全栽上漳河柳，精心收拾，树苗子也长得粗壮茂盛。谁知一连三年无人问津。漳河柳长得硬实、直溜，不用加工，坎倒就是一根好锹把，做拖把木更是没二话。附近的村民，眼窝子浅的，常常顺手坎倒几根，派上这样的用场，害得长海心疼，却抓不住谁的把柄。种上菜，也是。若是长海今年种的是西芹，那么今年最值钱的菜肯定是黄瓜、韭菜、西红柿什么的；一旦长海明年改种了西红柿、黄瓜，那么最便宜的大路菜，也就是这几样。村子里一半的人家都拿着闲钱，在王老三那里放了高利贷赚外快，长海看得眼热，刚一凑个整数放出去，王老三就倒灶了，据说是因为倒卖私车，被收了监。“人倒霉，鬼吹灯”，烂了边的箩筐——提不得！比起别人家，那时候银花嫂子两个人的日子过得还是紧凑。好在他们只有一个女儿，也没有别的负担。

货运市场，合该就是一个风花雪月的地盘。

但凡跑在货运市场的大爷们，多半都是老江湖，走得远，见得多。走到哪里，哪里就是家。半路遇上个合意的，动动心思，舍点钞票，就能睡到一起，做几天露水夫妻。像银花嫂子那样玻璃瓶的女人，在货运市场里讨生活，注定是要碎掉的。

在四海信息部里，就常常来一位大高胖子，脖子上、手指上，都套着金灿灿的黄货。那架势，那规模，一看就是位重量级的老板。大高胖子不单有钱，模样也周正，是很容易叫女人动心的一类品种。大高胖子呢，对银花嫂子显然是用了心思的，更何况他本来就是一个对付女人的武林高手，一来二去，银花嫂子就上了那人的贼船，坏了身子，也坏了名声。长禄弟兄五个，就数长海孬，明明知道银花给自己戴了绿帽子，却连屁也不放一个。

后来银花嫂子对多木说，起初要是长海骂上她几句，打她一顿，也算好了，就不会再发生后来的事。可长海没有。长海的眼睛就跟瞎掉了一样，耳朵呢，就跟聋了一样，他就像个没事人。也许在他眼里，银花就跟圈里的一头母猪没什么两样了。她恨自己，更恨长海！

直到有一天，十五岁的女儿用银花最熟悉的一个手机号码给她发来一个短信，说是跟着郑大哥走了，不要再找她了。这时候，银花嫂子似乎才悟出一点别的味道来，可惜，已经迟了。

这位郑大哥不是别人，就是大高胖子，银花嫂子的那位相好。也许从一开始，大高胖子的心思就不在她这里，而是在那个傻丫头身上。银花记起来，那时候，大高胖子总是开着车，约了她娘儿俩一起出去吃饭、玩、买东西，就仿佛他们是当然的三口之家。当时银花想，这样也好，可以避开别人的眼目，长海那里也说不出什么废话来。银花记得，那个傻丫头是叫他

叔叔的，很是嗲的，现在才觉得，她那种嗲声调里，其实早已经埋藏了不少的险情。最主要的是，这个傻丫头就是花样年华的银花，甚至，比当年的银花还有颜色。

打落牙齿往肚子里咽，抡起左拳打自己的右眼窝。闺女跟着自个的相好跑了，就算银花把自己剁成肉酱，变了人形，一切也是枉然。

从此银花闭口不提那两个人。不回来好，就当她死在外边了。就算回来，娘儿俩谁唱红脸，谁唱白脸，演得究竟是哪出戏呢？就当那个小婊子死了吧。这不是银花对女儿狠，是对自己狠！

长海的眼睛就像是瞎了，耳朵呢，就跟聋掉了一样。长海的头发很快就掉光了，村子里的人都说，看貌相，长海比那个花花肠子的小姑爹还老面。

那已经是很久以前的旧事了。如今妮妮都念六年级了。那是一锅烧开了的水，早已经凉了下来。可多木觉得，在银花心里，那锅水，还是滚烫滚烫的，能伤人的皮肉呢。谁若是无意间在牌桌上说个“一炮双响”或“你的脑子叫狗啃了”这样的话，银花脸上的颜色都会红红白白地变过来，变过去。在孔雀村这一群女人里头，只有多木，常常绕过狗尾巴，到银花嫂子屋里串串，说说话。软起来，多木就是个软绵绵的女人呀！玻璃瓶似的银花已经碎成了烂碴碴，谁还忍心再挑她的毛病，说她的不是？在银花空荡荡的家里，妯娌两个一起绣十字绣：牡丹花、福字、风景。是多木教给银花的。绣这个，不能分一点儿心。绣这个，心静。把那颗乱了方寸的心，一针一线，绣进玫红的花朵，绣进青绿的风景里，日子就过得舒展快溜了。

但多木知道，银花嫂子的心，从来都没有沉静下来。表面上，她的心还在心上，痛痛快快地跳着，可实际上，顺着大河小河，跌跌碰碰地，早已不知漂到哪里去了。在孔雀村，没有哪个女人可以明目张胆地耻笑银花，在一切皆有可能的孔雀村，谁也不知道明天，在她们自己身上，又会发生什么让别人更加耻笑的事情来。这些女人，全都是生活的大海中那些小小的、微弱的浮游物，是有三分清醒，七分苟且的。漂到哪里，就是哪里。粗粗一瞥，谁跟谁都大不一样，细细思量，这一个与那一个却又那么难以区分。

4

节气靠近清明时，地已经占到孔雀村马龙家的田埂上了。

若是在几年前，这个节气，正是孔雀村里最繁忙的时候。天是蓝的，风是香的，田野是绿油油的一片。男人女人就像出了圈的小牛犊子，脚底下都撒着欢儿。可现在，却恰恰相反。男人女人，都刚刚阉过了的样子，懒洋洋的，没一点精神气。清明、惊蛰，雨水什么的，早就从这些庄户人的记忆中日渐模糊、消失了。没有了土地的陪衬，这些诗意的季节，已经失去了当初多姿多彩、水汪汪的灵性，变成无人翻看的日历上那些呆板、了无生机的符号。也许过不了多久，就连孔雀村这个宝蓝色的名字，都会被“阳光花园”或“塞上名居”这样随处可见的字眼取而代之，淹没在城市那副得意洋洋的尊容之中了。

现在，可不能小看马龙家这长满了野草的田埂。如今这四道田埂都值钱。在征地补偿款上，就有沟、渠、路这几项，都要摊在田亩里面核算的。核算出来，就是一笔不少的款项。

孔雀村的人心，在这个金灿灿的消息面前，都蠢蠢动起来。

就连多木，都睡不着觉了。花鸟绣不下去了，麻将也打得心不在肝上，撞到手里的菜都忘了吃。就不知这一回，能不能占到自家的树林子里？一旦征占，可就是中大奖了，至少都要赔上一二百万！这几年城门跟前的百万富翁，都是这么赔地赔出来的。人人都说，城门外边的一个小村长，要比城门里边的大局长都有钱，这绝不是一句虚话。一想起这个庞然的数目字，多木的心就跳得扑腾腾的。

城门边上，一有什么风吹草动的消息，都瞒不过银行和保险公司。这不，一道田埂还没丈量完呢，银行和保险公司的人马就成群结队地开进村了。三天一趟，两天一趟，挂条幅，发广告，拉存款，卖保险。一付不把整个村庄一网打尽，就不肯收兵回营的架势。虽说隔着一道城门，大家都素不相识，可彼此的日子却是一条九连环，是环环相扣的。

长禄二爹最小的女儿长慧就在保险公司，原先见人脸就红，连句囫囵话也不会说，现在可好，那张嘴简直就是双面胶，一开口准定能粘住两个人。孔雀村只要手中有几个闲钱的主，都让长慧那张巧嘴给搜罗了去，做了她的上帝。一年有三季，长慧都是一身蓝西服，冷日子再加一件大红羽绒服，忙跑忙颠的，就像上足了发条的玩具熊。有事情可忙，她看上去倒是比别的女人精神三分。

如今多木身上缺少的，大概就是长慧这种闯荡劲了。想当初，多木也是个不肯认输的人，还敢在医院抓贼、显身手。也就四五年光景，不知怎么就变成这样了。有好几回，多木看见挤在南桥市场里行窃的贼，跟别人一样，都当做没看见，换个方向就走了，当初那份豪情侠义，不经意间就丢掉了。不知道是为什么呢。

一床被子不盖两样人。随着时间的流逝，多木也变成长禄第二了？这样的日子，不会再有多大的改变，是一眼可以看到底的。除了盼着占地的事情能有个眉目，妮妮能考上理想的中学，多木懒得再多想别的事情。也许长慧说得对，她还是应该忙起来，闲着，心都会朽的。

可是从镜子里边打量自己，三十多岁的人了，要文凭没文凭，要年龄没年龄，就算一张脸还算好看，她也不是指靠脸蛋吃饭的女人。马龙婆姨总是打趣多木，你要是到南门外的洗头房里上班，工资肯定能拿头筹。什么人呀？呸！

长慧往自己家里跑了好多次了，要她的身份证、照片。长慧说，凭三嫂子以往的经验，凭你那些大客户，再凭你那张巧嘴儿，你到保险公司，肯定是业务明星！一年赚十来八万，没一点马虎！听长慧那口气，好像保险公司遍地都是金子，只需你弯下腰去捡就是了。多木自己还没表个态度，长禄就先不乐意了。长禄最看不上保险公司的人。整天不着家，东门进，西门出，疯子游街似的，上至白领、经理，下到骑三轮捡破烂的，整个凤凰城里没有她不认识的人。长禄跟他那几个先人一样，说话做事，总带着几分生瓜蛋子气，没有说上三句话，长慧就下不了台啦。不过长慧就是长慧，满脸带笑，不恼不火。过些日子，拎上一箱牛奶，还来。在长慧眼里，多木就像一条大鲶鱼，几时不把她网在网里，几时就不善罢甘休。多木真是服了长慧的好耐性。

聚在瑞雄的棋牌室跟小翠商店里的闲人，背地里也嘲笑长慧，有时候也当着她的面，说几句风凉话，可是长慧一句都不放在心上。转天绕过来，就带来一个意想不到的消息：邻村一个女人喝了农药，在医院洗了一夜肠子，也没洗过来。长慧说，

这女人以前就喝过两回农药，因为农药是假的，都救了回来，偏偏这一回没有救了，可惜！大家七嘴八舌发表高见时，长慧又说，什么也不为什么，要吃有吃，要喝有喝，男人比娃娃还要听话，娃娃比男人还有出息，可就是一个抑郁症，不觉得活人有什么意思。长慧闪巴着一双肉眼皮子，说，什么抑郁症，分明是闲出来的毛病，以前种着十几亩地，苦得跟一头驴的时候，一点儿都不抑郁呢！趁着这一伙人的脑子还没转过弯来，长慧一脚踢响胯下的摩托车，一溜风儿跑了。

也就多木品出来长慧藏在那些话里的一点意思来。在孔雀村，有一半的人都是闲人，就算没闲下来的，过不了多久，也许就会闲下来。一家人老少三代，叔侄姊妹凑在一张桌子上赌钱翻脸的事情，以前就有，以后更是在所难免。先前见不得男人抽烟的女人，自己也抽上了；先前见不得男人唱歌的呢，自己也泡在歌厅里了。知道这里底细的大爷们，见了孔雀村的婆姨，都是要让烟的。脸皮薄的，推说不会；皮厚些的呢，烟衔在嘴里，还说这烟不够档次，不简单。

很多人跟多木一样，在等待占地的过程中，打发着原本忙碌的日子。多木根别人一样，把以后的希望，都寄托在那点地皮跟房子上。有不少人家，在三两年前，就贷款盖了房子，专门等着政府的挖掘机来将它们推倒。给银行倒了三两年的利息，经济上有些吃不消了，还等不来挖掘机的影子，一沾点儿酒，就耍酒疯，骂村干部，骂娘。酒一醒，又变成了龟孙子，臭哑巴。

马龙家的田埂与多木家的隔着两道沟，两道沟中间有一条乡间小路，两大步宽，能通往邻村，也能通往丽景大道，连着城门。现在这条小道寡淡得很。村部前边修了条柏油路，红的绿的直接就进了村子，进城比进自家的屋门还方便。有时候，多木站在孔雀村的狗尾巴上朝那条小道上望去，什么也望不见，有时候能看见长慧那辆红色的摩托车从那里一闪而过，扬起一道灰白色的尘土来。

5

多木有一个明显的感觉：如今生意是越来越难做了。且不说市场竞争本来就颇为激烈，据说，现在人们送礼的方式也有别于往昔。一切都在看涨，人情也是如此。早先两瓶好酒就能办妥的事，现在说不定就有点玄乎。最主要的是，现在人们给权贵送礼都变得很直接，就是钱，中间连个遮羞布都没有了。“烟酒烟酒”，这条官场座右铭已经过于含蓄、曲折啦。

在做活的同时，多木还随时随地在每一个她认为可以的地方贴上她的小广告：“回收烟酒，上门服务”。下面留着她的电话，二十四小时开机，音量调到最大，绝不能停机，而且不论什么时候，挎包里都装着另一块备用电池。就这样全副武装、全力以赴，她的生意还是明显清淡了许多。

有一回，从一个老主顾那里出来，多木看见一张比她的小广告还要醒目的招贴，就贴在她那张旁边，红色的底，字体更大，看上去也更加引人注目。“高价回收各类烟酒，热情上门为您服务”，留的电话号码也很张狂霸道，后面是一连串的8，分明在跟她做着针锋相对的斗争，欺负她。有的，干脆直接把她的小广告盖住，一棍子让她在别人的眼皮子底下消失得干干净净。

多木就是在这样的日子里，常常惦记起来巨太太来，期待着她的电话。多木判定，像巨太太这样没心没肺的女人，认准

了一个，一定不会再找别人来做活儿，她生不出这样的心眼来。可尽管如此，巨太太也好久没给她打电话了。有时她想，跟别的主顾一样，可能巨府现在收的烟酒之类的礼品少了，随行就市，都改成收现金、支票什么的了。有时候看电视或翻报纸，陡然看见一个县长或书记被双规的新闻，多木自然而然会联想到巨太太，是不是巨府也起了风云……多木心上就灰溜溜的，不愿再往下想。在心里，她一点儿也不像周围那些慷慨激昂的人，那么痛恨贪官污吏。照多木看，不管是谁，做了鸡头凤尾，别的会不会不知道，会收礼是地球人都知道的事。半道上白捡一张红板，都要乐半天，何况是别人送到眼皮子底下的油水。若是没有公款吃喝，城门里多少高档酒店都得关门呀！多木心里，一点儿都不希望巨太太、谭先生这样的主顾出什么岔子。没有他们，多木的生意就举步维艰，就得另找吃饭碗了。她已经做了三四年的活儿，跟娘家哥嫂的珍品酒屋合作得很是融洽，再另起炉灶，改弦更张，对多木来说，并不是一件容易的事。

多木也开始盘算起别的生计来。开小馆子、棋牌室、跑出租车……不管干啥，先得有资金打开场，粗粗一算，就是一笔不小的数目。借贷？长禄一千一万个不同意。长禄的口头禅就是“等等，再等等”或“凑合着来，凑合着来”，是孔雀村有名的“再等等”，“穷凑合”。只过今天，不想明日。多木常叹自己没遇上一个有心劲的男人，指望他，是指望公鸡下蛋，母鸡叫鸣。凭靠自己吧，再强的女人也抵不上一条汉，撑死也只是半边天。小姑子长青倒是能干，钢材市场的一半生意都做到她的账本里了。屁股底下压着宝马，手底下使唤着十几号人手，偏偏一个自家人都不用。开口闭口，句句不离一个“钱”字，好像钱才是她的老祖宗。这么能干，照样落不下好。男人也是个吃软饭的主，成天游手好闲，不务正业，不单在外面勾三搭四，还常常伸开两手问长青讨银子，嬉皮笑脸，一付死猪相。拖拖拉拉过了几年，最后还是散伙了，长青典给他一套城门里的三居室，才打发了这条烂脊梁的癞皮狗。长青嘴冷，心也冷，一点不讲亲戚情面。那年长禄摔坏胳膊急用钱时，她倒是大方，出手就是一万整，可借据也是事先写好的，多木在借条上签字时，心里还朝她啐过口水。可事后思谋，还算长青有情义。别的兄弟姊妹，即便是给人家打欠条，人家也未必愿意借给你半个子儿——放出去，还能吃几个利息，借给多木，没账算。明明存折上有，嘴皮子上还要哭穷，说得好像反倒多木应当接济她了。其实也怨不得长青这样做。在孔雀村，借了钱翻脸不认旧账的日赖人，也是有的，兄弟姊妹为钱打官司闹到法院的，亦不在少数。人们似乎觉得，就算最亲近的人，在银子面前，端端是靠不住的。长青虽说早就嫁了出去，可户口还留在娘家，按说征地赔款也有她的份儿。在这个风口浪尖上，几个浪荡哥儿们还没反应过来，一伙妯娌早已经紧密团结起来，连掐带挤，硬是欺负得老爷子把长青的户口迁了出去。少一个人头，就少一项开支，将来分款的时候，大家就可以多一笔进项，更何况长青也不短这几个钱。凭良心说，长青不是根搅屎棍子，是盏省油的灯。毕竟是做大生意的人，在大市面上混，对她们这一伙人的小算盘，心知肚明，只是脸面上装糊涂。长青把户口迁到新买的蓝山名邸——城门里的富人区后，还借这个由头，请这伙一肚子蛔虫的嫂子们在聚富宫吃饭喝酒。酒席间还不说一句无趣的话，只夸嫂子们聪明贤惠、会过日子。一桌子女人脸都喝得泛上酒红色，端端是另一场鸿门宴。

多木也不得不承认，有多少人嚼长青的舌头，包括她自己，

说到底，还是眼红她的财运。长青的洋气究竟要得有多大呢？据说，她在凤凰城街头看上别人穿在身上的一件风衣，一问人家是从大上海买的，搭上飞机就去了上海，就专门为了买一件时髦衣裳。每当长青鼻梁上面架着墨镜，披着染黄的头发，开着宝马回到孔雀村看望老爷子时，一村子的人，尤其是女人，都拿眼角儿瞧她，说什么话的都有。银花嫂子没钱，为了一件一千块钱的大衣，就委屈自己，污了自家的清白，不光跟了大高胖子，还搭上自己的女儿；长青有钱，也脱不掉这样的干系，真是人心难测！

其实，多木从心眼里佩服长青这个人。虽是个小女人，却有大肚量。生意上短她钱款的，依然可以做朋友。不像有些债主，账累到十来八万上，就沉不主气了，动不动就请来黑社会，打打杀杀，搞得生意场就跟屠宰场似的。长青不。长青在酒桌上跟嫂子们说，做大买卖，靠的就是讲信用。多年的客户一旦有账不还，肯定是遇到了难处，不会因为几个银子钱就把多年积累的好信誉给贱卖了，在生意场上，这是比钱更贵重的东西，这样东西丢掉了，买卖也就做到头了。一旦遇到这样的客户，你还得扶他一把，虽说是冒着风险，可一旦他过了这个坎儿，就能把你当成铁子，能为你两肋插刀的。你们信不信，假若这会儿我要提一百万现金，只一两个电话，半小时内就有朋友送上门来，且不算一分钱的利息。能修到这个份上，也有我的不容易呢。长青跟她们一个一个碰杯，像是诉苦，又像是炫耀。生意场上的人，一句话里藏着几句话，真是高深莫测。一桌子青头白面的嫂子们呢，直听得心慌气短，一愣一愣的，就跟长青不是在做买卖，而是在走钢丝，在华山论剑，一步一个险！要么，一剑封喉，要么，一败涂地。换上她们中间任何一个，谁敢端这碗饭？一个不小心，就是好几百万，半个家当就没了呀！一伙哥儿们，都是麻绳上的豆腐，生生提不起来，为了赌桌上百八十块钱的烂账都吃不香，睡不着，倒是长青一个女流之辈，偏偏操起倚天剑、屠龙刀，一路过关斩将，杀到钢材市场上了，还排了个头筹。合该长青就是发大财、走鸿运的人！

多木记得，长禄拿胳膊换来的钱赔下来后，她揣着一万块钱去给小姑子还账。长青把欠条一把撕了，团成一团，扔进垃圾桶里。她只收了多木八千。看多木一头雾水的样子，长青说，那两千呢，一千算是长禄的营养费；另一千，权且是给妮妮的零花钱。在长青面前，多木虽说底气不足，但也好那张面子，说什么也不肯收这份布施，可长青硬是不依。还悄声嘱咐说，别跟再的嫂子们提起，门户大了，她也有她自己的不容易。

临走的时候，多木看见长青办公桌后面的柜子上，也存着些酒，茅台、五粮液、剑南春什么的，让她有一种本能的兴奋与冲动。有一瞬间，她似乎忘了她不是在长青的办公室，而是又坐在巨太太的客厅里了。看着那些久违了的色彩，和熟悉的字迹，多木想起来那些穿梭在大宅门里的美好时光。多木想，那是怎样越来越远的美好时光呀！

银川白

橙子记得很清楚，那天是十二月二十四号，圣诞节前夕。在橙子老家的山坳里，也有几座尖顶的小教堂，每逢圣诞节，橙子也会跟几个小姊妹去堂上看热闹。有教堂，就有两下悠扬的钟声，也会有几点明灭的灯光，伴随着“阿肋路亚……”虔诚的祈祷声，或者几片冰凉的雪花，在大山深处，自有一番银灰色的、寂寞的喜庆。可那是老家，是山里的圣诞节呀，沉静、神秘、甜美，像奶奶藏在窖里的果子。可是橙子的老家还在千里之外，那种果子味似的圣诞节也远在千里之外，橙子怎么够，都够不着。怎么都够不着的时候，橙子才发现，原来，她是想家了。

橙子想回家，却回不了家。

橙子和改转，还有老张、冯家瑞、桂天红他们二十几个人，到圣诞节那天，还没有拿到剩余的工钱。他们都是从一个山坳里出来打工的，虽说不是在一个乡、一个庄点，可一旦离开了黑沟河镇，人不亲，水土却亲。相跟着一起下苦，说着同样的山里话，多少就有些沾亲带故的意思。这二十几个人里头，老张年龄最大，走的地方最多，见多识广，自然就成了这一伙人的主心骨。有个什么大事小情，一伙人都习惯和老张做个商量。老张也衬得起“大哥”这两个字眼儿，谁没钱吃饭了，他掏，二十四十，三十五十，连个字据也不打，还说，吃饱肚子不想家，何况还要下苦力，没得吃怎么成。谁有个头疼脑热，他也惦记着，到街上游浪的时候，顺便就把药片子带回来，有意无意之间，也把“大哥”的感觉、家的感觉给带回来了。

老张是个热闹人，吃得喝得，能说能唱，再苦的日子，只要有老张在，就能把他们住的房子都抬起来，实在红火、过瘾得很。老张常说，一碗碗面条能解乏，一杯杯酒也能解乏呢；唱上个曲曲能解乏，看一眼女人也能解乏呢！说到女人这里，老张就打住了。老张不像冯家瑞、桂天红那几个下三滥，一开口说到女人，就能说到裤裆里去，臊气得很。老张不一样，老张嘴里说起女人的时候，就干净、体面多了，让橙子想起绿绿的香菜、红红的果子什么的，有一种清香、脆甜的味儿。在他们黑沟河镇，女人是骡子，也是马。做重活，受闲气，有时候还三天两头挨打，想哭都没眼泪。黑沟河镇的女人，是咬着牙根过日子的。有咬着牙根子也过不了日子的，就自己把自己吊死在老榆树上了。橙子和改转，下辈子想都不想那样的日子。宜二帅也不想过那样的日子——山里的日子，干瘪、短促、穷气、实在是太憋闷人了。他们给老人留下话，就相跟着走出了苍茫的大山。

宜二帅是橙子的男人，尖嘴猴腮的一个人。改转是二帅的妹子，也是那么个模样。在黑沟河镇，单身的婆姨女子是不兴出门打工的。单身的婆姨女子跟着一帮汉子出门打工，闲话就出来了。能走出大山出门打工，橙子和改转都觉得是沾了宜二帅的光。看二帅的眼神，就有几分羊羔子看主人的眼神。说真的，二帅自己也挺感慨的，爷们啥时间都是爷们，不一

样就是不一样。

临出门，二帅就跟橙子说好了，两个人不在一个工地上干活。为什么呢？就怕在一个工地上干活，干到最后，两个人的工钱都没了着落。现在虽说工钱比从前好要多了，可也得防着些，银子钱是硬头货，紧要三关时，就是把包工头的卵子捩下来，也不顶球事。宜二帅这么一说，橙子和改转就觉得，出门在外，男人究竟是男人，想法多，牢靠。不过橙子一个人的时候，心里还是有几分不开心。别的工地上，一定也有各式各样的女人，宜二帅就不花心么？比她橙子年轻、好看的女人有的是，宜二帅就准保只惦记着她橙子一个么？不一定。

这些念想，橙子不能给二帅言传，一言传，宜二帅肯定会嗤笑她小心眼子，大醋坛子。论吃醋，也该轮上宜二帅，她橙子也是个有模有样的人。在蓝色花园里干活的男人，哪个不有意无意多看她几眼？说几句酸话？橙子就不信，他宜二帅就没有吃过这样的醋。

这些念想，更不能给改转言传。一言传，宜改转肯定暗地里嘲笑她，年轻轻的，就连个男人的心也拴不住，孬货！改转的那张嘴呀，比刀片子都利，划上一下，就是一道血印子。给宜改转言传，当然是自找没面子。橙子不傻，橙子的念想，就是闷在心里面闷烂了，烂成了酒，也不能给改转言传一声。

这些念想，橙子也只能在心里对自己说说，自己给自己宽宽心。橙子分明觉得，男人的心，端端是拴不住的。为什么呢？只要看看在蓝色花园里干活的男人，就知道了。都是有婆姨的人，一看见女人，就邪，就不那么正经。特别是冯家瑞和桂天红，都在红花渠和南门那里嫖过，还说，比一碟子大盘鸡贵不了多少，挺划算的。说得三分假，七分真，把橙子的心搅得乱麻绳子一样。工地上缺料，或者逢着雨天，没活干的时候，橙子就到太阳城去看宜二帅。蓝色花园在兰城城北，太阳城在城南，都是去年新规划的生活小区。橙子去的时候，有时候约上改转，有时候就一个人去。遇上二帅心情好，比如说，买彩票中了五块钱，或者，买可乐拧开一个“再来一瓶”，二帅都会悄悄地、狠狠地掐橙子一把，掐得橙子心惊肉跳的。这就是男人！几天不摸女人，就急猴猴、疯嗤嗤的。二帅狠狠那么一掐，橙子心里就有数、踏实了，就知道宜二帅也想她了。可逢他心情不好，他就烦橙子绕过半个城池来看他，脾气辣辣的，还说橙子是不是也学着城里女人，当纪检委的干部，盯他的梢这样一些伤人心的话，橙子就觉得很难过了。

橙子知道二帅的难心事。

二帅有一个心愿，就是想在兰城能买下一套房子。不大，五六十平方就满足了。可按现在这个房价，他俩熬上半辈子，除掉吃喝也买不起一间卧房的。年年出来苦拼，年头熬到年尾，年年都是在为别人盖楼房，自己的辛苦钱还要不利索，谁心里不憋闷。连着五六年了，橙子和宜二帅都在兰城做活，眼见得这个呆板板、破烂烂的小地方，一天一天长高、变干净，变漂亮，两个人心里也觉得舒畅了。心里舒畅起来，就会有好多梦想，一点一滴的，从骨头缝里，庄稼似的，绿油油地冒出来。手里搂着软绵绵的橙子，宜二帅总会说起他心中那个光荣的梦想。二帅说，他盖了那么多楼，永泰花园、东方嘉园、居安苑、安心花园、荷兰阳光……他最喜欢的，就是安心花园，听着就安心、踏实、牢靠。离家在外，最盼望的，也不过就是这俩字眼儿啦。每每二帅说起安心花园，橙子都要笑话他，明明是安鑫花园，三个金字堆在一起，表示钱多的意思，住的也都是有

钱人，哪里是什么安心花园呀！好歹，橙子还念了个初中毕业；宜二帅呢，连初中的门槛都没进，就放了羊了。这也是橙子最看不上二帅的地方，没文化——不像人家老张。不知怎么，联想到老张的时候，橙子的心慌了一下，伏在二帅胸口的瓜子脸，悄悄地红了。唉，怎么会这样呢？

两个人说起关于房子的事情时，心里还是很抑郁的。这些年来，不少他们的老乡在兰城置了房子，可人家那都是什么角色，本来家底子就厚实，在这里多少还有亲戚朋友帮衬，再加上自己头脑灵活，本分勤快，在兰城买套差不多的房子，也是情理中的事情。还有来此地更早的老乡，从前在城外买的田地、土坯房子，这几年一征占开发，时来运转，一分也是一两套。每每听到谁谁在哪个小区顶了房产，把婆姨娃娃接了过来，二帅都要喝很多酒：红帽子、红衫子的——银川白。一个人，在太阳城空荡荡的水泥汀上，脸喝红了，眼睛也红红的，然后抡起酒瓶，重重砸在水泥汀上，让它们在酡红的夕阳中，碎成一堆白生生、亮晶晶的玻璃碴。二帅身上浓浓的酒气，让靠在他脊背上的橙子，有一种说不出口的、涩涩的难过。

房子，成为橙子和宜二帅在兰城最大的，恐怕也是最难实现的一个梦想了。其实也是一个实在是羞于言传的梦想，有点白日做梦的意思了。

靠在二帅脊背上的橙子，也习惯了喝上几口银川白。这是老乡们最喜欢喝，也是最便宜的酒。红帽子，红衫子：香、辣、硬、暖。

喝上几口银川白，乏气就撵走了。闷气也撵走了，日子也就过去了。

真是好呢！

特别是入冬以后，工地上的活已经收尾，每天都是有一搭没一搭的干些零碎活儿，每天聚在工房里，主要是等着牛飞虎老板给他们发工钱。身子一旦闲下来，感觉不那么累的时候，心呢？很容易就活泛起来。

入冬后的蓝色花园里一片岑寂。昨天，又有一拨来自天水的老乡起身回家了。七八个中年汉子，背着鼓囊囊、沉甸甸的行囊，跟他们打过招呼，在细细的雪花中渐渐走远了。回家的路，多少是沾着几分的喜气。他们都理了头，刮了脸，更换了衣裳。一年半载没回家了，回，总得有个样子。细细的雪花给这些回家的人，很是添了些特别的风味。

贴在窗玻璃上看雪花，也看那些归乡人背影的橙子，心也远了。她已经忘了自己手里还沾着荤油，听见一片爆笑声，才回过神来。该给老张他们几个做晚饭了。

老张他们在商量晚些吃什么。几个人捉老妈子，赢的钱都凑了份子，差改转去买酒——当然还是银川白呀。红帽子，红衫子，香、辣、硬、暖。就上乡巴佬的鸡蛋、鸡爪子，再就上一碟子冷酸菜，喝上几口，美气得很呢！

橙子不知道他们为什么笑，也笑起来，跟着问缘由。几个人都不说，推让了半天，桂天红坏坏地说，商量晚上吃啥呢。橙子就问晚上你们几个想吃啥？吃啥做啥，不是个事呀！橙子看出来老张在给冯家瑞、桂天红和安文强使眼色。老张沙眼，不上工地的时候，老张总是戴一副平光眼镜，那么一戴，就多了几分说不出来的不一样。橙子看见了这个眼色，就说，还想偷偷地吃呀。冯家瑞忍不住了，说他们都想吃橙子呢。橙子刚想说那就差使改转去十字街买呢，忽然就悟出来是这几个人朝

自己使坏，就不言语了。老乡归老乡，亲切归亲切，可分寸还是要把握的，遇上嘴快些的，紧防慢防，已经上了别人的圈套，最后下不了台的，还是自己。遇上皮厚、泼辣些的婆姨女子，倒也没什么相干，可遇上橙子这样的，就要别扭起来。一旦别人开起这样的玩笑，只要二帅不在身边，橙子就不知该怎样应对，才能既不委屈自己，又不开罪闹笑的人。

说到底，橙子虽说是早就过了门的，可各色事情上还是不怎样开窍，手上、脚上都拴了绳索一样，总是一种磕磕绊绊的感觉。橙子觉得，自己始终还是黑沟河镇里原先的那个人，不像别的女子，一结罢婚，甚或一生过孩子，百样事情上都不管不顾的，不光嘴野，腿脚野，甚至连心、连身子都变野了，眼睁睁就不是原先的那个人了。

觉察出几个男人的诡计，橙子就不言语了。不光不言语，脸上颜色也重了三分，像窗外暮色中的雪，冷了。几个男人讪讪的，没意思起来。继续捉老妈子，依旧说说笑笑的，硬是撑起来一个红火而热闹的场面。老张一贯和这几只小公鸡打舌斗嘴，赛吃赛喝，今天更是凑了一份不该凑的热闹，想必也是空得慌了——剥掉衣裳，男人的身子，甚或男人的心，原本就是一般模样的呢！

橙子就觉得自己好生奇怪。为啥就把老张看得跟旁人不一样呢？方才脸色那么重，难道就因为老张也在那个荤腥气的诡计中做了些许手脚，扮了个怪相？难道老张就必须是那个四四方方、端端正正的老张，就不能和冯家瑞他们一样是斜三斜四的一个男人？再说了，老张是一个什么样的人，跟她橙子没有一点点关联，她把脸色放得那么重给谁看呢？她心里烦恼、郁闷什么呢？是因为工钱？十几个人的工钱都在账面上写着呢，又不单她一个人。站在炉灶跟前的橙子，心里委屈得直想掉眼泪，想回家的念头，越发浓了。

恰好宜二帅就进来了。身子后面跟着宜改转。两个人四只手都不闲着，提溜着几袋子吃喝。气氛一下又高涨起来，一伙人都看见了那熟悉的装扮：红帽子、红衫子——端端四瓶子银川白！还有整只的骨里香烧鸡、猪头肉、苹果、胡豆、烤红薯、花生……居然还有三个黄灿灿的香橙子。宜二帅一个劲地吆喝着：喝酒呀，谁不喝谁是驴！宜改转那个转脑子，跟在二帅后面笑得呱呱鸡一样。怎么能笑得出来？从这个工地转到那个工地上的宜二帅，眼睁睁就由羊倌变成了屠户，还不嫌丢丑呀！橙子觉得，对于自己的男人，她越来越有意见、有看法了。

喝到最后，橙子才发现，原来这一群人里头，竟然没有一个是有量的。平时他们喝酒，只不过是小口、小口的抿着，一句、一句的拉话，半截、半截的吃烟，有七分节制的意思。可在这个平安夜的晚上，加上照看工地的曹老头，老嫩六个爷们，两瓶酒方下肚，一个一个舌头就大了，嘴上原先把门的就撤到肚子里，顺着酒水往下溜了。

冯家瑞说，阿兰店里，那个小婆姨生意做得活套呀，贱卖不赊的，可究竟磨不过我，最后还是赊了我五十块钱的东西：鞋垫、麻籽、手套、棒棒油、方便面……这些日子，走哪里我都得绕几个弯，怕从阿兰店门口过。牛老板不发工钱，我也清不了账，小婆姨准是在天天咒我！眼看就到元旦了，小年呢，我也怕人咒。

短下别人的钱，按说是占了便宜，可冯家瑞却是一副愁眉苦脸的样子。

桂天红吐着烟圈子说，我还缺德，夏天，给十一号楼下管

子时，把三单元的管子里塞了块石头！下管子那些天，牛老板的侄子赌输了钱，祖宗八辈地操，净拿人出气。恨恨地，就把石头塞到下水管子里了。三单元都是一百多平方，都是有钱的主，谁叫他们欺负我？我也会欺负他们。在桂天红脑子里，只把人分成两种：一种是男人和女人；另一种是有钱人和没钱人。说到这里，桂天红还有些得意。曹老头一边吃烟一边摇头。曹老头花五毛钱买一个生字本，撕一张卷上老家的烟叶子，就抽得有滋有味。可姜是老的辣！橙子知道曹老头曾悄悄拿工地上的散钢筋、电绳子什么的到阿兰店里换酒喝了。没有菜，能行；没有银川白，老头下不了饭，也守不了夜。看着曹老头眯缝着眼窝对那两个人劝善，橙子想笑又不便笑：这才是个不露相的真人。

老张坐在那里，倒是稳稳当当的，可惜已经上脸了，连脖子根都是红的。连钱带酒，老张今天是个大输家。橙子猜，老张会叨咕些啥呢？隔三岔五在阿兰店里打长途电话的，就是老张。老张跟藏在黑沟河镇里的婆姨，仿佛一对蜜罐子。三天，准定不会超过三天，老张就要给他婆姨打电话，一打就是十几二十分钟。听改转说，老张每个月的电话费，就得一二百，少了这个数目字就出不来。橙子想，莫不是老张婆姨是个病美人，叫他走这么远，还这么记挂着。也难说，山沟沟里也出美人呢。听奶奶说，黑沟河镇的女子，也曾被朝廷选了去的。这么一想，橙子心里就对老张生出一些敬意。女人对那些善待老婆的男人，总是会生出这样那样的敬意来。同样离开家乡，同样的肉身子骨，同样的二百块钱，搁给冯家瑞那等货色，不是灌了马尿，就是嫖了女人；可搁给老张，人家就全换成声音，换成平安，给老家带回去了。橙子是个有念想的人。就想，老张电话打回去的时候，也许黑沟河正下雨着。也许那个恹恹的病美人，正寂寞着。老家的雨水少，也许并没有雨，风却呼呼地刮着，碎胆子的美人呢？左手一个，右手一个，搂着家雀似的崽娃，也许正在灯下等着什么……电话就响了，顺着风儿，老张就款款地回来了——橙子心里一片水汪汪的！

听改转说，有一回在阿兰店里，不知遇上几辈子不遇的难心事，老张打电话的时候，竟然落泪了！那么大个男人，当着众人的面，眼泪长长一串子淌在糙皮脸面上，让人心里怪不是滋味的。阿兰眼皮子软，见老张那般模样，眼圈也红起来。在众人面前能说能唱、有钢骨的汉子，原来还是这样一个软绵的人，橙子的心里真的一片水汪汪的了。

在橙子的印象中，老张第一次输这么多酒，脸第一次红到脖子根。也是第一次舌头有些大，花儿唱得拐到了东山上，飘在了云彩上，走了调门，从宁夏川走到了青海边。

四瓶子银川白就空了。

红帽子，红衫子。多亏有了银川白呀！

这最便宜的酒，着实便宜了宜改转。烧鸡、卤肉、花生……没心没肺的改转挨个吃了个香。

橙子吃了个橙子。有点甜，又泛点酸。不知为什么，橙子好想避开他们这一伙人，哭上一场。

二帅的耳朵就是尖。二帅说，听！谁家在放红鞭，五百响呢。一伙人就静下来，听。

果然，传来一阵隐约的炮仗声，好像是银河路那边，中恒花园里放起来的。准定是谁家迁了新居，放喜炮呢。别人家的

喜事，在这个圣诞节的晚上，恰好点燃了远离故乡的宜二帅的心。其实，人人都不过是包裹了一层琉璃的纸呀！说多软就有多软，说碎就一把揉碎了。

宜二帅心里，有一种说不出的难过！他只有借着酒劲，才能让自己变得平静、麻木一点。还是自己有先见。今年这个工地上拖上点工钱，明年那个工地上拖上点工钱，谁也说不准的事。他和橙子、改转分开揽工，好处还是明显的。今年太阳城的工钱早早就结清了。二帅的行囊早就挪到蓝色花园来，就等着跟橙子一起回家了。家，实在是一个奇怪的所在。在家的时候，总想离开；一旦离开，又想着回去。家究竟好在哪里，宜二帅还真说不上多少。有时候宜二帅假想，要是这个冬天不回家，就和橙子窝在兰城这个蓝色花园的工房里过一个年，会怎样？这么谋虑的时候，宜二帅竟然有一种孤单和伤感慢慢涌起来。从他们黑沟河村出去揽工的人，不论多迟，过年是一定要赶回去的，不回去，便会有一些枉然，就仿佛白白在外游浪了一年。二帅没有心思在酒后跟老乡们敞开心扉，说他除了在太阳城揽工，还隔三岔五叨空给来自四川、武汉的包工头做小工的事情。在外揽工，肥土是一把，瘦土也是一把，多赚一份算一份，他总不会除了做苦力，就真是来这里和橙子去逛欣兰广场和兰山公园的吧！兰城是好，可不属于他和橙子。他宜二帅嘴上虽说变成了个屠户，可心里面还是那个羊倌。在心里，他还残存着那个美美的梦想，尽管橙子并不知道。可二帅没有说这些的心思！他不知道该怎么把刚才在十字街口听到的消息捎给他的老乡。

牛飞虎牛老板在沿山路上出了车祸。大三菱都瘪塌了，可想那尊肉身子会变成什么样子。这就是说，老张、橙子他们这一伙人算是白等了一回。三天前牛老板已经拍着厚实的胸脯给他们保证：元旦前肯定能结账、回家！不耽误过年！牛老板拍着胸脯这么说的时候，还给他们留下了几瓶子酒，有老银川、金银川，还有最便宜的银川白。牛老板一向说话算话，不蒙人的。这一回却不由自己，把这一伙人哄下了！这一伙人，天天晚上一瓶子银川白，一口一口咂着，抿着，等。等。

红帽子，红衫子。香、辣、硬、暖。多亏有了银川白呀！喝上一口，就没有过不去的坎。

工房里就像刚才听喜炮声一样，一伙人都静了下来。已经没有那透着喜气的鞭炮声了，四周很安静，细细的雪花，给每个异乡人的心上，落上一层银灰色的白。

三丁湖

三丁湖，乍一听上去是一片湖泊，其实它是由大大小小的鱼池连接而成，中间藕断丝连地分布着些小的湖泊。它位于兰城常信乡的丁义、丁北和丁南三村交界，故而被称作三丁湖，水域面积大概三万余亩。不过在看鱼人连山眼里，三丁湖究竟还另有些来历。多嘴多舌的连山给瞎了一只眼睛的黑翠瞎编了一段，说明明是三个叫丁义、丁南和丁北的爷们，喝了血酒，点了香烛，拜了把子，说好了不分穷富，不论贵贱，一辈子不分开。三个人死了以后，就变成了这一片打断骨头连着筋的湖水。连山一边抿着老银川，一边睨视着黑翠说，你要是能变成那些青桩鸟、野鸭子和斑头雁什么的，从三丁湖上面飞上一圈，就能看出来它的底细，怎么看都是仨爷们的样子，到死都是那么讲义气。

每当多嘴多舌的连山这样瞎编胡喧的时候，黑翠总是忍不住用剩下的一只眼狠狠的剜连山一眼——油嘴皮子，没出息的货。可连山一向是不会恼的，他喜欢黑翠用剩余的一只眼睛剜他，就像从前在做一个俏艳的鬼脸一样。别看黑翠只剩一只眼了，可她先前的样子，早就刻在连山的心窝子上了。

连山骨头里面就是个善良的人，和堂哥少山一点儿都不像。三丁湖就是由堂哥少山承包养了鱼。堂嫂刚刚四十，一只奶就被医生切掉了，从医院里回来，堂哥再也没有和堂嫂在一间屋子里睡过觉。早先没害病的时候，人送她一个外号叫“大灯”，说她那对奶子，至少会有四百瓦。每逢夏天，附近一伙婆姨在湖里耍水的时候，都要一起比比胸前那堆玩意儿，谁也比不过堂嫂的肥、白、美。比不过的时候，一伙女人就笑堂嫂，准定是少山那个骚胡夜里摸得勤。早先没害病的时候，要有哪个女人胆敢给堂哥骚情打个电话，堂嫂一把就将手机扔到三丁湖里去了，眼皮子都不眨一下，凭那对四百瓦的大灯，她底气足着呢！

那时候堂嫂正是一枝花的年纪，正像老人们说的那样，是一条拴狗的绳子，把堂哥那条野狗紧紧拴在自己的红腰带上了。那时候堂哥就像是堂嫂的命，堂嫂就像是堂哥的命，“婆姨汉子，香油罐子”，他们那种掐哥哥、抱姐姐的骚情样儿，就连三丁湖里的浪鱼儿都浪不过。

自从堂嫂从医院里回来，堂哥少山再也没有在堂嫂的屋里睡过觉。跟堂嫂一起在湖里耍过水的那些女人来看她，一个个都成了急哑巴，见到堂嫂不知该说些什么话。像胃疼啊、胆囊手术、阑尾炎什么的，有劝法，可是那样一对宝贝生生剐掉了一只，叫人怎么张口劝，想想都觉得惨兮得慌。在湖边一起耍水，叫她“大灯”的开心日子，说没就没了。黑翠看过堂嫂，回来对连山说，堂嫂那个女人可真是不一般，一屋子女人都哑巴了，只有她不哑。她说，往后谁也不要说少山什么坏话，再叫我听见就没有好的，咱们就一起到三丁湖里做水鬼去……要是咱们汉子胯子下面那半截小肠子没了，你见了驴那玩意儿怕是都要发情呢！堂嫂的话儿简直就是半面锣鼓，敲打得一屋子女人都噤了声。堂嫂说话干脆利索，一点不像得了癌的人，反倒是来

看她的人，一个个显得病怏怏的。

连山就觉得堂嫂实在是个大气的女人，在三丁湖边或许再也找不出第二个来。一个人看鱼的时候，连山常常会想起堂嫂，也会想起堂哥。一个妇道人家都那么仁义，一个男人家反倒矮了下去，真是羞先人呢；堂嫂落了难，堂哥不但不伸手，还借势推了一把，领着小婊子住野店，真是个小人呢，跟不隔一张纸的兄弟连山一点儿都不像。

黑翠右眼没瞎前，也是三丁湖边的一枝花。人都说一白遮十丑，可是黑翠，就好看在那“黑”上了，肉皮子黑得匀称，黑得细致、光滑。先前瘦的时候，像一条小鲶鱼，现在胖了，象一鼎黑陶罐子——怎么看都透着几分的翠气，连山打心眼里喜爱这个黑不溜秋的女人：简单、厚道，跟谁都处得和和气气，对谁都是一副菩萨心肠。看鱼的老光棍的衣裳被褥，常年都是黑翠给洗，洗净了晾在湖风里，红一团绿一团的飘着；逢年过节的酒肉，一定都有老光棍的一份。老光棍临死的时候，嘴里念的全是“阿弥陀佛”，就是连山这样的硬汉，眼睛都湿了。这么好的一个女人，到他连山手里，就遭了灾祸。

三丁湖里的鱼儿不会说话，连山看鱼的日子实在是枯寂的。枯寂的时候，多嘴多舌的连山就给黑翠瞎编一段。连山抿上一口老银川，说这湖边的日怪事就是多呢！看鱼的老瘸子，还有那个小山汉，硬说是三丁湖边来了狼，不是一只，是三四只！老辈子人不是都说狼行成双么？说得眼睁睁地，就跟狼群就在我们家门前一样。那个瘸腿烂鸭子那么一吵吵，森林派出所的老所长就带着一帮人马来了，说是从市里请来的专家，专门来做鉴定的。嘿，三丁湖边可是热闹了几天，都撵着来看狼。连山对黑翠说，你仔细看过车牌号没？净是三个8、四个6、五个9的，都是有来历的人物。狼心狗肺的人到处都是，还说没见过狼，真是吃饱了撑的。

三丁湖里的鱼儿不会说话，这些消息都是连山无聊，自己瞎编的，可黑翠偏偏就信了真，当真跑到老瘸子看鱼的那片湖上看热闹，回来的路上崴了脚。崴了脚算什么，在草湾子那里，黑翠捡了个大便宜——她发现了四个野鸭蛋。

黑翠爱赶热闹，湖上没什么热闹，只要有个什么风吹草动的消息，她都要去瞧一瞧，看一看，回来悄悄和连山评一评，乐一乐。只要黑翠高兴，连山也就高兴，黑翠不高兴，连山就会想着法儿让她高兴。多嘴多舌的连山一边抿着老银川，一边顺嘴给黑翠瞎编一段：月亮满的晚上，白鹤就会来三丁湖的，白鹤是大修行的，就喜欢安静的湖水，能见着它，就能得着吉祥：早生贵子，金榜题名、洞房花烛、财源滚滚……美着呢！连山说着说着已经有些昏昏欲睡了，黑翠便会踩着白洼洼的月光去湖边浪一浪，看一看。黑翠墙头贴的年画上面，就有一只白鹤，枕巾和床单上面，也都有一只白鹤。要是能亲眼见上一只，说不准今年的鱼价真能涨起来。鱼价涨起来，少山的腰包就会鼓了，那么连山的腰包也会鼓一点吧？水涨船高嘛。飘在月光下的黑翠心里想得美滋滋的，黑翠就是这么个女人。

以后每逢着老历十五，月亮满满的时候，黑翠都要有意无意在湖边浪上一阵，连山总是笑她笨，要是被人贩子拐了去，帮人家数钱的也还是她。黑翠就不那么想，万一真的哪天白鹤飞来了呢？遇上了算运气，遇不上就遇不上了，反正月亮满的时候，湖水也碎银子似的好看，湖边的芦苇跟白天一点都不一样，梳了头，化了妆似的。见她每每披着白洼洼的月光回来，

嘴上都哼着小曲，连山就由着她去——只要黑翠高兴，连山比她还要高兴。

月亮总是很快就圆满了。不过那晚是一轮冷冰冰的月，农历十一月了。

黑翠都穿上毛线衣了，还在外面套了呢子外套。湖上的风硬了，冷了许多。那件呢子外套，还是堂嫂赏给的，旧了，可色还正，暗绿颜色，配上黑不溜秋的黑翠，简直是一鼎釉彩的大肚子花瓶。连山抿着老银川说，别犯傻了，什么节气了，雁都飞走了，哪里有什么白鹤！浪上一圈，弄不好感冒了，驴钱不够马钱的，还不如美美睡上一觉。连山所说的美美地睡一觉，有耍骚的意思在里面呢。黑翠也想听连山的，何况她也喝了几口，有点头重脚轻，心里有些着火的样子。黑翠心里也想着美美睡上一觉，可脚片子到底还是跟着月光闪出去了，仿佛月亮有嘴，一遍一遍叫着她的名字；而月光仿佛也有手，牵着她拽着她似的。朦胧中，黑翠仿佛听见有大鸟扑翅的声音，刷拉，刷拉……眼前白花花的，莫不是那吉祥鸟真的就来了呢？……那天晚上黑翠可没有哼着小曲回来，她头重脚轻的不小心摔倒了，芦苇扎进右眼睛里了。深秋的芦苇，硬铮铮的，不比刀啊剑的差到哪里去。

黑翠的眼睛就惨了。

从那以后，连山就成了黑翠的右眼。

连山觉得，都是因为自己嘴巴不值钱，多嘴多舌，闪得黑翠不单崴了脚，还瞎了一只眼，一想起来，他就心疼、后悔得慌。可是黑翠先前的样子，早就刻在连山的心窝子上，抹也抹不掉了。狗改不了吃屎的连山抿着老银川的时候，总是真真假假给黑翠再瞎编一段。连山觉得，他跟黑翠修来的，福也好，祸也好，就是这嘴皮上的缘分。连山说，三丁湖边，多的是青桩鸟、野鸭子和斑头雁，白鹤呢，人人听过，人人没见过。有一年秋天，咳，也是深秋，芦苇花都白了，在月亮地里，果然就来了那么一只。有句话不是说癞蛤蟆总想吃天鹅肉吗？看鱼的河南侉子就生着法子把那白鸟儿网住，炖着吃了。老所长带着人马赶来了，河南人死不承认，老所长逮不住什么把柄，就收兵回营了。可是老瘸子说，河南人并没有吃掉它，也许是舍不得吃，也许是没胆子吃——250块钱，把那白鹤卖掉了。

连山抿着老银川对黑翠说，你猜怎么？河南人前脚刚卖掉白鹤，后脚就栽了个大跟头，摔得鼻青脸肿，简直没有人能认出他来。跟着他就打针吃药，消炎止痛。你猜怎么，后来他自个躲在被窝里仔细一盘算，针钱药钱跑路钱加起来，不多不少，刚刚250块钱！欺负什么，也不能欺负白鸟，白鸟贵气得很。黑翠听了就哗啦啦地笑，笑连山，也笑那个二百五的河南人。一只眼睛的黑翠笑的时候，连山心里又高兴又难过，给人的感觉像是醉了一样——连山的酒量，真是说没就没了。

从那以后，在三丁湖上，连山和黑翠进出就双双对对的了，像极了黄昏时低低掠过湖水的那些苍灰色的倦鸟。两只眼的黑翠都崴了脚，伤了眼睛，一只眼的黑翠连山就更放心不下让她一个人满湖乱跑，湖上的乱子，真的是越来越多了。连着三四年了，鱼价一直都涨不上来，堂哥少山的脾气越来越大，越来越怪，像只疯狗，见谁咬谁，对不隔一张纸的兄弟连山也不例外。老瘸子、小山汉，还有河南人，都不想在三丁湖上看鱼了。他们只是在心里悄悄这么想一想，并不敢把实心话说到桌面上，要是那么一说，少山肯定痛痛快快就答应了，然后吊着黄黄的

大南瓜脸，一人扣掉他们三个月的工钱。做这样的事，对少山来说就像捏死一个大蚊子一样简单。堂哥少山的心肠，就像深秋的芦苇一样坚硬，能伤人呢。

三丁湖里的鱼儿不值钱了，少山到底听了那个小婊子的话，在三丁湖边也搭起了好多大草帽似的凉棚，在通往三丁湖的柏油路口，立了一块“农家乐”的大木牌子，上面还画了一个青蛇一样的黑箭头。这个木牌子哨兵似地往那儿一站，渐渐地，三丁湖就有三三两两的闲人的影子了。说起来，三丁湖在兰城这地方，地处偏鄙，实在没有什么名气，平时除了连山他们几个看鱼的人，丁义、丁南、丁北三个村子里的人都很少串过来。可是渐渐的，三丁湖边热闹起来了。有摩托车，也有小轿车，有男人，也有女人，一个个戴着长舌帽、黑墨镜，背着照相机，一看就是从城里来的客。

时隔不久，连山、堂嫂、黑翠、老瘸子、小山汉、河南人他们，第一次在三丁湖边听到了枪声。枪声响过之后，三丁湖上就热闹起来，青桩鸟、野鸭子还有斑头雁，呼啦啦飞起一大片，半扇湖面到处都是鸟的影子。也就是枪声响过之后，连山才知道，原来三丁湖里竟然藏着这么多的鸟儿，从前他怎么就没发现呢？多嘴多舌的连山抿着老银川，不失时机地给黑翠又编了一段。连山说，你知道那放枪的人是谁？是区上一个大户人家的太岁来打猎的。别说是护林员，就是森林派出所的老所长来了，也是干球蛋。老所长赶来后，看见三个便衣样的人，开着一辆红色的呱呱车把那个肥头大耳的家伙接走了，那种点头哈腰的样子，就像那个龟孙子给咱们立了个三等功。连山说着说着动了气，一动气就咳嗽起来。这时候黑翠就哗啦啦地笑，笑那个肥头大耳的龟孙子，也笑连山：好端端的，嗓子眼儿却一年不如一年了。

来三丁湖找乐子的人都称呼堂哥少山张老板，称呼堂嫂老板娘，谁也不把那个青头粉面的小婊子放在眼里。现在的人真是好眼力，一眼就看出来跟在少山屁股后面青头粉面的这是个“小”，是个野的。有一次这个小的听人们说起堂嫂往三丁湖里扔手机的美丽往事，也学这个时髦，吃了干醋，把少山的手机扔到湖里去了。不承想少山当着众人的面，噼里啪啦甩给她几个大耳光。没名没分的粉头，跟正房怎么比？不吃耳光才是怪事情。三丁湖边的人都知道，生牛皮少山这么多年来，从来没有指过堂嫂一指头，没有对堂嫂重声重气地说过话。知情的人说，其实少山的心里也苦着呢，就是说不出来。那小的就是小的，就是没个做派，挨了耳光，又是作，又是闹，不是众人挡得快，差点儿跳了三丁湖。这湖上的乱子，真是越来越多了。连山对黑翠说，那个小婊子就是跳了湖也是白跳，堂哥少山的眼皮子都不会给她眨一下。少山的心是深秋的芦苇，硬铮铮的，遇上谁伤谁，娘胎里带来的，没办法呢。连山趴在黑翠耳边说，你仔细看看，来三丁湖的客人里头，钓鱼的不多，钓人的不少。黑翠就认认真真地东看看，西看看，在那些大草帽似的草棚子底下，果真就看出点什么破绽来了，咳，真是说不出口来的事呢！

连山以为，黑翠剩了一只眼睛，就不会再赶在月亮圆满的夜晚，去等也许会来，也许永远也不会来的白鹤了。可是黑翠得了理似的，不单自己依然要去，还要她的“右眼”也去等，也去看，像是跟那鸟儿在月光里悄悄订下了什么章法一样。月

亮圆满的晚上，两个人的影子在湖边显得格外清晰，刷拉刷拉的脚步声，让人觉得三丁湖是那么神秘、遥远。湖里的鱼儿都睡着了，不知明年自己能卖个什么好价钱，是涨、还是跌。在月光里，连山觉得，他和鱼儿的心是连在一起的，和黑翠的心，也是连在一起的，这个念头让连山的心里暖烘烘的。

有好几次，连山和黑翠都看见了堂嫂。在月亮地里，堂嫂一个人在湖边慢慢浪着，也像在等着什么好消息，等着什么好心人一样。每当这时候，连山和黑翠就悄悄避开了。他们知道堂嫂不单是个义气的女人，还是个硬气、有钢骨的女人，在三丁湖边，再也没有第二个了。

秋天又悄悄来到了三丁湖畔。

一到秋天，满湖的野鸭子又肥又美，被那个青蛇般的黑箭头引来的人里头，小眼睛的人多着呢！盯个空子就想打它们的主意。捕到鸭子，自己吃到肚子里头的少，多数人还是把鸭子卖给城里的饭馆，换了酒钱。连山抿着老银川，对黑翠说，咱们三丁湖当地人都是老九的儿子——老十（实），一只鸭子出手才卖十几二十块，还要冒着风险，所以就没人做这偷偷摸摸的买卖。外省的侉子就不一样，心就歹得很。特别是那些浙江过来的，人也贼得很，一只鸭子能卖七八十。连山对黑翠说，你知道不？有两个浙江来的老侉子，蓄意养了几只野鸭子，在三丁湖上布下阵来。养乖了那些鸭子一叫，天上的，芦苇里的野鸭子呼啦啦就落下一大片，一落下来，就被老侉子收进事先张好的大网子里了。好我的姐姐，总共二百多只，二八一十六，就这么一网子，就是一千六百多块！连山一说起来就动了气，一动气就禁不住咳嗽起来。黑翠觉得，自从当了自己的右眼，连山一天天的见老了，芦苇花还没白，他的头发就白了不少。连山咳掉一口痰说，老侉子天算不如人算，那俩挨宰货高兴得早了点，野鸭子还没收拾利落，老所长接到报案就带着人马来了，正抓了个现行。连山说，这个可不是我瞎编的，一次捕这么多野鸭子，我也是头一回见，还上了电视，三丁湖的人都看见了，老所长还在电视上面说了话，牛得很。连山叹着气说，到明年秋天，这里的野鸭子一定少掉很多，别看它们只不过是些鸟儿，也有灵性呢。人欺负它们，它们照样也知道避一避，挪个地方活。连山说，可惜得很呀！等老所长他们赶来时，二百多只鸭子几乎都闷死了，没死的就放生了，死了的，就找个地方埋了。听人说，还有人趁着人不注意，悄悄顺手私藏了几只，炖着、红烧着吃了——野鸭子的味道，佘得很呢！

来过三丁湖边的客人们听说，在月亮圆满的夜晚，会有大修行的白鹤飞来，但他们只是听说，谁都没有见过。从连山嘴里，人们对瞎了一只眼的黑翠，有一种说不出来的敬意。人们觉得，黑翠一定已经见过那吉祥鸟了，虽说她的右眼没了，可连山不就是她的右眼吗？在三丁湖畔，双进双出的连山和黑翠，像极了黄昏时低低飞过水面的苍灰色的倦鸟。客人们都说，明年，鱼价一定能涨起来的，到那时，三丁湖边就更热闹了

一到晚秋，其实三丁湖颇有些“水深激激，蒲苇冥冥”的苍茫。特别是在芦花飞白的季节，夕阳西下的时候，三丁湖的湖水，毛绒绒的芦花，还有那些神出鬼没的野鸭、斑头雁什么的，都被那轮落日染红了。晚风吹来，在那些摇曳起伏的翡翠红里，就满是秋的意思和味道了。三丁湖的秋天，总是有一种说不出来的寂寂的、野野的美。

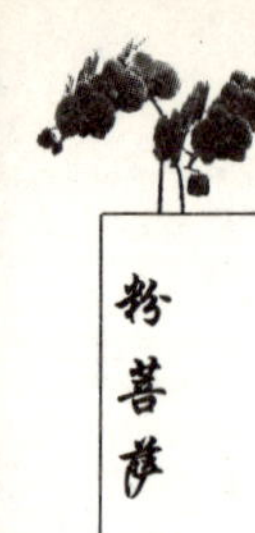

春 风

三月三，桃花红。四月四，艾草青。一过四月四，太子渠里就放春水了。上游满达桥水管所的那个铁闸门一提，干涸了一冬的汉延渠、唐徕渠、太子渠里，就哗哗哗淌满了黄河水。不知是因为桃花红了，艾草青了，还是因为燕子叫了，柳絮儿白了——反正，一渠春水就相跟着哗哗哗地来了，不早也不迟。一个热闹而和煦的春天总是这样，冷不丁地就闯进了天佑的怀里，仿佛一个冒冒失失、披红挂绿的碎女子。

春天可不就是一个冒冒失失、披红挂绿的碎女子，水嫩得很呢。

天佑坐在太子渠的渠塄上，抽着黑棒子的、便宜的三游洞，眯着眼睛看着绿蒙蒙的远方。放羊的天成也抽这种黑棒子的便宜烟，三块五一条，呛是呛了点，苦也苦了点，可搭在嘴上改一改心慌，还真是实惠。下苦的人，只要抽上一根又呛又苦的三游洞，好像自己一肚子的苦水就有了着落，心上舒坦得很，慢慢就会有瘾的。一根呛人的黑棒子抽完了，天佑才把目光款款地收回来，落在黄泥色的渠水里。渠水静静地流着，水面上漂着枯树枝、烂塑料盆、饮料瓶子什么的，随着水势一起一伏，从眼前流过，流向远方。渠边的蒲草、芦苇已经睁开眼睛，从紫褐色的淤泥里冒出来一点点浅绿的芽茎，仿佛才刚刚从睡梦中睡醒过来。这些靠水活命的生灵，只要听到汩汩的流水声，就会一天一天地泛起勃勃生机。天佑知道，地里生长出来的一切：草呀花呀、树呀庄稼呀，都有自己的耳朵，都不聋着。这些有耳朵的东西，只要一听见春天的风声、水声，就削尖了脑袋往出钻，由也由不住自己的性子，把整个太子渠两边点染得一片青翠，深深浅浅的。

只可惜呀，这是天佑最后一次坐在太子渠畔，眯着老沙眼，看一看这相伴了几十年的春天了。明年一开春，这里就会变成一个巨大的建筑工地，然后就会按照人们传说的那样，变成歌兰城里最高档的别墅区。在那个将会被叫做蓝湾的楼盘里，卵蛋大小的一片窝窝，就能抵得上天成的十只绵羯羊呢。天佑一想到自己裤裆里面那两颗皱巴巴的卵蛋，再想一想天成圈里那些肥嘟嘟的绵羯羊，心里就紧绷、疼痛得慌。天爷爷呢！如今歌兰城里的一套房，能抵过人的一条命呢。天佑不去想这个理，也不愿向明白人问个究竟。眼看着邻村的沟渠、村道、田地都让地桩给圈了起来，眼看着橘红色、明黄色的大老吊一个一个在眼皮子底下竖起来，一步一步向太子渠这里逼近，谁能抵挡得住？从南到北，从东到西，歌兰小城周围的村庄都成了案板上的五花肉，被一把亮闪闪的砍刀一刀、一刀地切碎了，剁得没了踪影。那些巨大的、铁蜻蜓似的大老吊，一口一口，一寸一寸地吞噬着这片肥沃的土地。原先抗锹拿锄头的庄户人，摇身一变，就都变成了城里人，也都变成了四不像。吃喝打扮都跟城里人一样，可黄狗嘴里终究吐不出来白象牙，一说话就露出来泥腿子的那点烂底底，无端惹出城里人根深蒂固的白眼和鄙夷：农——民！

天佑咳嗽起来，咳得黑脸上蚯蚓般的皱纹也泛出红色来，

直咳得满眼睛都是浑浊的眼泪了。不知是咳嗽咳出来的，还是心里难活，真的就流出眼泪来。天佑眼皮子硬，从来不落泪，就连爹娘老子过世，都没有掉一颗泪蛋蛋。就连随风那年跟上大脑袋的南方佬跑了，留下一岁半的儿子明轩哭鼻子，天佑心疼得把舌头嘴巴咬烂了，也没有掉下来一颗泪蛋蛋。活了大半辈子，在众人面前，天佑都没有活成一个怂汉子。可是在这个渠水哗哗流过的太子渠畔，在这个桃花红红，艾蒿青青的、空无一人的春天的午后，天佑忽然成了一个脆弱敏感、孤独无助的孩子，被咳嗽引出来的眼泪忽然间就肆意地流了一脸面。

天佑觉得，生长、盘绕在他骨头里面的那棵老槐树，已经被大老吊的巨手连根拔起来，晃荡在白生生的阳光下，很快就要失去水分，枯萎、死掉了。牙齿再硬，也有疏松、掉落的时候。再抗硬的人，一旦上了岁数，缠上毛病，身子骨和心气儿再也不由自己的心性，自然就怂下来了。

渠水浑黄稠浊，是一条泼上了汤药，复又被风吹动了的灰绸子的模样。那些一波一波浑黄稠浊、灰绸子般的渠水打着旋，荡漾着，把天佑的心也旋进去了。天佑的心，就顺着一渠春水静静流着，流远了。

天佑依稀记得，随风跟着大脑袋的南方佬跑掉时，也是这样一个桃花红红，艾草青青的春天，太子渠里刚放了满满一渠春水。天佑沾了独苗的光，福气好，水田旱田都紧挨着太子渠，从来不为淌水发愁，占了近水楼台先得月的优势。不像天成跟胡三球他们，年年为了淌水，跟邻村的贾氏、钱仲旺几个人犯言语，甚至是动手脚，不单伤了皮肉，也伤了和气。春水贵如油。少淌一遍水，或迟淌上十天半月的水，庄稼就乏了，就像出力气的人漏了一餐饭，就提不起劲气一样。骨子里面，天佑跟渠边的芦苇、蒲草和田埂边的苜蓿、灰条，还有那些一望无际的庄稼一样，是喜欢着年复一年的春天、也依恋着年复一年的、一渠灰绸子似的春水的。它们给天佑带来了一生的渴望与温暖，它们是另一个明轩，也是另一个随凤，越来越让天佑觉得巴念、离不开了。

让天佑巴念的、离不开的随凤，其实是个丑女人。怎么个丑呢？生着一张小茭瓜脸的随凤，眉毛、眼睛、鼻子和嘴巴，都仿佛是擀得薄薄的饺子皮皮，被谁的一双巧手挤捏了一下，不单显得小，而且都凑到一起去了，整个瘦长脸上显得空浪浪的，好像面子上还缺着一样摆设。可细细再看，分明什么也不缺，鼻子是鼻子，眼是眼的。随凤的眼睛是细长的，看人总是有怠慢人家的意思在里面，让人心里有几分说不出来的堵、不痛快；随凤的鼻子瘦伶伶的，仿佛一根脆脆的青竹筷子，稍微一使劲，就会断裂开来，露出藏在里面的杂七杂八。随凤的嘴巴也是过于单薄了，有刮胡子刀片那种犀利的、亮闪闪的感觉，似乎一张嘴，就能伤着人似的。总之，随凤的脸面上就是弥漫着这样一种无礼和霸道的风格。在太子渠畔这样一个盛产粗手大脚、盆脸蛮腰的小地方，小茭瓜脸的随凤就算是一个异端了。这样一张出人意料、不肯包容的脸面，当然是很遭排斥，不讨人欢喜的。随凤的脸面，决定了她在太子渠畔的赖人缘。庄子里的妇人一致认为，其实随凤是生了一张野狐仙的、小妖精似的脸的。这样一张仙气的颜面，还是很让人揪心的。也就是说，在为数众多、眉眼疏松的女人的脸子中间，五官紧凑、细致的随凤颜面上的那种妖丑，依然是有着遭人妒恨的嫌疑。

庄子里那些自以为是的妇人都以为，摊上这么一个不讨人欢喜的丑婆姨，俊里俊气的天佑大约不会怎样待气随凤的，能

敷衍了事，已经算赏她面子了。面子上的事情不算大，可也不算小，就跟一个铺子的店面，好歹总是个示人的招牌。要不是穷白得紧，相貌堂堂的天佑应该不会接纳这个仿佛来自深山老林的狐妖为妻。太子渠畔的男人，跟圈里的那些牲口一样，都是些糙蛋粗鄙货，每每胯子下面的家伙肿胀起来，才知晓女人那点特别的好处和用处来。素日里，人人却都是球大和球二，对待女人，跟对待鸡呀狗呀是一样的，说不上什么体恤和怜惜。天成的女人俊娃，虽说站有站相，坐有坐相，里里外外都是一把好手，可隔三岔五的，照样吃天成的拳脚跟耳光，这似乎已经成为太子渠畔一种不成文的风习，由来已久了。也不知为什么这些男人的脾气就躁成那样，或许是受了那条老渠的暗示，一个个都以为自己原本是有着一点皇太子的血统，就顺势自大起来了。

庄子上的女人似乎是用期待的眼神将随凤迎进天佑那扇贴了红纸的院门的。红盖头被天佑揭起来的时候，俊娃她们先是对着新娘子哄笑，姜黄色的瓦盆脸上的笑容是善意的、美好的，像刚出笼屉、点了洋红的薄荷花卷，冒着热气和香气。笑着笑着，声音就变小了，没了……不知怎么，俊娃心里就有一层酸菜汤似的东西慢慢溢上来，把笑意给糊住了。在新娘子随凤面前，俊娃的脸上居然刷上了一层灰溜溜的糨糊糊。这个狐仙似的随凤，跟俊娃算是堂叔的妯娌。新娘子还没有叫上她一声嫂子，俊娃心里已经变了滋味，有一种站在下风口的、输家的样子了。

随凤比天佑整整小下十岁。再加上随凤身子骨儿和脸面上那种没长开的架势，已为人妇的随凤在众人眼里，就还是一个单薄、简单的女孩儿家的样子。天佑待随凤呢，也就有几分爹爹跟兄长的意思了，可究竟又不是爹爹跟兄长，究竟是可以跟自己肌肤相亲、鱼水承欢的一个软绵绵的小女人，天佑心里就觉得几分说不出来的迷乱和甘甜了。随凤的身子里仿佛藏有一个秘密，随凤的心思里似乎也藏有一个秘密，半隐半现的，在她的身子里、眉眼间飘来荡去。天佑能感觉得到，却说不出来究竟，就像月白色的洋槐花，悄悄落满了一院子；又像是晾在秋千上的一件葱绿衫子，随时会叫风给叼了去——做新郎已经很久的天佑，心里居然还是空浪浪的一种欢喜和香甜，怪是有些怪哩。新人是娶进门了，身子也已经原原本本地交给了天佑，可天佑还是莫名其妙地心慌意乱，心放不到肝上。随凤不像圈里面那头小母驴，拴在圈里，就完全是私己的东西，啥时间不高兴了，就可以狠狠甩上一鞭子。随凤的神情总是有些恍惚，总是一副还没有到家、还是一个人在旅途，赶脚客官的样子，跟天佑显得那么生分，这难免让天佑恼火，也让他不解，试了几试，终究没有像别的男人那样，给随凤一通拳脚和耳光——随凤已经有了身孕、已经开始害口了。一想到这个，天佑就想到天成羊群里的那些大肚子的母羊。在所有的牲口家畜里面，天佑独独喜欢羊，也不知是为什么。天佑觉得，已经有了身孕的随凤，越来越像一只肥滚滚的小母羊了。一旦把随凤跟母羊联系到一起，天佑对这个狐妖似的女人，就多了一番少见的用心。在众人眼里，天佑就更有随凤爹爹跟兄长的意思了。最明显的，就是天佑从来舍不得让随凤下地干活。在太子渠畔，就连花胡子白头发的老汉老太婆都要下地出力，随凤年轻轻的，竟然端端坐在家里吃白饭。众人一说起这个，天佑就说，人还小呢，球事不顶，就是个摆设，好似随凤就是他的老疙瘩女。以俊娃为首的一庄子妇人就笑话天佑：几辈子没见过女人的愣种子货，把这么一个丑女人，都能当个仙女似的供起来，要是

真娶回来一个盗宝下凡的七仙女，那还不天天跪在神龛下面，当个观音菩萨的给烧香磕头呀！言语中间都是责怪、不平的口气。特别是俊娃，心窝窝上那汪酸菜汤似的东西，不但没有消失，反而越来越浓了，时不时地会叫她失了往日的好胃口。在酒盅子大小的心窝窝那里，俊娃似乎随时都会冒出来这样一个念头：自己怎么就没有长成那样一张野狐仙似的脸面呢？那样一张尖酸刻薄的脸面，反倒显得有看头、有味道，反倒显得比真正好看的脸面贵重了。一个连一分营生都不做的女人，居然比能干会做的女人受待见，不吃骂，也不挨打，俊娃真是气不过。据说，这个随凤，连一颗纽扣都缝不到衣襟上，更别说什么茶饭手艺了，真真是个“木匠”出身。早知道天佑是这么一个糊脑子人，还不如提前长个嘴，把自家的姨妹子说给天佑，来个亲上加亲。天佑虽说光景穷白，人可是实诚敦厚，一表人才。谈婚论嫁，谁能人、财两头子都图上呢？可自己的姨妹子腿脚不便利，先前俊娃担心天佑嫌弃，就没有张这个口。如今看来，当初要是给天佑说媒，但凡是个母的，天佑就会当成珍珠翡翠，当成黄金白银看到眼睛里，疼到心上去呢。俊娃心里不光是存了一汪酸菜汤，也是吃了后悔药似的难过。随凤这个小妖精在天佑这里享清福呢，自己的姨妹子却还守在娘家门上，在娘家人的白眼里变成了一个老姑娘……想到痛处，俊娃真想狠狠捶天佑几锤头，捶烂这个狗日的。在太子渠畔，像俊娃这样的婆姨，跟圈里的母牛一样，有的是使不完的力气。

因此，在那个桃花红红，艾草青青的春天，当随凤跟着大脑袋的南方佬跑了的消息传遍太子渠畔时，俊娃居然是最高兴的一个人。俊娃解了心头恨似的想，天佑自作自受，真是活该呀！女人天生就生着一张贱皮子，天生就是做奴做婢、做牛做马的种。饭饱生余事，要是天佑让随凤天天在稻田里薅草打药，在菜田里锄地壅土，整日里累得臭汗横流，四蹄朝天，她未必有闲心专门描眉画眼，尽想那些狗结肠子、公鸡踩蛋的腌臜事。一个开了苞的女人，就像一只尝过荤腥的猫，会追着撵着腥臊气跑呢。“天上的九头鸟，地上的南方佬”——南方佬比宁夏人阔气，也比宁夏人精明，会甩骚，挑着货郎挑子，走到哪耍到哪，有大把的银子钱抗着，身子下面总也不缺女人。说到底，二十一岁的随凤还是被南方佬硬邦邦的卵蛋跟白花花的银子钱哄跑了，也是被天佑脊背上多年的饥荒吓跑了，一道金光不见了踪影。俊娃满村满户陀螺似的转着圈圈，夹在一帮婆姨汉子中间讲说随凤丢下的这个丑，看天佑这个愣种子的笑话时，心里面有一种说不出来的欢喜。在那些肥皂泡似的、空虚之极的欢喜里，俊娃居然会冒出来这样一个羞臊的念头：跟着南方佬跑掉的人，怎么偏偏就是妖丑的随凤，怎么就不是她有模有样的俊娃呢？难道丑人比俊的、俏的还贵重、值钱么？难道真是丑人故事多么？或者，在众人眼里，这个貌似妖丑的随凤，在南方佬的眼睛里，竟然还就算得上是一个美人胚子么？……太子渠畔，男人能走出去见见世面的都没几个，何况女人呢？这个随凤居然甩开脚丫子，跟着大脑袋的南方佬跑了，也就真能狠下那个心呀！这些零七碎八的念头夹在蜂窝似的人群里，嗡嗡地在俊娃的脑子里响。俊娃脸上是在笑着，心里却想扯开喉咙，痛痛快快吼上几嗓子才觉得过瘾。

随凤跑了，太子渠里的春水也哗哗地下来了，灰绸子似的在天佑眼前荡漾，把天佑的心都要漾散了。天佑被春水漾散了的心里，就全是刀啊剑的那些亮闪闪的凶器的影子。天佑稍微一用力，心上就渗出一绺一绺殷红的血迹来。那好似是从随凤

身子下面流出来的血，也是从他眼睛里面流出来的血，是涩得不能再涩、腥得不能再腥的血——天佑心里面的恨，是又深又厚的，也是说不出来的，是让他这样一个体格魁梧的男人都拎不起来的铁秤砣。天佑锄地、犁田的时候，就当那个狐妖在地里藏着埋着，他使劲刨，使劲挖，好像那么一来，总有一天，他能把随凤，或者她的骨头从地里刨出来，挖出来。抱着一岁半的儿子明轩，天佑这才回过味来：原来随凤并不是一只雪白的母羊，却真真是一只黑青的蝎子。就在那一刻，天佑心里就下种似的播下一个念头：这世上的女人，原来都是黑青的蝎子，却并不是雪白的母羊哩。最毒莫过女人心，说啥有啥。随凤这只蝎子蛰的不是旁人，偏偏就是供她吃供她喝的主人家。就算穷白的天佑拴不住随凤这头母驴，难道从随凤身上掉下来的明轩也拴不住她么？怀里抱着咬着半根手指，团团酣睡的明轩，天佑心上那些刀啊剑啊什么的，被一种仇恨磨得亮闪闪的，在暗处闪着青森森的光。

春天总归是春天。虽然随凤把天佑的那尊肉身子骨淘挖空了，可每逢春天一到，天佑的心还是像一面威风锣鼓，被咚咚锵锵地敲打起来，敲得人也活泛、精神起来。桃花红红，艾草青青，太子渠里春水悠悠，绵绵不绝，让天佑那颗干巴巴、生了裂缝的心也滋润、潮湿了。渠坝上的红柳、沙枣、槐树、杨树已经有了树荫，也有了一种温暖迷离的香气，让天佑头重脚轻、有醉酒的感觉，四野里有一种说不出来的青翠和新鲜。

每逢春天一到，天佑都会收到一张汇款单。汇款单上的地址跟那些走大路的人一样，是完全陌生的，跟季节一样，也是变来变去的，好像这个寄款的人就是一朵云彩或一片浮萍，在人世间飘来荡去的。那些地址，有时候是在广西，有时候是在云南，有时候又是在浙江或是福建。这些遥远而陌生的地方，让天佑记起随凤那双赶脚客官似的飘忽迷离的眼神来。也许，随凤本来就是深山里的狐妖转世的，太子渠只是她打尖歇脚的一个小店罢了。从那些地方汇来的钱款数目，随着明轩年龄的增长也是不一样的，开始是三十五十、一百二百，后来就是三百五百、一千两千……本来，天佑已经铁下心，把那个妖丑的女人忘记了，可是款子一来，又勾起来他的心头之恨。恨这个字眼儿，真是一只青面獠牙的怪兽，一旦从心底里跑出来，最先吞噬掉的其实并不是随凤，往往却是天佑自己。这只青面獠牙的怪兽，每年春天都要把天佑的皮肉咬烂一回，流上一绺殷红的血迹，让他疼着，想着，也苦着。天佑恨随凤，也憎恨这笔款子，谁知道这些钱里藏了多少垢痂、藏了多少赃物呢？天佑觉得，随凤那双怠慢人的细长眼睛，就藏在那一串豆绿色的数字后面，正得意洋洋地小瞧着他这个吃了上顿愁下顿的穷光蛋呢！

太子渠畔的庄户人家，几辈子都没有人收到过什么汇款，也没有人见过什么汇款单。当邮差把单子送到天佑那个黄泥小院时，一庄子人都拥过来看热闹。看过热闹才知道，原来那张纸片并不是普普通通的纸片儿，是能兑钱花的。一张纸片儿就是三五十、一、二百块呢，啧啧，了不得！看过热闹之后，总有那么几个眼皮子浅，心不甘的人，陀螺似的满庄子转，夹在一群婆姨汉子中间，续起来随凤当年出的那桩丑事。特别是俊娃，嗓门最大，言语最多，生怕被众人当了哑巴。俊娃捂住自己红艳艳的嘴唇子，左三右四地在众人间说笑。“卖B钱”这样的糙皮话，就是钢镚子一样从俊娃嘴里一不小心蹦出来的。

这样的糙皮话，似乎更适合从别的女人嘴里蹦出来。俊娃跟随凤，饶了一个弯弯也罢，终究还是两妯娌，俊娃说这样的话，究竟是狠了些的。夹在人群中间的俊娃，说着笑着，心里竟然会隐隐冒出这样一个羞臊的念头：唉，往太子渠畔寄钱的人，也让众人说个没完没了的人，怎么偏偏就是那个已经越来越远的、妖丑的随凤，而不是近在眼前，端庄周正的俊娃呢？在满庄子的春风花香里，那个赖人缘的随凤反倒是一朵红红夭夭的桃花了。早先那一汪酸菜汤似的东西，居然还灰溜溜地积存在俊娃酒盅子大的心上，让她心里少了盐巴一般没滋没味。

人人都以为，落了单的天佑，一定会把没了娘的明轩托给俊娃来照看、养护的，一来，俊娃好歹还是明轩的婶娘，面皮上不亲，骨头却亲。二来，天成跟天佑住房前房后，明轩在后院里哭上一声，前院的天佑就能听到，好照应。何况，天成家那三个丫头片子，正好可以跟明轩做个玩伴儿。把没了娘的明轩交给精干利落的俊娃来照看，在众人眼里，应该是顺理成章的事。就连俊娃自己，都吃了秤砣似的，专心专意耐心等待天佑抱着明轩，拿着随凤寄来的那一张张青绿色的大票子，上门来对她说上几句拜谢的好话呢。可是一庄子人谁也没想到，天佑会把钱款和明轩交给邻村那个不相干的贾氏来照管。天佑抱着哇哇啼哭的明轩，背着包袱，把这些贵重和不贵重的东西一股脑儿交付给太子渠那边的贾氏时，一庄子人都觉得不可思议，都以为天佑多少是受了些刺激，脑子迟钝了。至于那个有模有样的俊娃，端端吃不住这样一个羞辱，就认为天佑把钱跟明轩交付给一个不相干的半老婆子来养，分明是当着众人的面，给她这个做嫂嫂的吃耳光了。天佑这个狗日的，看着不言不喘的，心思还真是不少。俊娃想拉扯明轩的确是藏有私心的。一来因为那些定期汇来的钱款可以假公济私，补贴家用；二来，只生了三个黄毛丫头的俊娃还真就想把明轩当个狗娃子养。想一想，让随风那个野狐狸的儿子将来给自己防防老，心里也算有几分打碾收粮后的胜利感和踏实感，好像随着时间的流逝，经过跟随风的一番比试较量，自己重新又占到上风口了。俊娃的这些念头隐藏得深，是糜子里面的糜子，落在雪上面的雪，按说是不容易看分明的，可天佑的眼睛偏偏就毒辣，偏偏就糜子是糜子，雪是雪，一眼就看到俊娃的骨头缝里去了，把俊娃看成了一盏点亮的油灯，看了个亮亮堂堂，明明白白。

天佑把明轩托付给贾氏，是有原因的。

太子渠这一带，无论春夏秋冬，常年游浪着一个痴癫的疯女女。没有人知道她姓甚名谁，家在哪里。疯女女很是奇怪，见人就跑、见人就跑，好像天佑、天成、俊娃他们这一庄子男女老幼，个个都是深山里的妖精变的，会吃人似的。这样一来，反倒显出是那个衣衫不整的疯女女在嫌弃着这一庄子能说会道、精明伶俐的人，让人心里极不舒服的。可她究竟是个八成半，穿着露出皮肉的破衣烂衫，花着一张脏兮兮的脸，在春风里从太子渠畔惊慌失措地跑过时，看上去还是无巴里（可怜）的。天佑在渠边撒肥、刨草的时候，常常看见疯女女在前边跑，贾氏在后边追，远远看去，贾氏也像一个疯女人了。天佑不知道贾氏为什么要追那个疯女女，出于好奇，有时候天佑还放下手中的活计，跟着去看个究竟。一开始，疯女女是抵触贾氏的，拿土坷垃、树枝什么的扔向贾氏，龇牙咧嘴，样子很是凶恶。渐渐地，两个女人就跟两只猫呀狗呀什么的，互相嗅到了身上共同的气味一样，开始互相试探、打量、揣摩起对方的心思来了。有时候跑着跑着，疯女女会停下来，满脸惊惧地躲在槐树

后面，疑惑地看着贾氏，好像也在嘀咕那个女人为什么要撵着她，跟着她。天佑看见，跟在疯女人后面的贾氏，手里常常是拿着一块馍、一瓶子水、一件旧衫子什么的，蒲扇脸上叠着一层稠密的笑意。不知是贾氏手里的馍跟水，还是她蒲扇脸上堆叠起来的那些笑意，渐渐地，躲在槐树后面的疯女女也会冲着贾氏扮笑了。时间一长，疯女女居然会主动朝贾氏走两步，有靠近她的意思了。有一次，天佑终于发现，疯女女居然跟贾氏坐在太子渠畔的树荫底下，肩靠肩腿靠腿，两张脸上都笑眯眯的，好像是一个回门的女子在跟当娘的说着什么体己的话。那时节，槐花、马蔺花、苦菜花什么的已经次第开了，草也绿得更浓了，到处都是淡淡的花香草香。在花花草草的香气里，远远看去，那两人就更有娘儿俩的意思了。静静坐在贾氏身边的疯女女，居然就有几分好女子的清澈样子来。日子久了，疯女女一见贾氏，就像娃娃见了妈一样，会疯疯张张地朝贾氏跑来。以前，是贾氏撵着疯女女跑，现在呢，反倒是疯女女撵着贾氏跑，完全调换了一个个儿。这样一来，每当疯女女从太子渠这里经过时，只要贾氏站在渠塄上，站在春风里，冲她摇一摇手中旧旧的手帕子，就能把疯女女招引过来。在太子渠畔的那个小院落里，贾氏给疯女女洗脸、洗身子，换洗衣裳。给疯女女烙馍、熬粥、拌面疙瘩吃，自己坐在一旁，看戏似的看疯女女，蒲扇脸上堆满了暖暖的、稠密的笑容。天佑发现，疯女女经贾氏那么一拾掇，居然就是半个人尖子：秋梨脸，水蛇腰，模样也不在俊娃那几个婆姨下。天佑这才觉得，原来，这贾氏真不是一个寻常的女人，居然能把一个又脏又丑的疯女女变成一朵凤仙花。在太子渠畔，这朵“凤仙花”就只认得贾氏一个人，仿佛除了贾氏，别的人都是来自深山里的妖精，是会吃人的，一见就躲得远远的，让一庄子人心里极不舒服的。

一庄子人就都嗤笑贾氏，头上戴着一顶军烈属的帽子，就拿自己当地主老财，就不知道自己究竟是谁了。贾氏的男人在部队当司机，早就出车祸不在了。贾氏年轻轻地就守了寡，一直都没有再找人家。不过也有人说，贾氏分明是舍不得官家给的那些好处，才断了梅开二度的心思。那时候人人日子都过得寒碜艰难，即便再走一家，也未必就比做个军烈属有保障，也不受人欺负。一个妇道人家，女流之辈，拿官家给的好处当半个男人依靠，也算给自己的青头白脸做了一点补赎。在那个缺衣少食的年代，贾氏选择守寡，或许还算不上是犯糊涂。

除了能把一个疯女女变成一朵凤仙花，天佑将明轩托付给贾氏，还有另外一个理由。

每年春天，灰绸子似的春水喧嚣着从上游淌下来时，总是能顺水也淌过一两个女人来。当然，顺水淌过来的一两个女人，并不是小母猪那般粉嫩可爱、活蹦乱跳的，而是一具变了形的、丑巴巴的尸首。也不知为什么，一到春天，汉延渠、唐徕渠、惠农渠和太子渠的渠水里，总是会顺水漂过那么几具女尸，不知是不小心失足掉下去的，还是有意跳了渠。不管什么原因，反正每年春天，只要上游有青头女子失了踪影的人家，大都会沿着那一道道渠水一路找寻过来，满脸都是泪花跟灰尘，凄冷的眼神里面有一种揪心揪肺的疼痛溢了出来。这种溢出来的疼痛是伤寒症，是能传染的，把原本喜欢春天的天佑也浸潮了，在杨柳风里莫名打起冷摆子来。这让天佑第一次觉察出，春天却原本也是一个忧伤的节气呢。那些沿着喧哗的渠水来寻人的人，多半会一直往下游的惠农渠寻去。听人说，在惠农渠的大闸门那里，每年春天都会捞出来好几具女尸，即便寻过去，也

分不清谁是谁，是看也不能看的了一番模样了。

先前，太子渠畔的人们总是眼睁睁地看着那些尸首一起一伏地从太子渠里向下游漂去，没有人敢下去把尸首捞上来。后来，渐渐有主家给捞尸人出银子时，就有人敢冒着晦气到渠里捞人赚钱了。光棍胡三球就经常做这样的事体。听庄子里的人传说，有一次，从上游冲下来一具女尸，可能落水时间不长，身子还有几分新鲜白净，容貌也还端庄，就让光棍胡三球动了邪心，把那女尸给睡了。太子渠畔，不论美事也罢，丑事也罢，统统是黄表纸里的火苗，统统是包藏不住的。这个传说一经捅开，就麦子扬花一般布满了春天的原野。天佑记得，就是自那个半真半假的消息麦子扬花似地扬开后，胡三球就成了一庄子人眼里正儿八经的“胡日鬼”了。再提起胡日鬼这三个字眼时，众人就会忍俊不禁，捂住嘴嗤嗤地笑。笑着笑着，不知为什么就都笑不起来了，脸上的颜色也吃重起来，跟蓄满了渠水的旧海绵，轻轻一挤、一捏，就掉下一地密匝匝的泪珠来。

有一个春天，有一次，天佑也从太子渠里发现了一具女尸。那时二遍水已经淌过，上游满达桥那里的提水闸已经放下来。也就是说，天佑发现那具女尸时，太子渠里已经没有多少水了，稍稍挽起裤腿，就能过到渠那边，不用从搭在渠上的那根老树上颤悠悠地走过。看样子，这个女人被钱仲旺用树枝、芦苇和蒲草打起来的那个泥坝堵截多时了，已经变得面目全非，不堪入目，好像一堆腐臭的垃圾，只能约略分辨出大致的人形。想要跳下渠洗脚的天佑看见这具女尸时，忽然就愣住了，退后两步，被那个尸首大大吓了一跳——天佑不像胡三球，天生是个贼大胆。天佑在心里呕了几回，差点就要吐了。这时，贾氏的蒲扇脸也从渠那边探上来，然后是整个蚕蛹般的身子。贾氏站在渠塄上，站在春风里，手搭凉棚朝四下里巴巴望着。天佑记起，那个疯女女已经很久没有从太子渠这里经过了，贾氏准定是在这里等疯女女路过。贾氏手里还捏着那块给疯女女擦脸的旧手帕子呢。不过，疯女女真的已经很久没有在这一带闪面了，不知又疯到哪里去了，或许掉进哪条渠里淹死了也说不上。天佑第一次觉出站在太子渠塄上的贾氏，果然就是一介孤家寡人的样子，孤溜溜的，就连个疯女女也拴不住。贾氏看见天佑时，同时也发现了那具尸首。贾氏揣起手帕子，吩咐天佑把锹拿来，就跟在吩咐自己的儿子一样有理霸道，自然而然。贾氏溜下渠，捂住鼻子，看了看那具女尸，送出一句阿弥陀佛来，回过头对天佑说，把锹拿来。又说，这一个鬼也没见人来寻，再说脸面身形已经走了样子，就算主家寻到，也是多一份难肠。贾氏说罢，怅怅叹了一口气。在贾氏的谋虑下，天佑跟贾氏在太子渠边挖了个坑，悄悄把那个无主的女尸埋了。也怪，本来天佑心里是有些犯怂的，也不知为什么，一看贾氏镇定自若的样子，自己也吃了朱砂一样，心神就定下来了，好像此时贾氏就是自己的老娘，而自己端端就是贾氏的儿子。贾氏从黑色的大襟兜里摸出一块馍来，捏碎了撒在那个矮矮的土堆上。天佑想，那准定是贾氏给疯女女留的馍。不知为什么，太子渠这里，把给青头女子吃的馍都叫个离娘馍馍，好像吃了这馍，女子就要泼出门去，就要远远地离开娘了。刚刚埋进土里的这个女尸虽说已经面目全非，可天佑猜她肯定也是一个青头女子。只有青头女子才会这么傻，这么痴，遇上一点点波折吃不住劲，就离开了娘。天佑很少听说黄脸婆子会跳渠、割腕子，寻死觅活的。黄脸婆子都知道命比金子贵重，只有青头女子才觉得一段情就能比天大，反倒是看得命比纸薄——顺着渠水流过来的，全是一些傻

女女呀！以前，天佑从来没有细细咂摸过离娘馍馍这种俗话里面别样的味道，此时见贾氏一脸吃重的神色，口中念念有词，绕着这个矮矮的土堆将碎馍撒出去，心里这才觉出，贾氏又把一个女女安抚了。心里也忽然觉得，原来，春天本也是一个叫人忧伤的节气呢。

天佑洗了手，从渠里捞出一根烧火棍粗细的柳枝子，顺手插在那个矮矮的土堆上。再看时，贾氏不知什么时候已经过了渠，看不见了，好像她已经知道，那个疯女女从此再也不会重新来过，来寻她这个娘了。远远的荒滩上，只有天成跟他那些灰白色的羊群，在那片无边的青绿里静静地漂泊着。

自从埋罢那个女鬼，天佑跟贾氏之间，就有了一点相近的习惯，好像贾氏跟天佑曾经一起在一份契约上面签了字，画了押，被什么东西串连到一起了。比如，每年清明前后，天佑给太子渠畔爹娘的坟茔添土时，也会顺手给那个土堆铲上几锹土。再不铲上几锹土，一场接一场的春风，把那个土堆就吹得看不见了。渠那边的贾氏呢，一看见太子渠两边跪下来烧纸磕头的人，也照样记得拿些碎馍、清水什么的，给那个无名无姓的女女撒上一些，是安抚自己女女的吃重表情。天佑看见这个情形，就会想起那个再没闪过面的疯女女，心里忽然就拿定了主意。只有把明轩托付给那样一个人，他的心才能放在肝上。天佑觉得，在太子渠畔，只有贾氏一人是只雪白的母羊，旁的女人或许全是黑青的蝎子。天佑抱着哇哇乱哭的明轩，小心翼翼地走过那根搭在太子渠上的老树根，将怀里的明轩跟胳膊上的包袱一起递给贾氏时，贾氏那张孤溜溜的蒲扇脸上是一脸惊讶，然后只是一瞬间，她的脸上就堆满了稠密温暖的笑容，整个脸面上仿佛涂了一层胡麻油，马上变得亮汪汪的了。本来就不大的眼睛那么一笑，居然就给就笑没了。天佑从来没有见贾氏这样笑过，贾氏这样一笑，天佑心里就更有数了。贾氏知道天佑家里出的那桩说不成的事，当然也知道天佑抱着这个哭声响亮的小兔崽子和那个不齐整的包袱，第一次冒冒失失来上门做客的意思是什么。在太子渠畔，人人都知道贾氏不单是个能人，是个好人，也还是一个聪明人。天佑捏着那些大票子，正经八百地上门来，不是托孤，难道还是闲串门子不成？贾氏赶紧把天佑父子请进门来，跟天佑说起话来，就跟对自己的儿子说话一样亲切自然；逗明轩要笑时，就跟逗自己的孙子一样心疼稀罕。嗨，这是老天爷给孤溜溜的贾氏送来的造化呢！“一列列车，两列列车，车上坐着一个青天大老爷……”天佑是听着贾氏跟明轩嘎嘎脆脆的说笑声离开的。天佑离开贾氏那座安静寂寞的小院落时，暖暖的春风吹鼓了他的衣衫，径直吹进他的五脏六腑，天佑觉得，自己那尊灰溜溜的肉身子骨，都被这满天满地的春风吹绿了，也吹暖了。

说来也怪，自从天佑将明轩托付给贾氏后，俊娃那张红艳艳的嘴忽然就歪向一边了。俊娃揣着一面小镜子，看过中医看西医，两边都诊断说是面瘫症，据说是热热地吹受了杨柳风。捏过脉，打了针。钱也花了，路也跑了，可红艳艳的那张嘴终究是朝一边歪了过去，再也没有恢复到原来的位置上来。可一庄子人偏就认为，俊娃那张红艳艳的嘴，早不歪，迟不歪，偏偏在天佑把明轩托给贾氏后就歪了，分明是叫那个愣种子货天佑给气歪的。一庄子人说起这件事就忍俊不禁，就捂住嘴巴嗤嗤偷笑。笑过后，却又是一脸吃重的神色，仿佛蘸了渠水的旧海绵，渐渐潮湿、沉涩起来了。按说，众人说笑归众人说笑，

傻娃的嘴歪了原本跟天佑没什么瓜葛，可傻娃偏偏就认为她这张嘴巴歪得蹊跷，偏偏就认定这其中藏有蛊事。反正，从那以后，傻娃见了天佑，就跟见了走大路的一样，再也不认得他是谁了，即便是天佑照旧帮她犁田打药也好，即便是吃天成的铁拳头也罢，傻娃仍是如此，一副死猪不怕开水烫的架势。这一回，天佑算是彻底把傻娃惹下了。

自从把明轩托付给贾氏，周围有听着风声的人又陆续上门给天佑说亲来了。有小寡妇，有老姑娘，还有瘸腿烂鸭子和八成半。当然，也有水灵灵的黄花闺女家，需要天佑这样的壮劳力去做倒插门的便宜女婿。虽说媒婆子的嘴巴就是刀切豆腐两面光，可天佑却连一句多余的话也听不进去了。不光是吃了随凤一朝遭蛇咬，十年怕井绳的怕，也还被太子渠畔的那座无主坟茔给点中了死穴。自打跟贾氏亲手埋过那个落水女鬼，天佑就对女人另眼相看了。天佑觉得，不论随凤也好，傻娃也好，不论黑白、丑俊、肥瘦，也不论多么活蹦乱跳，一朝没了颜色，没了气息，就跟那具女尸一般不堪入目，令人作呕了。之前，天佑从来没见过这样的亡人，见过了，才知道美人一朝做了尸首跟白骨，断是叫人吃不住劲的。天佑心里面的那种明白跟彻悟，就像是立春、惊蛰、春分、清明、谷雨这些个节气，是顺着时序的推移，自然而然嵌入了天佑的骨头里了。自从将明轩托给贾氏，天佑再就很少走过那根颤悠悠的老树根，到太子渠那边贾氏的小院落里看看那个娃，像是有意要把明轩淡忘掉一样。说真的，要不是明轩这根线绳子牵绊着，天佑或许也会舍了身子做和尚去。天佑有个堂叔，也说不上为什么，好端端地，就到西山上的樱桃沟里守寺去了。两间土房，一盏青灯，一直守到人殁，到了还是葬在那里，不肯出山。天佑没有步堂叔后尘，是因为天佑还没有四大皆空，了断凡尘呢。在天佑心里，除开明轩，还有另一个梅花结。每当春风将太子渠两边吹染得一片青绿的时候，随风寄来的那张纸片儿，就会准时悄悄落进天佑那座看上去更加破败的小院里。虽说纸片儿上面没留一个字，半个字，空空的反而更多了一缕一缕说不尽的牵挂似的。从那些纸片儿上面留下的地址看，随风已经到了河北、山东、陕西，似乎离宁夏、离“家”越来越近，越来越近了，好像再有一场春风吹来，她就穿着碎花衣裳，戴着围巾，裹住那张野狐仙似的颜面回来了。每次从邮差那里摁过手印，从镇子的邮局里取到那笔款子，天佑都会一文不少地将钱交到贾氏手里，就跟伙计给大掌柜的交账一般心甘情愿，仔细认真。看着越来越高，也越来越壮的明轩，再看看眼前年复一年绿蒙蒙的春天，天佑由不住自己，总会发上一会儿呆。一庄子人也都说，自从随风那年跟着大脑袋的南方佬跑了以后，天佑多少就有点迟钝，有点呆了。真真是一个愣种子货呀，人高马大的一个大男人，偏偏就让一个妖丑的野狐仙给稳稳地拿住了。俊娃的嘴歪了以后，这样的风凉话多半就由不相干的人的嘴来说了。按说，那个只是在太子渠畔打了个尖的随风早就应该被人遗忘得光光的了，可也就奇怪，每当春风吹来的时候，众人偏偏就会说起那个妖丑的人来，好像单单她就是一朵红红夭夭的桃花，一经春风吹过，就灿灿地开了。太子渠畔的桃花、杏花、槐花次第开起来时，天佑忽然发现，一年一年过去了，贾氏老了，他也老了，十五岁的明轩也长成一门框高的大小伙子了，曾经藏在他心里面的那些刀啊剑啊，虽说还好端端地立在刀架上面，可上面依稀已经生了斑斑点点的红锈，刀剑上那些被他自己臆想出来的殷红殷红的血迹，已经让时间的脚步带来的风尘遮掩了，没了痕迹。

那头藏在心里的青面獠牙的野兽，也渐渐挣脱链子，躲躲闪闪地逃走了，只剩了一个奇怪的、模糊的影子。天佑自己哄不了自己，真的。这么多年啦，在他心里，照旧还惦记着那个叫随凤的女人，在他心里，也已经把那口恶气放下了。天佑觉得，恨那个字眼儿，就跟冰啊雪啊是一样的，春天一到，春风一吹，就悄悄融化开了。这么多年了，即便有天大的仇怨，也该被春风吹得无影无踪了。天佑心里已经是一马平川了，啥也不为，就因为随凤是明轩的娘呀！

明轩满十五周岁的那个春天，天佑忽然觉得自己哪里有什么不对劲了。以往春困人乏的节气，天佑头一挨着枕头就呼呼做梦。端起碗来就是三大碗连汤面。走起路来，一步抵上旁人三四步。可是那个春天，天佑忽然就成了一个漏了气的旧轮胎，瘪塌了。一直到春天只剩下半截尾巴时，天佑才明白自己瘪塌下来的原因。原来，那个春天，随凤每年准时寄来的那张纸片儿居然没有按时到达。这么多年了，那张纸片儿俨然就成了一个音讯，就像立春、惊蛰、春分、谷雨那些个节气，只要那张纸片儿准时在春风里飞回太子渠畔，天佑的心就款款放到肚子里了，吃也香，睡也香，干活还跟一头老黄牛一样，有着使不完的劲。这个小小的不一样，只有天佑一个人发觉了。天佑心里忽然就慌张起来，乏软起来，又不知道能给谁说一说。能给谁说呢？一说，准定要被旁人脱了裤子笑话，说他花女人的钱花惯了，一朝收不到那张纸片儿，就慌了神，就丢了魂，真真是个没出息的愣种子货呀！想给俊娃说一说，更没戏了。自从俊娃的嘴歪了以后，她好歹的话再也不给天佑说一句，多少年都过去了，明轩都长成大小伙子了，天佑对随凤的那口恶气都消减了，俊娃对他的那口气却还在胸口堵着，消忍不下去。看不出来，俊娃还真是一个爱记仇的女人。给天成说吧，还不如给他鞭子下的那群羊说说。给羊甩上一鞭子羊还咩两声，给天成说等于说给石头了，因为天成是个半哑子人。

最后，天佑还是走过那条颤悠悠的老树根，把心里的慌张乏软给贾氏说了。天佑给贾氏说起他心中的担忧和牵挂的时候，才发现在贾氏面前，自己软弱、迷茫、失了方寸，端端就是她的一个愣头青儿子了。在贾氏面前，天佑的心就像太子渠里那一渠悠悠的春水一样，携裹着一丝烦恼和忧伤，静静地往岁月深处流去。天佑对贾氏说，其实他不是惦记着那笔款子没汇来，他真的是惦记着那个人呢！人吃五谷生百病，随凤说不上是病倒了……或者，遇上什么大事情了……天佑想着，说着，心里渐渐就又乱上来了，就说不下去了。天佑跟太子渠这里的男人们一样，大多只长于低头干活，不擅抬头说话。本来心里是潮湿柔软的，说出口来却是生涩糙硬的。本来在说一个藏在心里的人，听着好像在说一个走大路的、不相干的人。天佑本指望着贾氏能给他点一点迷津，测一测这个春天究竟发生了什么事情，却没料到，不知什么时候，贾氏的耳朵居然已经不顶事了。天佑说东，贾氏说西，打岔打得叫人张不开嘴。是哩，人人都有这么一天呢。俊娃好端端的一张嘴都歪了，贾氏的耳朵都聋掉了，天佑直板板的腰也躬了不少，就连脚底下这块土地都要动大手术，谁能保证随凤就不出一点毛病呢？随凤肯定是出了大事了。这么一想，天佑那颗心就被猫抓过了一样，留下几道细细的、红红的痕迹。

开始，天佑心里还存着一线希望，想着随凤可能就是病了，可是后来的那些春天，那张给天佑父子报平安的纸片儿再也没有在暖暖的春风里飞回来，再也没有飞回太子渠畔。随凤就像

庄子上空那只断了线的纸鸢，再也不见踪影，没了消息。一庄子的人都没有觉察到这个小小的异样。春天来了，春风吹过，他们依旧犁田、撒种、育秧、淌水……春天一到，人人都忙得跟一头驴似的，哪里能觉察到今年春天邻家院子里短了一张小小的纸片儿呢？

没有人注意到天佑这个人突然间老下来了。有的人，是一天一天，是慢慢见老的，像麦子拔节抽穗一样，还有个过程。突然间见老的天佑并没有让一庄子人感觉到日月悄悄移动的威力。很多很多光阴，就在太子渠畔，就在自己眼皮子底下，一寸一寸地挪到别的地方去了，居然没有惊动一个人。

天佑坐在太子渠畔，落在脸上的眼泪已经被春风吹干了。远远的渠塀上，黑压压忽然聚满了一群人。天佑想，准定是太子渠里又漂过来女人了。女人，真真叫人费猜疑，真真是一个红彤彤的、解不开的灯谜呀！远处明黄色、橘红色的大老吊，把天佑的思绪又牵到眼前这渠灰绸子似的春水里了。天佑心里对打桩、圈地、断渠这一揽子事情的排斥，跟一庄子人的心思是不一样的。不管以后这里变成蓝湾也好，绿湾也好，不管卵蛋大小的窝窝就抵上天成的十只绵羯羊也好，天佑统统不是真的害心疼。天佑真正难过的是，假若太子渠这里真的被挖断、填埋了，隐姓埋名，变成了另一番模样，有朝一日，随风再沿着老路找回门来时，说不准就分不清东南西北，就会迷路的。有朝一日，假若她回来了，还能找到她从前的家吗？

花　灯

即使时光再流逝掉三百年，每逢农历正月十五，依然会是一个让人深深怀念的好日子吧。就算是闭上眼睛，也能想象出来那个暗香四溢的、红铜色的夜晚，油汪汪的月亮总会有一轮的，在它奶油般的光泽里，总可以知道人事是怎样的纷纭诡秘，仿佛那晚灿烂的烟花，在无数黑漆漆的眼眸中一闪即逝。在那些红的、紫的、蓝的、绿的……烟花的余韵里，浓浓的喜悦一定会有的，而淡淡的伤感，也会有的，或者藏在眼角眉梢，或者掩在青青子衿，或者就夹杂在热闹而细碎的步履之中……在那寂寞的人流中，或许就有个乔爱真，或许还有个乔爱喜，梳着一粗一细的麻花辫子，发髻上还别着一只小金鱼的发卡，隐隐散发出柠檬茶的香。在那样一个晚上，古朴守旧的红色宫灯眼见是越来越少了，而那种白嚓嚓的几何形花灯眼见是越来越多了。在那些白嚓嚓的几何形花灯上面，还要粘贴上许多假惺惺的、千篇一律的祝福的话，显见是多多有余的，那份刻意枯燥的表达，反而让人仄仄生厌了。

多么呆呀！也许在那样一个晚上，粉红脸颊的乔爱喜，和那个粉红脸颊的乔爱真，都曾在心里不约而同地对那些越来越俗气的花灯，做过略微一致的评判吧。然后，在渐渐四散的人群里，她们左手拉着右手，嘴里舔着虚白的棉花糖，提着长穗

子的纸红灯笼，脚底下踩着自己和别人乱纷纷黑黢黢的影子，像是随便落在哪里的、薄薄的一刹烟雨。

回想起来，那多么像是三百年前的一场烟雨呀！也许，只有在已经发黄变襛的纸页上面，才暗藏着许多宛如芝兰的美丽秘密。

然而，刚刚生了孩子的乔爱喜，静静地躺在印满了黄色野菊花的双人床上，不知道该喜还是悲。都说是走一口，添一口，想必是有点说头的。就是在三天前，她们的父亲乔老爷在沐浴时，因为脑出血突然撒手而去了。其实父亲官名叫乔怀恩，自从《乔老爷上轿》的那出老戏在兰城上演后，凡与他相识的人就戏称他乔老爷，叫顺嘴后，就改不过来了。爱喜和爱真也就凑了这一份热闹，一直起哄似的这么称呼他，特别是在成年以后。在那个貌似不恭的称谓里，其实包含了父女间的平等与亲昵，是叫死气、刻板的兰城人暗暗生羡的。不过，眼下乔老爷再也听不见别人对他那种亲切的呼唤了。在兰城县医院那个被很多人用过很多次的、简陋之极的灵堂里，爱喜远远朝着乔老爷的冷棺躬了躬身，在麦子和小波的搀扶下，将就着烧了几把纸钱。其时爱喜已经是个庞然大物，即将临盆，很难跪下去了，更别说给那个人磕上个落地响头。惊闻而来并且已经聚拢成堆的女眷们都说，跪不下来就别跪了，也不能胡乱地哭，三十多岁的人了，又是头胎，惊了肚子里的小东西，大人孩子万一有个什么不好，也难给亡人做一个交代。女眷们一边抹眼泪，一边还说，乔老爷真是好修行，走的时候不受一点罪，也不累害人，而且还洗得干干净净，比起那些歪嘴斜眼，躺在床上流涎水的脏东西，真真好得多呢！暖心暖肺的话就是一枚开心的钥匙，也是一把轻巧的熨斗，喀嚓一下、喀嚓一下，就将心结打开了，就把多少褶皱熨平整了。暗暗思忖，人活一辈子，谁没这么一回，也许这么不痛不痒、不言不语的甩手走掉，的确是一种好修行呢。

搀扶着爱喜离去的还是麦子和小波，是母亲香兰那边的亲戚，隔着丈把远的姊儿妹子。姊儿妹子，各锁柜子，她们彼此都嫁得远，平时也没有什么人情来往。不过一旦遇上什么红白喜事，即使再远的亲戚，都会聚拢在一起的。特别是穿开裆裤时一起耍大的，就更多出一缕别样的亲切来。就是在这样的一番遇合当中，很多人都不知不觉改变了模样。镶在镜框里的照片，和挂在墙上的镜子，还有光阴中一些琐碎的插曲什么的，一直都在给麦子、小波和爱喜、爱真……她们，做着无情却真实的佐证。

有时候爱喜也会兀自暗想，如果乔老爷没有草草离开，那么她对爱真的态度，还会一点点的变柔、变软么？爱喜觉得，她那颗石头做的心，在乔老爷被抬上灵车，或者在自己从产房出来的那个瞬间，就被一双慈悲的手掌给捂暖了。似乎每一件事情的发生与结束，都暗含着一份契机，也贯通着某种缘分，大抵是相互铺垫、相互牵连的，细细回味起来，的确有一种神谕的意味在里面。

十岁那年，爱喜隐隐听麦子和小波说起过，姐姐爱真其实是抱养来的，猪的骨头贴不到羊身上，说到底还是她们三个亲近些。黄毛小儿的时候，为了在各种场合争宠夺爱，有时候仅仅为了一根红绸带，或者几颗米花糖，是免不了要做这样那样的手脚，这跟成人间为了种种卑污的目的所施的伎俩毫无二致。一般来说，这样的消息无论封锁多么严密，终究会从人们的嘴巴里走漏出风声来的。不过，当爱喜就这个问题去追问母亲香

兰时，香兰却矢口否认了。不仅如此，她还指指点点的说了麦子和小波的许多不是，说衣服长了打尻子，嘴巴长了惹是非，那两个小婊子的话，半句都听不得。听不得归听不得，从此爱喜在心里，对姐姐爱真，就暗暗系下了一个乱纷纷的梅花结。

何况后来，香兰还是点头默认了麦子和小波的话。

既然如此，他们两个——乔老爷和香兰，为什么还要对爱真那么偏爱呵护呢？爱喜听人说，早先香兰是不生养的，后来听了旁人的话，从河东抱养了个孩子，两年后就生了她。那时他们专门抱来个女子，其实从心底里期盼着以后自己最好能生个尕子。这是一种极其隐秘，又极其自然的愿望，还有，假如他们后来真的能生个尕子，也许他们自己也担心自己是否还会善待那个抱来的——人在儿儿女女上所存的心思，实在说不上个三六九。但如果抱来的是个女子，那就是另一码事了，一儿一女，那该是多圆满的事呢。当然，他们也想到另一种结果：也许他们只能生个女子……女子就女子，那就是两朵花呢！

香兰果然就生了个粉团团的小女子，眉眉眼眼简直就是乔老爷的复印件。乔老爷亲自进门领出来的女子，跟他怎么能不像？像就对了。

不知情的旁人大约是从爱真和爱喜的模样上看出来门道的，知情的人就说，本来就不是一个洞洞里爬出来的，模样怎能一样一样的？西人一看就是西人。兰城在河西，在这个地方，人们习惯以黄河为界，把自己以西人自谓。爱喜十岁那年，就从小波和麦子她们嘴里淘出来这个秘密，那个乱纷纷的梅花结，就那么不留痕迹的系起来。

既然如此，他们两个——乔老爷和香兰，为什么还要对爱真那么偏爱呵护呢？爱喜悄悄跑去问王家姨妈，也就是香兰的表妹，麦子的妈。王家姨妈就说，你们家乔老爷那两个人，心软。王家姨妈又补充一句说，不过人呀，心也不能太软的。

十岁的爱喜听得是一头雾水。她分辨不出，王家姨妈究竟是在夸乔老爷香兰他们呢，还是正好相反。

爱喜也直接问过香兰，香兰说，就因为姐姐不是咱们亲生的，我觉得才应该对她更好些。

香兰说，如果你被抱到远远的别人家，那家人又待你不好，咱们知道了心里该多难受。

香兰还说，咱们要是不抱来爱真，谁知道咱们还有没有你呢。听她那话，好像不光乔老爷他们两个，就连她乔爱喜，都要把爱真当个送子送福的吉祥宝贝看待才是——香兰一贯相信江湖上那些白里透黑，黑里透红的花花绿绿的道理，似乎它们具有保健品和护身符的妙用。旁人不知道，可爱喜知道，香兰每件贴身内衣的腋窝那里，都缝着一个由五色布做的、端午粽子样的香包，虽说只有麻钱钱那么大小，可它们带给她心灵上的安慰却重得很呢。

话这么说着当然好听，但爱喜心里自然是愤愤不平的。原先不知道原委的时候，觉得一切都是理所当然，现在回头一想，桩桩件件都让人心里添堵：新衣裳从来都是先上爱真的身，穿得半旧不新了，才能轮上爱喜；但是香兰会说，衣裳肯定是哥哥姐姐穿下来，弟弟妹妹才好接班，弟弟妹妹穿小了哥哥姐姐倒过来再穿，那不成了耍猴的了；好吃的也是先仅她的嘴，什么时候都比她爱喜多进几口。穿衣就不说了，那么吃呢？莫非只有大的吃完，才能轮小的？你听香兰又怎么说，说姐姐从小没吃过一天奶，身子弱，让她多吃几口也是应该的。即便是去她俩的干爹“酒师傅”那里，爱真去的次数都比她爱喜多。以

前也不觉得什么，自从心里系了那个梅花结，爱喜就觉得这个碍手碍脚的人，哪样事情上都成了自己的对手。就说这个干爹吧。小时候爱真身子弱，香兰就给她拜了个干爹，就是北街上修鞋的那个江迎九。逢着节气日子，乔老爷和香兰都要带着爱真爱喜去干爹家追节，也就是买些烟酒糖茶、时令水果什么的走动走动。江迎九是个孤老头，身子骨硬朗，话也好多，虽说只是个锥鞋匠，可他说的讲的全是国家大事，方针政策什么的，句句不离这主席、那总理什么的，就连那个黑不溜秋的阿拉法特和神秘兮兮的班禅额尔德尼都逃不出他的嘴巴，好像他就是朝廷里下来微服私访的钦差大臣。在干爹那里，乔老爷和香兰几乎插不上嘴。每次去这个干爹那里，他们都要喝上几杯，拍根老黄瓜，拌颗洋柿子，就能当成一道好酒菜。爱真喜欢把那个干爹叫"酒师傅"，说是他太爱喝酒了，哪天不喝上一杯两杯的，心就慌得不行，大约是酒神的真传弟子吧。爱喜却偏偏叫那个干爹"九师傅"，明明字号里面有个九嘛！大男人家的怎么能随随便便的更名改姓？她姊妹俩抬杠的时候，那几个大人也都跟着起哄，判官司，都说这个"酒"字比那个"九"字好，有气派、贵气，而那个"九"呢，显明有臭老九的意思味道，明明是偏向爱真一边了。

还有银子。爱真和爱喜穿开裆裤的时候，香兰就给她们打了耳朵眼，每人都戴了两个白花花的银耳圈。同样的银子，戴在爱真身上，总是显得越来越亮，衬得整个人眉眼也亮堂堂的；但是爱喜耳朵上的那物件，什么时候看去，就跟旧的一样，雾腾腾的。王家姨妈说，人是养银子的，不过银子也是挑人的，心眼好的，银子戴在身上就越来越亮，干干净净就跟水洗过了一样。一个人心眼好不好，看看她身上戴的银子就知道了。要知道，不是谁都适合戴银子的。王家姨妈说的唱的，仿佛都朝爱真那边斜了过去，气得爱喜把耳圈扯下来扔了，发誓再也不戴那种便宜货。

还有辫子。爱真和爱喜，吃着一样的饭，喝着一样的水，长出来的头发却是两样的。爱真的头发又黑，又长，编成一根独辫子，就是一条长鲶鱼，握在手里滑溜溜的，不留神就逮不住。爱喜的头发偏偏就不争气，稀稀的，黄黄的，要恼了的时候，麦子和小波常常那样骂她：

“黄毛黄毛，上树揪桃，树枝不牢，摔死黄毛”。

没要恼的时候，麦子和小波嘴里总是鹦鹉学舌说，天上的老啊，地上的小！意思是当老的、做小的，凡事都是金贵、得理的，可她爱喜这地上的小，实在是做的没名气。从十岁起，爱喜的嘴就硬起来，再也不叫那个抱来的人一声姐姐，不是直接唤做爱真，就是用那个“喂”字代替；从十岁起，爱喜看爱真就只用白眼仁，黑眼珠子就藏到睫毛里面去了，任凭乔老爷和香兰磨破嘴皮子劝，爱喜都不曾改——爱喜实在是个犟牛板筋，真不知随了哪一个。自然而然的，爱真十二岁那年，就做了一件让香兰至今都胆战心惊的大事情：十二岁的爱真带着悄悄攒下的二十块钱，离家出走了。不用说，是朝东边走了，是找人家的娘去了。从旁人嘴里，爱真只是打探到这个方向，其余的，就什么也不知道。三天后乔老爷和香兰循着音信，在黄沙古渡口找到蓬头垢面的爱真时，三个人抱在一起好哭了一场呢。

那时爱喜也哭了，她心里实在也委屈得慌，她从来不肯承认，那年的那场虚惊，其实就是她自己惹的祸。

事后香兰心有余悸地说，要是爱真稀里糊涂地走失了，或

者不小心掉进河里，那可怎么收场，虚岁才刚十三的人。香兰说，喂个鸡养个猫的，时间长了都有感情，何况爱真还是个有眼色、会说话的巧八哥。香兰还说，我们这一门，人丁不旺，来来往往孤溜溜的，有个姐姐给你做伴说话，该有多好……这样暖烘烘的话香兰不知说了多少句，可惜那时爱喜就是听不进一句。

然而，刚刚也做了母亲的乔爱喜，静静躺在印满了黄色野菊花的双人床上，看着那个闭目酣睡，无知无觉的小生灵，心里一片唏嘘。说得多好！走一口，来一口，仿佛正就是这个狠命吃奶的娃娃，提前三天夺了乔老爷的禄粮，真有些旧的不去，新的不来的意思。“人世有代谢，往来成古今”，说的就是这等滋味，由不得人不唏嘘慨叹。母女相对时，香兰还是像从前告诫爱真那样告诫爱喜，月婆子不能掉眼泪，要不以后眼睛早早就花了，没方可治的；月婆子不能掉眼泪、也不能伤心生气，一不小心没奶水了，大人娃娃就受上罪了……总是眼泪长眼泪短的，似乎女人这辈子和眼泪就断不了干系。香兰这样说话的时候，她眼角和额上的皱纹显得更深了，她的心呢，仿佛也埋得更深了，探也探不到底了。看着香兰骤然清减了的脸面，爱喜打心眼里也为这个劳碌命的女人感到伤心难过。从前，乔老爷就是香兰的顶梁柱，主心骨，现在，头发花白的香兰就是她自己的顶梁柱，自己的主心骨了。爱喜几乎都能听见那些无形的、沉甸甸的重物压在她脊梁上时产生的异响……爱喜真的不能在香兰面前哭鼻子，抹眼泪，现在她就是香兰的拐棍，香兰真的已经老了。那些啰里啰嗦的话要放在以前，爱喜肯定是爱听不听，眼下，不知为什么爱喜特别爱听这些俗套老旧的道理了。过了一趟鬼门关，才知道人是纸糊的，才知道什么叫疼痛害怕。从前看着乔老爷和香兰忙前忙后的给坐月子的爱真炖鸡汤、蹄膀、红枣粥什么的，三十多天不下床，百十来天不出门，真好比立了天大的功劳，比大姑奶奶还大姑奶奶……爱喜嘴上不说什么，心里实在很不屑，从鼻孔里哼出来的气都是冷的。

可眼下，香兰说一句，她听一句，香兰说半句，她就听半句，一丝半点都不敢马虎。从乔老爷走后，爱喜真的不敢掉眼泪，她把眼泪全都攒起来了。

麦子和小波齐刷刷地来看月婆子，提了鸡蛋、精粉挂面、红糖、小米子。这两个人现在都是麻雀班的班长，遇到一起就没有停嘴的时候，这两个人一进门，连那条印满了黄色野菊花的床单都显得寂寞黯淡了。小波书没念成，可这并不妨碍她一直线的过上好日子。好胳膊好腿，顶不上一张好嘴，谁叫人家小波天生了一张巧嘴巴，保健品卖得是兰城一绝。眼下人家是开着 QQ 车来看爱喜来了，QQ 车在兰城里不上档次，但是一个有点颜色的小娘们儿开上，就显得有意思有看头了。毕竟，在兰城这样一个小地方，坐车的婆姨多，开车的婆姨少，在爱喜她们这一拨姊儿妹子里，小波算是走在人前头的人了，洋气让人家一个人要完了。

麦子也不赖。跟着狗吃屎，跟着狼吃肉，麦子跟着小波，今天倒腾螺旋藻，明天倒腾永春堂，时不时还要个胆子大，悄悄给包工头放个十来八万的高利贷，来钱快着呢。如今这年头，钱都成了溜尻子货，越有钱越是钱归大堆，很多人都这么说的。

两个人脸上都红红绿绿的画了彩，小波新做了门帘子头，刘海齐齐的像个黑板刷；麦子还是去年的卷毛毛，漂染得黄一绺紫一绺，想不热闹都不行。尽管两个人的武器装备大同小异，

可脸面颜色上还是有区别的，要不怎么说出门看天色，进门看脸色呢？两个人齐刷刷一进门，就连疲倦慵懒的爱喜都一眼看出来从她们眉线、眼影和口红中流露出的、本质的差异来。听说，麦子和小波的房子都赶上第一批拆迁，大家为了多丈量几米，都暗中托人给城建上主事的送红包。本来两挑担约好了一起去的，可巧那天晚上小波的金不换女婿跑肚子，急吼吼地麦子女婿就一个人揣了两千块去了，多少带了一点点捷足先登的私心杂念头。可巧头天晚上钱刚送到，第二天下午城建上这个主事的喝了点酒，老毛病一犯，就殁过去了，两千块钱眼睁睁一夜间就白了，怨谁呢？怨就怨麦子女婿那天晚上没跑肚子。亲戚们都说小波素来财运旺，想赦点财都赦不掉。爱喜也听旁人常常挤兑小波女婿，说你婆姨可是个能人呢，人家那个金不换女婿就拍拍大毛胸脯说那我就是个日能人呢。旁人不屈不挠，又说，你们俩口子黑不溜秋的，养个儿子咋就那么白呢？该不是别人种下的种吧？人家那个金不换女婿就敲敲那人的脑瓜子说，你不知道二二得四，黑黑得白吗，真是肉头一个啊！三句两句闹笑话就显出人家两口子的一条心来，旁人的闲话反而就是干扯淡了。可麦子女婿偏偏就是一根筋，听了那些折泔水缸的话，就总是怀疑麦子背后跟了人，跟了张三李四王二麻子。两个人吃饱喝足了就为这些无二悠的事闹意见，闹得连他们七岁的宝贝儿子都有了风声……女人一强，或者男人一孬，说什么怂话的人都有，这也是兰城街面上恒久流行的风格之一，既像兰州拉面，又像汉中酿皮，天天都离不了嘴的东西。麦子的脸色自然就比小波的略逊一筹啦。一个小地方，一个婆姨家，平白无故地头上被扣上个屎盆子，给谁心里也是犯堵的事。这两个碎嘴媳妇，在那一缕淡黄色的、安静的时间里，说完甜处又诉苦处，直把爱喜听得云遮雾罩，因为有好些江湖上独具风格的行话，爱喜这个教书先生还是听不太明白的，听上去总觉得是一段盗版的传说。

王家姨妈也来看月婆子了，逮了自家养的老母鸡，鸽娃娃。老母鸡汤下奶利，鸽娃娃是大补的。月子里亏了得月子里补，月子就得好好养着。王家姨妈眼神里面的慈爱，比起三天前骤然厚了、浓了几分，她摸着婴儿粉嫩的小手时，还轻轻叹了口气呢。王家姨妈和香兰说悄悄话，从黄色的野菊花丛一直说到香气四溢的厨房里。似乎，有些话她们是有意不想让爱喜听见的，不过竖起耳朵、刻意去听的爱喜还是听见了。王家姨妈说，乔老爷自己的骨肉，临了都没能送他一程，倒是那个不相干的，替爱喜尽了孝道。王家姨妈说，爱真跪在地上那个哭啊，惹得长孝短孝的人都抹眼泪，人家娃娃是报了恩了。王家姨妈说，转城的时候，侄儿侄女的还有几个，懒散些也罢，还将就着烧个纸，到天黑尽了的时候，人就咧着走光了，说是这事那事忙着呢。侄儿不是后，羊卵子不是肉，到天黑尽的时候，就只剩爱真一个人披着白孝守在一堆火跟前，看着到底是凄惶！不过人家道士鼓手倒是赚的良心钱，吹吹打打没少一道手续，这是实在的。香兰揉着眼皮子说，虽说那是做给旁人看的也罢，不管里子面子，爱真这娃娃全都做到了，难得的孝顺呢。香兰的声音有点哽，王家姨妈话题猛一个急转弯，就拐到了另一条道上，说起她九十三岁的婆婆来。九十三的人了，吃也吃不进，喝也喝不下，还要晒太阳，还要看街景，背进又背出的，真不是个事呢。人活到这个份上，自己旁人都觉得没什么意思了，可她那口气不咽，谁又不能把她活埋了。王家姨妈话题又转了个弯子，诉苦说，我们家掌柜的是个便宜掌柜，轮到拿银子时

就是个伙计了。老二、老三兄弟俩，一家一个月地轮，逢着大月小月，多一天少一天都没人看管，没人看管就给我送来了，我是丫环拿钥匙，当家不做主，现在儿子都主上事了，我这还不是瞎子给烂眼窝子宽心呢……王家姨妈和香兰也是穿开裆裤时就一起耍大的，遇上什么酸甜苦辣的，就要这一碟子那一碗的舀出来，尝一尝，然后再咽下去。她们尝过很多滋味，也倒掉很多变味了的东西，在爱喜眼里，香兰和王家姨妈都是好肺腑，尝了多少滋味，还从来没有什么事情、什么难处能让她们展展趴倒在地上呢！

大水瓢脑袋的干爹也来看爱喜。爱喜连连叫他“酒师傅”，还特别说明不是那个臭老九的九，是喝酒的酒。干爹就说，多年前的老账了，还拿着当钱使唤呢？咳！黄瓜柿子还有呢，往后再没有人和酒师傅喝酒了。香兰就插话说，该戒了，早该戒了。干爹说，黄瓜柿子涨价了，柴米油盐也涨价了，就我这个糟老头子落价了。香兰就说，行情不由人呢。干爹给爱喜三百块喜钱，说，手心手背都是肉，爱真给多少，爱喜就给多少，我心里可是只有一杆秤！大水瓢脑袋的干爹还是那么健朗，硬气，利落，说话连口痰都没有。这么健朗硬气的干爹，真是佑护了乔家这两朵花，爱喜和爱真也像酒师傅那样，这么多年从没吃过药片子，年年月月，酒师傅一直都是乔老爷家门上的贵客呢。

还来了好些衾熟面孔，有已经顶了神的老爷子。老爷子其实是个女人，就是麦子的小姑妈，烟抽得很凶，环眼狮鼻，没一点点女人相。还有开诊所的候大夫的婆姨，她是个齉鼻子，一开口就有笑声轻轻响起来。爱喜隐隐记得，老爷子年轻时也爱耍，冬天给她们几个丫头粘风车，夏天领她们到野湖里寻黑菇子，白菇子吃，很有耐性的手把手教她们挑绳绳，直挑得几个丫头片子眼睛都花了……她们的面孔像小时候家里山墙上粘的旧年画，多少走了点样子，也掉了些颜色。爱喜想，时隔这么多年，她们居然还记得来看一眼她这个月婆子，也许就因为她是乔老爷和香兰的女子吧！

来来往往这么多人，没有一个人在爱喜面前提起乔老爷，乔老爷就像一棵衰朽了的老树，被他们从漫长的记忆中连根拔掉了。在拔掉的空隙里，溢满了新生的喜乐。她们左三右四，就只说襁褓中这个粉红色的小布丁，眉毛随了谁，嘴巴随了谁，下巴颏的那颗痣是颗福痣，一看就是个有福的。额头宽，将来不知有多贵气……不过爱喜心里还是觉得几分寂寞，最想见的那个人却一直都没有来——她一定是不想来吧。说真格的，爱真的模样，在爱喜心上已经变得几分模糊了。那年从黄沙古渡找回爱真后，从来舍不得动她俩一根手指头的乔老爷，把这两个小婊子逮住美美捶了一顿，捶爱真的时候说，我给你腿棒子，叫你跑……叫你再跑；捶爱喜的时候说，你这个狼崽娃子，我叫你嘴硬……粉红脸颊的乔爱喜，和那个粉红脸颊的乔爱真，记忆里真真就只挨过乔老爷那一次打，打过那一次，两人就都长记性了，不过在心里，自觉不自觉地，两人还是生分了。以后，也还是生分了，爱喜心上就像是一片白花花的盐碱地；爱真心上是绿油油的麦子地，还是白花花的盐碱地，谁也不知道呢。

女子本来就是客，迟早脸朝外的人，何况两人心上都系上了一个乱纷纷的梅花结。后来爱喜考上小中专，出门念书走了，和爱真见面的机会就更少了。回想起来，那时爱真书念得是很不错的，不知为什么后来她没有参加考试。据香兰说，是爱真心疼乔老爷他们两个，也心疼他们的辛苦钱，说什么也不念了。香兰说，你那么一闹，人家心上还是生分了，起疙瘩了，把咱

们当亲戚了。好亲戚勤算账，人家心上也在算这个账呢。你说说你嘴尖毛长的，硬是把一个亲亲的姐姐弄得半生不熟的。

如果说，在爱真主动放弃继续念书这桩事情上，倔强的爱喜的确有些心存愧疚，那么在爱真的婚事上，爱喜又翻了个猛子，再一次一头扎进先前那趟浑水中了。因为后来爱真要嫁的那个人不是别人，正正就是爱喜的上届男友杜一百。表面上来说是爱喜甩了杜一百，实际上只有爱喜自己知道，在你来我往中，是人家杜一百对蛮横任性的爱喜渐渐生了离退之意。即便是再迟钝的女人，在男人对自己的喜厌上都是有感知的。其实，是爱喜感知到了这一点，才抢先一步跟杜一百拉锅了。爱喜就是这样一个犟牛板筋，真不知是随了哪一个。爱喜拉锅容易，乔老爷和香兰可落下难了——地上地下，全是贴了红纸的箱箱盒盒，婚都已经定了的人，这叫老两口可怎么收场！说实话，从小看到大，乔老爷和香兰的日子虽说有些紧巴，爱喜很少看见香兰掉眼泪。她和乔老爷的裁缝铺里，一天到晚笑声不断。有来缝裤裆的男人来了，一伙人就说准是那人的家伙大，把裤裆都顶烂了；有女人来做大号胸衣的，他们就说准是叫骚男人给摸大的，一定得多给钉几个暗扣。从萝卜白菜，到芝麻西瓜，都是香兰快乐的泉眼，要说香兰掉过一次眼泪，那就是爱真离家出走那一回；还有一回，就是这一次了。香兰抹眼泪，爱真也陪着抹眼泪，乔老爷叹气，爱真也陪着叹气，三个人扯着骨头连着筋似的。听香兰说，最后还是爱真自己出的主意，想替代爱喜，托王家姨妈先试试杜家的口气，成就成，不成就扣的扣，盖的盖，就当什么事情也没有。没料到王家姨妈婉转一说，杜家那边二话没说就点头了，仿佛当初杜家大小全看错人了，没准人家看准的还偏偏就是那个不言不语的乔爱真呢！

爱喜心上那个气啊！牙根子那个痒痒！八条腿的蛤蟆难找，两条腿的男人满地都是，又不是天下男人都死光了，就只剩下个杜一百！这个来路不明的爱真，这个神神秘秘的“喂”，简直就是自己的死对头，从小到大，把她乔爱喜的面子全都撕破了。爱真本来就碍她的眼，现在那个人竟然又变成了自己的姐夫……爱喜心里那个气！她觉得，老天爷对她实在是太不公道了。可是你听见香兰又怎么说，若要公道，打个颠倒。姐姐是担心旁人看咱们小家小户的笑话，也担心杜家对咱们说难听的话，这才硬着头皮想出了这么个法子。你想想一个大姑娘家，厚着脸皮说出这样的话，幸好是杜家一口就应承了，要是反了把子，我们的老脸往哪里搁不打紧，爱真一个姑娘家的脸皮又往哪里搁？瓶口好堵，人嘴难堵，那时你可让我们真真作下难了。

那年爱喜刚好毕业了，因为婚事的变故，她揣着那张毕业证书，主动去了离家最远的一个镇教书。那个镇就在西山下，附近还有驻军，军营里还有几个年轻的军官……爱喜后来的女婿就是那些军官中的一个，先调到天水，后调到兰州，这个穿军装的贵客，总之是越走越远了。乔老爷出殡，爱喜生孩子，这个二女婿正在长江边上抗洪救灾，死的活的都顾不上了，啥时间能回来，还没一定的事呢。

那时候，爱喜觉得，她和爱真之间的梅花结，这辈子注定难解开了。然而乔老爷的骤然离去，小生命的如约而来，香兰那些柔软且温暖的闲言碎语，使爱喜那颗石头做的心，渐渐生出些许幽幽的绿苔来。爱喜觉得，香兰简直就是她屋子中央那尊佛像前的一炉香火，那些古老而氤氲的香气，总能让她身上那些坚硬、粗糙、冰冷的、铠甲样的东西慢慢地失去原来的形状。

和香兰在一起，爱喜的心不知不觉就变得宁静安详起来，从前积郁在心中那些凹凸不平的大事小情，如今站在香兰身边一看，多少有些一马平川的开阔之感、轻逸之感。若要公道，打个颠倒，真的打个颠倒，爱喜知道，自己未必就能像爱真那样呢。

香兰说，你睁开眼睛前后左右看看，就有多少亲养的，都拿爹妈不当回事；就有多少抱来的，也害得父母鞋子倒穿，走不了个利索路，遇上爱真，也是咱们的福气，该知足啦。孝顺、孝顺，有孝心，就顺当，这不是虚话呢。

香兰说，爱真嫌自己戴过重孝，不便当来看娃娃；人没来，可东西早带来了，穿的戴的，吃的用的，都在这里放着呢。等满月了，一家子人就一起来啦！香兰说着话，就洗了手，习惯性地点上了玫瑰香。爱喜咬住嘴巴，好像要把“姐姐”那两个字眼咬在嘴里，回味回味似的。她可不能在这个时候掉眼泪，她把眼泪全都攒起来了。

香兰这个人呀，什么话一经她嘴里说出来，怎么就那么软和，那么喜色呢，好像她的心里，不论什么时候，都悬挂着一盏红彤彤的花灯一样。

就跟那些浑身都是奶腥气的月婆子们一样，爱喜一天一天在小台历上划着杠杠，盼着满月了。满月的那天，也该是有点柠檬茶的香气的吧。或许那个红铜色的夜晚，恰好有穿过灰色云朵的月亮呢。那个粉红脸颊的乔爱喜，和那个粉红脸颊的乔爱真，拖着一粗一细，乌溜溜的鲶鱼辫子，穿着骚情红的小棉袄，踩着彼此细碎的影子，手拉着手，就穿梭在数不清的灯海之间。

女人街号外

那次小小的骚乱是在九月的一个黄昏发生的。地点是在女人街一家叫“红色青年”的酒吧对面。女人街是我们歌兰小城新建不久的一条宽阔的街区，跟银河东路、朔方北街和教育巷自然而又奇怪地粘连在一起，就像一个女人同时脚踩着三只船一样。因为是新建的街区，看上去就比较有时代气息，沿街青灰色的门面房均按照政府的统一要求，加盖了高高低低的尖顶做了装饰，好像满街都是大大小小的教堂。刮风下雨或有雪有雾的时候，让人觉得，这里仿佛是欧洲某个寂寥的修道院。

当时我就住在女人街最东头的一幢旧楼的六楼上。房子是租来的，70 平方，月租金 800 块。春天的时候我离婚了，躲在这个还算温馨的楼顶上疗伤。我们离婚的原因很简单，也很寻常：前夫在外面有了别的女人。其实，我们歌兰小城有很多看上去很正经、很体面的男人都在外面有了别的女人，但他们的妻子都选择了隐忍退让和委曲求全。我猜她们之所以放不下问题婚姻，主要是因为孩子，其次是因为钱，最后才是自己的面子。在我们歌兰小城，绝大多数女人还是很传统、很守旧的，孩子是她们的心头肉。我能放得下，是因为我们还没来得及要孩子罢了。

阿金曾经劝我，别那么较真，看开点，凑合着过呗！有多

少人都在凑合着过啊！我笑了笑，喝光了杯子里的小木屋果啤。小木屋，这个名字可真好！让我忽然想起来童年、草地、云朵、友谊和爱情之类美好的字眼儿。我没有听阿金的劝，最终还是跟唱《回心转意》唱得极有味道的前夫分手了。实际上，正是因为他最拿手的这首情歌，仅仅几分钟，他就在9号公馆娱乐会所俘获了那个富婆的芳心。也就是说，我的前夫是个不怎么发达的男人，需要辛辛苦苦地握着方向盘，才能过上稍稍体面的日子。分手的时候，所有的财产都归我了。因为那个富婆太有钱了，她不在乎我的前夫是否跟我分割那套市值70万的房子。我们买那套小别墅的时候才花了不到十几万，还是贷了些款的，没想到才三四年时间，房价就翻了几番，这让我们高兴得做爱都更有激情了。当初勒紧裤腰带买这样大的房子，就是想着将来有了孩子，我们住一楼，孩子住二楼。可事实呢？

那阵子，那种失败感将我打击得溃不成军，一文不值的掉价感更让我刻骨铭心。我无地自容，也无处可逃。但偶尔，我又独自窃喜，庆幸自己遇到的这个老三是个富婆而不是一个穷光蛋，不用怂恿那个吃了软饭的男人跟我争夺财产。否则，现在的我不会无忧无虑，以度假的样子来打发日子。富婆究竟是富婆，心胸还是挺博大的。这样想的时候，我觉得自己既无耻又世俗。实际上，我们歌兰小城就是这么一个非常世俗和世故，也非常讲究实际的地方。

阿金的家在女人街西口的建设小区，算是我的芳邻，又是我的保险服务专员，对我的情况自然了如指掌。得知我离婚后，她很快为我变更了保险单的身故受益人。在阿金的撺掇下，我悄悄买过很多品种的保险，身故受益人都是钱串子，我的前夫。也就是说，假如我被车轱辘撞飞了，钱串子就会拿到超出我想象的一大笔钱，足够他花天酒地的玩弄一个班年轻貌美的姑娘。

阿金给我送保险变更手续的时候，用虎口脱险后的夸张口吻说，好险啊美女！要是之前发生了不幸的事情，你就亏大发了！为此我很感激阿金的提醒和指点，并及时将受益人变更为我远在南方的姐姐。

好险啊美女！……阿金三句不离本行，时不时就会以这样的开场白重复这句话，多少有些饶舌了。实话说，她嘴里的不幸就是死亡的委婉表达。每当她有客户在高速公路、飞机或火车上出了事故，她都会莫名地兴奋好几天。她会打开随身背的手提电脑，算一算那个倒霉蛋的保险金是多少，然后啧啧不停地咂着嘴，好像是她自己拿命狠狠赚了这么一大笔钱似的。这样一个意外死亡的案件，会给她带来不少新业绩，间接地让她的钱袋子变得鼓起来——她曾经不加遮掩地对我吹嘘过这个，有点职业病的意思。对保险业务员阿金，我说不上喜欢还是不喜欢，看见她，跟看见榨菜、油条和茶叶蛋的感觉是一样的。每当我们在女人街偶然相遇，看着来来往往漂亮或不漂亮的女人，她都会悄悄贴近我的耳朵说，这一个离婚了，那一个也离婚了，哪，穿迷你裙和粉色凉拖，屁股大大的那一个，也离了……嘿嘿！阿金贴近我的耳朵说这些话的时候，从她松弛的脖子和古板的职业装上散发出来一股奇怪的香味，她那张媒婆似的大脸越发显得诡秘和妖冶了。她之所以这样给我“咬耳朵”，或许有安慰我的意思，可不免带些是非婆的嫌疑。看见她，我的脑海里就浮现出榨菜、油条和茶叶蛋那种一成不变，乏味至极的样子来。像阿金，或者说诸如榨菜、油条和茶叶蛋，对我们歌兰小城的日常生活来说，几乎又是不可或缺的。我承认自己暂时需要这样廉价的安慰。

顺便说一句，其实阿金自己也是一个单身女人。

因此，有一段时日，我常常趴在女人街最东头那幢旧楼的顶楼上，俯视众生似的看着女人街上来来往往的人们，幻想，或者发呆。

女人街的商家多半是经营酒吧的，间或有几家网吧、文印社和时装店。我能叫得上名字的酒吧有梁祝、埃及之星、平乐坊、后海、红色青年等等。偶尔我也会走进其中的一家，叫上一客爱尔兰春天，或者红粉佳人，听着那种令人恍惚的背景音乐，静静地坐一会儿。我去得最多的是红色青年。我喜欢红色青年的屋顶上那几个老式电风扇，像几朵白色的野菊花，旋转起来，带来一种蒲扇扇出来的古旧的、水草般绿绿的凉意。别的酒吧统统都是装空调的，而且开得很大，冷气逼人，而我非常怕冷，非常怕。

因为白菊花似的电风扇，我成了红色青年的常客。很多人都说，这个白生生的老板娘，其实跟我们的女县长貌相很相像，红色青年生意的好，跟这个巧合大概有几分关系吧。给她做帮手的是她儿子，一个光头的青皮后生，裸露的肩膀上有蝴蝶刺青。在我们歌兰小城人的潜意识中，这多半也就意味着，他这个人不怎么好惹，多少有些黑社会背景的。

跟老板娘熟悉起来后，有时候我们也说一些具有歌兰小城风格的家常话，比如孩子、男人、婆婆什么的，一说，双方就知道什么叫无话可说。老板娘很知趣，从不多打搅我。只是，到了秋天的时候，她忽然啊了一声，说你好像瘦了一圈圈。她说，你应该到医院看看——我的视线忽然就模糊了。真的，自从离婚后，我坚强到还没有好好大哭一场呢！她让我想起了远在南方的姐姐。姐姐尚且不知道我婚变的事。姐姐的男人是个中医，按摩针灸最拿手，据说现在到处搞讲座、搞培训，知名度很高，也很能赚钱。这几年，中医跟国学一样，忽然就变得很吃香了。某次在南方姐姐家玩，我一不小心骨折了，那个中医曾给我按摩了几次。我伤的地方在腿上，他的双手却在别的部位按摩，清秀的脸上有些无耻和放肆，又有些阴暗和得意，而姐姐彼时就在隔壁厨房里给我熬骨头汤。姐姐端着热腾腾的骨头汤进来的时候，我哭了，我给她说我的骨头疼得慌。想起姐姐，我心里真是疼得紧紧的。一想起中医那双不安分的手，或许也在别的女人身上不规矩地按摩、骚情，我就觉得无趣。不过，如果他不是姐姐的男人，我是否还会如此厌恶和反感那个笑里藏刀、文质彬彬的中医呢？一想到这个，我觉得自己也很无趣。这样那样胡思乱想的时候，我觉得自己似乎变成了一坨白花花的荤油，有一股油腻腻的腥气。似乎从那时候起，我就不怎么喜欢自己了，也想早点找个差不多的男人嫁掉了事。

红色青年是我打发时光的好地方。几乎每个下午，我都去那里消遣片刻。那个时间段里客人不多，聚集的多是打扑克而不是摇骰子喝酒的闲散男人，氛围就比较安静。他们玩“跑得快”，“跑”（出牌）到最后，谁手中剩余的牌越多，他输的钱就越多。筹码小一点的，一下午输赢也就百八十块；要是筹码大一些，也有人胆寒，玩不起的。有一次正好阿金也在，她认识那几个男人，我也就半推半就地掺和进来，学着玩，居然就赢了。就是在那次，我认识了“警察”。其实他不一定真就是一个警察，反正是在公检法之类的那种单位上班。大家都那么叫，我也就跟着那么叫，贵在掺和不是？在我们歌兰小城，能认识几个白社会的人，也是很有面子的事情，比如警察、公安、法官、律师以及政府官员什么的。在我们歌兰小城人的潜

意识里，白社会的人跟黑社会的人都不赖，都讲义气，往往可以把摆不平的麻烦能够摆平。“衙门有个人，少花十两银”，认识这类人的隐秘好处，自然无需多说。像我这样经常帮人做假账、混饭吃的小会计，一旦捅下什么娄子，有这么一个相关人士，多多少少，总可以帮忙打个圆场，派些用场的。这可能就是单打独斗的我主动跟警察示好的原因。那次小赢了一笔后，我请阿金、警察，还有一个搞房地产的大老板一起吃了小火锅。阿金说得不错，在我们歌兰小城，上至县长大人，下至扫街收破烂的，各行各业，形形色色，就没有阿金不认识的人。

红色青年是我打发时光的好地方，因此我就是那场骚乱的目击者。那是九月的一个黄昏。结清酒水钱后，我准备起身离开，刚走到门口，就看见对面那家叫“埃及之星”的水吧里的几个客人忽然尖叫着四散跑出来。其中一个穿黑色老头衫的青年男子的胳膊上还流着血，血使那个男子的叫声更尖利了。慌乱中，一个瘦干猴子从那扇垂有流苏的玻璃门里冲出来，手持一根手电筒粗细的木棍，追上已经逃到红色青年门口的男人猛击不止。嗵！嗵！嗵！木棍击打在肉体上的声音清晰可触，听得我心脏都要颤抖起来。我只好用颤抖着的手捂住嘴巴不让自己叫出声来。白生生的老板娘和她的儿子跟我一起站在红色青年门口，肩膀上有刺青的年轻人刚刚有一点要冲过去的意思，就被精明的老板娘暗中飞速和强行制止了。我看见老板娘紧紧拽住她儿子的胳膊，紧紧地。别的水吧和店家以及一些零散客人都又惊又惧地站在原地观望，其中也包括“埃及之星”的老板本人。他低头点着一支烟，朝殴打现场看着，也朝那个方向喷出几白的烟圈。他不时用另一只手拽一拽自己的衣领，能看出来他伪装出来的平静。这时那个穿黑色老头衫的青年男子已经躺在地上了，他双手抱着头，黑蛇似地滚来扭去。

肯定已经有好心人打过110了。似乎在最短的时间内，几辆摩巡车就闪着警灯驰过来了。这时候才有一些路人和旁观者敢走近现场，嘁嘁喳喳评议着什么。不知情的人以为发生了交通事故，知情的人却纷纷说打死人了，打死人了……

稍后，一切归于平静。夕阳更红了一些。女人街被满天的晚霞涂上了酡红的油画颜料，显得安详而静美。但是之后几天，我总觉得女人街上还隐藏着那种慌乱不安的气息。我没有通知房东，自作主张给几个窗户加装了防护栏。阿金埋怨我不会算账，聒噪了一通走了，我却觉得花钱买一个安全感，还是很划算的。夏天的时候，我们歌兰小城凡三楼以上没有装铁栏杆的人家，几乎都被小偷光顾过，我跟房东为此交涉过几次都没有什么结果，只好自己先贴上了这笔钱。

阿金聒噪着离开的时候，我发觉她的脸色更加难看了。

一晃就到十月底了。红色青年的白菊花电扇自然不用打开旋转了。不知为什么，我的心情也比当初好转了许多。日子还是要过、且要好好过下去的。也许，离婚那道坎，我已经快要迈过去了。我感觉自己的身子，已经从那种粘腻和紫黑的情感的泥潭中悄悄探了出来，像摄影师特拍的那种劫后余生的柔韧的植物一样。

气温是降了很多，但时隔一个多月，女人街上那场短暂的骚乱还留有余温。很多人依然在窃窃私语，因为没人知道黑蛇最后究竟怎样：死了，还是残了。我们歌兰小城的人，都不怎么喜欢议论天下大事，比如泰国红衫军、石油危机、美国总统竞选等，对类似黑蛇被打这样的小事却津津乐道，兴趣盎然。

一个寻常的午后，在红色青年，我又遇见了“警察”。

以前我们都是偶然遇到的，后来却有些刻意的意味了。我心情的好转，或许跟这些巧遇是有些瓜葛的。实话说，“警察”人还算不错，无论五官相貌，还是言行举止，都给人一种方方正正、正人君子的美好感觉。他老婆在工业园区银奔宝专卖店上班，接待的全是有钱人，最后就跟着其中的一个富翁跑了。阿金曾经跟我说起过这个，似乎有成全我和警察的美意。就凭阿金那张油嘴，警察肯定早就知道我丈夫被富婆顺手牵羊带走的旧事了。

我们面对面坐着，喝着西夏嘉酿，因为实在没有什么适宜的话题，就只好又说起来黑蛇被打的事情来。警察说，你别小看那个瘦干猴子，他是“埃及之星”的老板专门花高价雇来的，不单会烤羊肉串和小黄鱼，更会打人。能让他疼在骨头上，却不会叫他落下残疾，更不会把他打死，比真的警察都厉害。想起来“埃及之星”的老板当时那种淡定的样子，我觉得警察没有忽悠我，他说的话多半是靠得住的。

他们之间一定有旧怨吧？我装作很认真的样子问。

没有新仇，也没有旧怨。警察说，黑蛇问瘦干猴子讨要发票。他花了133块钱，瘦干猴子给他扯140块钱的发票，他不肯，偏偏就要那三块钱的票，干猴子又没有。想把三块钱的零头抹去，黑蛇居然也不肯，万般刁难的样子。纠缠不过，瘦干猴子急了，就动了手。警察还笑着补充了一句：三块钱引发的血案。我们两个都笑了起来。警察说，只要不出人命，这事就上不了歌兰新闻。这般打架斗殴的小案子，让警察干起活来跟撒泡尿一样轻松。毕竟，我们这里是赫赫有名的治安模范城啊。警察说到这里，我们又干了一杯。警察还额外补充了一句说，黑蛇呢，其实脑子真有点问题，他对3这个数字很敏感，似乎被小三骗过，很惨的……整个事情好像是一场误会，现在已经没事了。警察说话的时候，顺便拍了拍我的手。他的手很大，也很暖。

你真的是警察吗？为了掩饰自己，我装作很认真的样子问他。

猜猜看，警察说。但我一直都没有用心去猜。离婚后，凡事我不再那么认真，可总会有意无意装出认真的样子来给人看。

“黑蛇”事件之后，女人街还发生了几次引人注目的事情。一次是一个老太太从女人街经过，忽然坐在银河网吧门口大哭起来，引来很多路人围观。问及原因，才知道是她自己不小心，把几颗鸡蛋磕在台阶上磕碎了。一斤鸡蛋从三块五一路飞涨到五块钱，别说一个吃低保的孤老太太，就是我不小心摔碎几个鸡蛋，也会害心疼。路人纷纷劝慰老太太，还有个好心人直接给老太太塞了十块钱。另一次呢，则是五个女学生在银河网吧门口欺负另一个女生，扇那个女生耳光，把鼻血都打出来了。旁观者一开始都挺同情那个挨打的女生，红色青年的老板娘还准备上去抱打不平。那些女学生的年龄看上去没多大，十三四岁的样子。在大家静观其变的时候，挨打的那个女孩蹲下身子匆匆打了一个电话。一会儿工夫，就从女人街口冲出几个黑衣少年，每人手里都拿着一把明晃晃的大砍刀。女生们见状，兔子一样窜到街口打的跑了，余下一个反应慢的，则跪在地上开始求饶。先前被打的那个女孩一改方才的弱者形象，左右开弓，出手不凡，将来不及跑掉的那个女生也扇得鼻血乱流。当时的情景堪比黑蛇引发的那场骚乱，惹来很多看厌了电视连续剧的路人围观。肯定又有哪个好心人打了110，摩巡车很快来了，但却意外地扑了个空。

白生生的老板娘就摇着头嘲笑自己，真是自作多情啊！现

在的女学生都不是好惹的，比男学生还厉害，轮不到闲人来为她打抱不平，她们有的是自己的保护神啊！老板娘很庆幸自己没有犯傻。

诸如此类的小事情，隔三岔五就会在女人街发生，人们已经习以为常。至于那些“办证刻章”“高价收药”“代开发票”甚至是“出售枪支，黑车包送”之类随处可见的小广告，人们就更加视若无睹，见怪不怪了。

自从九月份那场由黑蛇引发的骚乱之后，我发现自己好像也出了些问题：头发掉得越来越厉害。经常会失眠，睁着眼睛，一夜又一夜。偶尔睡着了，就会梦见自己从钢丝绳、山顶或者楼梯上踩空掉下来。醒来后大汗涔涔，口干舌燥，呼吸都有些紧促。想起来秋天时红色青年的老板娘说我瘦了一圈圈的话，想了想，我就抽空去了趟附属医院，能睡一个好觉，对我来说是比赚钱更重要的事了。我渴望自己能像以前那样，一觉睡到自然醒。

在拥挤不堪的医院里，居然遇见了久违的阿金。真没想到，她得的竟是乳癌，过几天就要做手术了。阿金一贯是个大大咧咧的女人，她的乐观出乎我的意料。一旦想起来这么多年来，她每天必说的话题就是生老病死残，也就没有对她说太多语重心长的话，说得太多，就有站着说话不腰疼的嫌疑，就有虚情假意的嫌疑了。看见我沉涩的表情，阿金故作轻松，说其实得乳癌的女人呢，就像得伤风感冒的人一样多，没什么大不了。幸亏我买过很多大病保险，自己是花不了多少钱的。一提起保险和钱，一算起账来，阿金灰扑扑的脸色就会变得生动起来。她的职业病又犯了。

我们一起打的回到歌兰小城，因为阿金要收拾一些衣物用品，要到公司请假，还要安排别的一些杂事。我们一起在红色青年吃了晚饭：一条烤鱼，十串羊腰子，十串肉筋、十串牛板筋和十串菜卷，喝了不少西夏啤酒——让减肥见鬼去吧！实话说，自从认识了警察，已经很久没有跟阿金像爷们似的喝过酒了。重色轻友，我的德性跟姐姐家里那个衣冠楚楚的老中医，其实没什么两样呢。

多年没有男人的照顾，阿金变得越来越粗糙，越来越简单了，这一点让我暗暗伤感。有时候，我觉得来去匆匆的阿金更像一台机器，或者更像一个爷们，而不是一个女人。我不知道究竟是谁，将水做的阿金打造成了一个不明不白的中性。阿金苦笑着说，我这个年龄卖保险的女人，个个几乎都是内分泌失调、月经紊乱兼性冷淡，都是叫业务考核给压的。说到这里，阿金还冒了一句粗话。

几杯酒倒进肚子，阿金还是捂住脸，忍不住哭了起来。在我的记忆中，这是开朗活泼的阿金第一次哭呢。阿金说，给你说个事吧，老藏在心里，会把我压垮的。原来三年前，阿金有一个客户得了子宫癌。根据她的病理报告单和以往的理赔经验，她是活不了多久了。阿金因此就起了歪心思。因为单身已久的阿金，其实早就看上了那个女人的丈夫，而那个男人呢，居然也相中了阿金。其实，不穿职业装的阿金安静下来的时候，披散着头发，穿上碎花长裙，是很有些风情和味道的……反正，在女客户病危的时候，阿金与那个男人有染了。谁知一年两年、三年五年过去了，那个女人非但没死掉，反而越发有活力了。阿金这才着了慌，阿金这才觉得，得了癌，不一定都像某些客户那样会死得很快，偶尔也是有例外的。动了真情的阿金夹在中间怎么办？动什么不能动感情，以前阿金总拿这话来敲打我，

可怜的她居然就一不小心陷进去了。

阿金掉着眼泪说，真的……有时候，在心里我是盼着那女人早点走的。她走了，我就可以跟老莫一起好好生活，再也不用鬼鬼祟祟地做贼了。如今，遇到一个知冷知热的好男人有多不容易……现在我又得了坏病，是爷爷是奶奶谁也说不上的。给你说这些，让你知道其实我是个小人，这样，上手术台时，可能我心里就好受多了。说着话阿金一把抹掉眼泪，又灌了自己满满一大杯。

那个晚上，我们说了很多很多话，阿金醉了。分手的时候，夜已经变得深不可测，星光下的女人街清冷又寂寥，更加像那些清冷寂寞的修道院了。

在诡秘莫测的夜色中，阿金向西，我向东，我们要回到各自冷冷清清的家里去。想起来我病历上的诊断：神经衰弱。我想，这大概就是人们说的兰因絮果吧？也是不居的岁月赐给我的特别礼物吧？那天晚上，吃过药的我依旧失眠。失眠的我一直在想着警察，想着他究竟是真的警察，还是仅仅是他在江湖上的一个绰号？现在的人与事，真真假假，假假真真，变幻莫测，我的失眠不光跟离婚有关，跟这些“警察”式的人与事也脱不开干系。在判断一件事或一个人的真伪优劣的时候，那种两脚空空的不安全感几乎让我窒息。实话说，那天晚上，我居然没有想到阿金的病和她内心的伤痛。我觉得冷漠已经在我身体的很多隐秘之处扎下了根，我觉得自己的心从春天开始就长在了贺兰山的石头上。

冬天的时候，有一桩“好”消息居然传到了我们歌兰小城的女人街，甚至传到了红色青年。是关于我的前夫的。我的前夫钱串子，跟那个老富婆在云南旅游的路上出了车祸，搞成了瘫痪。没有大碍、也已康复的富婆像丢垃圾一样已经将他丢掉了。女人街上很多人都在议论这件有趣的事情。实在说来，我们歌兰小城的人们，对类似近在眼前的小事情的关注，远远超过了远在天边的耶路撒冷的自杀式炸弹爆炸。在红色青年，白生生的老板娘说起那个心狠手辣的老富婆的时候，压根想不到我就是输给对方的那个年轻漂亮的女人。老板娘口无遮拦，反复强调说，那个年轻女人输就输在了银子钱上，论别的，她根本赢不了。我相信这个。为了庆贺此事，我请了老板娘的客，第一次喝得找不着北。

第一场小雪在女人街落下来的时候，不出所料，我担心的事情果然来了。还在医院治疗的钱串子托人带话来，要我看在一日夫妻百日恩的情分上，叫我把我们曾经共同的财富分给他一半，下辈子做牛做马，他一定要还我这个情分。这不是哄鬼的话吗？下辈子究竟是个什么玩意儿，下辈子我在哪里，他又在哪里？下辈子我们是人还是兽？嗨！我又不是以前那个心无杂虑的我，轻而易举就被一首叫《回心转意》的情歌哄到手。如今我也是大拇指上长毛的手——老手了。

决定去南方之前，我去附属医院看了阿金。她的病床前坐着一个憔悴至极的老男人，可能就是那个老莫吧。阿金没看错人，这个时候还来照顾阿金，看来他们的确是真心的，我这样暗暗唏嘘着……不知怎么，看着阿金空而瘪的胸口，铁石心肠的我终究没有忍住眼泪，我们两个都眼泪汪汪的。打起精神……好好地活着……半句半句的，铁石心肠的我根本就没法说一句完整的话。我给阿金送了一个很大也很美的花篮，和一个可以测验我们交情指数的红包。

后来，我给阿金发了短信，告诉她我要去南方姐姐家了。

我给姐姐发了短信，告诉她我很快就要到南方了，北方的冬天，真的有些冷呢。我想给姐姐说，其实，我一直都想留在她那里的，却又担心我们之间发生什么不测。我想对姐姐说，其实，一直以来我都很想念她。

对了，我还想用一种很幽默的方式告诉她，假如有一天，我变成了浮云一朵，到了传说中的天堂，我所有的钱财或许全部都归她。

舌 头

男人酒喝多时，不单舌头会变大，脑瓜子同时也会变大的。跟别人比起来，霍夫尤其如此。说真的，霍夫的酒品可真不怎么样。人人都知道，胡吃胡喝，不能胡说。病从口入，祸从口出，在江湖上混，管好自己的嘴巴，才是第一要紧的事情。管不好自己的裤裆，那没关系，只要嘴巴紧，懂得守口如瓶，一切都会雁过无痕，洁白如雪，谁也不知道谁的德行究竟怎样——据说这就是衡量人们道行深浅的标准之一。霍夫呢，在这一点上恰恰相反。他习惯了顺嘴流油，胡吹冒撂，反正吹牛又不上税。特别是喝过几杯老银川后，他就更管不住自己的嘴巴了。每当霍夫身上开始有了酒气，眼睛开始微微发红，舌头渐渐大起来时，我们这帮女流就有好戏看了。每当这时，霍夫就开始了他的“山海经”——跟王市长喝了一场小酒，完全是私人性质的；刚刚飞了一趟澳洲；最近又在定边低价新买了一口油井，那油水肥得简直是……如此等等，不一而足。每当霍夫信口开河，大吹大擂时，我们这些女流都要频频向他敬酒，恭喜他鸿运当头，好事多多。霍夫的这些鬼话，我们当然不会全信，也不会一点不信。在亲戚们中间，他算是有头有脸的人物，混得还行。当然了，霍夫最喜欢吹嘘的，还是情场上的事情，上不着天，下不着地的，我们的脑瓜子要一路小跑着，才能撵上他

嘴巴的速度。比如他曾经肆无忌惮地夸口，说他在外边其实还有一个男孩子，已经三岁了，是跟一个空姐生的；比如他会炫耀他最新的女朋友，居然是女儿的语文老师，碍于女儿的面子，他只好抽刀断水，忍痛割爱；比如他还会出人意料地说他去参加了翠翠母亲的葬礼——这可是天大的笑话，昨天在“快乐厨房”杂货店，我还遇见那位面色红润的老太太呢——可见，酒后的霍夫，嘴巴真的没有一个把门的栓，见山说海，见海说山，四下里不靠——我们已经习惯了。这话要是让翠翠听见，不一定会轻饶他，是吃不了要兜着走的。翠翠可是一个破茬子，什么事都敢做，她才不管霍夫肚子里装没装酒，脑瓜子清不清醒。破茬子翠翠才不管这个。

我们这帮吊儿郎当的女人，也就剩这点出息了——隔三岔五，就跟着光棍霍夫的屁股后面，混吃混喝，混个开开心心，实在是奈何无奈何——留守银川的日子，难免会叫人感到怃然和寂寞。我们相约在银川的森林半岛买了房子，在这里陪着孩子们读书。跟我们做邻居的，多半都是从鄂尔多斯、左旗和鄂托克前旗来的有钱人，他们来银川的目的，跟我们也差不多，当然也不乏置业投资的目的。本来在此之前，我们约好一起去西安安家落户的，但霍夫说银川其实比西安的环境好，更适合养老，我们就都起哄奔银川来了。来了之后，我们才知道“宜居银川”真真不假。实话说，我们这些四十上下的女流，真的已经开始考虑在哪里安老的问题了，光阴和女人一样，老得太快了。细细盘算起来，除了照顾孩子的肚皮，似乎我们不过就是打了几场麻将牌，洗了几次澡，逛了几次车展和丝绸博览会，一年的时光就晃悠没了——光阴似箭，没嘛哒。陕北当然不是一个适合养老的地方，只是一个适合赚钱的地方，我们都认为霍夫说得不错。

霍夫走南闯北，见多识广，几乎每隔三两年，就要新换一部车，一辆比一辆高级，算是有眼光、有身家的人。虽说就是嘴皮子油滑了些，但人其实是不坏的。最后包括霍夫本人在内，翠翠、小六和我，我们四家都在森林半岛买了房子。在我们边城老家，还有一些亲戚没有听霍夫的话，在西安置了房产。跟我们这帮女流比起来，他们的想法就显得奥妙了许多，特别是，他们好像对霍夫和他的大话并不是很感冒，觉得霍夫喜欢在女人堆里混，没什么出息，迟早会惹出什么乱子来的。跟那些出语谨慎，举止拘谨的亲戚们比起来，霍夫确实没个正形，但也仅此而已。霍夫天生就是那种嘻嘻哈哈，有些痞气的男人。

算起来，那已经是五年前的事情了。五年前，森林半岛的房价是 3600 块每平米，现在呢，一平米已经快要过万了——我们几个赚大了。

霍夫跟我是两面亲。我亲亲的姑表姊妹彩霞嫁了霍家，我管霍夫叫表姐夫；霍夫呢，跟我们家掌柜的乔三乔永旺又是两姨，永旺比霍夫大，因此霍夫有时候还得改口叫我三嫂子。两姓姊妹嫁了两姓兄弟，亲上加亲，我们两家的关系当然就更显得不一样了。不幸的是，去年年初，彩霞得了骨癌，从发现到病殁，只挨了小半年光景，丢下一双儿女，谁都看着唏嘘可怜。我既是娘娘，又是婶婶，霍夫有难处时，我当然得帮上一把。一个女流，能给霍夫帮上忙的地方，也就是那俩孩子了。为此，霍夫对我很是感激，那些时不时地请吃请喝中，其实就有感谢我的意思。彩霞殁了不久，经过一番核计，老人们还是将那俩孩子接回老家了。老人自有老人们的心思和牵挂，我们做小辈的，无意去猜度，随他们好了。

因此，在森林半岛常住的，就剩霍夫一个光杆司令了。实际上，霍夫也是三月榆林、五月神木，像风一样，满世界地游荡着，我们很少能见到他——生意人嘛，多半都是这样的，神龙见首不见尾。特别是彩霞殁了以后，那个装修精美，干净温馨的家就更像一个客栈，更像一个空壳子了。

霍夫倒是给我留了一把钥匙，要我隔三岔五过去看看，防着水管、燃气、窗户什么的出什么漏子。当然，最主要的，还是照料彩霞曾经养的那几盆花——巴西美人啦、蟹爪兰啦、平安竹啦什么的。旱死了的话，也是可惜。如今花草市场上，像这样一般般的花花草草也值钱呢。我们这些别人眼里的暴发户、有钱人，其实居家过日子还是很仔细的，根本不会大手大脚。在那些大件，比如车子、房子之类的投资上，我们不吝惜银子钱，平时的花销却是很节省的。翠翠够有钱的了，但她下了火车绝不会打的，而是花一块钱坐 301 公交到家门口——有钱人的大方和小气，真是说不来的呢。何况，彩霞养的那些红红绿绿的东西，让空荡荡的屋子里好歹有了一丝活气，也还算是一份长长的念想。

想一想，彩霞真是命薄，遇到霍夫这样有钱的主，却没福气享用，她的命居然还不如这几盆花皮实。站在他们的客厅里，看着墙上挂的那张全家福，我常常会生出这样的感慨来，觉得人其实就是纸糊起来的，轻飘虚浮，说没也就没了，实在是假得很。

彩霞的妹子叫彩玲，要没记错的话，我这个妹子应该有二十六七了，还不曾遇到合适的下家。搭伙求财是桩好事，要是能叫霍夫彩玲两个人搭伙，肥水不流外人田，也算是好事一桩。霍夫年龄是大了一些，还拖着两个娃，可妈跟姨妈错得能有多远呢？何况，人家霍夫是有身家的，保不住现在就有排队等着做二房的青头女子——现在像彩玲这般年龄的青头女子，一抓一大把，转眼就会变成别人眼里的一顶愁帽子。何况，彩霞的那一双儿女，如今就在姑妈家里淘着，天天跟彩玲泡在一起，跟娘儿俩没什么分别。站在霍夫家的客厅里，我一边浇花抹灰，一边这么七想八想，心里油盐酱醋搀了个遍。我这样一个满面烟火的妇道人家，女流之辈，一天到晚盘算的，就是这样一些碟子碰碗，芝麻谷子的事情，说起来真是让旁人笑话了。

森林半岛分翠柳岛、山湖名居和KK岛三个区域，我和翠翠住在KK岛，小六住在翠柳岛，跟霍夫所在的山湖名居毗连，步行不到十分钟。这里算是银川的富人区，除了陕北、内蒙古来的，多半都是当地某县县长的千金，或者某区区长的公子之类的有钱人家，都是些外表很孤傲的人。就算我们再住上五年，大家还是只熟悉彼此的车牌号码而已，人和人之间，远不如我们养的狗和狗之间熟络。还有不少人家都像霍夫一样，家其实已经成了一个客栈，甚至还不如一个客栈。我去霍夫那里照应那些花花草草的时候，留心过那些小高层的窗户，有不少窗户，常年都是紧闭的，灯也从未亮起来，渺无人烟似的。像我们这样的高档小区，人气真的不是很旺，据说天鹅湖小镇和望都郡府跟我们森林半岛一样，虽然房子早就卖光了，但实际入住的人家，寥寥可数。看来当初我们听霍夫的话组团买房，还是没错的，至少大家在银川还有知根知底的同乡来回走动，不会过于孤单。

翠翠是我们边城首富的女儿，财大气粗，做人做事免不了会霸道些。她买的是带车库的联排小别墅，在这里照看两个孩子念书，老人也在这里帮着照看。按理说这样的大户人家，应

当请个保姆才是，可是翠翠却不肯。有段时间，新闻里常有保姆偷了东家的钱，甚至是拐带了孩子的报道，一时间很叫人心神不安。还有段时间，电视里演的净是小保姆跟男主人上床睡觉的戏，提起保姆就让人犯心病。翠翠的男人是靠了老泰山的扶持发了财的，当然对翠翠言听计从，就连是否雇小保姆这样的事也不例外。翠翠屁股下面压着一辆黑色的雷克萨斯，隔三岔五，就银川边城跑一个来回，洒得很。翠翠是大管家，没有翠翠的手印和密码，那个听话的男人是动不了一文钱的。我们陕北婆姨，几乎人人都有掌控男人的看家本领，就算是一个丑八怪，也能把俊眉俊眼的男人管理得服服帖帖，银川人真的看不出来其中的路数。有眼力的当地人一眼就能看出来，我们这些黄脸婆，其实才是家里真正的大掌柜，主心骨。陕北婆姨对付男人，是有着一手的。

我们三人中间，数翠翠最小，小六跟我一样，都是过了四十那道门槛的人。小六身体不好，是个药罐子，因此脸色就差，看上去从来都没吃饱似的那种瘦。小六选择在银川买房，除了投资增值，主要是图了看病方便。刚搬上来那年，她就做了椎间盘手术。最近她说她的子宫肌瘤又长了一公分，等学生娃放寒假时就要做掉，不能再拖了。小六说这些的时候，一副愁眉苦脸、无可奈何的样子。

我凑热闹来银川，主要是为了看着乔木，和照顾乔兰念书。乔木书没念成，在银川开了家洗浴城，生意还不错。洗浴城这种地方，听起来很不令人放心，乔木还小，我和永旺总担心他脚跟不稳，闹出什么乱子来。在西安买房的亲戚就有这样的教训。房子买了，装修好了，孩子没了大人的监管，就放了羊，住在里面跟小姐鬼混起来。殊不知这个小姐却是大有来头的，居然是某个派出所所长的马子，人家看着他豪车别墅，出手大方，一黑一白两人就定好了美人计，闹出个强奸未遂案来。连请律师打官司捞人什么的一路下来，不到俩月，三十多万就打了水漂，狠狠敲了亲戚一杠子。亲戚有钱抗着，好歹孩子没进去，权当花钱买了个平安。还有个亲戚的女子，也是被道上的黑人惦记着，吸上了大烟，强制戒了三次毒之后，我们就不知道详情了……听起来全是叫人提心吊胆闹心病的事情。耳闻目睹这些暴发户的子女走过的路子，看得真是让人心焦。实际上，我们在森林半岛的这套房子，就是给乔木买的，也开始悄悄托人给乔木说对象。娶了媳妇，就有了拴狗的绳，就能把乔木给拴住了，我们也好宽下心来，等着抱孙子。陕北的婆姨堆里，像我这般年纪就抱孙子的，一抓一大把。像我这样一个女流之辈，一天到晚盘算的，全是这样一些芝麻谷子的事情，说开了，也还是让旁人笑话的。我们几家来银川生活，各有各的心思，说到底，还是为孩子们打算多一些，因此就难免有委屈自己的地方。人嘛，大都这样一世一世地活着，不然还能怎样？

先前彩霞在的时候，我们四个参差不齐的婆姨人家，常常会抽了空闲打打牌，逛街吃饭，啦啦闲话，消磨光阴。彩霞殁了之后，三缺一，牌是打不起来了，饭局却没减少。通常都是霍夫请客，我们只管开怀大吃，好像我们大吃大喝一通，就是买了霍夫这个光棍一个面子似的。实际上，霍夫这人真不错，每次吃饭，总要把小字辈乔木也请上，顺便给他讲讲江湖上的种种经验，有着青睐、提携和关顾的意思。要是碰巧小六、翠翠的男人和永旺也在银川，他一定要把大家都请上，热热闹闹的一桌人，很有点合家团聚的意思。当然，那种合家团聚的机会是不多的，生意人各忙各的一摊子事，不是那么容易就能凑

齐整的。想起来，其实每次吃饭，几乎就霍夫一个党代表，可不应验了保守的亲戚们的看法——霍夫真正是喜欢泡在女人堆里的人。我们这些吊儿郎当的女人，在小字辈们面前装得一本正经，其实避开孩子，也都没个正形，言语上也浪着呢，不过也仅此而已。先前彩霞在的时候，霍夫就胡说八道，水性子的彩霞听了总是笑呵呵的。彩霞走后，霍夫说话更不着调了，我们听了也都笑呵呵的，无所顾忌。不论面子还是里子，我们都把老油条霍夫一眼看到底了。跟霍夫在一起喝酒，真是跟泡澡挠痒痒一样舒服的事情。整日洗洗刷刷，日复一日，闲下来的时候，真的没意思极了。有时候真的很想见到霍夫，跟他喝酒胡扯。照照镜子，我觉得自己这个二溜子女人也就剩这点出息了。酒局上，霍夫总是厚颜无耻地说我们几个人肯定都想他了，我还不客气地朝他身上泼酒水，看来，霍夫真的是说到点子上了。

实际上，我们几个都是鸟雀，在银川边城之间飞来飞去的。十一黄金周，我又回陕北晃悠了几天。回陕北之前，特意到霍夫家给那些花花草草浇水。我总是在天傍黑时去霍家，为的是好叫那些灯亮起来，让外人知道，这户人家是有人住的。隔三岔五，我还故意把彩霞和霍夫应季的衣裳拿出来，挂在阳台的晾衣架上，也是这样一个意思。没想到那天傍晚，我打开门时，霍夫居然在家，一个人坐在黑乎乎的屋子里发呆。我打开灯，看见胡子拉碴的霍夫的时候，真真吓了一跳。问他什么时候回来的，他说也是刚进门，累得，就不想动弹。没有了烟酒做幌子，没有了嘻嘻哈哈的女流们做陪衬，伶牙俐齿的霍夫就显得有点不自在，也有点木讷，不像我所熟悉的那个油腔滑调的霍夫了。见我花枝招展地进来，他依旧懒洋洋地半躺在沙发上，泥塑一般，一动不动，分明有冷落我的意思，实话说，我心里真是太不美气了。要是在酒局上，霍夫肯定会当着大伙的面，拍着我的肩膀说，哈，好久没享着你的温柔了，脸都不带红一下。

但那天晚上，在霍夫家里，就我们两个人时，霍夫却正经得怕人，好像我不是一个青头白面的女人，而是一个长着络腮胡子的绥德黑汉。我讪着脸，没话找话地跟他拉扯了一些家长里短的事情，霍夫也心不在焉，平时将我唤作老情人的他，眼皮子几乎都没抬一下，叫我心里真是堵得慌。我也不再理他，给花草浇了水，关上门走了，把霍夫给我的那把钥匙也丢在他面前。实话说，我白某也不是好惹的，他嘴皮子痒了拿我开心，当我是羊肉片，想涮就涮；不高兴时，就把我当抹灰布，真正是欺人太甚，看错人了。如果不是两面亲，就算霍夫出钱，我也未必乐意给他照看门户——端什么有钱人的臭架子啊！

我前脚刚出门，后脚霍夫电话就打过来，说我把钥匙忘下了。我没心思跟他废话，压了电话，然后给乔木打电话嘱咐几句，就带着乔兰，开车一溜烟跑到了边城。我的脾气，永旺是知道的，霍夫未必不知道。那些花草爱死爱活，关我屁事？我姓白的女人今后再进霍家门一步，就让我拿头走路好了。

在老家，听到几桩好消息。一个，是永旺大哥又升迁了，做了县太爷，婆婆笑得一脸菊花，说话的调子都高起来了；另一个，是彩玲终于找到了下家，是本地一个做钢材生意的后生，比彩玲还小三岁呢，已经定了婚期，就在这个月底。如今在我们老家，吃十桌以上的酒席，也跟银川一样，要提前预订呢，好像喜事天天都有，排队才能等得到——真正是双喜临门啊！听亲戚们说，那个青皮后生灵通得很，一开始跟彩玲还不怎么认真，听说我们乔家老大做了县太爷，对木头人彩玲才热情了

起来，才追得巴巴紧了。跟彩霞比起来，彩玲却是痴性子人，多少有些木讷了。生意人都有自己的小算盘，这是自然的。也许那个叫果果的后生真正看上的，并不是我们家彩玲，而是乔老大的官衔呢？

不管怎样，亲戚们多半都看好那个叫果果的后生，看好他有眼色，会行事，我也为彩玲感到高兴。若是再磋磨一年半载，彩玲可真就成了一顶愁帽子了。姑妈私下里悄悄对我说，彩玲的婚事，也是听了高人的指点，才快了起来的。那个老江湖说，彩玲平素睡觉，是习惯睡床左边的，男左女右，左边是男人的位置，她把男人的位子占了，自然就没有男人找上门来。只要买张双人床，让彩玲睡到床右边，婚姻就快得很了。按照老江湖的话行将起来，果不其然呢。姑妈这样跟我“咬耳朵”的时候，跟弥勒佛一般，笑得美滋滋的。

见到妹妹彩玲，自然就想起姐姐彩霞来，那个念头像烟花，一闪而灭了。是呢，我们做女人的，要多想想开心的事和眼前的事，旧事还是少谋虑些才好。大家都是这样的念头，因此就活得有滋有味，只管大步往前走，没人往后看一眼。就连彩霞留下的不缺吃不缺喝的那俩孩子，看上去好像都比彩霞在世时还要快乐，“吃饱肚子不想娘”，我这个娘娘和婶婶暗中的恻恻又有谁稀罕？那几天里，我忙着跟永旺算当月的流水账。我们做的是水果批发生意，在新建的火车站附近建有一个大型冷库，垄断了周边的水果市场。给我们做伙计的有永旺的亲舅，也有我娘家的姊妹，各人有各人的眼线。我人在银川，但老家的冷库坏了几箱香蕉，几盒柿子都逃不过我的眼睛，因此永旺做生意，比踩地雷还要小心翼翼。永旺背着我悄悄算了一卦，神汉说我是招财的猫，旺夫的命，我们财运的好坏，主要在我，不在他，他敬服着我呢。我们那边大大小小的生意人，都有不少这样的讲究，永旺平素又特别信奉这些，他对我的言听计从，由来已久——这事在银川人眼里，简直有点像笑话了。跟霍夫的油滑比起来，永旺的嘴巴不太灵光，但也不是死呆呆的男人。如果说霍夫是油条，那么永旺就是饼子，谁说饼子就不如油条好吃，就不如油条实惠呢？在心里，无趣的我是常常拿霍夫跟永旺做比较的，自知无趣，还是小心翼翼地把他俩放在暗处比一比，我这个二流子女人也就这样了。但跟霍夫在一起瞎混，我们几个是演戏的时候居多的。

做了半个银川人，再回到边城，就没多大的心思呆了，因为两地就像花旗参和胡萝卜，压根就放不到一个筐里的。黄金周还没过完，我就带着乔兰回银川了。返回银川后，听永旺说霍夫也回了老家一趟，看了看两个孩子，留了钱，还跟老人、永旺、彩玲、果果和孩子们一起吃了饭。在那样一个几代人的饭局上，霍夫一般不会贪杯，舌头也会稍稍端正一些，不会邪得太离谱。

新婚之后，彩玲跟果果来银川玩，在我这里住了两天。临起身的前一天，霍夫像神仙一样，也回到了银川。跟往常一样，霍夫做东，请大家、主要是请这一对新人吃饭。彩玲结婚时，霍夫人在东北忙着发财，不得回来，这顿酒席，等于是补了小姨子一个人情罢了。

记得那天我们是在“金棕榈”吃的饭，喝的酒。霍夫、翠翠、小六、乔木和彩玲夫妻，加上我一共七个人。本来，我是不想掺和的，也想叫霍夫明白一点：我白某不是羊肉片，他也不是麻辣火锅，不要欺人太甚了。给霍夫丢下钥匙的那个晚上，还横在我心里，使我不得舒坦。但碍于那对新人的面子，我还

是像往常那样，涂脂抹粉，拾掇一番，跟大家一起，花枝招展地赴宴去了。

金棕榈离我们的住处很近，我们没有动车，徒步而去，因此就喝得很是开心、痛快。那天除了我，大家似乎都很有兴致，就连病秧子小六，都连连与新人干杯，喝得面红耳赤，摇摇晃晃的。泼辣货翠翠就更不用说，连打三关，还要挑上。翠翠喝酒是一斤半的量，有蛮汉之风，那天真真叫我开了眼界。酒喝到这个份上，场面自然失了分寸，有些乱了。坐在女人堆里的霍夫，有了烟酒做幌子，像妖怪进了山洞，自然现出原形来，管不住他的那张油嘴了。幸好那时乔木已经有事离开了，不然，我这张老脸也挂不住了。霍夫搂着我的肩膀，当着众人的面，把那串钥匙放在我手心里说，我的钥匙，就是你的钥匙，你想开哪把锁，就开哪把锁……碍于那对新人的面子，我没有发作，只是把那串钥匙丢进我面前的茶杯里。我也说不清自己为什么要这样做。在心里，我有些记恨霍夫和他那张油嘴了。霍夫话音一落地，翠翠和小六就浪笑起来，活像一对下了鸭蛋的野鸭子。

看得出来，新人果果对我们这帮人的乱场是有些惊异的。在我们陕北，老规矩还是比较多，也很厉害的，我们这些做派放在陕北，那是要吃巴掌的。记得那年乔六的新媳妇刚过门不久，在家宴上跟乔老大碰了杯酒，差点被婆婆从酒桌上撵下去。我这个老脸老皮的三媳妇不过是随口说那个唱歌的王力宏很俊，就被乔老大的夫人教训了一番，说我不庄重，有失体统……远离陕北，在银川呆久了，也因为面皮的增厚，有意无意间，我们几个还是沾染了一些漫涣的风习，跟霍夫一样，变得有些痞气了。其实有时事后想想，我们自己也会觉得脸红的，但酒话又有谁当真呢？谁把酒话当真，那可是二货，二得劲大了。

我们居然忘了新人果果还是一个陕北土著。或者，我们忽略了果果，也无暇顾及他的心理感受。其实那晚没喝多的，就我和果果。我本没什么心思喝，就多了个心眼，将白酒换成了凉白开，我的醉是佯装出来的。果果呢，还没摸着我们的路数，是格外推辞和示弱了的，这是可以想见的。日后大家渐渐熟悉起来，再喝起酒来，他就不肯轻易认输了。就凭这一点，我还是很看好果果的，我们木头人彩玲跟着他，错不了的。

那晚最活跃的一个人，当然还是霍夫。霍夫如鱼得水，挥洒自如，比冯巩还冯巩，比赵本山还赵本山，我们几乎笑声不断。霍夫端着酒杯，再次给新人敬酒。他拍着果果的肩膀，指着粉面桃花的彩玲，大大咧咧地说……连襟，我跟彩玲呢，可是早就有一腿呢，呵呵……说着，霍夫居然还捏了捏果果的腮帮子，霍夫这么肉麻和下流的动作，我也还是第一次看见，霍夫真是太没个正形了。霍夫说罢，翠翠和小六照样浪笑起来，彩玲却低头莫名其妙地抹了一把眼泪，好像在霍夫面前，她真有说不出口的什么委屈。我看见只有果果没有笑，也没有喝霍夫敬的酒，果果的表情很古怪，是我说不来的那种古怪。我又看看彩玲，她还是低着头，一副抬不起头的样子。事后我想，那晚合家团聚，可能彩玲触景生情，记起薄命的彩霞来了吧。其实看见青头白面的彩玲时，我也记起来彩霞了，总觉得身边好像少了一个谁。她俩的貌相都随了姑妈，五官很是相像：榆叶眉，水葡萄眼，一脸秀气。

那句酒话之后，霍夫接了一个电话，好像是生意上一大笔垫资的事由。接罢电话，头脑清醒的我发现霍夫的脸色忽然就变了颜色，就像天塌掉了半边似的。翠翠直喊着困乏，小六更

是如此。我们碰了一番酒，也就散了。我想叫新人到我家去住，霍夫拦住了。霍夫还笑嘻嘻地说，小姨子住姐夫家，那是硬的，说着还顺手摸了一把彩玲的脸。果果说了声：好！就住姐夫家。我也就没话可说了，我从茶杯里将那串白亮亮的钥匙捞出来，放在果果手上。我觉得果果的手冰凉冰凉的，有些抖，好像在打摆子一样。

出了金棕榈，霍夫就不见了踪影，是我把新人引到山湖名居霍夫家那幢楼下的。彩玲不胜酒力，已经软成一截面条了，她抓着果果的胳膊，半靠在果果肩上，像那些鸡婆一样，显得很浪荡。果果倒是清醒得很，让我不必担心，说他记住了楼层和房号，搞不错的。在路灯下，我打量着果果，果果面皮上好像遮了一层面纱，眉眼显得诡异了许多。

那场久违了的欢宴的结局是，那天晚上，头脑清醒的果果在霍夫家里，用自己随身带的那把钛金刀，割掉了彩玲的头。果果拎着那把刀，连夜逃回了陕北。据知情和细心的亲戚说，其实果果这么多年来，总是习惯了随身带着一把刀的，大家都不知道是为什么。事后，我们才打探到很多关于果果的细枝末节。果果的娘，就是叫果果的亲兄弟一刀割下头颅暴亡的。原来果果那个兄弟，精神是有些异常的。果果的娘死后，家人为防不测，也为了遮家丑，就将果果的兄弟交给公家定夺，最后判了死刑，吃了枪子。这已经是多年前的旧事了，那时候果果还小。这么多年过去了，因为事不关己，人们早就将这档子凶事忘记了，没想到果果终究还是照猫画虎，学着兄弟杀了人。果果的心量，原来是这般狭窄的，居然会把一个醉汉的酒话当了真……事到如今，亲戚们才悟出什么似的，暗中不免恻恻起来。

在我们陕北，每当家户中出了这等凶事，众人免不了要从邪魔道上去求神问卜，解开心结，讨个安稳。亲戚中就有懂门道的，寻了江湖高人，来为姑妈家改解。听亲戚们说，原来彭家的老坟出了蛊事——姑父是姓彭的。据高人指点说，彭家老人的棺木上，其实是写错了一个字的，不改解一下，以后还是会出蛊事的。无奈之下彭家起坟察看，果不其然——老人棺木的一侧，果然就有一个错字，是繁体“寿”字的“寿”上，生生少掉了一笔，不细细看的话，是看不出来的——大家都不禁倒吸了口冷气！之后，在那位老江湖的指点下，姑妈家一把火烧了那副棺木，迁了老坟——这些，当然都是听亲戚们说的。像这样高深莫测的事情，亲戚们总会婉转说起来，而我们也会婉转听到耳朵里，然后再慢慢忘掉。在我们陕北，这种高深莫测的法术到处都有，跟生老病死福禄寿，啥事都能挂上钩，真是奇妙得很。我总是觉得我们那里其实就是一个大神台，被各路神仙掌管着，好汉在它们面前也矮了下去，变得瘪瘪塌塌，服服帖帖的。

说来也许没人肯信，连失两个粉头女子，两位老人的精神居然没有倒下来。在我们陕北，像这样抗硬的老人，到处都是，好像他们的身子骨不是肉做的，却是铁打起来的一般，好像他们的心也不是心，而是石头磨成的一样。躲在银川森林半岛的家里，我拿绣花针刺自己的手背，刺得满手一片黑红——我不知道该恨哪一个：霍夫、果果、我、别的凶神恶煞，或者是那个狗日的夜晚。我乱乱地想着，那晚若是果果醉了，而彩玲不曾醉，后果也许不会有这么严重；那晚我若是坚持叫一对新人住我这里，也许彩玲就会逃过这一劫；那晚若是我当着众人的面泼霍夫一身酒水，臭骂霍夫一顿，或许果果也会大人大量，

一笑而过……我七想八想，想得头皮一阵阵发麻，脑袋好像要炸开了一样痛。跟老人们比起来，我这个吊儿郎当的二溜子女人，却是拿烂泥捏起来的，让彩玲的死捏揉得没个形体了。彩玲下葬已经很久了，我还痴痴地在想，说到底，果果究竟爱没爱过彩玲呢？若是爱的话，他怎么会狠心下手？说到底，果果可能根本就没有爱过比他大三岁的木头人彩玲吧？不爱，果果下手才会那么狠，狠到命里去了。

我想起了霍夫。事到如今，我忽然记起来听不进霍夫的大话，在西安买了房产的那些亲戚们的闲话来——霍夫一天到晚混在女人堆里，没什么出息，迟早会惹出什么乱子来的。这下居然惹出了人命，可不正正应验了亲戚们先前的那些闲话。老家的亲戚们说，人呢，管不好自己的裤裆，倒是没什么，管好自己的嘴巴，才是顶要紧的事情。别看霍夫一天到晚张牙舞爪，好像自己吃喝嫖赌无所不为，实际上，他才真真是个木瓜头，全是鸡屄子里拴线，胡扯蛋呢。据说，那些远在西安，正经八百，言行谨慎的亲戚们，其实才是花天酒地的行家里手。人家是做了不说，霍夫呢，却是说了不做，或者做的并不多——霍夫真正是个肿头货啊。想起来我把钥匙丢在霍夫家的那个晚上，我觉得霍夫果然是披着两张皮的戏子，生生将一出好戏演砸了。现在回想起来，那晚霍夫对我的不理不睬，也许就跟一笔高利贷的鸡飞蛋打有关。要是五百万打了水漂，谁也没心思再打二两豆腐，跟我这样一个酸菜似的女人烩一烩。还有我们最后在金棕榈吃饭的那个晚上，霍夫接过电话，勉强将场面对付下来，就一道金光不见了，都跟那些外债有着藕断丝连的关系。霍夫的气数，细心的我似乎已经看出几分端倪了。当然了，亲戚间还有别的一些跟我们几个相关的难听的闲话，我当然不好在这里明说。

自彩玲死了以后，我自然是很久没有见到霍夫了，那些虞浪的酒局，也退隐山林一般，销声匿迹了。三月榆林，五月神木，像霍夫这样生意场上的光头男人，风一样满世界地飘荡着，谁也不知道下一刻他会在哪里。听翠翠说，霍夫已经打了广告，要卖掉山湖名居那套房子了，开价开到 80 万上。要不是出过那么一桩凶事，那套房子还能多卖十几万呢。我却觉得，霍夫卖房的真正原因，还是跟高利贷有关。不久前，一个鄂尔多斯赫赫有名的放板的，就因为 5000 多万的高利贷，跳楼自杀了。干这一行的，跟走钢丝一样，端的是刀口上舔血的饭碗，一个不小心，就倾家荡产了。联想到这些，我心里拧起来好几个疙瘩，给霍夫打电话，居然停机了。我不知道自己为什么给霍夫担着一份心，就因为我们是两面亲?

翠翠呢，新近开了一间时尚豪华的自助火锅厅，听说是跟我们陕北老乡合资搞起来的，她是一个大股东。翠翠不是一个肯认输的女人，做银川最有钱的女人的梦想引诱着这个心高气盛的婆姨，我们只有敬佩她的份儿。小六也做了子宫肌瘤手术，从她那窄小的肚子里，居然取出来十几颗瘤子，似乎这么多年她吃进去的东西，都长到这个地方来了。乔木也正经八百地谈了一个对象，那个女子听说我们是住在森林半岛的，对乔木亲热得很，我多少有些看不顺眼。我不知道那个女子究竟看上了我们家乔木，还是看上了我们的房子。因为乔木的脸小时候被开水烫伤，留下一片疤痕，不是一个很受看的后生。

自从出了那桩凶事后，我总是会做一个奇怪的梦。先前我也会做这样那样奇怪的梦，但那些梦是各式各样的，自彩玲死后，我做的这个梦却总是一模一样，好像我的脑子是一台复印

机，每天晚上都要把那个梦复印下来——我梦见我坐在一桌酒席上，面前摆了一个碟子，碟子上是一根长长的、酱得红光油亮的舌头。不知为什么，我总觉得，那舌头就是霍夫的。光头的霍夫坐在我对面，他张着嘴，里面空空如也——他的舌头呢？

梅街轶事

一

九月里的某一天，阿满邀净云到新白宫吃大餐，净云以为她又赢了大头，或者抠彩票又添了进项，收拾收拾就去了。本来净云是不想去的，因了自家男人的种种恶习，比如好赌和酗酒，比如花心和懒惰——细细一想，吃喝嫖赌，酒色财气，似乎所有的坏习气都被自家男人占全了。因了这个不成器的男人，净云对诸事实在是没有什么心思，有浮生若梦，苟且偷生的意思了。

净云男人官名就叫个张占全，名字的确是风光无限，体面周全，可实际的日子却是一只又旧又烂的渔网，窟窿天窗的。四十大几的人了，要钱没钱，要车没车，用以栖身的那套七十几平米的窝巢还是上个世纪八十年代的二手房……总之，净云的家和净云的日子，就像放久了的水果，任谁一眼看去都显得十分碍眼了。自从闺女麦芽到邻县富豪夜总会上了班，这个家就跟断了香火的寺庙，越发显得幽寂、冷清了。张占全这个夜猫子自然是很少在家过夜的，这在梅街早已是人尽皆知的事情。要说这个男人还有一点点入流和不俗的地方，也就占全了他那一张脸面。在梅街，净云的男人算得是一等标致的人物：高大、

英武，举手投足中，自带着那么一点点说不出来的“派”，和一眼就能看得到底的那么一点点“酷”，就跟在北京电影制片厂实习过的白脸小生一般。戴上墨镜，随便套件杂花T恤，再摆个捋头发的姿势，似乎就能上电视台做广告了，似乎就是一副标准的二爷相。梅街上的女人跟随便哪个男人开个七荤八素的玩笑都可以，唯独跟张占全一调笑，自家男人的脸子就黑得像锅底，有些怕人了。就好比哪个男人家，一旦跟过于漂亮的女人逗逗嘴，家里黄脸的那一个心里就不爽是一样样的。女人指靠脸蛋吃饭，似乎有天经地义的道理在里头；男人也指靠脸蛋混吃混喝，让人就不好说什么了。林子大了，什么鸟都有，叫一个五大三粗的男人也萧娘似的作弄风情，想来也不是一件容易的事。天底下吃软饭的男人也有，算起来究竟是少，偏偏梅街上的张占全就是其中的一个。

年轻的时候，连净云在内，谁也看不出来老实厚道的张占全有一天会变成这样一个没骨没皮的男人。一个人一年两年、三年五年不起变化是有的，十年八年起不起变化，能起多大的变化，就连亲爹亲妈都不一定能说得清、说得准。二十多年前净云嫁到梅街张家时，豆芽菜似的张占全跟人、特别是跟女人一说话就脸红，是一只还没熟过来的黑籽红瓤的小打瓜，青嫩得很呢。他面对女人时那种面红耳赤、手足无措的紧张样子，曾经让净云心里滑过一丝爱怜的、也是浅浅的柔情。也难怪，净云比占全整整长出四岁——四岁，拿尺子量一量，是不算短的一截子；拿算盘算一算，也狠经着一算。净云提着墨绿色的细脖瓶子会打酱油时，占全才赤条条地、哇哇哭闹着来到这个世界上，自己不是他亲亲的姐姐，谁还是他亲亲的姐姐？这样一想，很自然地，净云就对占全生出一种内里的、天然的母性与爱怜来，跟文火熬出的二流子白米汤一样，稠得舀也舀不起来了。

净云过门不久就觉察出来，与其说张家给占全找了个媳妇，不如说是给他找下了个妈——净云越来越发觉张占全是个提不起来，也放不下去的软蛋子货。究竟软到什么地步呢？凡经占全之手借出去的锹啊、泵啊镰刀什么的一应零碎物件儿，若不经过净云亲自去讨要，就全是肉包子打狗，有去无回了。梅街——很久以前还是叫做梅村的这地方的人，原本是民风厚道的，大人孩子，人人都知道有个好借好还、再借不难的道理在。谁知就连这一分钱的借与还的营生，占全都做得汤汤水水、云里雾里的，连自己都辨不清究竟是把锹借给了张三，还是将泵借给了李四，总之哪一样都少不得净云亲自跑一趟去交涉。一番交涉，零碎东西是讨回来了，可日子长了，净云的嘴巴和声名就都丢在借东西的那家人家了。在梅街——早先的梅村，人人都知道软蛋子张占全娶了个母老虎妈，娶了个匣匣子，看东西看得紧着呢。净云进门后，年迈的老婆婆赶紧就把田地家什一一给小两口子分开，另立了户口。虽然表面上净云感到老婆婆事情做得有些快，有些生硬突兀了，可内心里她还是欢喜与老婆婆分开来过的。按说老婆婆分不分这个家也没什么当紧，因为张占全上面除了三个姐姐，就只他一个老疙瘩儿。姐姐们早就四下里嫁了，分家还不是剪个红油纸的花样子，剪开了贴在起了雾的窗玻璃上，给众人看一阵子新鲜罢了。

田地家什是分开了，可是让净云恼火的是占全却总也记不清究竟哪几块是自家的旱地，哪几块又是自家的水地。看着他麻条杆杆似的扛个锹，在田埂上东游西逛找自家田垄的时候，净云直气得七窍生烟，头晕目眩。天底下哪有占全这样的庄户

人？也真是怨自己眼皮子浅，身子骨贱，几辈子没见过个周正男人，第一次见到占全就死了心，也没有四下里打问打问，人家那么一个周正直溜的小伙子怎么会寻她这么个一脸雀斑的大女子做媳妇。站在地头边上，用涂了红漆的木桩子给占全标出自家稻田的净云似乎才明白老婆婆急着将田分开来的原因，她分明是有意让净云早一点看清自己的男人究竟是个怎样没斤两、没路数的男人啊。

净云头胎生的是个闺女。种田人家么，就随口起了个麦芽的乳名。净云的心思很简单，就是希望闺女像麦子一般皮实，希望麦子能长得好一些，图个好彩头。麦芽三岁的时候，净云对占全说还想再添个小子。跟她错前错后娶进梅村的阿满，人家就争气生了个白胖小子。还有花子，生的也是儿子，净云多少是有些眼气的。那时梅村的村干部已经开始把女人的关口，抓女人们的肚子了，占全四爹就是主管计划生育的主任。净云把这个心思不知给占全说了多少遍，占全就是不往心里去。下地干活没有净云的引领，他依然找不到自家那四道横埂在哪里——算了吧！遇上这样一个没斤两的男人，净云再有心劲儿又能怎样？说到底她不过是个妇道人家罢了。一晃又几年过去了，村子里能生二胎的婆姨都抓紧时间落实到位了，不能再生的咬牙挨上罚款也偷偷摸摸生着法子搞到了儿子，只有净云跟占全拿上了红皮皮的独生子女证。这在当时的梅村，甚至在整个郊区都很少一见。净云闲空收拾零杂物品时，总会在手底下碰到这个红彤彤的软皮本本，它跟结婚证、户口本以及信用社的一个空头账户用橡皮筋捆放在一起，就像一张过期了的请柬。翻开一看，是父亲张占全、母亲谢净云这样几个庄严肃穆的字眼儿，特别是那个清晰的大红印章，让净云有一种极其荒诞和梦幻之感。如今麦芽小学都毕业了，净云的日子还是没什么起色。田地里的大苦都是净云自己受着，占全依然是衣来伸手、饭来张口的一根油条，一点点成气候的可能都没有。看来这个“妈”净云是笃定要当了。净云心里一旦有了这样、那样比较吃重的心思时，总要梳梳头，洗洗脸，收拾收拾，到距离梅村不远的黑塔去敬几炷香，磕几个头。也不为什么，就是跟娘家妈模仿来的一个旧习惯而已。在心里，净云是喜欢、甚至是依赖着这个既轻飘又持重的风习的，因着她相信。究竟相信什么，净云自己是说不清的。比她小两岁的阿满就什么也不信，跟她同岁的花子也不相信。净云去黑塔上香都是偷偷摸摸、鬼鬼祟祟的，就像做了什么亏心的事。偶尔不防备让阿满那个狐狸精撞上了，净云就扯谎说是到黑塔湖里耍水去了。精明的阿满也不揭穿她这个谎话，只是提醒她，可别让那些落水鬼将她勾了去！每每听到阿满嘴里爆出这样的狠话，净云心里都如惊雷滚过一般轰隆隆地响。

如果不出那么一桩糟心事，净云相信自家男人就是奶奶的鞋，老样子，也是出窑的砖，定型了，这辈子不可能再有什么改变了。梅街上的男人女人谁也不曾料到，就是张占全这样一个五谷不分的软蛋子货，居然也会整出一桩惊天动地的大事情来。

梅街——在张占全出事那年，梅村已经开始向梅街过渡了——梅村靠近城门那块成片成片的荒滩已经开始被陌生之极的青灰色的水泥桩子圈了起来，就像一个相熟的、好端端的人忽然坐上轮椅、拄上了拐杖，有了一种别样的气息和味道。这些青灰色的水泥桩子让梅村人很是紧张、不适了一阵。好在，那些水泥桩子只是那么墓碑似的竖立在碱滩地上，别的一切照

旧，人们的心就又定下来，放回到肚子里去了。

张占全就在那块荒凉岑寂的碱滩上，做出了他生平第一个壮举——伙同四爹的儿子张占财，喝了几两毛烧就酒壮怂人胆，捉了城门里一个小老板，将那人软禁了两天。不单给人家身上捆了尼龙绳子，嘴里塞了烂棉花，还朝人家身上糊了屎、撒了尿。还威胁说那些水泥桩子就是他小子的墓碑……总之小哥俩就突发奇想，自编自演了一场惊险刺激的动作大片。小哥俩原意也就是来一番小愤青式的发泄，羞辱羞辱那个在百顺酒馆里总爱跟他俩顶牛、总爱臭显摆的城里人，有拿人家耍闹取乐的意思，谁知就将祸事闯大了。小老板逮空逃脱后就给公安落了案。没多久，张占财和张占全兄弟两个就双双蹲了大牢。主犯张占全判了三年，从犯张占财判了一年。结果一出来，净云的驴脾气也出来了：怪事！真是天大的怪事！一贯偷鸡摸狗、打架斗殴的张占财怎么才是个从犯，一贯绵软老实的张占全反倒成了主犯？究竟是谁主使、教唆了谁，还不是秃头上的虱子明摆的吗？打死净云她也不信公家断的这个理。要说张占全这样一个手不能提、肩不能挑的烂干男人，净云不护着他也是活该，可小两口究竟是小两口，关键时刻怎么着也不能甩手不管。驴脾气一上来，净云就去闹，就跟梅街上的秋菊一样，非要为老实巴交的张占全讨个公道回来。先是找公家闹，闹不响，又找私家闹。以前因了自己的肚子，管计划生育的四爹主任总是过分关注着育龄妇女净云的私生活，两家因此小有些不快；这回这么一闹，跟四爹家就彻底闹翻了。净云只知道护自己的牛犊子，殊不知四妈也是知道护犊子的；净云那头牛犊子还是隔了层肚皮的，四妈那头牛犊子却端端是从自己身上掉下来的肉。实在说来，这个四妈比净云也大不了几岁。净云是比占全大四岁的，偏偏这个四妈就比四爹小了十岁，都是两个年轻气盛、头发长见识短的婆姨家。四妈仰仗着自家男人手里攥着半拉大红印，平时就是一个不尿人的人，现在一个没钱没势的净云上门找事，不是自找难看么？何况，这么一个一脸雀斑的侄媳妇高声大嗓子、不管不顾地撵到老人门上来为自己男人讨公道，不花一文钱就想把自家男人捞回来，可笑不可笑？把他家男人的罪责减轻一点，不就是想把我儿子的罪责加重一层么？手心手背，谁的肉不是肉呢？遇上这样十年不遇的事情，谁人不想寻块垫背的砖头？谁能做到刀切豆腐两面光？再说了，事情背后的事情净云又知道多少？假若不是自家男人动作得快，事先打点，逢着“百日严打”那个风口浪尖尖，还不知最后的结果是爷爷奶奶呢！再说了，同样一桩事情，小声说跟大声说是不一样的，关起门来说跟敞开窗户来说又是不一样的，这样一个不懂事理的小辈儿人，“美人蕉”自是不会给她好果子吃——“美人蕉”就是梅街人送给四妈的绰号，从中也可约略见识到人家的那份贵重与气派。净云哭鼻囔嗓、披头散发地到四爹门上大张旗鼓地去闹事，自然不会有好果子吃了。

在那朵亭亭玉立、占尽了天时地利之势的“美人蕉”面前，净云果然就吃了大亏，讨了个无趣。不光一脸雀斑的短处被人当面揭了，没有儿子的疼处也被人狠狠掐了一把，掐得青是青紫是紫，满是伤痕了。借着这个茬口，“美人蕉”光明正大地将窝在心口的那股醋意泼洒了出来——净云虽说就是个麻花脸，可五官还是端正受看的，自家那个花心萝卜借着计划工作的机会碰没碰这个麻花脸的女人的皮肉，“美人蕉”是断然不敢保证的——不知是花里胡哨的电视连续剧看多了，还是提前到了更年期，“美人蕉”对自家男人经常有着种种超出常伦

的猜忌与怀疑。

吃了“美人蕉”的一通羞辱净云才知道，在梅街这样一个日鬼地方，没有儿子，真真是一个再短不过的短处，也是再苦不过的一个苦处，一旦逢着合适的机会，总会有人拿它开刀说事，毫不留情，将自己切得萝卜一块、咸菜一块的，纵有天大的委屈，净云也只能捂住嘴巴往肚子里咽了。

第一个回合下来，“美人蕉”金鼓齐鸣，旗开得胜；净云抱头鼠窜，黯然退场。这两辈人不顾脸面上演的一场好戏，生生叫梅街人大开了眼界。此时的梅村在外人眼里已经改称梅街了，就像小姐、小三、二奶都可以换着乱叫是一个道理。这些漂浮在梅村与梅街之中的女人，就跟艾依河里的流水，顺着杂乱无序的日子汩汩往前流淌着，纵然有多少不情愿，也还得流在一条河汉里，想断也断不开。

因了这事，老婆婆也撕下那张核桃似的面皮，跟四爹一家断了往来。老婆婆对“美人蕉”仗势欺人的做法是全然反对的，对她给自家媳妇的下马威也是相当生气。打狗还要看主家，能下茬也要看看对面站的是个谁？做小的六亲不认，也别怪当大的不讲姊妹情面。一番深层次的纠扯，一对老妯娌拔出萝卜带出泥，言语中又翻出多年前的陈年老账来，哭的哭，叫的叫，就跟黑塔七月十五的庙会一般热闹。张占全哥俩的牢狱之灾，无意间给梅街人带来了丰富的谈资，也叫外人从她们的言语中勘探出来张家一些陈旧故事的蛛丝马迹。梅街上因之咬着耳朵窃窃私语的女人骤然多了一成，梅街人枯燥平淡的生活也因此很是波澜起伏，红火热闹了一阵子。

冷静下来后，净云方才意识到自己的糊涂，方才明白自己已经做了件极没名堂的事。因了自己一时冲动，不光给两家上上下下添了绊子和麻烦，还生生叫外人看足了自己的笑话，图个啥？记得那次充满荒诞色彩的口角结束后，阿满当晚就指着净云说她是个不长脑子的货。好歹人家还是个村干部，半个官差呢，你也就得罪得起？阿满说，好歹占全还有个家，还有你这个婆姨，占财连对象还没谈就进去了，传出去，将来连找对象都是个大麻烦！阿满还说，占全那个稀屎货，就应该让他进去受受治才对！不吃吃苦头，他还不知道你一个妇道人家活人的难处！阿满就是阿满，说起话来句句满满实实，黑秤砣一样落地有声。“听人劝，吃饱饭”，一贯没什么主张的净云就是喜欢听阿满的劝。其实站在“美人蕉”那边看看，她还不是跟自己一样，上面守着一个花心男人，下面看着一个不成器的土匪儿子，心里也自有一碗咸疙瘩汤……阿满明着好像是在数落头脑简单的净云的不是，暗地里又是真心替老实巴交的净云打抱不平，直让净云听得云开雾散又唏嘘不已。阿满一番知心知肺的暖心话就像一场梨花风，生生吹散了净云头上的满天云彩；阿满的话又像是一把开心的钥匙，咯哒一声，打开了锁在净云心口的那把黄铜锈锁。

阿满说得不错，像占全那样的二流子货，有跟没有差不多，还不如就让他蹲上两年，出来后没准抗锹种地的姿势还受看一点，还有个庄户人的样样子。

二

接下来的生活让净云有些丈二和尚摸不着头脑了，好似她在黑塔求了九根签，根根都是上上签，平顺极了。占全在监狱呆了三年，非但没有学会抗锹，反而养得更体面白净了；非但

没了一丁点农民的旧痕迹，居然还养出一身公家人的二层膘和有钱人的气质来。从监狱回来的占全着实让净云感到了一份花里胡哨的陌生，而且他从此再也不用做个绕着田埂转圈圈的农夫了。因为占全从监狱回来不到半年，梅村就彻底被公家命名为梅街了——一片超大环黑塔湖住宅区已经开始动工兴建，整个梅村连同黑塔在内，都被规划进这片辽阔丰满的地盘里了。很自然地，净云这一干人就做不成农民了，没有谁跟他们这班人商量商量自己愿意不愿意，也没有人教他们这班人怎样做好一个城里人，似乎只是一夜之间，净云原有的生活方式就被打破了，身份也被快速改变了。拿着新户口本本的净云心里觉得她跟昨天一样，还是个沾满了土腥气的农妇，可是她劳作惯了的田地却已经找不到了，熟悉的乡间景致和气味也消失不见了，就连很多村人脸上的表情都不同于往日，就跟做了小小的整容手术，有了一点点说不上来的新鲜和陌生。有一阵子，净云心里总是七上八下，空落落的，手心里也痒痒的，总想再拿拿锄头、握握锹，包点田地来种种。绕来绕去一打问，从南到北，梅街周围居然没有一块多余的闲田。成片成片的，全是一列一列的楼盘，楼盘中间夹着些人造湖道和绿地，影影绰绰，朦朦胧胧，就跟拿巨型积木搭出来的一样，真真假假，假假真真。什么时候变成这样的，似乎谁都没有真正在意过。净云心里七上八下的时候，就洗洗脸，梳梳头，一个人悄悄跑到黑塔里上了一炷玫瑰香。

梅街原先的村民都被统一安置到这个叫“梅街一期”的小区里来。从农村户到城市户，从平房到楼房，再从炭火炉子一跃而改为煤气灶、天然气灶，还有小区门口穿着制服，拿着对讲机装模作样走来走去的小保安……梅街的老老少少都被喷涌而出的新鲜事物新鲜死了，就像一群羊被赶进了另一群羊，一片此起彼伏的咩咩声，听不出来喜还是忧，只是觉得一片热闹红火。隔上几天，就有乔迁新居的喜炮声响起来。再隔上几天，又有棋牌室、小商店、小饭馆、粮油店或美容店开张的喜炮声响起来……在长而新的梅街上，似乎天天都有这样那样，大大小小的喜事发生着，那种噼里啪啦、震耳欲聋的鞭炮声就是枣红色的锡箔外包装纸，每一个变成了威化巧克力的梅街人都被那种幸福感和甜蜜感紧紧包围起来了。

净云这只只会低头吃草的母羊也就只好相信，人家占全天生就是有着享清福的命。先前有田的时候人家不会侍弄，从监狱刚一出来地又被征占掉了。不用出力流汗，也无需求人下话，近百万大洋就赔进腰包里，一眨眼皮子就由穷人变成了富人，就像梅村一夜之间就彻底变成了梅街一样——净云一掐手腕子就感到生疼，说明这一切都是真真切切的，不是一场白日梦呀！

让净云做梦也没想到的是，在这个钱财横飞的风口浪尖上，平素很少往来的三个姑子姐姐居然就从天而降，不辞辛劳，分别从青铜峡、石嘴山、红寺堡走马灯似的回了娘家。不单如此，三个姑子姐姐还四蹄朝天地住下了。净云从阿满那里早就打听到了，自从梅街被开发以来，已经有很多盆早已经泼出去的水又倒淌着回来了，都是大包小包地提着礼器，脸不红心不跳地进了娘家爹妈的老宅院，全都是夜猫子进宅，没安好心啊！阿满跺着脚这样说白。阿满还说，眼珠子一旦叫麻钱钱给堵上了，就只认得钱不认得人了！阿满举例说梅街上谁谁谁家嫁出去的女子回来争占地款，把一条小命都搭上了——娃娃的三个舅舅横竖不肯给做姐姐的分一笔钱出去。姐姐的日子原本就过得凄惶潦草，先前就是因为带这三个兄弟才小小年纪就退了学，没

什么文化，心眼也窄，一时间思量不开，就在娘家门上喝了农药。阿满舔了舔紫红色的嘴唇子，眉飞色舞地说，这么一来，那个愣头青姐夫又喝五吆六地带着一帮人撵到老丈人家门上来为自家婆姨讨还人命，那个情形啊，简直比冯小刚拍的《唐山大地震》还能催泪，两下里各哭各的人，比咱们黑塔庙会上表演的功夫扇还激动人心！阿满拍着巴掌说，原先梅街上有个从河南来的收破烂的糟老头子，在花子家租了个窝棚住着收破烂，几年了也没见有什么亲戚上门走动，端端孤苦得可怜。后来一不小心被石油公司的油罐车给碰没了，四里八下就冒出来一大帮河南老乡来，哗啦一下，儿子、媳妇、孙子都有了！人人披麻戴孝，叫爹的叫爹，喊爷的喊爷，全都是奔了石油公司赔的那笔命钱来的，最后公安一查验，妈呀，这些孝子孝孙全是假的——哎呀呀！人心一旦掉进钱眼里，啥丑出不来呢？

也不知为什么净云就爱听阿满说话，就连阿满最后那句拉长了声的哎呀呀那三个音调儿，净云都觉着有一种脆脆的、一唱三叹的好听。阿满说起话来句句都是满满当当的大实话，跟52°的老银川一样，一杯下去就一竿到底，直指人心。因了阿满之前的分析讲解和举例说明，净云当然就明白三个姑子姐齐刷刷回娘家的真正目的来。好在刚结婚时，性急的老婆婆就将田地房产都给净云他们另了出去，老婆婆自己的那点赔偿款，也就刚够把自己的肚子囫囵圆。跟梅街上别的那些弟兄众多、连锅搅勺子的人家不同，净云这里就没有那么多拎不清的弯弯道道，是泾渭分明的。想来那三只夜猫子也是枉然赶了趟晚集，回了趟娘家的。净云提心吊胆地静观事态的发展，心里多少还是有些放不下，给三个陌生的姑子姐姐斟茶续水，嘘寒问暖，殷勤备至，是格外的客气礼让，生怕自家门上也发生命案，无端再惹来一场官司——净云生生叫先前那场没名堂的官司吓怕了。三个姑子姐静悄悄地在娘家门上住了几天后，就先后讪讪地、灰不塌塌地走了。隔了些日子，三个陌生至极的外姓姐夫又相继登门造访，给老人、给占全、给自己闺女又买烟酒又买点心，那份孝敬，真真让净云的一脸青斑都变得粉红了。三个外姓姐夫三翻五遍地哭穷，句句不离一个钱字，就差伸出手来跟老婆婆和占全这一老一少来讨要了。人穷志短，老话说得一点不错啊！占全荷包里的银子强要是没有半点道理，可借一点给穷姐夫们花花总是可以的，姊妹嘛，谁还没个手紧的时候？

躲在门板后面偷听的净云听到这里，心里这才松了劲，把肝呀胆的都款款放回老地方了。

梅街的张占全从此开始了焕然一新的新生活。大约是在监狱里面久旱不雨，也可能是不再田间地头辛苦劳作、精力越来越旺盛的缘故，占全夜晚在床上的表现也紧张刺激，让净云如沐春风，洋洋得意。从监狱出来的张占全也给梅街人带来一种全新的感觉。反正，张占全的行为模式和语言风格让人无端觉得，监狱真是一个无比神秘的所在，先前一个不会油嘴的男人从那里出来后居然就会油嘴了，先前一个青瓜蛋子被摘进去，再抛出来后就黄澄澄地熟转了过来，有了诱人的光泽和可口的味道。一路上但凡遇着父老乡亲、各色人等，占全一概笑脸相迎，潇洒应对，又是握手寒暄又是递烟点烟，老练得像刚刚从保险公司培训出来的业务员。

就跟别的一夜暴富的庄户人一样，烧包货张占全也买了车，绛紫色的桑塔纳 2000。净云跟老婆婆百般劝阻也劝阻不住，再想他好歹在里面吃了三年苦，也就由着他去了。净云每每看到存折上一下子少掉的七、八万块钱，就心疼得嘴皮子啧啧咂吧

个不停，就像从自己的大腿上生生剜掉了一块白花花的肥肉似的。除了串亲戚、回娘家或偶尔走个远处，净云平时舍不得多坐一回半回自家的车，生怕多放一张屁股就压坏了车轱辘，就多费了油钱。因了这个，阿满常常笑话净云是个只会吃苦、不会享受的傻瓜，是个没福气的货。

净云常常也就一笑了之。真的，梅街上的人没看走眼，净云实在就是一个过日子的好手。有不少邻里都说，占全这个二流子货妻命好，娶了净云，全是上辈子修来的福分。

现在想想，那段时光，是净云生活中最为幸福安然的时光。逢着麦芽学堂里放寒假暑假，占全就拉着她们母女二人到城外兜风，吃烧烤，喝啤酒，摇碗子耍，一直到夕阳染红了细长细长的艾依河，也染红了净云那张已经有了浅浅皱纹的脸面——独自担了几年光阴的净云与甩手掌柜占全站在一搭，果真是显得有点年纪、有点占全小姨妈的模样来了。

当然，“美人蕉”四妈家的张占财也没有像阿满曾经说的那样，一旦蹲了大狱，就连个对象也找不上。前来主动跟有钱有势的四妈家攀亲家的人家多得就跟网子里的鱼一样，翻起跳下的，让人都来不及看清楚姑娘家的脸面，就被那个心高气傲的“美人蕉”三下两下推辞打发掉了。现如今只要口袋里有大把大把的人民币，就算是蹲过大狱的人也不会遭人嫌弃。非但不遭人嫌弃，还有不少城门里的丫头片子们，偏偏就觉得张占财就是个孤胆英雄，梁山好汉，就是正宗、原版的周润发哥哥，个个都甘心情愿做那个风光的压寨夫人，谁也不觉得进过监狱有多么寒碜。梅街人只不过住在了没什么名气的“梅街一期”就高兴得不得了，人家占财的新房却买到城里的“中房·高尔夫”家园了。听听！单单名字里面就透着说不出来的贵族气派，里面的生活就别提多么资产阶级了。这且不算，事事领先的四爹也给占财买了辆蓝鸟，亦是有给吃了苦头的儿子补偿压惊的意思在里面。除了占全、占财，还有阿满、花子、巧红几家……反正，不管“蓝鸟大众”也好，“夏利 QQ”也罢，梅街现在最流行的出行模式就是拿四个车轱辘替代了两只铁脚板子，跟先前农民简约至极的生活方式明显已经相距甚远了。

三

所有的故事往往就是这样，在不让人惊讶的时候就悄悄酝酿起来了，就像一阵薄薄的黄昏雨落在了旧旧的海绵垫子里，肉眼还不曾看出什么端倪，其实旧海绵垫子里面已经湿了、沉了起来，甚至已经蓄满了冰凉的、眼泪般咸涩的雨水。

小家子气的净云既然热衷于挤公交，既然舍不得坐自家小车进城，自然就会有别的女人乘虚而入，自愿免费搭乘占全的桑塔纳进城出城。因为满天下的女人不可能人人都像净云那般淳朴厚道，老实巴交。也不可能人人都像净云那样，一夜之间就成了衣食无忧的富婆。就跟梅村变成梅街一样，似乎只是一夜之间，为数众多的处在主流生活之外的女人们就幡然醒悟，开了心智，增了见识，在通向赚钱的道路上飞速成长起来。实力派出身的她们通常会通过个人的观察分析，就能大致推测出来这个开着桑塔纳 2000 的小白脸的钱袋子有多大，也能够精确地计算出自己的投资在这个家伙身上能得到多少回报，让真正搞经济研究和市场营销的专业人士都自惭形秽，自叹不如。

第一个勇敢的上了张占全的坐骑的，是一个绰号叫“大洋马”的半吊子女人。说她半吊子，是因为在梅街还是梅村的年

代，在张三、李四、王五家混饭的她就敢于抹下脸面，挽了袖子，跟一帮老爷们划拳喝酒；不单如此，她的那张嘴也张狂得要命，爷们嘴里吐啥话，她的嘴里也敢吐啥话，当仁不让，一点不知道婆姨汉子终究有别的常识。饭桌上，只要“大洋马”金口一开，面皮薄些的婆姨家都是要缴械撤退，再不敢接嘴的；就连皮黑脸厚的糙皮汉子，也不一定能抵挡得住她言语上咄咄逼人的猛烈攻势。早先时候，一到苦夏季节，家家都喜欢叫上“大洋马”与自家并工。因了日子的劳苦和乏味，那时候的“大洋马”就是现成的相声小品，魔术杂技，虽说就是摆地摊的水准，却也常常能让一身臭汗、衣衫不整的婆姨汉子们忘了麦场上的劳作和烦恼。

在梅街，只有个别人家像“大洋马”跟她男人一样，算是外来户，这些年他们都是靠租种别人家的闲田讨生活，经济上自然不能与现在的净云、阿满她们相比，一比就一个天上，一个地下。成为失地女农民之后的净云、阿满她们可以抄着袖筒或拿着毛线针聚集在大家乐棋牌室里耗上一整天的美好时光，“大洋马”就不行。即便如此，几乎是一无所有的“大洋马”还是得硬着头皮往下过呀！在老村主任的帮助下，她廉价租了村部的一间房子，挨着棋牌室开了个向阳商店，连住人带开店，小商店自然就显得几分窝囊和杂乱，生意也谈不上好与不好了。

就是在梅村变成梅街的那段时间，“大洋马”的男人也被南来北往的车轮子一不小心给相中了。这个言行迟钝的窝囊男人没有来得及给“大洋马”打个招呼，说声再见，留下一笔可怜的命钱就匆匆提前退场了。跟那个河南老头不一样，“大洋马”的男人就没有那么走运，偏偏就没有被电力系统、石油公司或煤炭基地那类有钱单位的车轱辘撞上，因此他的命钱拿到手时就可怜得很了。“大洋马”因此就感叹自己时运不济。自家男人活着就指望不上，死了还是指望不上。这个窝囊男人运气不好，偏偏是被一个穷小子的农用车给撞没了。不过，对自家那个不中用的男人的提前退场，“大洋马”心里或许是有几分暗暗欢喜的。这个不中用的男人非但不能叫自己过上好日子，多少还妨碍了自己找点乐子的小自由。毕竟自己还不到四十岁，还算年轻，也还算好看——“大洋马”就是这样一个不论何时何地都对自己抱有特殊好感的女人，对自家的评判就像物价跟房价，依然是节节攀升，时时看涨的。对于处在这样一个年龄段和处在这样一个生活位置上的女人来说，能对自己持有这种乐观向上的积极心态实在是一件很不容易的事。也因此，发丧那个可怜的短命鬼的时候，梅街上的男女老少一眼就看出来，“大洋马”白花花的脸面上并没有多少伤悲之色，反倒有一种修炼过了的安详与平静，跟梅街上别的那些丧了偶的、哭天抹泪的女人相比，“大洋马”在揪心的唢呐声中流露出来的安详与平静就叫旁观者生出几分愤懑与不平了。

一日夫妻百日恩呢，抬埋男人，她居然连一疙瘩眼泪都没有，真正是蛇蝎心肠啊！

就是这样一个蛇蝎心肠、绝对不简单的半吊子女人，脸不红心不跳地跳上了张占全的桑塔纳2000。时过境迁，此时的“大洋马”已经不是先前有专人负责看守的“大洋马”了，此时的张占全也早已不是昔日那个青木瓜般绿着皮皮的张占全。现如今人家一个是东方不败，一个是雪山飞狐，断是武林高手，一旦交流起来，谁也不怯乎使出自己的看家本领。打情骂俏式的练嘴皮子已经是毛毛雨、小意思，过时得很了。只要“大洋马”本人不反对，张占全的手脚就可以在她高低不平的身体上蜻蜓

点水，翩翩游走，逢山上山，遇水过河，就跟那些越来越不讲规矩，也越来越没有档次的电视节目一样，烂俗得很了。“大洋马”虽然貌相平平，可偏偏就敢于将自己当成实力派演员使唤，那尊千山万壑、丰满至极的肉身子随便往哪里一摆放，都显得那么大气可观，吸人眼球。“大洋马”遵循的第一样生活信条就是绝不减肥，因她本人早在梅村时代就已发觉了肥的诸多美好。“美人蕉”家的那个花心萝卜自不必说，那些过来过去的闲野汉子，谁都佯装正经，一遍一遍地拿精密仪器似的眼睛扫描着她丰满的胸部跟浑圆的臀部，有意无意总想与她来个亲密接触。对自己这一身肥肉的宝贵价值，“大洋马”心里也明镜似的有数，使用起来也是小心翼翼的，绝对不能太随意，太把豆包不当干粮。该白贴的时候白贴一把，该拿捏一把的时候还要拿捏一把，吊吊那些野狗们的胃口。在减肥成为梅街上绝大多数女人们的第一生活要义时，在梅街上绝大多数女人们都已经成为或即将成为骨感美人和半骨感美人时，“大洋马”偏偏就凭着自己沟壑分明的粗线条暗中吸引了一定的眼球。

在梅街，女人们搭乘邻里的便车进城本是家常便饭，可一旦哪个女人一搭张占全的桑塔2000，家里的那一个脸就黑得怕人，像破旧的锅底了。经过几年牢狱之灾的张占全出息得进退有度，气质超群，风度翩翩，更主要的是，现今人家已经是个财大气粗、腰缠万贯的爷了，跟从前那个呆瓜笨鸟的穷酸小子已然有了天渊之别。因此，在梅街，也只有“大洋马”这样彻底失去了监督部门的女人可以堂而皇之、毫无顾忌地跳上张占全的坐骑。在飘满了香水气味和“你究竟有几个好妹妹”的甜腻歌声的车厢里，张占全跟“大洋马”你进我退，你来我往，就像一对知冷知热的露水夫妻，好不快活，也好不自在！

阿满和花子将张占全经常义务拉“大洋马”进城，并且将那对狗男女耍骚卖贱的情形告诉给净云后，谁知净云却慢慢悠悠，不紧不慢地说了一句意味深长的话。净云淡淡地说，丈夫丈夫，一丈之内就是自己的丈夫，一丈之外呢，就不知道是谁人的了——男人嘛！净云这么闲庭信步、云淡风轻的一句话，反闹得忙忙跑上门来传闲话的阿满跟花子一人一张关公脸，觉得自己是有些是非婆、皇上不急太监急的嫌疑了。净云嘴里自然而然冒出来这样大智若愚的话本是有渊源的，这是在她谈婚论嫁的时节，娘家妈时时挂在嘴边的一句话，给净云留下的印象自然就深刻了。娘家妈实打实地教导净云说，就凭你这半脸麻花斑，不会有哪个男人家真正喜欢你这个人的，好歹能嫁出去，将来能将银子攥一些在手里，才是个真正踏实的靠头。爹妈穷，终还有老回家的时候，不能指靠一辈子，儿女……儿女也是指靠不住的。临出门的那天晚上，娘家妈还喋喋不休地说，进了张家的门，以后的日子是好是歹，就看你小丫头的造化了。这样前途莫测、吉凶未卜的话，一经从那个满脸沧桑的老女人嘴里吐露出来，就刻刀划过一般深深刻在净云的骨头里了。净云恨娘家妈给她说这样的丧气话，也怨她生出自己这半脸的花花斑。恨过怨过，净云还是乖乖按照娘家妈指点的路数开始了她的新生活。在由梅村到梅街的平淡岁月里，净云渐渐觉出娘家妈曾经对她苦口婆心的教导的分量来。随着光阴的缤纷流转，净云越来越觉得娘家妈就像个黄大仙，能掐会算。她话虽然说得直白、硬气、粗糙了些，可句句都是金玉良言，足够净云拿来当做自己的主心骨，抵挡生活中遇到的沟沟坎坎，磕磕绊绊。

人呢，自然都会起变化的，三年五年不起变化，十年八年总会起变化的。张占全一个呆瓜笨鸟从监狱里出来都能变得跟

硕士生一样上知天文下知地理，跟相声演员一样能说会道幽默风趣，净云这个遭了些许磨难的鲜活女人自然不会是一成不变的。从张占全若干年前被收监开始，净云才算真正明白了吃亏是福是真真有此一说的。

净云的淡定生生叫阿满和花子刮目相看了。啧啧！真是一点也看不出来啊！阿满跟花子像两个动物研究专家，围着净云转了一圈又一圈，搞不清净云在黑塔下面又耍了些什么新花样，居然能由当初一介为夫喊冤的草寇变成了当朝宰相——这样的肚量，就连自以为是的阿满都不一定有呢！

阿满伸手摸摸净云的脑门，凉洼洼的，不烧。看看净云的脸，也不似是硬装出来的陶然神气，阿满就只能感叹一番，说笑一番，跟花子抱着一身雪白的宠物狗贝贝匆匆撤了。其实，净云心里的真实想法，真真是不敢说给阿满跟花子听的。内心里，净云还是很在意“大洋马”坐自家男人的车的。那样一个单杆子的风骚女人搭上占全的车，能有什么好事呀？只要占全人家自己不嫌弃，他油门一踩，随便拐到哪个僻静点的宾馆就能鸳鸯戏水，好事成双了。公的跟母的厮混在一起，除掉床上那件事情还能做些什么呢？现今的大小宾馆遍地开花，生意火爆，不单仰仗了80、90后的小年轻们的浪漫同居顶着，也多亏了张占全、“大洋马”这般偷嘴揩油的成年野鸳鸯们的大力支持。可是净云心里在意又能怎样？现在的张占全跟以前的张占全已经不是同一张皮囊了，现如今开着桑塔纳的张占全每天出去要拜见和联络的人，不是公检法的鸡头凤尾，就是跟他在监狱里一起进修过的江湖豪杰，进来出去，摆的都是公关部经理的谱儿。净云也亲眼见识过其中的几个样本，个个都是盗版的拳王模样：身架魁梧拽实，头皮剃得一溜乌青，脖子上挂着筷子粗的纯金拴狗链子，鼻梁上架一副蛤蟆镜，再往车里横着一身肥肉那么一坐，端端就是一个现成的江湖大盗，恐怖片里的主角，让净云一见先就头皮发麻，先就有了几分的胆寒。随着张占全交际圈的逐渐扩大，净云越来越觉出自己这个当“妈”的软弱无力来，也生出七分“儿大不由娘”式的感慨与无奈。现今张占全问净云要钱要卡要存折，净云哪有不给的道理，因为他又要在邢二的单双公司入股份、投资，做大事业了。说是公司，其实所有的家当就装在砖头大小的黑色牛皮包里，即便是外行人一听公司的名字，也知道公司的主要业务是什么。邢二是占全的狱友，张占全之所以对他的话言听计从，全是因为那三年中得到过他的很多照顾与恩惠。张占全之所以在监狱里面养得心宽体胖，左右逢源，多亏了邢二那个做煤炭生意的姐姐里里外外的倾力关照。那个开着福特的邢大姐来监狱看兄弟看得很勤，吃喝用度全都一式两份，将这两个误入歧途的浪荡弟子照料得无微不至，关爱有加。人家姐弟俩对自己够义气，自己也不能脱掉囚衣就不认得人。他跟邢二在监狱里就做了拜把子兄弟，如今邢二开这么大的单双公司做事业，张占全决不能袖手旁观，一毛不拔。连前带后，张占全从净云这里一共拿走了三十二万。不满三年，占全不单拿回了看家老本，就连他屁股底下的车都鸟枪换炮，由桑塔纳换成了四个环环的奥迪。占全将车换成奥迪后，净云还忍住心跳到黑塔里烧了几炷玫瑰香呢。净云家先前信用社的那个空头账户现在可是沉甸甸的了，拿在手上都让她觉得那是一块灿烂的金条而不是一方薄薄的纸片儿了。每次净云到信用社存钱取钱，坐在玻璃柜台里面的黄毛子媳妇都对她表现出极大地尊敬与羡慕来。净云还是当初那个净云，黄毛子媳妇还是那个黄毛子媳妇，就因为净云账户上

的存款数额发生了巨大变化，黄毛子对净云的服务态度也就不断地刷新、升级了。先前人家那张小白脸就像一根奶油冰棍，现在就能变成热腾腾的烤白薯，把净云的心暖得都要融化了掉了。出于多方面的考虑，任凭黄毛子媳妇磨破嘴皮子，任凭黄毛子媳妇怎样像春天般的温暖，净云还是拿定老主意，用自己的名字在别的银行新开了三个账户，将这个老账户上的钱分期分批转出去了一点零碎。这么暗中做一番手脚，净云心里就会感到踏实可靠一点。现在，就算是一个烂眼窝子人也能看出来，占全这样的花瓜端端是靠不住的，迟早是个败家的货。净云能将娘家妈的教诲刻在脑子里，张占全自然也能将自家老太太的教诲刻在脑子里。老婆婆常常对占全说，男人三样宝，丑妻、薄地、旧棉袄——净云这样的媳妇，啥时间都不敢放开手丢掉，出了张家的大门，再娶一房这样实心实意的媳妇可就难了。因之，不论张占全外面怎样跟五颜六色的女人过招，对净云他是没有任何后顾之忧的，对净云也是一百一千个放心。占全不像梅街上别的男人，有几个臭钱就把原配打发了。用占全自己的话来说，他就是一个喜新念旧的情种，在男人堆里，已经算是上品了。

好在张占全果真就是三分之二个贾宝玉，只知道惜香怜玉，花天酒地的享受生活，很少记起来看看他现在究竟有多少MONEY，净云也就乐得当个只管花钱的便宜掌柜。因为从内心来说，净云就跟自己那个娘家妈一模一样，实在就是一个爱财如命，见钱眼开的女人。假若将占全跟人民币一齐放在磅秤上过过称，在净云心里，肯定是人民币比占全还压称，是钱这一头子沉。何况，自“大洋马”开始，占全那个暧昧至极的车厢就不曾闲过，有时候车厢里坐的的确就是净云跟麦芽，更多时候坐的却不知道究竟是谁的老婆跟闺女了。在梅街，只要屁股下面压着价值十万以上的车的男人，方向盘旁边多半都坐着一个打过七折的花面狐狸。听阿满说，现今的二奶、小蜜已经不像先前的市场行情，多少还有点身价，现今养一个二奶实在也费不了多少银钱，点菜似的随便点上一盘，随点随到，立马就能让虚荣心强的男人装点装点门面，得到一点满足，方便快捷得跟乘电梯上十五楼是一个道理。阿满还说，先前只是年轻些的黄毛丫头在做这个差事，现在呢，竟然有不少半老徐娘也涂脂抹粉，抹下脸面混进这个队伍，大胆端起这碗饭了。先前十个女人里面有一两个离婚的已经叫人张不开嘴了，现在呢，十个女人里面就有两个是离了两次的，三个是首度离婚的，另五个还是做好离婚打算的……你想想啊，这“失业下岗”、猴心不定又主动出击、四处撒网的女人一多，男人那方面不想出点乱子也是难呢。阿满拍着手说，现今进这个自由市场，门槛都低了许多，看着是娘儿俩模样的女人，只要人家自己愿意，谁都可以端这碗饭，不吃白不吃，白吃谁不吃？现今物价、房价、药价……都这般贵，自个养活自个真不是一件容易的事了。半老徐娘一混进来，自然就影响到整个市场的行情了。知道不？现在最流行的一首歌就是《向前（钱）冲》！冲冲冲！……阿满就是阿满，抽丝剥茧，打包分类，分析起来头头是道，有理有据，让净云又增长了不少智慧，也让她能够更加理性地看待张占全荒诞不经的私生活了。如此这般，即便净云吃了多少干醋，也一点没奈何张老板张占全了。再说了，梅街上别的类似的人家至少表面上都能风平浪静，凭什么净云家里就要闹得战火纷飞，兵荒马乱的？和气才能生财，和气才能点石成金，这一点净云比谁都清楚。只要占全能将钱赚回来，账面上的银子

一天天有增无减，他花他的心，我花我的钱，大家可以井水不犯河水呀！就算是占全不花心，成天就围着她转圈圈，可是赚不回来大把大把的银子又有屁用？钱就是能给人长精神，净云过日子的精气神就全仰仗着一沓一沓粉红色的老人头了。记得占全刚刚从她手上拿走那三十二万块钱的时候，净云的心都要碎了。半夜里醒来看着空空如也的双人床，总会忍不住泪流满面。她不是为自己独守空床，伤痕累累而掉泪，而是为了那一大笔吉凶莫测的钱财的去向而掉泪呢。在等着收回老本的那三年时间里，净云吃饭不香睡觉不甜，整天就跟丢了魂似的，说话颠三倒四，做事毛手毛脚，有对那笔巨款望眼欲穿、刻骨铭心的思念，也有对那笔巨款一日不见，如隔三秋的渴盼，一点不似先前那个抗着锹把，心无杂虑的精棒利落的女人了。阿满拍着手说，净云真就是一个劳碌命，苦得跟一头驴时，吃得香睡得好，现在吃上闲饭了，反倒成了害口的大肚子婆姨，有一口没一口地。净云羞于向阿满说出她严重失眠和大量脱发的真正原因。中医说她是思虑过度，气血不足，西医说她饮食不周，消化不良，其实都是因了那笔白花花的银子钱呀！每每想起阿满陪着她满城找医治脱发和失眠的偏方子时，净云心里对阿满都有一种说不出来的愧疚。净云觉得，生活才是一个货真价实的超级大导演，比冯小刚还冯小刚，在阿满和花子面前，净云兵来将挡，水来土掩，居然比一线当红女星都会演戏了。

张占全现在是梅街上公认的的一个有本能的人，老婆婆却拄着拐棍骂占全干的全是胡日鬼的活计。可多数邻里终究还是觉得，现今就是兴这个理儿，撑死胆大的，饿死胆小的，宁可做个能闯荡开的胡日鬼，也不能做个缩手缩脚的怂包蛋。梅街上就有这样一个怂包蛋，也蹲过几年大狱，在里面学习的时间比占全还长半年。别的江湖秘籍不曾记在脑子里，唯独将各种法律条文背得滚瓜烂熟，业余时间也颇热衷学习那些雨后春笋般层出不穷的新的法律法规。因为知法守法，一点空子都不会钻也不敢钻，也就只能赚点辛苦小钱养家糊口，聊以度日。为此那厮常常被老婆打得鼻青脸肿，青一块紫一块的。众人问他身强力壮的，怎不反手教训教训那个母老虎，给她点颜色看看。这个怂包蛋张口就能将关于什么是家庭暴力的条条框框背出来，让人哭笑不得。比起这个天天遭受老婆的家庭暴力的怂包蛋来，占全就算是得道成仙了，净云不笑，反倒哭么？

曾几何时，张占全身边也有了专门为他跑腿的青皮后生，给他端酒敬烟，张哥长张哥短的，好不气派。净云只是觉得吃过水面这样的生意来钱来得太快了，快得叫人想笑都不敢笑。二十万块钱放出去，一年半载就能赚回一辆八成新的广州本田。有的老板钱给不利索，就拿自己的爱车顶账。有时候，梅街的停车场上会停着净云家三四辆各种颜色，各种档次的小轿车。占全吩咐伙计们将车开到修理厂，里里外外装饰打扮一番，就跟出嫁女子一样，找上一个被眼屎糊住了眼睛的“好”下家，转手一卖，从中又能赚到不少差价，真格是财源滚滚，气象万千。净云呢，也乐得有事没事哗啦啦地数钱开心，数钱的技术一点不亚于人民银行的工作人员。她就是在学着数钱的过程中学会辨别假钞的。每每占全从茶楼里打牌回来，总要让净云帮他看看今天赢的钱里面有几张是假的。占全对她这份水乳交融的信任，总能让净云感到一种被夫君认可的满足和温暖。数钱点钞之余，净云也乐得有事没事约上阿满和花子城里城外四处逍遥，将检验出来的假钞想办法再花出去。逢着娘家那些亲戚谁家急用钱，净云也敢拿出自己的私房钱，瞒过占全依葫芦

画瓢地放出去，吃几个利息做零花。前头有车，后头有辙。上面有占全这个大师傅做领路人，净云再笨，也能学到些许皮毛的。钱有多少是个够？钱有多少都不嫌多！净云是真正尝到了有钱的滋润和不费吹灰之力就能赚钱的快乐了。

四

虽然净云衣食无忧，日子过得天天都像过年一般热闹红火，可骨子里面，净云心上还是不安稳的。为啥不安稳，自己也说不上。坐在打打杀杀、搂搂抱抱的电视机跟前，坐在灯红酒绿、七荤八素的饭桌跟前，净云心里有一种说不出来的、怪怪的不自在。有一次远远看见那尊高高的黑塔，净云就记起来，在五彩气球般胀满和空虚的日子里，她已经很久没有去黑塔上过香了。财大气粗呀！自从有了钱，成为了别人眼中的富婆，净云连神龛上的神仙也轻看了几分，不应该呀！想到这里，净云才知道自己心上的不安稳源自哪里。她洗洗脸，梳梳头，收拾收拾，一踩油门就到了黑塔跟前。但还是迟了一步。净云五彩气球般被好运气吹得肿胀起来的好日子，突然间就“啪”的一声爆炸、破碎了。

以净云那点胸襟跟眼光，她怎么也没料到占全这次闯下的祸事，居然没有给自己的好日子留下半点退路。以前的败家子，那家当是一点一点、一天一天地被败掉了；现在的败家子，却能在一天两天，一年两年间就将全部家当败个精光。什么叫昙花一现，什么叫过眼烟云，张占全就是。一贯做事得心应手、游刃有余的张占全这次居然就当了一回肿头，叫一个江湖高手给设了一局，占全一个不防备就掉进坑里去了。占全给那个叫咪咪的搞建筑的女人用自家的两处房产做了抵押担保，帮人家贷了二百万。二百万，不是二十万，也不是两万，当然不能开玩笑了。信贷员在做了充分的风险评估，检验了相关证件之后，咪咪如愿以偿提到了巨额。钱前脚刚一到手，后脚咪咪就一道金光不见了踪影。到这会子，占全才记起来，他跟这个貌美如花的咪咪居然认识还不到两个月。一路追查下来，不单咪咪这个人是假的，有关她的一切资料和背景都是假的，什么做副市长的表哥，什么铁道部的工程合同……占全真是赔了自己又折兵。案子是立了案的，可是大海里头捞针，一时半会也未必就能连人带钱一下子捞回来。“梅街三期”就曾有过类似的案子，事发三年了才将那个江湖骗子从武汉找到，抓捕归案——咪咪这个案子，还指不定猴年马月才能尘埃落定，水落石出呢。一月两月的利息背得起，一年两年就未必了，何况两年之后就该还本了。拿什么还？当然是拿弄潮儿张占全的那两处房产和汽车等等来抵了。江湖上各路英雄豪杰一听说占全急用银子，纷至沓来，都愿将钱借给他周转，只不过跟他当初一样，根据借款时间长短不一，需要支付五分到一毛钱的高利。孽钱归孽路，如此来如此去！在这个紧要三关的时刻，偏偏跟占全一起搭伙的单双公司的邢二又惹乱子，二进宫了。听说那个乱子大，没有相当的关系很难摆得平。本来占全就是跟着疯子扬沙子的货，邢二一收监，占全先前大把大把的银子怎样来的还就怎样去了，跟涨潮落潮一样，又跟风吹流沙一样，自然而然，想阻挡一把都不知该怎样出手。眼见大把大把的钱财就这样无声无息从眼皮子前面溜过去了，快得让人竟然没一点反应。签字画押的事，向来都不是什么好事，这是占全先前经常挂在嘴皮子上的一句话，现在可不然就在自己身上应验了，真是准得很。没有了邢

二的孽钱做后盾，别人的高利也是背不起的。净云享受了十年的两层小楼，被行家里手七评八折的，就这样眼睁睁地归了公家。净云那个哭啊！恨不能一口将那幢米黄色的小楼当成汉堡包，当成肯德基，一口吞进自己的肚子里随身带走。净云那个哭啊！简直要把自己哭成窦娥，哭成孟姜女了，就连阿满的劝都不能将她劝住了，就连劝人的阿满都被她感染，哭得抽抽噎噎，泪眼婆娑了。漂亮女人的哭相都是不中看的，净云酣畅淋漓的哭相就更不中看了。十多年来，净云好不容易才学到手的有钱女人的一点体统与修养，在那一刻全都还给韩剧里优雅的、穿着白色套裙的女主人公了。在那一刻，净云又流露出来当初那个为张占全当街喊冤的村妇的狰狞面目来。鼻涕一把，眼泪一把，净云那个哭啊！几乎把夏天都哭成冬天了，几乎把雪花都要哭得飘下来了。哭到最后，以净云被呜呜怪叫的120一路拉到急救中心才算告一段落。躺在医院里，静下心来，净云这才记起老婆婆常常挂在嘴皮子上的那句话：英雄里面出英雄，豺狼里头有豺狼啊！你以为张占全是谁？是神机妙算的诸葛亮？不是呀，不是呀！躺在医院里，净云拿手掐自己的胳膊腕子，一掐就生疼生疼的，说明这一切也不是白日梦，是真真切切的呀！

老话说得不错，风水确是轮流转的，没有谁总是做庄家，只进不出。别看今天飘在云里雾里，明天就可能掉进水里土里。三十年河东，三十年河西，说啥有啥，一点不带哄人的。

苦日子过惯了，苦也就是甜了。甜日子过惯了，甜也就不甜了。如今身手闲了十多年的净云又要起早贪黑地为一日三餐打工了，她心里的那份辛辣与灼热，就跟刚刚上到桌子上的麻辣烫，是难以张口消受的。好在净云家的这档子事在梅街上并非个案，梅街上还有天天跑法院跑到心肌梗死的，还有不知轻重的女人跳了楼的，还有头脑简单到拿着榔头铁锹到公家找茬拼命的……好歹有了比自己更惨的人家给自己做着陪衬，净云也就从了，也就认命了。不认命又怎样？天上已经给自己掉过一次馅饼，难道还能再掉一次吗？就算天上还掉下来馅饼，这一回不一定就能砸在净云的头皮上啊！

张占全自然也像遭了旱的庄稼，一天一天蔫了秧子。从长而新的梅街上经过时，跟被开除了公职的国家干部一样，没了一丁点往日那种牛哄哄的架势和派头。即便落魄到用脚走路的份上，除了换洗衣裳，占全还是不常回家过夜的。先前那个风光体面的二层小楼占全都不愿意回，现在这个鸽子笼似的破落门户他就更不想回了。不过，像占全这样外表倜傥的男人家，就跟那些略有姿色的女人家一样，在这样一个风花雪月的年代里，丝毫不用为吃饭穿衣来担心、发愁的。像占全这样拥有高回头率的男人，似乎走到哪里都能找到一个温暖的、也是临时的家供他栖身，他正是被很多单杆子女人需要的那类理想的男人啊。男色跟女色的原理本就是一样的。貌相超群的，自然就吃香、抢手一点。在梅街上，给鸡做鸭子的男人也不是没有，可人家那都是便衣警察，是联邦特工，是层层潜伏起来的余则成，一般很难被人发现庐山真面目。像占全这样不避嫌疑，公然登台亮相的二爷确实少见。能将占全这等有姿有色的男人包养起来的女人，跟那些三流女星一样，没有宝马钻戒什么的断是搞不定的。给占全宝马开，给占全钻戒戴，供占全吃喝拉撒的女人不是别人，正就是邢二那个开着煤矿的富婆姐姐。听阿满说，这个皮条客、中间人不是别人，正就是占全的拜把子兄弟、邢大姐姐的亲兄弟邢二。先前西门庆潘金莲式的腌臜事，

多半都是由着老脸老皮的婆子们在明修栈道，暗度陈仓，现今老少爷们却更擅长干这穿针引线，渡船搭桥的皮肉活计了。亲兄弟自然会心疼自己的姐姐，是断然不会叫肥水流了外人田的。一开始，占全是将邢家大姐当作自家老姐姐一般看待的，后来觉察出这个老姐姐对自己感情上乃至身体上的某些端倪时，占全着实还惊恐了一阵子。毕竟，这位邢姐姐已经是有了孙子的女人了，绝非能与李亚鹏的那位王姐姐相提并论，看着总是叫人有些堵心。五官、皮子也就忽略不说了，这姐姐说起话来就是平地一声起惊雷，有如瓦斯爆炸一般能令人粉身碎骨的。先前在监狱里面探望他们二人时，她还能注意到那个特殊的场合，是刻意降低了噪音分贝的，现在则是“声归原主”，声声入耳。占全素来是听惯了燕语呢喃的女声的，现今陡然听到邢大姐姐高亢嘹亮的女高音，端端有着担惊受怕的意思了。不过占全就是占全，是大拇指上长毛的老手了。检讨过去，也算经历了一番坎坷磨难。展望未来，好不容易见到这样一道风雨后的“靓丽”彩虹，他当然知道如何审时度势，如何收敛和委屈自己，更知道怎么放下身段，使出浑身解数，去讨女主人的欢喜——从那个叫咪咪的女人身边跌倒，就要从这个姓邢的女人身边爬起来呀！从邢二那里，占全知道现今这个邢姐姐已经不是当初去探监的那个邢姐姐了，如今邢大姐姐的身家说出来不知有多么怕人，就连县委书记都热烈欢迎她来投资呢。对占全这样将钱不当人看的男人来说，能傍上这样一个重量级的富婆，也算他小子走鸿运了。男人的青春也是论尺子量的，如若不紧紧抓在手里，那也是要吃后悔药的。假若能将姐姐伺候得好，能多少哄来些股份和产权，也不枉自己相跟了她一场。人家这个股份跟他们单双公司的股份的性质可大不一样，那可是真金白银的硬头货……也就是说，除了尽量忘却邢大姐姐的那张脸面跟那个金属撞击般的声音，张占全是以全力以赴，不怕牺牲的精神开始了他做二爷的生涯的。这个姐姐虽就是个妇道人家，女流之辈，偏偏就有着大老爷家的气魄跟胸襟。一旦听说净云现在还在四处揽工讨生活，就差人给她送了一个沉甸甸的大红包。来人一并转告净云，以后每个月她都能收到这样一个大红包，吃喝用度是不必担心了，有占全一口，也有她净云一口，闹不了饥荒的。这般一帮到底，扶危济困，侠骨柔情的巾帼英雄，满城大概也找不出第二个来了。

净云做梦也梦不到，像她这样一个掉了毛的落魄女人，居然还能收到这样一个大红包，一时间她心里真正是被万花筒般的生活彻底迷惑了。刚开始她还不知道这个红包的来头时，猛然间见到久违了的一沓子人民币，净云脸上的青斑又变得粉红粉红了，恍惚间有一种昔日重来的甜蜜幻觉。净云的心在抖，心也在烧，虚汗直淌，就像一个非典患者，差点就被梅街上的医务室给隔离了。等她弄清这个红包的来源时，却又发疯似的哭将起来，跟哭那幢米黄色的二层小楼一样的流派和风格，直哭得天昏地暗，地动山摇，让人觉得在她那尊剧烈抖动的肉身子里，一定也发生了八级以上的大地震。净云的心啊，就别提有多么伤，有多么惨了。只有净云自己才能看见自己身上的伤口究竟有多深，只有净云才能明白自己究竟流了多少血……女子婆姨家卖身混口饭吃，似乎还能叫人叹上一口气，说上几句无可奈何的话；一个身强力壮的爷们汉子也吃这碗饭，拿着脸面和身子讨人家的欢喜，讨人家的钱花，还要让自己的婆姨女子沾一沾这份荣光，这样的喜新念旧、相濡以沫非张占全莫属呀！女佛爷也是一流的慈悲，不单将占全一个人承包了，还将

占全的婆姨女子一并承包赡养了，这是怎样的爱屋及乌，又是怎样的仁至义尽呀！

人穷志短，马瘦毛长。在人屋檐下，不得不低头。净云一个年过四旬、皱皱巴巴的花脸女人，一个散了架子的独轮子车，就算前面的路再宽阔平坦，她也没有心气甩手挺胸，迈开大步往前走了。还是从了吧，还是认命吧！阿满不是几次三番劝过她么，好死不如赖活着，其实有多少人在这个世上都是赖活着的，其实有多少人都不过是活了个自哄自，没什么想不开的。你看看“梅街四期”的曹二姐，春夏秋冬，男人一年回不了四趟家，人家不照样乐乐呵呵，该唱就唱，该跳就跳么？年年黑塔庙会上，人家带领一帮中老年妇女扭秧歌、舞扇子，敲锣打鼓的，反倒越活越年轻了。阿满咬着牙根子说，远的就不说了，花子你是知道的，女子初三没毕业就把娃娃养在学校的宿舍里了，还上了报纸，梅街上下无人不知，无人不晓，你说她还活不活人呢？阿满不是还劝过她么，换个方向看，男人也不过就是咱床上的铺铺盖盖，桌子上的杯杯盏盏，好歹占全那猪是你用过的旧家具，富婆再牛，也不过是捡了你用过的一个破烂，你有什么想不开的？

阿满就是阿满，说起话来句句都是满满当当的大实话，黑秤砣似的落地有声，砸得地皮上都能冒出一绺子白烟儿来。净云还能怎样，净云又能怎样？净云不过就是个纸糊泥捏起来的净云罢了。

净云收到邢家姐姐送来的大红包那天，恰巧就是个月亮满满的好日子，在通向黑塔的宽阔街区两旁，各色花儿扭扭捏捏，摇头晃脑开得正好，是真正的花好月圆啊。恍惚间，净云仿佛看见从前自家那片水地了，月亮满满的夜里，净云一个人扛着铁锹淌水的时候，在水田里面稻垄的空隙里，撒满了银晃晃的月光，碎银子似的招人喜欢。那时候净云就想，啥时间自己能这样金银满地，也就不用再吃苦受累了。后来田地果然如愿以偿变成了银子钱，可自己也仅仅是有了钱而已，除了钱净云想不起来她还曾有过别的什么。而今什么都没有了，照样不必吃苦受累了，可为什么净云的心会这般要死要活地疼呢？自己曾经做过美梦的那块水田的位置，现在是梅街上最红火的猛牛饭庄，已经跟净云没有一丝半毫的关联了。想到这里，净云心里有一种被人彻底抛弃之后的孤单。净云洗了脸，梳了头，抹了点面油，飘飘忽忽影子似的到黑塔边上，悄悄上了一炷玫瑰香。多少年来，不管好事也罢，坏事也罢，只要上过一炷玫瑰香，净云那些横七竖八的情绪就会慢慢地，一点一点地平稳、安静下来，就像满头被风吹乱的头发拿梳子轻轻梳理过一番，净云的心就会重新回到那个被先人们叫做心灵的地方。净云觉得，从此之后，她的心就被麻药麻醉掉了，从此之后在梅街上，她就是一个没有脸皮，不懂廉耻的女人了。

五

跟平常一样，梅街上的喜事一桩接着一桩，叫人应接不暇，桩桩都是那么引人侧目，吸人眼球。“美人蕉”的宝贝儿子张占财终于要结婚大典了，地址就选在中央大道国际宾馆贵宾专区，那里是城门里边的有钱人结婚、再婚的最佳场所。听阿满说，那里的酒席最低都是1666元一桌的，最贵地说出来价钱叫人都不敢张嘴吃了。阿满说，这千挑万选选来的新媳妇已经是娃娃的妈了。“美人蕉”就是“美人蕉”，一直等到带把的孙子

掉在炕上，才给这对小夫妻摆了酒席。净云也觉察出来，这高高在上的“美人蕉”，似乎天生就有一种与女人较量的思想倾向，并且一贯愿意做胜利者一方，哪怕是自己的儿媳妇也不肯放过，生生叫这个投怀送抱的小妮子失尽脸面才操办了酒席。虽然净云这个新弟媳妇在婆婆和娘家颜面都失尽了，可细细一算账，还是颇为划算的。按照现在梅街上的房价，哪个女子人家也不敢跟月薪2000元的无房族谈婚论嫁。虽说新媳妇就是无端接受了婆婆诸多隐晦的挑衅，可最终毕竟是名正言顺地进了张家的门。豪宅庭院，宝马香车，明星月嫂一应俱全，一步迈进来就成了有钱人家的阔太太，太值了。当清一色的宝马载着新媳妇进了“中房·高尔夫”家园时，不知有多少青头女子在暗暗羡慕新媳妇的道高一尺，魔高一丈，兀自在望洋兴叹呢。

在张占财的婚宴上，净云第一次见到了传说中的邢家姐姐。邢姐姐的五官和发型完全可以省略不记，身材是中等偏下的身材，一身深紫色的西装，因为腰际缀有一道黑色的横纹，看上去就像一个发酵了的大写字母H，臃肿松懈，松松垮垮。邢姐姐金口一开，整个大厅都为之肃然，差一点就将新娘子惊得喊出声来，还误以为是哪个没有得逞的小姊妹派来大闹婚宴的老干探。按说占全的堂弟大婚，这人来与不来本也无妨，可人家偏偏就是剑胆琴心，情深意长，偏偏就带了司机、保镖兼秘书长的张占全堂而皇之地亲自登门贺喜来了。不单人来了，还给“美人蕉”上了5000大洋的礼金，是这喜宴上单笔最高的一笔礼金，“美人蕉”岂有不笑纳之理？不单礼金照单全收，还对这位初次谋面的邢家姐姐青睐有加，老板长老板短地亲自请让到688号富贵厅，与诸多要人一起就座。唯一让“美人蕉”感到些许尴尬与别扭的，就是难以对此人身份做出精准的界定，特别是轮到新郎与新娘给这一桌人敬酒时，就更让“美人蕉”作难了。让小两口叫人家姐姐吧，似乎不太合适；称呼嫂子吧，似乎更加不合适，中间加上这么一个人高马大的侄子张占全，再加上自己这么一个光鲜靓丽的新婆婆，一时间真难以叫得准呢！江湖乱道，各赶各叫吧！一桌子的喜客一喝多，嘴上也就不打掩护，插科打诨，七荤八素，没一点点正经和体统。究竟还是邢家姐姐见得多，经得广，眼界宽，肚量大。人家坦然自若，稳如泰山，一点没有为难小两口，端起双杯就干了，换来一个满堂彩。旁边的张占全也波澜不惊地说了几句祝福堂弟的话，当然也是各就各位，句句精彩。那份潇洒，那份酷和派，硬是把如花似玉的新娘子都镇住了。若不是占财一旁及时介绍，新娘子还以为是周润发从香港搭了专机赶过来了呢。

老话说仇人相见，分外眼红，阿满和花子都担心当事人净云见到邢家姐姐会有几分冲动，暴露出来一介村妇的泼辣面目，砸了“美人蕉”的场子，扫了新弟媳妇的兴，心里都暗暗为她捏着一把汗。若是想羞辱那两个没皮没脸的人，今天可不就是个绝好的机会。遇上能说会道的主儿，三句两句就能让对方挂不住脸面，落荒而逃，阿满就不信这世上还真有不拿脸皮当脸皮的女人。可阿满这一伙人都知道净云就是最不能说会道的那一个，净云除了哭的功夫相当了得，哭起来能出神入化，感天动地，别的提也提不起来的。一旦叫人家拿老板的气势镇住了，说不准反倒会吃上一顿羞辱，没了台阶下。梅街上就来过这样一个小三，这是一个知识丰富，思维敏捷且擅长演说的小三，人家双手抱着自己的胳膊搁在怀中，将秀琴一顿落花流水似的批判，居然就将没能看住汉子的秀琴就批判得面红耳赤，哑口无言。净云连半个秀琴都比不上呢，谁忍心给她拾柴添火，撺

掇她到688去出心中那口恶气？众人也都不过是替净云抱打不平，心上嘴上气不过罢了。不等净云真的有什么复仇的想法，心疼净云的这伙女人就左一杯、右一杯，一杯一杯就将净云灌醉了。醉了酒的净云泪眼婆娑的，比先前瘦了一圈的身子软绵绵，乏塌塌的，就跟圈里一只刚刚被剪掉了羊毛的母羊一个模样。

梅街上还有一桩天大的喜事，那就是绯闻不断的“大洋马”居然也要梅开二度，要嫁人了。男方居然还是一个有一点身家的小老板，据说年龄还比“大洋马”小上三两岁呢，据说貌相个头也都不错呢……尽管这个消息听起来非常具有爆炸性，可是梅街上大多数居民还是心平气静，是见怪不怪，吃惊不惊了。这有什么可奇怪的？在这个超级摩登的年代，什么出人意料的事情不会发生呢？在为了踢一个鸡毛毽子都能引发一桩血案的梅街，“大洋马”二上花轿又算什么新闻呀？何况如今狼都能爱上羊呢，猫都能给耗子当伴娘呢，历尽沧桑、阅人无数的“大洋马”嫁给一个德才兼备的钻石王老五，实在是小菜一碟，一碟小菜了。或许在那个涉世不深，经验匮乏的新女婿眼里看来，云遮雾罩，峰峦叠嶂的“大洋马”就是一个对新时代的两性关系有着权威论断的大师呢。“大洋马”不过是吃了没有文化底子的亏，才混到梅街上三十平方的向阳商店小老板的级别，要是有峨眉山上的那个李一道长一半的功力，将自己稍加策划跟包装，或许也早就成了哪个娱乐节目的特邀嘉宾和区市政协委员了。没有文化真不行，如今这是梅街居民最容易普遍达成的一个共识。

“大洋马”的婚宴就订在梅街最红火的猛牛饭庄，但凡进过向阳商店买过油盐酱醋瓜子的哥儿姐们，统统都被她的大红请柬搜罗了去，似乎在长而新的梅街上，就数她的人缘好，人气旺，个个都前来为她捧个钱场跟人场。净云本来不想去赶这趟红火，喝这杯喜酒的，可一听阿满说就连高高在上的“美人蕉”都涂脂抹粉，抱着白胖孙子去了，自己称病不去，未免就显得小家子气了。一伙子女人坐在人来人往，衣香鬓影的大厅里，吃喝调笑，好不热闹。让净云料想不到的是，浪荡鬼张占全居然也在百忙之中闻讯赶来了。日子长不见，占全越发显得水润圆滑，绅士风度。他一一跟各位乡党绅士来往应答，拿的都是荣归故里，旧地重游的成功人士的架势。

一贯眼尖手快、出手不凡的“大洋马”一眼就在人群中发现了当年那个学雷锋做好事的帅哥司机，一声“嗨——”就将全场老少爷们的眼光从菜碟子上吸引过去了。虽说二婚也罢，“大洋马”依然按照初婚女子的扮相闪亮登场：兰蔻胭脂，珠冠玉翠，酥胸半裸，长裙曳地。故旧相逢，千言万语一时真是不知从何说起。张占全绕过圆桌，跟“大洋马”面对面站着，端着酒杯祝福“大洋马”终于找到了自己人生的归宿，可喜可贺，言语中还流露出来些许怀恋旧日时光的真情感叹来。“大洋马”也不卑不亢，礼尚往来，真诚感谢着张老板从前对自己的关照与帮衬，也衷心祝福他贵体安康，吉祥如意等等，言语之间风情万种又玄机密布，依然是雪山飞狐和是东方不败的出招路数，端端是神龙无首，莫测高深。

净云以为，那两个冤家腻歪一番之后，占全怎么着也该绕过来跟自己打个招呼的，就算不问问自己，也该问问那个在夜总会上班的闺女的好歹的。自己脸上是生了花花斑的，可麦芽脸上并没有啊！不是说一日夫妻百日恩么？何况这会子邢大姐姐又不在跟前，也不必担心回去被人家教训、坐冷板凳。被人

养总归不如养人家，究竟还有受气的地方在，也有不容易的地方在。净云心里对占全，总还有着那么一丁点护犊子的旧情难以消弭，谁叫自己比他大，多吃了四年禄粮呢？好歹他还叫自己过了十年风光日子，日子瘪塌下来也许是定数，也不能全怨他一个人呀！也许这就是自己命中的造化吧……净云这么一番低头乱想，再抬头看时，不知何时张占全已经走出人堆不见了。吃了软饭、来去匆匆的张占全早已经提不起众人的半点兴致了，他们的兴趣被传递在酒桌上的另一宗更大的喜讯替代了。听阿满说，“梅街五期”的刘春生买彩票中了大奖，五万多块呢！是拿自己的生日、电话号码和车牌号码组合起来的号给买中的，第一次买彩票，就中了大奖，真个是财运亨通啊！花子借机就说她与刘春生的老婆巧红是一天一遇面的牌友，改天一定让她出点血，吃她一顿，吃上多少算多少。在梅街，似乎只有吃喝才能让这些没有着落的女人感到一点点生活的乐趣，才能让伤了皮肉，也伤了筋骨的女人们忘掉生活中那些灰色的阴影。

趁着这一波喜讯的荡漾开来，净云也悄悄起身走掉了。她心上是彻底有些凉飕飕的感觉了。她曾经借了闺女麦芽的原因给占全打过电话，也约他回来一趟，看看自家闺女已经变成了什么样子，可是回回占全都有托词，不是要赶香港的飞机，就是在签什么合同，总是匆匆回掉了。临了还说净云，闲吃闲喝的，要你这当妈的干什么呢？也是活该，摊上占全和自己这样没路数的爹妈，做闺女的还能出息成什么样子？因了有钱，也因了一根独苗苗，净云万事都由着麦芽的心性，要天就许给半边，一旦天塌了下来，这闺女也就不像闺女，倒像个讨债的小鬼了。说是麦芽的亲娘，净云居然不晓得她是怎样长大起来的。有田地的时候，自己一人苦得跟一头母牛一样，每天都两头子赶黑，麦芽就托付在老婆婆手里；自田地被征占之后，麦芽就上了寄宿制的贵族学校，一周回家一趟，还是神龙见首不见尾，天天有花样百出的应酬，全是净云两眼抹黑的时兴玩乐。吃喝玩乐倒也罢了，到麦芽来例假的时候，净云才发现她的穿戴打扮，完全没个姑娘家的样子。从背后看去，却跟阿满家的儿子一般模样，雄赳赳气昂昂的。听阿满说，现今女孩子都流行男孩子打扮。听阿满说，现在做妈的都时兴穿短衫热裤，眉眼头发整得跟赵薇一样热闹红火，女儿家反倒是清汤挂面的李宇春。娘儿俩走在一处，远远看去是姊妹俩，近看还是姊妹俩，做娘的得意，做闺女的也得意，都是一付得意洋洋、心高气傲、快快乐乐的样子。单是这样穿戴也就罢了，听阿满说，麦芽上班的那个什么夜总会，"拉拉"可多了。净云不晓得"拉拉"是个啥，一问才知道就是女人跟女人吊膀子，男人跟男人吊膀子……净云听罢都想吐了，头皮一阵阵发麻，心里一阵阵发慌……麦芽从小就不让净云去学校给自己开家长会，嫌弃她脸上有印记，遭同学笑话。现在翅膀硬了，心思野了，更不愿意让她去夜总会丢人现眼了。给麦芽打电话，不是不在服务区，就是正在通话中。难得打通了，又听不到几句好话，就匆匆挂断了，好像就不知道净云究竟是谁，好像自己就是从石头缝里蹦出来的孙猴子。老话说儿不嫌母丑，麦芽却是从小就嫌弃自己的丑的，一直到现在还在嫌弃着，不依不饶似的。有一回麦芽的同学来家里玩，看见一脸青斑的净云，麦芽居然嬉皮笑脸地给同学介绍说这是自家的保姆……反正那会儿也正是家里最有钱、最风光的时候，同学也就相信麦芽家是雇了保姆的。净云觉得那时候麦芽还小，还不懂得人事，也就没把那些话往心上搁。现在看来，净云真是大错特错，麦芽这孩子的心，分明就是长在石

头上了，跟那个当爹的一样，从来没有将自己放在心上，当成个完全的人看待过。净云曾寄希望于张占全，指望他来教养闺女，可明眼人谁还不懂得上梁不正下梁歪的道理？张占全自己都走得磕磕碰碰、歪歪斜斜的，还能拿什么字正腔圆的话语来教养自己的闺女？在麦芽面前，净云和占全都是沉默不语的时候居多，有话不投机半句多的意思，也有沉默是金的意思，也有鸡同鸭讲的意思，还有别的酸甜苦辣的意思，净云真是难以说出来了。

六

九月里的某一天，净云接完阿满的电话，开始在镜子前收拾自己。新白宫在她们的聚餐地点中算是比较高档的，张占全被邢家姐姐包养之前也常常光顾这个地方。去那里吃喝玩乐的食客，个个都是金银满身，珠光四射，气度不凡。去那里吃饭，净云不想给阿满丢脸。卫生间里的镜子已经生了很多水锈，因此净云看到自己的脸是模糊的，暗淡的，也是平静麻木，了无生机的。净云给自己脸上涂上洗面奶，然后再冲掉。再拍上一层保湿水，然后涂上防晒霜，最后是上粉底——当然，这些化妆品都是从温州商城里买来的便宜货。拿起深紫色的口红时，净云犹豫了一下，后来还是轻轻涂在嘴唇上。这样，净云的嘴巴看上去就更像一颗熟透了的樱桃了。那些颜色愈发深了的雀斑使净云的脸看上去就像一块发了霉的生日蛋糕，很不新鲜了。可是那樱桃似的嘴唇，无端给净云又添了几分明亮的颜色。净云抿了抿嘴唇，又壮起胆子涂了一点深蓝色的眼影。眼影涂得小心翼翼的，不细看几乎就看不出来什么端倪。衣裳是苹果绿的薄长袖开衫，上面有镂空花纹的那种，可以看出来里面配的白色短衫。净云给自己搭了一条牛仔裤，一双坡跟凉鞋。身子骨是有些松弛了，可大体上还是有板有型的，还是有着净云当年杨柳婀娜的余韵。从背后看去，净云的背影是很有意思，也很有意味的。收拾停当，净云就直奔新白宫308——如此破费，就不知道阿满今天是为了哪般?

净云推开308雅间房门时，却看见有满满一桌子人："美人蕉"、阿满、花子、秀琴、巧红，居然还有"大洋马"。除了"美人蕉"和"大洋马"，净云跟其余几个女人平素都很和睦。净云心里暗暗埋怨阿满，平白无故的，叫上那两个破碴子凑什么热闹。说到底，净云还是有几分记仇的，早年间那些女人间的恩恩怨怨，不是说化解掉就化解掉的。一想起那些尴尬无趣的往事，净云心上就仿佛人流高峰期的新华街，还是很拥堵的。

荤素搭配的菜肴已经点好，啤酒也已经满上七只口杯。看样子，大家似乎单单就在等候净云一个人了。几个女人一见涂脂抹粉的净云就欢呼大笑起来，连声对她说着恭喜恭喜的话，说得净云云里雾里，莫名其妙的。喜！掉了毛的净云还能有什么喜？玩笑开大了吧？净云在阿满身边坐下来，附和大家端起酒杯，依然是一脸平静麻木，了无生机的模样。如今这些女人的酒量一个个都很了得，一个个都能一饮而尽，滴酒不漏，净云自然也不例外。从什么时候喝上酒的？净云已经记不起来啦。从前农民到富婆，从富婆再到前农民，净云真的记不起来她是从什么时候喝上酒的。净云就知道喝了酒能睡得死，睡得沉，喝了酒就能将张占全和麦芽忘得光光的，也能把自己忘得光光的，酒该有多好！该有多带劲儿！

三个女人一台戏。梅街这七个饱经沧桑、形形色色的女人

凑在一起，何止是一台戏啊！这一个的声音还没落下去，那一个的声音又响了起来，真正是莺歌燕舞，一派欢畅。阿满朝其他几个女人挤着眼睛，让净云猜一猜她会有什么样的喜事，净云却懒得动一动脑子。阿满就像很多年前那样数落起净云来，净云还是那样爱听阿满说话。阿满的话是春天的风和夏天的雨，是榆木的梳子，也是开心的钥匙，最能让净云安静稳定下来的。“大洋马”是这一伙人中间最不见老的，脸面依然银盆子一般光展展、明晃晃的，似乎天天拿电熨斗熨着，偏就没添几道新褶子。相比之下，“美人蕉”就老相多了。虽比自己长了一辈，实际上跟自己年龄也不相上下，坐在一起还是很有话可说的。大家都上了些年纪，想问题做事情就没有当初那样简单冲动了。看着“美人蕉”隔着新染了金黄头发的花子一直热情地为自己搛菜、添水，净云心里也暖和起来，也同样礼让起这个威风凛凛、不可一世的四妈来。花子是最浓妆艳抹的一个女人，穿戴也很是夸张，有些本末倒置的意思了。如果贴上面具，人人都会将她当成是十七八的姑娘家。秀琴跟净云一样，也是个没嘴皮子的人，大概觉得男人被小三连人带钱哄了去要把戏，总是觉得有失颜面，人前也就无话可说，只是吃，一口一口地，只是喝，一杯一杯，很专心地，又心无芥蒂的憨迂样子，跟净云是有着一比的。巧红现在就像当初的净云，正处在经济复苏的上升阶段，心想事成，风调雨顺，想不笑都不行，因此这一桌人就数她最红火热闹。唯有净云的淡定，生生叫阿满忍不住了。阿满实在就是一个堵不住自己嘴巴的人呀！就连自己被情人的老婆打了一个耳光这样不体面的事情，她都咬着耳朵对净云说了，她心里还能藏住啥呢？三杯酒下肚，阿满拍了拍手让大家安静安静，终于将今天喝喜酒的目的告诉给当事人净云了。阿满说，真是老天有眼啊！猜一猜？算一算？——是你的仇家——邢二的姐姐死啦！

喔？……当时净云嘴里正咬着一块鸡大腿，心思也全用在对付那块没有完全煮烂的骨肉上，对这个从天而降的好消息也就没有完全反应过来——这些年来，净云的反应能力与应变能力明显缓慢了许多的。直到“美人蕉”“大洋马”跟巧红将这个消息又重复了一遍之后，净云才算彻底明白过来了，此时那块鸡腿也已经咽到肚子里了，硬邦邦的搁在净云的心口窝那里了。花子还补充说，恶人有恶报啊，上面得的是乳腺癌，下边得的是子宫癌，两个癌都扩散开了，才一个月时间就见了阎王爷，真正是活该呀！花子边说边笑，还拿筷子不停地敲着杯子和碟子，有些神经质的样子。一个传说中的女人的死讯，居然会让她这样冲动不已，太令人费解了。这伙女人以为净云一定也会大笑几声，以泄私愤的，谁也料不到净云究竟还是麻木平静，了无生机的一副模样。净云光是喔……喔……了几句，就不言传了，然后就拿牙签剔被鸡肉塞住了的牙缝，剔得很认真、很仔细，好像不知道死了的这个女人究竟是个谁，究竟跟自己有什么干系……一伙子女人看着净云，也是觉得有些稀奇纳闷，心里也有些讪讪的无趣，说笑声无端就低了许多。是啊，连当事人自己都是心不在肝上的局外人的样子，那个女人的死跟她们这一伙女人又有何干系呢？头发长见识短，说啥是啥，一点不走样子啊！这一伙女人看着净云不言声剔着牙缝儿，忽然就看见她那双杏核眼儿就浑浊、模糊起来了。慢慢地，一颗、一颗的眼泪珠子就啪嗒、啪嗒地掉在面前的碟子上了。

净云哭了。

满桌子上见多识广的女人就都愣住了。因为她们不知道净

云是在哭什么，是在为谁掉眼泪呢！不像是哭自己，也不像是哭别人，倒像是在哭一个不相干的人呢。净云平静之极的眼泪断叫这帮女人坠进五里云雾之中，谁也看不清谁是谁，谁也不明白谁是谁了。

在阿满她们庆祝了邢家姐姐的死之后，在那个有钱女人的葬礼上，梅街一期至梅街五期的人们没有看到二爷张占全，却看到了一脸花雀斑的谢净云。净云穿着一身宽松的黑衣裳，脸上有着一点点石灰的白。